세로토닌

SÉROTONINE
by Michel Houellebecq

이 도서의 국립중앙도서관 출판예정도서목록(CIP)은
서지정보유통지원시스템 홈페이지(http://seoji.nl.go.kr)와
국가자료종합목록 구축시스템(http://kolis-net.nl.go.kr)에서 이용하실 수 있습니다.
(CIP제어번호: CIP2020025953)

세로토닌

Sérotonine

미셸 우엘벡
장편소설

장소미 옮김

Michel Houellebecq

문학동네

일러두기

1. 주석은 모두 옮긴이주다.
2. 본문 중 고딕체는 원서에서 이탤릭으로 강조한 부분이다.

차례

그것은 반으로 쪼개지는 작고 하얀 타원형 알약이다.

나는 새벽 다섯시에 깨어나고, 더러 여섯시경에 깨어나기도 한다. 욕구가 최고조에 달한, 하루 중 가장 고통스러운 시간. 일어나 맨 처음 하는 일은 전기 커피메이커를 작동시키는 것이다. 전날 물탱크에 물을 채우고 필터엔 원두를 분쇄하여(대개는 말롱고. 나는 여전히 커피에 상당히 까다롭다) 채워놓았다. 커피를 첫 모금 넘기기 전에는 담배에 불을 붙이지 않는다. 스스로 만든 규제 사항이고, 하루하루 그걸 지켜나가는 건 이제 내 자긍심의 주요 원천이 되었다(실은 커피메이커가 빠르게 작동해주는 덕분이라는 걸 고백해야겠다). 담배 첫 모금에서 즉각적인 안도감이 느껴진다. 경천동지할 강렬함이라고 할까. 니코틴은 완벽한 마약이다. 아무런 쾌락도 선사하지 않고, 전적으로 금단현상과 금단현상 극복으로 정의되는 단순하고 의존성이 강한 마약.

그렇게 몇 분 동안 담배 두세 개비를 태우고 난 뒤엔, 생수(대개는 볼빅) 사분의 일 컵과 함께 캅토릭스 한 알을 삼킨다.

나는 마흔여섯 살이고, 이름은 플로랑클로드 라브루스트다. 플로랑클로드라는 내 이름은 혐오스럽기 짝이 없다. 아마도 아버지와 어머니가 각자의 집안에서 기리고 싶었던 두 구성원의 이름에서 연유한 듯하다. 이름을 제외하고는 부모를 원망할 거리가 하등 없기에 더더욱 유감스럽다. 내 부모는 내게 삶의 투쟁에 필요한 무기를 제공하기 위해 최선을 다했다. 결국 내가 실패하고 내 삶이 슬픔과 고통 속에서 끝을 맺는다 해도 부모를 탓할 수는 없다. 그보다는 아마 후에 다시 언급하게 될—실은 이 책의 주제이기도 한—연속되는 유감스러운 상황들을 탓해야지, 어떤 경우에도 부모를 원망할 수는 없다. 사소한, 난처하지만 사소한 이 작명 에피소드를 제외한다면 말이다. '플로랑클로드'라는 이름 조합은 우스꽝스러울 뿐만 아니라 '플로랑'과 '클로드'로 따로 보아도 못마땅하긴 매한가지다. 요컨대 내 이름은 완벽한 망작이다. '플로랑'은 지나치게 나긋나긋한 느낌인데다 여자 이름인 플로랑스와 흡사해서 어떤 면으로는 여성스럽기까지하다. 따라서 역동적이고 어떤 각도에서는 억세며(아무튼 몇몇 여자들한테는) 종종 사내답다고 평가받는 내 얼굴, 그러니까 보티첼리 그림 속의 나긋나긋한 호모 같은 얼굴들과는 조금도, 정말이지 조금도 닮은 구석이 없는 내 얼굴에 전혀 부합하지 않는다. '클로드'에 대해선 아예 말을 말자. 클로드라는 이름을 듣는 그 즉시, 늙은 호모들의 파티 내내 돌아가는 낡은 영상 속 춤추고 노래하는 클로드 프랑수아와 '클로데트'라고 불리는 그의 백댄서들의 끔찍한 이미지가 떠오르니까.

개명은 어렵지 않다. 물론 행정적 절차를 얘기하는 게 아니다. 행정적으로는 가능한 것이 거의 없다. 행정기관은 우리 삶의 가능성을 파괴하거나, 그렇지 않으면 최대한 축소하기 위해 존재하는 곳이다. 행정기관 입장에서 좋은 시민이란 죽은 시민이다. 다만 실용적인 측면에서 개명이 어렵지 않다는 이야기다. 요컨대 개명을 하려면 새 이름으로 자신을 소개하면 그만이다. 몇 달, 혹은 몇 주 만에 모두가 그 이름에 익숙해지고, 사람들은 당신이 과거에 다른 이름으로 불렸을 수도 있다는 생각 자체를 아예 못할 것이다. 내 경우 중간 이름인 '피에르'*가, 내가 세상에 드러내고 싶은 강인하고 사내다운 이미지와 완벽하게 일치하는 만큼 절차가 더욱 간단했을 터다. 하지만 나는 아무 노력도 하지 않았고, 계속해서 이 역겨운 플로랑클로드라는 이름으로 불렸다. 몇몇 여자들(정확히는 카미유와 케이트인데, 이 여자들에 대한 이야기는 추후 다시 하겠다. 아무렴, 다시 이야기할 것이다)로부터 얻어낸 것은 플로랑이라는 축약된 이름이 전부였고, 그 밖에 사회에서 얻어낸 건 아무것도 없었다. 그 부분에서도 나는 거의 다른 모든 부분에서처럼 상황에 따라 이리저리 휘둘렸던 것이다. 내 삶을 주체적으로 이끌어갈 능력이 없음을 증명했다고 할까. 광대뼈와 턱선이 뚜렷한 각진 얼굴과 고생의 흔적에서 풍겨나는 남성미는 실은 한낱 속임수, 순전한 사기에 불과했고, 그렇다고 딱히 내 책임이랄 것은 없는 것이, 신이 나를 그저 그렇게 만들었을 뿐, 나는 예전이나 지금이나 사실상 유약한 비겁자일 따름이있기 때문이다. 이미 마흔여섯 살이나 먹었지만 나는 결코 스스로의 의지로 삶을 통제해본 적이 없었다. 말하자면 나는 내 존재의 2막을 내 첫인상에 비해 무기력과 고통 속에서 의기소침하게 보내게 될 가능성이 매우 높았다.

초창기에 보급된 항우울제(세로플렉스, 프로작)는 5-HT_1 수

* 프랑스어로 '돌'이라는 뜻도 있다.

용체에 의한 재흡수를 억제함으로써 혈액 내의 세로토닌 비율을 증가시켰다. 2017년 초반 캅톤 D-L을 발견하면서 새로운 세대의 항우울제에 길이 열리고, 항우울제 작용의 매커니즘은 보다 간단해졌다. 위장 점막에 생성된 세로토닌의 세포 외 유출을 촉진하는 방식이었기 때문이다. 그해 말엽, 캅톤 D-L이 캅토릭스라는 명칭으로 시판되었고, 대번에 놀라운 효능을 발휘했다. 이제 우울증 환자들은 이전 세대의 환자들과 달리 자살이나 자해 경향에 함몰되지 않은 채, 발전된 사회 속에서 정상적인 삶에 필수적인 의례들(몸단장, 원만한 이웃관계로 축소된 사회생활, 간단해진 행정절차)을 전에 없이 원만하게 수행해나갈 수 있었다.

캅토릭스 복용자들에게서 가장 흔히 나타나는 달갑지 않은 부작용은 구토, 리비도 상실 및 성기능 장애였다.

나는 구토로는 전혀 고통받지 않았다.

이야기는 스페인 알메리아, 정확히 알알키안에서 북쪽으로 5킬로미터 떨어진 지점, 340번 국도에서 시작된다. 에마뉘엘 마크롱이 프랑스공화국의 대통령이었으니 아마 2010년대 말엽의 초여름, 대략 7월 중순이었을 것이다. 그 시기의 스페인 남부가 늘 그렇듯 날은 화창했고 무더웠다. 정오가 조금 지난 시간이었고, 나의 메르세데스 G350 TD 사륜구동차는 레프솔 주유소 주차 구역에 정차해 있었다. 나는 차에 디젤을 가득 채우고서, 이튿날이면 유주가 도착한다는 생각 때문에 커져가는 우울감에 잠식당한 채, 차체에 기대어 제로 콜라를 천천히 목으로 넘기고 있었다. 그때 타이어 공기 주입기가 비치된 곳 맞은편에 폭스바겐 비틀 한 대가 정차했다.

멀리서 보아도 매력적인 이십대 여자 둘이 차에서 내렸다. 여자들이 얼마나 매력적일 수 있는지 잊고 있던 요즘의 내게 그들은 과장되고 인위적인 한 편의 연극처럼 가히 충격이었다. 날이 어찌나 무더웠는지 대기 중의 공기가 주차 구역의 아스팔트와 마찬가지로 미세하게 진동하는 것 같았다. 신기루를 보기엔 더없이 적합한 조건이었다. 하지만 여자들은 실제였고, 그중 한 명이 내게 다가왔을 땐 조금 아찔해지는 기분이었다. 여자는 살짝 웨이브진 긴 갈색 머리에, 이마엔 색색깔의 기하학 문양으로 덮인 가느다란 가죽끈을 두르고 있었다. 어깨끈 없는 흰색 면 탱크톱이 가슴을 겨우 가렸고, 마찬가지로 흰색인 가벼운 면 소재의 짧은 치마가 바람이 살짝만 불어도 위로 활짝 들릴 듯 하늘거렸다. 그런데 바람 한 점 없었으니, 신은 관대하고 자비롭다.

여자는 차분했고 미소 띤 얼굴이었으며 조금도 겁을 먹은 기색이 아니었다. 겁먹은 건, 분명히 해두자, 내 쪽이었다. 여자의 시선엔 호의와 행복이 어려 있었고, 나는 첫눈에 그녀가 살아오면서 동물과 사람들과 심지어 고용주와도 오직 행복한 경험만을 했다는 걸 알 수 있었다. 왜 저 젊고 섹시한 여자가 이 여름 한낮에 내게 다가오는 걸까? 여자와 여자의 친구는 자기들의 빵빵함을 점검하고 싶어했다(내 표현이 잘못되었는데, 그러니까, 그들의 자동차 타이어의 빵빵함 말이다). 대부분의 문명국은 물론 그 밖의 다른 국가의 도로교통안전 기관에서 권장하는 신중한 조치였다. 따라서 그 젊은 여자는 매력적이고 섹시할뿐더러 신중하고 현명하기까지 하다는 뜻이었고, 그녀를 향한 나의 경탄의 마음은 시시각각 커져갔다. 그런 내가 그녀의 도움 요청을 거절할 수 있었을까? 당연히, 아니었다.

여자의 친구는 전형적인 스페인 여성의 외모에 더 일치했다. 새카만 머리칼에 짙은 갈색 눈동자, 피부는 가무잡잡했다. 차림새는 친구보다 덜 '바바 쿨'*이었다. 상당히 쿨한 스타일이었으나 덜 '바바'스러웠고, 거기에 왼쪽 콧방울의 은고리 피어싱과 총천연색 탱크톱의 요란한 디자인 때문에 다소 헤퍼 보였다. 탱크톱엔 펑크나 록으로 규정할 수 있는, 이 둘 사이의 차이점은 기억나지 않지만 아무튼 뭉뚱그려 펑크록이라고 할 수 있는 문구가 프린트돼 있었다. 그녀는 갈색 머리 친구와 달리 반바지를 걸쳤고, 그 점이 최악이었다. 그토록 몸에 딱 달라붙는 반바지를 도대체 왜 만드는지 알 길이 없었으나, 여하튼 그녀의 엉덩이에 현혹되지 않기란 불가능했다. 그렇다, 의도하지 않아도 불가능했다. 하지만 나는 그런대로 빠르게 현실로 돌아와 타이어 상태에 몰두할 수 있었고, 차량에 맞는 적정 공기압이 얼마인지 제일 먼

---

* 비폭력, 비경쟁적인 삶의 가치를 추구하는 사람들, 또는 이런 성향을 일컫는 말.

저 알아봐야 한다고 여자들에게 설명했다. 적정 공기압은 대개 차 왼쪽 앞문 아래쪽에 용접된 작은 금속판에 표기돼 있었다.

과연 금속판은 내가 말한 자리에 있었고, 그들이 나의 남성적 역량을 한층 높이 평가하는 게 느껴졌다. 그들의 차엔 짐이 많지 않았다. 아니, 많지 않은 정도가 아니라 티팬티 몇 장과 기본적인 화장품만이 들었음직한 작은 가방 두 개가 전부였으니 놀라우리만치 짐이 적었고, 따라서 공기압은 2.2킬로바 정도면 충분했다.

이제 말 그대로 타이어를 다시 팽창시키는 일만이 남았다. 나는 왼쪽 앞바퀴의 공기압이 1.0킬로바밖에 안 된다는 걸 대번에 확인했고, 심각한 표정, 나아가 내 나이에서 표현할 수 있는 최대치의 근엄한 표정으로 여자들을 돌아보며 설명했다. 내게 도움을 청하길 천만다행이고, 알아차리지 못했겠지만 정말로 위험할 뻔했노라고. 공기압이 부족하면 타이어가 접지력을 잃을 수 있고, 그러면 차가 도로를 이탈하여 사고로 이어지는 것은 거의 기정사실이라고. 그들은 감정적이고 순진하게 반응했다. 갈색 머리 여자가 내 팔뚝에 자기 손을 가만히 얹었다.

타이어 공기 주입기를 다루기란 성가신 일이라는 것을 밝혀야겠다. 주입기의 쉭쉭거리는 소리에 계속 귀기울여야 했고, 밸브에 관의 끝부분을 맞추기 위해 더러 이리저리 더듬어야 했다.

차라리 섹스가 훨씬 쉽고 본능적이었을 것이다. 이 점에 관해서는 여자들도 분명 나와 같은 생각이었으리라. 하지만 나는 그 주제에 어떻게 접근해야 할지 알 수 없었고, 왼쪽 앞바퀴에 바람을 넣은 다음에는 곧장 왼쪽 뒷바퀴까지 처리했다. 여자들이 옆에 쪼그리고 앉아 내 동작을 극도로 주의깊게 관찰하며, "출로(끝내준다)"라는 둥 "클라로 케 시(저런 거구나)"라는 둥 자기들 언어로 소곤거렸다. 이어서 나는 여자들에게 바통을 넘기며 그들이 나의 부성애적 관찰하에 다른 쪽 타이어에 직접 바람을 주입해 보도록 했다.

보다 충동적인 성격이라는 것이 역력하게 느껴졌던 검은 머리 여자가 오른쪽 앞바퀴에 달려들었고, 그러자 상황이 몹시 곤혹스러워졌다. 그녀가 무릎을 꿇자 완벽한 원형의 엉덩이가 핫팬츠에 꽉 끼면서 주입기의 관을 밸브에 맞추려는 여자의 움직임에 따라 함께 움직였다. 내가 동요하는 모습을 딱하게 여긴 듯한 갈색 머리 여자가 마치 친누이처럼 내 허리에 잠깐 동안 팔을 둘렀다.

마침내 오른쪽 뒷바퀴 차례가 되었고, 이번엔 갈색 머리가 임무를 수행했다. 에로틱한 긴장감은 덜 팽팽했으나, 대신 감정의 긴장감이 부드럽게 덧대어졌다. 우리 셋 다 그것이 마지막 타이어이며 이제 그들이 다시 길을 떠나는 것 외에 다른 선택의 여지가 없다는 걸 알고 있었기 때문이다.

그럼에도 여자들은 얼마간 감사의 인사와 몸짓을 반복하며 미적거렸다. 그들의 태도는 원칙적으로 완전히 납득할 만하지 않았다. 적어도 수년이 지난 지금 그간의 나의 연애사를 떠올려보건대 그러했다. 여자들은 나의 국적—내가 프랑스인이라고 밝힌 기억이 없다—과 특별히 갈 만한 괜찮은 곳에 대한 질문을 포함하여, 내가 생각하는 그 지역의 매력에 대한 주제로 대화를 이끌었다. 어떤 의미로는 괜찮다고 할 만한 곳이 있긴 했다. 내 아파트 바로 맞은편에 꽤 푸짐한 아침식사를 내놓는 타파스 바가 있었다. 또한 좀더 멀리 떨어진 곳에 조금 더 관대해지자면 괜찮다고 할 만한 나이트클럽도 있었다. 그리고 우리집도 있었으니, 나는 여자들을 적어도 하룻밤은 재워줄 수 있었고 문득 그것이야말로 진정으로 괜찮은 일인 듯한 기분이 들었다(하지만 한발 물러나 돌이켜보건대 과장된 감정이었다). 아무튼 나는 그 모든 상념에 대해 전혀 내색하지 않은 채, 일반론을 펼쳤다. 이곳은 쾌적한 지역이며(사실이었다), 나는 이곳에서 행복하다는 것이(거짓이었고, 유주가 곧 도착할 거라는 사실도 보탬이 되지 않았다) 요지였다.

결국 여자들은 커다랗게 손짓을 하며 떠났다. 폭스바겐 비틀이 주유소에서 유턴하여 국도로 접어들었다.

많은 일이 일어났을 수도 있는 만남이었다. 만일 로맨틱코미디 작품 속이었더라면 몇 초간 드라마틱한 망설임 끝에(이 경우 배우의 연기가 중요한데, 아마 케브 아담스가 잘할 수 있지 싶다), 나는 나의 사륜구동 메르세데스 운전석에 황급히 올라타 고속도로에서 이내 그 폭스바겐 비틀을 따라잡고, 마침내 그 차를 추월하며 다소 멍청하고 커다란 손짓으로(로코 배우들이 늘 그러하듯) 신호를 보내면 여자는(고전적인 로코에서는 십중팔구 여자 혼자였을 것이고, 그 여자는 아마 갈색 머리였을 것이다) 갓길에 차를 세울 터였다. 몇 미터 거리에서도 서로를 스치는 무거운 숨결 속에서 인간의 오만 가지 감격적인 행동들이 생겨날 수 있었다. 이 장면에서 각본가는 특히 대사에 공을 들여야 하리라.

만일 포르노영화였더라면 다음 장면은 보다 뻔했을 것이고, 대사는 덜 중요했을 터였다. 남자라면 누구나 젊고 환경친화적이며 스리섬을 즐기는 여자를 원한다. 그러니까, 거의 모든 남자는, 어쨌든 나는 그렇다.

이건 영화가 아니라 현실이었고, 따라서 나는 홀로 귀가했다. 나는 발기해 있었고, 오후의 일로 미루어 그것은 놀랍지 않았다. 나는 평소의 방식대로 그것을 처리했다.

그 젊은 여자들, 특히 갈색 머리 여자가 내가 스페인에 머무는 시간을 뜻깊게 만들어줄 수도 있었으리라. 평범하고 실망스럽게 끝난 오후의 사건은 자명한 사실만을 잔인하게 확인시켰다. 바로 내가 이곳에 있을 이유가 전혀 없다는 것. 나는 이 아파트를 카미유를 위해 그녀와 함께 구입했다. 우리가 동반자로서의 미래를, 가족으로서의 정착을, 크뢰즈나 나도 모를 어딘가에 낭만적인 보금자리를 계획하던 시기였다. 우리가 고려하지 않은 것은 아이를 만드는 일뿐이었고 그것은 어느 순간, 옳은 처사가 되었다. 이 집은 내가 처음으로 구매한 부동산이었고, 아직까지도 유일한 것이었다.

카미유는 이곳을 대번에 마음에 들어했다. 안달루시아에서 레

반테까지 줄줄이 이어지는 거대 관광단지에서 한발 물러난 작고 조용한 나체촌으로, 인구 대부분이 유럽 북부의 은퇴자들이었다. 독일인과 네덜란드인들이 주를 이뤘고, 부수적으로 스칸디나비아인들과 물론 어딜 가든 피할 수 없는 영국인들이 가세했다. 빌라의 건축양식에서부터 쇼핑센터의 구조며 술집의 집기들까지 마을의 모든 것이 온통 벨기에인들의 존재를 외치고 있는 데 반해—정말이지 벨기에의 어느 마을이라고 해도 될 법했다—정작 벨기에인들은 찾아볼 수 없다는 것이 의문이라면 의문이었다. 주민들은 대다수 교육계나 넓은 의미의 공직, 또는 중간관리직 출신이었다. 그들은 이제 조용하게 삶을 마무리해가고 있었고, 아페리티프 시간이 되면 득달같이 나타나 호인의 얼굴로 늘어진 엉덩이와 불필요한 가슴과 무력한 페니스를 덜렁거리며, 바에서 해변 또 해변에서 바 사이를 어슬렁거렸다. 그들은 아무 말썽도 일으키지 않았고, 이웃간의 갈등도 자초하지 않았다. '노 프로블레모' 바에서 짤막한 메뉴판을 과장되게 집중해서 읽으며 플라스틱 의자에 앉기 전엔 문화시민답게 수건을 깔았다(그것은 공동으로 사용하는 집기와 혹시 축축할지도 모를 은밀한 부위의 직접적인 접촉을 수건으로 미연에 방지하기 위해 시설 내에서 의무화된 예의범절이기도 했다).

그곳을 찾는 또다른 이들은, 많은 수는 아니었으나 보다 활동적인 이들로, 자유분방한 스페인 젊은이들이었다(나는 타이어 공기 주입을 위해 내게 도움을 요청했던 두 젊은 여자가 그 계층을 적절하게 대변한다는 것을 아프게 인식했다). 이쯤에서 잠깐 스페인의 최근 역사를 되짚어볼 필요가 있겠다. 1975년 프랑코 장군이 사망하자 스페인은(더 정확히는 스페인 청년들은) 두 가지 상반된 경향에 직면했다. 첫번째는 1960년대의 직접적인 유산으로, 자유연애와 나체주의와 노동자 해방 같은 유에 높은 가치를 두었다. 두번째는 그와 반대로 1980년대를 확실하게 지배했던 경향으로, 경쟁과 하드 포르노와 냉소주의와 스톡옵션을 더 높이 평가했다. 물론 내가 단순화하는 것이긴 하나, 단순화하지 않는다면 어떤 것에도 이르지 못한다. 미리부터 해체가 예정되어 있던 첫번째 경향의 대변자들은 내가 아파트를 구입한 이 소박한 나체촌과 같은 자연 속으로 점차 움츠러들었다. 그런데 이 예정된 해체가 과연 현실화되긴 한 것일까? 이를테면 인디그나도스* 운동과 같은, 프랑코 장군의 사망 이후에 일어난 몇몇 현상들을 보면, 그 반대라는 생각이 든다. 가장 비근한 예로, 혼란스럽고 불행했던 그날 오후에 내가 알알키안 레프솔 주유소에서

* 스페인어로 '분노한 사람들'이라는 뜻. 긴축정책 및 경제 시스템에 반기를 든 시위.

맞닥뜨린 두 여자를 들 수 있었다. 그들은 인디그나도의 여성형인 인디그나다였고, 그렇다면 나는 매력적인 두 인디그나다와 대면했던 게 아니었을까? 진실은 결코 알 수 없었다. 그들의 삶에 다가설 방도를 알지 못했으니까. 어쨌든 그들에게 내가 거주하는 나체촌에 가자고 제안할 수 있었을 것이고, 그들도 이곳에서 자연환경을 누릴 수 있었으련만. 어쩌면 검은 머리 여자가 떠나고, 나는 갈색 머리와 함께 행복할 수도 있었다. 물론 내 나이에 행복의 전망이란 다소 불투명하지만, 그날의 만남 이후 나는 여러 밤 동안 갈색 머리가 다시 돌아와 내 집 초인종을 누르는 꿈을 꾸었다. 그녀가 나를 만나러 왔고, 세상 속에서 나의 방황은 끝이 났다. 다시 돌아온 그녀는 간단한 동작 하나로 나의 페니스와 나의 존재와 나의 영혼을 구했다. "그렇게 내 집에 자유롭고 당당하게, 애인처럼 스며들었다." 어떤 꿈에서는 차에서 기다리는 검은 머리 친구가 집으로 들어와 우리와 함께해도 되는지 묻기도 했다. 하지만 이 버전은 점차로 뜸해졌고, 꿈속 시나리오가 점점 단순해지다가 종국에는 아예 시나리오도 없이 내가 문을 열면 그 즉시, 그녀와 내가 형용할 길 없는 환한 공간 속으로 빨려들었다. 이 망상이 얼추 이 년 이상 계속되었다. 하지만 여기서 미리 얘기하지는 말자.

당장은 이틀날 오후에 알메리아공항으로 유주를 데리러 가야 했다. 그녀는 이곳에 한 번도 와본 적이 없었으나 나는 그녀가 이곳을 끔찍이 싫어하리라 확신했다. 그녀는 유럽 북부의 은퇴자들에 대해선 혐오만을, 스페인의 자유분방한 젊은이들에 대해선 경멸만을 느끼리라. (별문제 없이 공존하는) 이 두 계층 중 어느 부류도 사회생활과 세계 전체에 대한 그녀의 엘리트적 가치관에 부합하지 않았고, 그녀의 눈에 이들 모두는 사실상 아무런 품격도 갖추지 못했다. 그런데 나 역시도 품격이 없기는 마찬가지였다. 나는 다만 돈이 좀 있을 뿐이었다. 그것도 어쩌면 시간이 된다면 되짚어볼 어떤 상황 덕분에 꽤나 많이. 일단 이야기가 나왔으니 말인데, 실은 여기서 더는 보탤 말도 없지만, 아무튼 그녀와 나의 관계는 이것이 전부였다. 당연히 나는 그녀를 떠났어야 했다. 그건 자명했고, 우리는 애초에 함께 살지도 말았어야 했지만, 이미 말했듯 나는 오랫동안, 너무 오랫동안 내 삶을 주체적으로 결정하지 못했고, 심지어 살아오는 동안 대부분 그럴 능력이 없었다.

공항에선 주차할 자리를 쉽게 찾았다. 주차장이 필요 이상으로 넓었다. 결과적으로 이 지역 관광산업은 한 번도 번성했던 적이 없지만, 어쨌든 번성하리라는 기대하에 지역의 모든 것이 필요 이상으로 크게 조성돼 있었다.

나는 유주와 잠자리를 하지 않은 지 몇 달째였고 무엇보다, 아마 나중에 설명하게 될 여러 가지 이유로 또다시 그녀와 잠자리를 할 마음은 없었다. 사실 애초 왜 이 휴가를 계획했는지 도무지 이해할 수 없었고, 공항 대합실의 플라스틱 벤치에 앉아 그녀를 기다리면서 휴가 기간을 단축해야겠다는 생각을 이미 머릿속에 그리고 있었다. 휴가는 이 주 예정이었으나 일주일이면 충분하리라. 업무를 핑계삼아 거짓말을 하면 그녀도 반박하지 못할 터였다. 나쁜 년, 전적으로 내 돈에 매달려 살고 있는 처지 아닌가. 어쨌든 나는 일정 부분 내 맘대로 할 권리가 있었다.

파리 오를리발 비행기는 제시간에 도착했다. 쾌적하게 냉방된 대합실은 거의 황량했다. 알메리아의 관광산업이 악화일로인 것이 분명했다. 전광판에 여객기 착륙 알림이 떴을 때 나는 하마터면 일어나서 그냥 주차장으로 갈 뻔했다. 유주는 아파트 주소를 몰랐으니 나를 절대 찾지 못할 터였다. 하지만 이내 이성적으로 생각했다. 나의 일본인 반려자만큼이나 구역질나는 농산부 일을 처리해야 했으니, 언제가 됐든 한 번은 업무상의 이유로라도 파리로 돌아가야 했다. 나는 웬만한 사람들은 자살하고도 남을 지독히도 힘든 시기를 통과해왔다.

유주는 늘 그렇듯 볼썽사납게 화장을 떡칠한 얼굴이었다. 거의 페인트칠 수준이었는데, 새빨간 입술에 자주색 아이섀도가 창백한 안색을, 이브 시몽의 소설에서 이야기하는 '도자기 같은' 피부를 강조했다. 일본 여자들한테는 핏기 없는 창백한 피부(이브 시몽의 용어로 말하자면 도자기 같은 피부겠지만)가 고결함의 정점이라며, 그녀가 햇빛에 노출되기를 한사코 꺼렸던 당시가 기억난다. 허나 햇빛에 노출되기를 꺼린다면 스페인의 해변에서 대체 무얼 한단 말인가. 이 휴가 계획은 확실히 부조리했다. 파리로 돌아가는 길에 묵게 될 호텔들의 예약 사항을 그날 저녁에 당장 변경해두리라 마음먹었다. 일주일도 너무 길었다. 봄날 교토의 벚꽃을 즐길 시간을 며칠 더 내지 않을 이유도 없지 않겠는가?

갈색 머리와 함께였더라면 모든 것이 달라졌으리라. 그녀라면 순종적인 이스라엘 여자처럼 아무 유감도 경멸도 없이 해변에서 옷을 벗었을 것이고, 뒤룩거리는 독일 할머니들처럼 늘어진 살(그것이 영광의 예수 강림일까지 여자들에게 주어진 숙명이라는 것을 아는)도 거슬려하지 않았을 것이며, 완벽하게 동그란 엉덩이와 제모는 했겠으나 천진한 성기가 어우러진 영광스러운 구경거리를 태양 앞에(그리고 그 광경을 부스러기 하나 놓치지 않고 낱낱이 음미할 독일 할아버지들 앞에) 내놓았을 것이고, 나는 다시 발기했을 터였다. 나는 포유류처럼 발기했을 것이나 그녀는 해변에서 내게 직접 오럴섹스를 시도하지는 않으리라. 가족 단위로 드나드는 나체촌이었으니, 일출을 감상하며 해변에서 하타요가 동작을 흉내내는 독일 할머니들에게 충격을 줄 일은 만들지 않을 터였다. 그래도 나는 그녀의 욕망을 감지할 것이고 나의 남성도 다시 살아날 것이나, 그녀는 우리가 해안에서 50여 미터 떨어진 물속에 들어가서야 비로소 나의 위풍당당한 남근에 자신의 젖은 부위를 선사할 것이며, 얼마 뒤 우리는 가루차 식당에서 아로스 콘 보가반테를 저녁으로 먹을 것이고, 로맨티시즘과 포르노가 더는 분리되지 않은 채로 창조주의 은혜가 힘차게 표출될 터였다. 이런저런 상념들이 머릿속에 떠다녔으나, 어쨌든 나는 바글바글한 호주 배낭여행족 무리에 섞여 출국장을 빠져나오는 유주를 알아보고는 희미하게나마 반가운 표정을 지어낼 수 있었다.

우리는 짤막하게 볼인사를 나누었다. 그러니까 우리의 뺨이 스치긴 했으나 그것만으로도 우리에겐 이미 너무 과했다. 유주는 곧바로 의자에 앉더니 화장품 가방을 열어(가방 안 내용물은 기내 반입용 손가방에 적용되는 항공사 규정에 한 치도 어긋나지 않았다), 위탁수화물들이 지나가는 컨베이어벨트에는 눈길도 주지 않은 채 얼굴에 또다시 분칠을 해댔다. 짐을 들어 날라야 하는 사람은 나인 것이 역력했다.

유주의 여행가방들은 내가 잘 알았다. 모르려야 모를 수가 없었는데, '자디그 앤드 볼테르'였는지 '파스칼 앤드 블레즈'였는지 헛갈리지만 유명 브랜드였고, 아무튼 그 브랜드의 디자인 콘셉트는 지상의 세계가 지극히 모호한 형태로, '옛날 옛적 이곳에 호랑이가 살았다'는 식의 오랜 전설처럼 표현된 르네상스시대의 지도를 천 위에 재현해내는 것이었다. 말하자면 시크한 스타일의 가방들이었고, 기업의 중간 간부들이나 들고 다니는 샘소나이트 따위의 여타 천박한 여행가방들과는 달리 바퀴가 달리지 않은 것으로 차별성이 강화되었다. 따라서 그 가방들은 정확히 빅토리아시대의 우아한 여행가방들처럼 '들어 날라야'만 했다.

서유럽의 모든 나라들처럼 생산성 증대 시스템을 가차없이 도입한 스페인에서도 예전엔 삶을 보다 안락하게 만드는 데 기여했던 모든 직종들이 점차로 사라져왔고, 그 과정에서 상당수가 대량 실업에 직면하게 되었다. 브랜드가 자디그 앤드 볼테르건 파스칼 앤드 블레즈건 간에, 그런 여행가방들은 '짐꾼'이 여전히 존재하는 사회에서나 의미가 있었다.

이젠 더이상 해당사항이 없잖아, 아니지, 있지. 나는 컨베이어 벨트에서 유주의 가방 두 개(트렁크 가방 하나와 그것과 무게가 거의 비슷한 커다란 위켄드백이었고, 도합 40킬로그램은 될 듯했다)를 차례로 내리며 생각했다. 짐꾼은, 바로 나였다.

나는 운전기사 노릇까지 도맡았다. 우리가 A7번 고속도로로 들어서고 얼마 뒤, 유주는 아이폰의 전원을 켜더니 이어폰을 꽂고는 알로에베라 충혈방지제가 함유된 안대를 썼다. 공항으로 연결되는 남쪽 방향은 위험할 수 있는 도로였고, 라트비아나 불가리아의 대형 화물트럭 운전기사가 순간적으로 차량 조종 능력을 잃어버리는 경우도 드물지 않았다. 반대 방향에서는 트럭들이 말리의 불법체류자들이 온실에서 키운, 유럽 북부를 먹여 살릴 채소들을 싣고 편대를 이루며 몰려가고 있었다. 트럭 기사들은 아직은 수면부족 상태가 아니었다. 나는 큰 어려움 없이 트럭을 서른 대 남짓 추월하며 537번 인터체인지에 가까워졌다. '람블라 델 테소로' 위쪽 고가로 이어지는 긴 급커브 구간 초입에서부터 500미터가 조금 넘는 구간에 가드레일이 설치되어 있지 않았다. 요컨대 끝장을 내려면, 그저 핸들을 꺾지 않으면 그만이었다. 경사가 매우 가파른 곳인데다 그때까지 주행한 속도로 미루어, 완벽한 결과를 기대할 수 있었다. 차는 암석 경사면을 구르는 일 없이 곧장 100미터 아래로 추락해 박살날 것이며, 절대적인 공포의 순간이 지나고 나면 모든 게 끝이 날 테고, 나는 나의 불안정한 영혼을 신께 되돌려주게 되리라.

청명하고 고요한 날이었다. 나는 재빨리 급커브 구간 초입으로 접어들었다. 핸들을 으스러져라 움켜쥔 채 두 눈을 감았고, 기이한 균형과 절대 평화의 짧은 순간이 흘렀다. 시간을 초월한 기분이었던, 아마 오 초도 안 되었을 순간이.

나는 의지와 철저히 무관한 급작스러운 동작으로 핸들을 왼쪽으로 거칠게 틀었다. 오른쪽 앞바퀴가 자갈이 깔린 갓길로 살짝 접어들었던 아슬아슬한 순간이었다. 유주가 안대와 이어폰을 뺐다. "무슨 일이야? 무슨 일이냐고!" 반복된 외침에 분노가 서려 있었지만, 약간의 공포도 배어났다. 나는 그 공포를 즐기기 시작했다. "괜찮아……" 나는 교양 있는 연쇄살인마 같은 그윽한 어투로 최대한 차분하게 대답했다. 앤서니 홉킨스가 모델이었다. 그는 나를 열광시키고 내가 넘어설 수 없을, 인생의 어느 단계에서 꼭 만나야 할 유형의 남자라고 할까. 나는 더한층 차분하게,

거의 무의식적으로 되뇌었다. "괜찮아……"

실은 전혀 괜찮지 않았다. 자유로워지려던 시도에 두번째 실패를 맛본 참이었으니.

예상대로 유주는 휴가를 일주일로 축소하겠다는 나의 결정을 다만 과장된 만족감을 드러내지 않으려고 애쓰며 담담히 받아들였다. 내가 업무상의 구실을 들며 해명하자 그녀는 바로 납득하는 듯했으나, 진실은, 아무래도 상관없었기 때문일 터였다.

사실 나의 해명은 순전히 핑계만은 아니었다. 나는 내 담당 업무의 덧없음에 염증을 느끼고 루시용 지역의 살구 생산자들에 관한 종합평가서를 제출하지도 않은 채 떠나온 차였다. 당시 남미경제공동체 국가들과 협상중이던 자유무역협정이 곧 체결될 분위기였고, 그러면 루시용 지역 살구 생산자들에겐 더이상 아무런 기회가 없으리라는 것은 자명했다. 원산지명칭보호 제도에 의해 '루시용 홍살구'를 보호한다는 것은 가소로운 장난질에 불과했고, 머지않은 시일 내에 아르헨티나산 살구가 쏟아져들어오는 건 기정사실이었다. 이제 루시용의 살구 생산자들은 사실상 죽었다고 보아야 했고, 단 한 사람도 남아나지 않을 터였다. 정말 단 한 명도, 시체 중에 단 한 명의 생존자도 찾아내지 못하리라.

아직 말하지 않은 듯한데, 나는 농산부에 고용되어 있었고, 나의 주요 업무는 대개 유럽 행정부와 종종 더 넓은 범위의 무역협상 테이블의 교섭위원들에게 제시할 보고서 및 평가서를 작성하는 것이었다. '프랑스 농업의 위치를 규정하고 지지하고 소개하'는 것이 나의 역할이었다. 나는 위촉직이었기에 현행법으로 허용된 공무원 연봉을 훌쩍 넘는, 고액의 보수를 받을 수 있었다. 어떻게 보면 이 액수는 정당한 것이었다. 프랑스의 농업이 복합적이고 다층적인데다 농업 전 분야에 걸친 현안들을 다룰 수 있는 전문가는 드물었고, 나의 보고서는 대체로 널리 인정받았다. 수없이 많은 숫자의 늪에서 헤매지 않고 핵심을 곧장 파고들며 주요한 몇 가지 요소들만을 속속 뽑아내는 나의 능력을 다들 높이 평가했다. 또다른 측면에서, 프랑스 농업의 위치를 대변하는 임무에서 나는 놀라운 실패만을 연속적으로 맛보았으나, 이 실패는 기실 나의 탓이 아니었다. 실패의 직접적인 책임은 교섭위원들에게 있었다. 그들은 거듭되는 실패에도 조금도 거만함이 누그러지지 않는 희귀하고 쓸모없는 부류였고, 나는 그들 중 몇

몇과 맞대면을 한 적이 있는데(이는 드문 경우였고 대개는 이메일로 소통했다), 번번이 혐오감을 느꼈다. 대부분 그들은 농업전문가가 아니라 상경대 출신들이었고, 나는 본디 상업이나 경제 그 비슷한 모든 것에 혐오감만을 느꼈기 때문이다. 상업을 고등학문으로 다룬다는 자체가 학문에 대한 모독이라는 것이 나의 생각이었으나, 어쨌든 교섭위원 자리에 상과대학 출신의 젊은이들을 앉히는 것은 자연스러운 일이었다. 교섭 대상이 살구건 엑스의 칼리송*이건 휴대전화건 아리안 로켓이건 간에, 교섭이라는 건 늘 똑같은 일이었기 때문이다. 교섭은 교섭만의 법칙을 따르는 독립적 영역이자, 비교섭인들에게는 절대 닿을 수 없는 세계였다.

그래도 나는 루시용 살구 생산자들에 대한 평가서를 마저 작성해나갔고, 2층 방에(우리집은 복층아파트였다) 자리잡았다. 그 결과 일주일 동안 유주와 거의 마주치지 않았다. 처음 이틀간은 한 방을 쓰는 커플의 환상을 유지하기 위해 아래층으로 내려가 유주와 함께 지냈지만 이내 포기하고서, 알알키안의 갈색 머리 여자와 함께 가볼 기회를 날려버린 썩 괜찮은 그 타파스 바

* 아몬드 페이스트로 만드는 단과자의 일종으로, 프랑스 남부 도시 엑상프로방스의 특산품이다.

에서 혼자 식사하는 습관을 들였고, 그렇게 하루하루 지나며 나는 점차 나의 오후 시간 전체, 상업적으로는 시들하지만 사회적으로는 축약할 수 없는, 유럽에선 점심과 저녁식사 사이의 그 시간을 온통 그곳에서 보냈다. 바의 분위기는 편안했다. 손님들은 나와 엇비슷한 처지였지만 그들이 나보다 스무 살 내지 서른 살가량 나이가 많다는 점에서 나만 못했고, 그들에겐 '패배' 선고가 내려진 셈이었다. 타파스 바엔 홀아비들과 과부들이 수두룩했다. 나체주의자들도 독신생활이 무엇인지 알았다. 특히 과부들이 많았고, 더 허약한 반려자가 서둘러 천국으로 날아가버린 동성애자 홀아비들도 적지 않았다. 이곳에서 노년을 마감하려는 시니어들에게 압도적 지지를 받는 듯한 그 타파스 바에서는 성적 취향에 따른 구분보다는 국적에 따른 구분이 더 두드러졌다. 요컨대 테라스 자리에서는 영국인들 구역과 독일인들 구역이 쉽사리 나뉘었다. 나는 유일한 프랑스인이었다. 네덜란드인들은 아무데나 앉는 그야말로 개자식들로 기회주의자이자 다중 언어 구사자에 장사꾼 족속이었고 그건 아무리 말해도 성에 차지 않았다. 그 모든 것이 세르베사*와 플라토스 콤비나도스**를 먹으며

* 스페인어로 '맥주'라는 뜻.

** 한 접시에 여러 가지 음식을 담아내는 스페인 메뉴.

적당히 멍멍해졌다. 분위기는 대체로 차분했으며 대화의 어조도 일정선을 넘지 않았다. 이따금 해변에서 놀던 젊은 인디그나도스 무리가 곧장 들이닥치기도 했다. 여자들의 머리칼은 아직 젖어 있었고, 타파스 바 안의 소음 강도는 한층 높아졌다. 유주는 햇빛에 노출되기를 질색했으니 집안에서 대체 무얼 하고 있는지 알 길이 없었으나, 아마 인터넷으로 일본 드라마를 보고 있지 않을까 싶었다. 그녀가 당시에 상황 파악을 제대로 하고 있었던 것인지 지금도 의문이다. 특별할 것 없는 집안 출신에 입이 떡 벌어질 만큼도 아닌, 그저 안락한 생활이 보장되는 정도의 봉급을 가져다줄 수 있는 나 같은 평범한 가이진*이 그냥 평범한 일본 여자가 아니라 젊고, 섹시하고, 양쪽 두뇌가 고도로 발달한 예술가 집단과 교류하는, 지체 높은 가문 출신의 여자와 일상을 나누게 되었으니, 응당 무한히 영광스러워해야 할 터였다. 이론상으로는 반박의 여지가 없었다. 나는 그녀의 샌들 끈이나 풀어주어야 마땅했고 그보다 자연스러운 일은 없었을 테지만, 문제는 내가 점점 그녀와 나의 신분에 대해 무례하리만치 신경쓰지 않았다는 것이었다. 어느 날 저녁, 나는 냉장고의 맥주를 꺼내러 아래층에 내려갔다가 마침 부엌에 있던 그녀와 부딪혔고, 그 바람에 "비

* 일본어로 '외국인'이라는 뜻.

켜, 나쁜 년아"라는 소리가 무심결에 흘러나와버렸다. 나는 개의치 않고서 산미구엘 맥주팩과 먹다 남은 초리조 소시지를 움켜쥐었다. 그러니까 그녀는 그 일주일 동안 다소 당혹감을 느꼈을 것이고, 상대가 면전에서 감히 트림과 방귀로 대꾸할 때는 자신의 드높았던 사회적 위상이 위태로워졌음을 직감했을 것이며, 그녀가 그런 불안을 나눌 이들은 다수일 것이었다. 하지만 가족들은 그녀의 이야기를 듣는 즉시 이제 그녀가 일본으로 돌아올 때가 되었다며 상황을 자기들에게 유리한 쪽으로 돌릴 테니 가족은 아닐 것이고, 분명 친구들이나 지인들일 터였다. 내가 소멸을 향한 내리막길 위의 루시용 살구 생산자들을 포기해버리기로 체념한 그 며칠 동안 그녀는 스카이프에 엄청나게 접속한 듯했다. 당시 루시용 살구 생산자들에 대한 나의 냉담함은, 오늘날 내가 결정적인 순간에 칼바도스나 망슈의 낙농업자들에게 보이는 이 냉담함, 동시에 나 자신의 운명에 대해서 강도를 높여가는 보다 근원적인 냉담함의 전조였으리라. 그 때문에도 나는 기를 쓰고 시니어들과 어울리려 애썼지만, 역설적으로 그것은 녹록지 않았다. 그들은 나의 가짜 시니어 가면을 바로 간파했다. 특히 영국인 은퇴자들의 매몰찬 거부를 감수해야 했고(그리 대수롭지 않았다. 영국인들은 결코 사람을 기분좋게 환영하는 법이 없었으며, 그들의 약한 버전이라고 할 수 있는 일본인들만큼이나 인종차별주의자들이었으니까), 네덜란드인들은 당연히 나를 외국인혐오증으로 배척하지는 않았으나(어떻게 네덜란드인이 외국인혐오증일 수 있겠는가? 이 경우 용어 속에 이미 모순이 있었는데, 네덜란드는 국가라기보다는 기껏해야 기업이었다) 내가 시니어로서 진가를 발휘하지 못했기에 그들은 자기들의 전립선 문제라든지 관상동맥 중재술에 관해 허심탄회하게 털어놓을 수 없었고, 하여 내가 자기들의 세계에 접근하는 걸 거부했다. 놀랍게도 오히려 인디그나도스 무리 속에 섞이는 편이 더 쉬웠다. 그들은 젊은 만큼 순수했고, 그들과 교류하던 그 며칠 동안 나는 크게 흔들릴 뻔했다. 어쩌면 흔들렸어야 했다. 내게 마지막 기회였고, 그들에게 가르쳐줄 것이 많았으니까. 나는 농업관련 산업의 지각변동에 대해 정확히 알고 있었고, 그들의 저항운동은 나의 설명을 통해 견고해질 수 있었다. 스페인의 GMO 정책은 이론의 여지가 있는데다 스페인은 GMO에 대해 유럽에서 가장 개방적이고 무책임한 국가 중 하나였으니 말이다. 그것은 스페인 전체의 문제였고, 스페인 캄포스* 전체가 그야말로 하루아침에 유전자 폭탄으로 변할 위험이 있었다. 사실 폭탄이라면 여자 하나만으로도 충분할 터였다. 언제든 여자 하나면 충분했으나, 내가 알

* 스페인어로 '밭' '땅'이라는 뜻.

알키안의 갈색 머리를 잊게 만들 일은 아무것도 일어나지 않았다. 한발 물러나 생각하니, 그 두 인디그나다를 탓할 수는 없는 일이었다. 나를 대하던 그들의 태도조차 잘 기억나지 않는다. 돌이켜보건대 그들은 나에게 피상적으로 잘 대해준 것 같았고, 나 또한 그들에게 피상적인 호의를 보였을 뿐이었다. 나는 유주가 이곳에 오리라는 사실과 그녀에게서 벗어나야 하며 그것도 가능한 한 빨리 벗어나야 한다는 사실에 고장난 인간이 되어 있었다. 그렇다보니 그들의 매력을 진정으로 깨달을 수 없는 상태였고, 혹여 실제로 그들의 매력을 깨달았다 하더라도 그것은 내게는 소말리아 난민이 인터넷에서 찾아낸 스위스 베르나 고지의 폭포 사진 같은 것이었다. 하루하루 육체 접촉의 기회 없이, 살아야 할 이유도 없이 점점 더 고통스럽게 흘러갔다. 결국 나는 루시용의 살구 생산자들에게서 완전히 손을 떼어버렸고, 혹시 토플리스 차림의 인디그나다와 맞닥뜨릴까봐 두려워 카페에도 점차로 출입을 삼가게 되었다. 나는 포석에 어른거리는 태양의 움직임을 관찰했고, 카르데날 멘도사 브랜디 병들을 비웠으며, 그것이 거의 전부였다.

하루하루 참을 수 없는 공허감에도 불구하고 나는 돌아갈 날이 임박해오는 것이 두려웠다. 파리로 돌아가는 며칠의 여정 동안 유주와 한 침대를 써야 할 터였기 때문이다. 어쨌거나 호텔방을 따로 잡을 수는 없는 노릇이었다. 호텔 프런트 직원, 나아가 호텔 직원 전체의 '벨트안샤웅'*을 그 정도로까지 거칠게 흔들어놓을 용기는 나에게 없는 것 같았다. 하여 우리는 이십사 시간 내내 붙어 있어야 했고, 그 고역은 꼬박 나흘 내내 계속될 터였다. 카미유와 함께하던 시절엔 파리로 돌아가는 데 이틀이면 충분했다. 우선 카미유도 운전을 했기에 언제든 나와 교대를 해주었고,

* 독일어로 '세계관'이라는 뜻.

게다가 그때는 스페인에서 아직 속도제한을 잘 지키기 전이었기 때문이다. 운전면허 벌점 시스템이 아직 정착되지 않았고, 외국인이 저지른 경범죄에는 보통 관용주의로 일관하던, 유럽 내 행정적 공조 체계가 완전하지 않던 시절이었다. 시속 120킬로미터라는 터무니없는 제한속도 대신 시속 150킬로미터 내지 160킬로미터로 달리면 여정에 걸리는 시간을 단축할 수 있었고, 무엇보다 그것이 가장 안전한 조건에서 최대한 오래 달릴 수 있는 방법이었다. 직선이 무한히 이어지는 끝도 없는 스페인의 한적한 고속도로, 특히 태양이 작열하는 발렌시아와 바르셀로나 사이의 구간은 그야말로 권태롭기 짝이 없는 풍경의 연속이었으나, 내륙으로 달려본들 알바세테와 마드리드 사이의 구간 또한 완전히 잿빛이었으니, 사정은 별반 나을 것이 없었다. 기회가 주어질 때마다 에스프레소를 들이켜고 줄담배를 빠끔거리며 겨우 졸음을 쫓아봐야 스페인 고속도로에서 이 넌덜머리나는 여정이 두세 시간 동안 지속되면 필연적으로 두 눈이 감기게 마련이었고, 오직 속력을 높였을 때 분출되는 아드레날린만이 각성상태를 온전히 유지시켜주었으니 사실상 이 어처구니없는 속도제한이야말로 스페인 고속도로에 만연한 치명적인 사고의 원흉이었다. 이제는 치명적인 사고—사실 이것이 해결책이 될 수도 있었다—의 위험을 무릅쓰지 않으려면 하루에 500킬로미터 내지 600킬로미터로 주행거리를 제한해야 했다.

카미유와 함께했던 시절의 어려움이라야 흡연자들을 받아주는 도로변의 호텔들을 찾기 수월치 않았다는 것인데, 앞서 언급했던 이유로 스페인을 통과하는 데는 하루면 충분했고, 다른 하루는 프랑스 남부에서 파리로 향하는 여정이었다. 우리는 체제 반항적인 업소를 몇 군데 발견했는데 하나는 바스크 해안 지역에, 다른 하나는 베르메유 해안 지역에 위치해 있었고, 세번째는 피레네조리앙탈, 정확히는 좀더 내륙 쪽의 바네르드뤼숑 마을에 있었다. 이미 산속에 위치했던 이 마지막 호텔인 샤토 드 리엘 호텔은 공간 전체를 지배했던 키치 스타일 실내장식과 사이비 이국 감성과 몽환성으로 인해 아마 가장 동화적인 기억으로 남아 있다.

당시엔 법률상의 압박이 덜 지독했다. 법망에 아직 구멍이 있을 때였고, 나 또한 지금보다 젊었다. 그땐 합법의 테두리 안에 머물 수 있기를 바랐고, 아울러 내 조국의 정의를 믿었으며, 다수의 이익을 우선하는 법의 특성을 신뢰했다. 또 내가 아직은 연기감지기를 힘들이지 않고 처리하는 게릴라의 노하우를 습득하기 전이었다. 노하우랄 것도 없이 장치의 덮개를 들어올려 펜치질 두 번으로 전기회로를 끊으면 그만이었다. 그보다는 담배냄새를 감지해내는 데 고도로 후각이 발달한 주도면밀한 청소부를 속이는 것이 더 어려웠고, 그 경우 유일한 해결책은 그들에게 기름칠을 하는 것이었다. 언제든 두둑한 팁으로 침묵을 살 수 있었으나, 그 경우 당연히 체류비가 훌쩍 상승했고 청소부의 배신에서도 결코 자유로울 수 없었다.

첫 숙소는 마드리드 근교의 친촌에 위치한 파라도르*로 정했다. 이론의 여지가 있을 수 없는 선택이었다. 파라도르는 대개 이론의 여지가 있을 수 없는 선택이지만, 16세기의 수도원에 자리한 그곳은 파라도르 중에서도 유독 매력적이었다. 객실에서는 포석이 깔린 안뜰과 그 안의 분수가 내다보였다. 복도나 프런트 어디에서든 짙은 색 목재로 제작된 멋진 스페인식 안락의자에 앉을 수 있었다. 유주는 로비에 들어서자마자 안락의자에 앉더니 버릇대로 거만한 자세로 다리를 꼬았고, 인테리어에는 털끝만큼도 관심을 두지 않은 채 곧바로 스마트폰을 켜고는 네트워크 연결이 안 된다며 벌써 투덜거릴 태세였다. 네트워크에는 문제가 없었고, 그것은 좋은 소식이라고 할 수 있었다. 인터넷이 저녁 내내 유주를 붙들어둘 테니까. 어쨌든 그녀는 몸을 일으켜 짜증스러운 표정을 억누르지 않은 채 프런트로 가서 여권과 프

* 스페인의 고성이나 옛 수도원 건물 등을 재정비한 호텔.

랑스 체류증을 직접 제출하고는 직원이 가리키는 대로 세 군데에 서명했다. 파라도르 숙박 절차엔 이상하리만치 편협하고 관료적인 측면이 남아 있었고, 호텔 프런트의 상냥한 응대나 환영 칵테일 같은, 일반적으로 확산된 서구 관광의 환상에 전혀 부합하지 않았다. 그대신 여권을 복사해 갔는데, 프랑코 정권 이후에 그리 많은 것이 변하지 않은 모양이었다. 그럼에도 파라도르는 한때 매력적인 호텔이었고, 심지어 매력적인 호텔의 거의 완벽한 표본이었으며, 중세의 성들과 르네상스시대의 수도원들을 파라도르로 개조했다는 점에서 스페인을 여전히 가치 있어 보이게 만드는 모든 것이었다. 이 전망적인 정책은 1928년에 착안되어, 나중에 문제의 인물이 권력을 잡으며 사업을 확장해갔다. 프란시스코 프랑코는 논의의 여지가 있는 정치적 행보와는 별개로, 특성화된 관광산업의 측면에서는 세계적 수준의 진정한 창조자로 간주될 수 있었다. 하지만 그의 사업은 거기서 멈추지 않았고, 그 보편적 정신은 훗날 대규모 관광산업(베니돔이나 토레몰리노스 같은 휴양지를 생각해보라! 1960년대에 세계 어느 곳에 이와 비견될만한 곳이 존재했던가?)의 진정한 초석이 되었다. 프란시스코 프랑코는 실제로 관광산업의 진정한 거인이었고, 그에 대한 재평가는 이러한 관점에서 이루어져야 할 것이며, 실제로 스위스의 몇몇 호텔학교에서는 이미 관광산업의 측면에서 그를 재평가하기 시작했다. 또한 보다 넓은 범위에서, 프랑코주의는 최근 하버드대와 예일대에서 경제계획 분야의 흥미로운 연구 주제로 부상했다. 스페인이 산업혁명의 대열에 결코 동참하지 못하리라는 것—실제로 철저히 낙오되었다는 것을 밝혀야겠다—을 예감한 프랑코 장군이 발전의 중간단계들을 과감히 생략한 채, 유럽 경제산업의 종착지인 세번째 단계, 즉 관광 및 서비스 산업인 제삼차산업에 투자함으로써, 바야흐로 구매력이 한층 상승한 신흥산업국의 월급쟁이들이 럭셔리 관광이든 대중 관광이든 각자의 처지에 맞춰 유럽에서 돈을 쓰고 싶어하는 시대에 어떻게 그의 조국이 결정적인 경쟁력을 확보하는 데 기여했는지를 보여주는 것이 연구의 목적이었다. 그러나 지금으로서는 친촌의 파라도르에 중국인은 한 명도 보이지 않았고 지극히 평범한 영국인 대학교수 커플이 우리 뒤에서 차례를 기다리고 있었으나, 중국인들이 상륙할 날이 머지않은 듯했다. 중국인들이 들이닥치리라는 것에는 의심의 여지가 없었고 다만 한 가지, 어쨌든 체크인 형식을 단순화해야 할 터였다. 예의가 아닌 것은 차치하고라도 프랑코의 관광사업을 위해서도 시대가 변했다는 것을 받아들일 필요가 있었다. 냉전국 간첩들이 평범하고 순진한 관광객 무리에 스며들 리도 만무하거니와, 그들의 우두머리인 블라디미르 푸틴을 필두로 냉전시대의 간첩들이 이미 평범한 관광객이 된 마당이었으니 말이다.

호텔측의 주의사항을 비롯한 모든 서류에 서명을 마치고 입실 절차가 완료된 뒤, 내가 포인트 적립을 위해 프런트에 아미고스 데 파라도레스* 회원증을 건넸을 때 유주가 내게 던진 냉소적이고 나아가 경멸적인 시선을 포착한 순간, 다시 한번 마조히스트적 쾌감이 느껴졌다. 보란듯이 그녀의 예상이 빗나가지 않게 해주었다. 나는 내 샘소나이트 트렁크를 끌며 우리의 방으로 향했다. 그녀는 자디그 앤드 볼테르(아니면 파스칼 앤드 블레즈든가, 기억이 가물가물하다) 가방 두 개를 호텔 로비 한가운데 내버려둔 채 고개를 빳빳이 쳐들고서 내 뒤를 따랐다. 나는 아무것도 알아차리지 못한 척했고, 방에 들어서자마자 미니바에서 크루즈캄포 맥주 한 병을 꺼내며 담배에 불을 붙였다. 담배를 피우는 것에 대해선 전혀 거리낌이 없었는데, 수차례의 경험상 파라도르에 설치된 연기감지기 또한 프랑코시대, 아마 프랑코시대 말엽의 것이라고 할 만큼 오래된데다, 이곳의 어느 누구도 흡연에 신경쓰지 않으며, 연기감지기를 갖추었다 해도 결코 유럽까지 발을 들이지도 않을 뿐더러 파라도르에는 더더욱 오지 않을 미국

* 스페인어로 '파라도르의 친구들'이라는 뜻.

인 고객에 대한 환상에 사로잡힌 호텔측이 국제관광기준에 따라 뒤늦게 구색만 갖춘 형식적인 타협안이었기 때문이다. 유럽에서 여전히 미국인 관광객의 발길이 뜨문뜨문이나마 이어지는 곳은 오직 베네치아뿐이었으니 이제는 유럽의 관광업 종사자들이 보다 세련되지 못한 새로운 국가들, 폐암이 아직 잘 알려지지 않은, 폐암을 그저 부수적 장애로 인식하는 국가들로 관심을 돌려야 할 때였다. 우리가 방에 들어오고 나서 십분 남짓 동안 정말 아무 일도, 거의 아무 일도 일어나지 않았다. 유주는 방안을 어슬렁거리며 스마트폰에 여전히 네트워크가 연결되는지 확인했다. 미니바엔 그녀의 기준에 들어맞는 음료가 없었다. 맥주, 일반 콜라(코카 라이트조차 없었다), 그리고 생수가 전부였다. 이윽고 그녀가 마침내 질문인지조차 모호한 어조로 내뱉었다. "가방은 안 가져오나?" "모르지." 나는 대답하고 나서 두번째 크루즈캄포를 땄다. 일본인들은 진정으로 얼굴을 붉힐 줄 모른다. 심리적 기제는 존재하나 표면적 결과는 황토색이라고 할까. 어쨌든 나는 그녀가 모욕감을 억누르고 있단 걸 알아차릴 수 있었다. 그녀는 잠시 부들거렸으나 모욕감을 삼키고서 아무 대꾸 없이 문으로 향했다. 몇 분 뒤 그녀는 트렁크 가방을 질질 끌며 들어왔고 나는 그동안 마시던 맥주를 다 비웠다. 오 분 뒤 그녀가 위켄드백을 가지고 다시 돌아왔을 때 나는 맥주를 세 병째 마시고 있었다. 오래 운전하느라 생긴 조갈이 영 가시질 않았다. 예상대로 그녀는 저녁식사 시간 내내 일언반구 없었고, 덕분에 나는 차려진 음식에 집중할 수 있었다. 국보급 건축물을 활용한 파라도르의 식당은 애당초 그에 걸맞게 스페인 지역 전통요리에 집중하는 전략을 택했고, 그 결과 비록 음식은 다소 기름지기는 했으나 대체로 내 입맛에 맞았다.

나는 우리의 두번째 숙소로, 가격을 더 높여 를레 앤드 샤토*, 즉 비아리츠에서 멀지 않은 앙글레 마을의 브랭도 고성호텔을 선택했다. 이번엔 환영 칵테일도 있었고, 친절한 호텔 직원 여러 명이 곳곳에서 우리를 맞아주었다. 객실엔 서비스로 카늘레와 마카롱이 굽 달린 사기 쟁반에 담겨 있었고, 미니바엔 뤼나르 샴페인이 시원하게 준비돼 있었다. 요컨대 이곳은 그 빌어먹을 바스크 해안 지역의 빌어먹을 를레 앤드 샤토였고, 〈피가로 마가진〉이며 〈코트 바스크〉며 〈배니티 페어〉 같은 잡지들이 층층이 쌓인 테이블과 그 주위로 등받이가 높은 깊숙한 안락의자들이 놓인 서재를 지나면서 그곳이 카미유와 헤어졌던 지난 늦여름에, 우리의 마지막 여름의 끝자락에, 이미 그녀와 함께 왔었던 곳이라는 사실이 떠오르지 않았더라면 모든 것이 순조로웠을 수

* 전 세계 560여 개의 고급 호텔, 레스토랑이 가맹된 호텔 연합.

도 있었다. 유주(그녀는 보다 맘에 드는 반가운 환경이 되자 짐승의 털을 다시 곤두세우고서, 말하자면 다시 가르릉거리기 시작했고, 저녁식사 때 눈부시게 아름다워 보이겠다는 명백한 일념하에 침대에 이미 옷들을 여러 벌 펼쳐놓았다)를 향해 극히 일시적으로 되살아났던 최소한의 호의는 두 사람의 태도를 불가피하게 비교하게 되면서 그 즉시 사라져버렸다. 카미유는 호텔 로비를 지날 때 입을 다물지 못한 채 액자 속 그림과 장식용 돌벽과 공들여 세공한 스탠드램프 들을 연신 두리번거렸었다. 방에 들어서면서는 거대하고 새하얀 킹사이즈 침대에 감명받은 듯 제자리에 멈춰 섰다가, 수줍게 침대 가장자리에 걸터앉아 침대가 얼마나 탄력 있고 폭신한지 시험해보았다. 우리의 주니어 스위트룸에서는 호수가 내다보였는데, 그녀는 호수를 배경으로 당장 나와 함께 사진을 찍고 싶어했다. 내가 미니바를 열며 샴페인을 마시겠느냐고 묻자 그녀는 "우와, 으으으응!" 하고 외쳤다. 완벽한 행복의 표현이었고, 나는 그녀가 중상위층만이 누릴 수 있는 행복감을 매 순간 음미하고 있다는 걸 알았다. 그녀는 이미 동급의 호텔에 체류해본 경험이 있는 나와는 달랐다. 어렸을 적에 온 가족이 메리벨로 휴가 여행을 떠나면 우리는 손에루아르의 이제 고성호텔이나 쇼나스랑발랑의 '도멘 드 클레르퐁텐' 같은 호텔들에 묵었고, 그렇기에 카미유가 중산층의 자식, 더 정직하게는 경제위기로 빈곤해진 계층의 자식이었던 것과 달리, 나는 중상위층에 속했다.

저녁식사 시간을 기다리며 호숫가를 거닐고 싶은 기분이 더는 들지 않았다. 생각만으로도 불쾌했다. 모독처럼 느껴졌다고 할까. (어쨌거나 샴페인을 비운 뒤) 호텔 식당으로 가기 위해 재킷을 걸칠 때도 꺼림칙한 기분이었다. 미슐랭 가이드에서 별 하나를 받은 호텔 식당에선 존 아르강이 '존의 시장'이라는 메뉴를 통해 바스크 지방의 요리를 창의적인 방식으로 재해석한 요리들을 선보였다. 근래에 웨이터들이 손님들의 얼굴에서 동조나 적어도 흥미의 기미를 살피며, 절반은 식도락적이고 절반은 문학적인 허세가 가득한 과장된 어조로 아뮈즈부슈*가 어떤 재료들로 세심하게 구성되었는지 거창하게 읊는 기벽을 습득하지 않았더라면, 이런 호텔 식당들은 참을 만했으리라. 추측건대 웨이터들의 목적은 손님들에게 풍요로운 식사 경험을 공유하게 해주려는 것일 텐데, 그들이 지루한 음식 관련 장광설 끝에 마무리로 던지는 천편일률적인 "즐거운 식사시간이 되시기를!" 같은 인사는 내게는 대체로 식욕이 뚝 떨어지게 만들었다.

카미유와 왔던 때 이후로 또 달라진, 더한층 유감스러운 혁신

* 식당에서 애피타이저 전 단계에 내놓는 한입거리 음식.

이 있었으니, 바로 방마다 연기감지기가 설치되었다는 것이었다. 호텔방에 들어서자마자 연기감지기가 눈에 들어왔다. 천장의 높이—적어도 3미터, 더 근접하게는 4미터—로 미루어 감지기를 비활성화시키는 작업은 불가능할 듯했다. 나는 한두 시간 갈팡질팡하다가, 벽장에서 여분의 이불을 발견했고 발코니에 잠자리를 마련했다. 다행히 밤이 포근했다. 돼지고기 관련 주제로 스톡홀름 학회에 참석했을 때는 이보다 더한 것도 겪었다. 마카롱과 카눌레가 담긴 굽 달린 사기 쟁반 중 하나를 재떨이로 쓰면 될 듯했다. 아침에 담배꽁초들을 수국 화분 하나에 파묻고서, 그릇은 씻어놓으면 감쪽같지 않겠는가.

여행 셋째 날은 끝도 없이 늘어졌다. A10 고속도로 전체가 공사중인 듯했고, 보르도로 빠져나가는 나들목에서 교통체증이 두 시간가량 지속되었다. 이제껏 내가 보았던 도시들 중에서 가장 추했던 니오르에 겨우 도착했을 때는 짜증이 한껏 치밀어 있었다. 우리가 셋째 날 밤을 마레 푸아트뱅 메르퀴르호텔에서 보낼 거라는 것을 안 유주는 경악한 표정을 감추지 못했다. 난 대체 그녀에게 왜 이런 모욕을 안기는 것일까? 게다가 모욕을 주려던 의도는 보람이 없었다. 프런트의 여직원이 악의적인 만족감이 역력한 어투로 최근에 이 호텔은 "고객들의 요청에 따라" 100퍼센트 비흡연 호텔이 되었다고 알린 것이다. 그렇다, 웹사이트엔 아직 변경사항이 반영되어 있지 않았고, 여직원은 이 점도 인지하고 있었다.

다음날 오후, 서서히 모습을 드러내는 파리 외곽의 풍경을 바라보면서 나는 난생처음으로 안도감을 느꼈다. 젊은 시절, 학업을 위해 일요일 저녁마다 내가 완벽한 보호를 받으며 자라온 상리스를 떠나 파리 시내로 향하곤 했다. 파리 외곽 마을 빌리에르벨, 사르셀, 피에르피트쉬르센, 생드니를 차례로 지날수록 주위의 인구와 건물들의 밀도가 높아지고 버스 안의 대화도 점점 거칠어지면서 위험도가 높아지는 걸 느꼈고, 그때마다 나는 확실히 지옥 속으로, 인간이 자기들의 편의대로 건설한 지옥 속으로 되돌아가는 듯한 기분이었다. 지금은 사정이 달랐다. 사회 안에서 특별히 뛰어나진 않았으나 정석을 밟아온 덕분에 나는, 스스로 바라온 대로, 위험한 계층과의 신체적 접촉은 물론 시각적 접촉도 피할 수 있었고, 이제는 내가 내 편의대로 건설한 나 자신의 지옥에 갇히게 되었다.

우리는 파리 15구에 위치한 토템타워 30층의 커다란 방 두 칸짜리 아파트에 살았다. 토템타워는 유리와 콘크리트로 지은 벌집 모양 건물로, 노출콘크리트 기둥 네 개가 떠받들고 있는 구조였고, 생김은 추하나 맛은 좋아 보이는, 아마도 곰보버섯이라고 불리는 버섯을 연상시켰다. 위치는 보그르넬 지구 중심부로 시뉴섬 바로 맞은편이었다. 나는 이 타워가 끔찍이 싫었고 보그르넬 지구도 끔찍이 싫었지만, 유주는 그 거대한 콘크리트 곰보버섯을 사랑했다. 그녀는 건물을 보자마자 '한눈에 사랑에 빠졌'고, 우리집을 방문했던 손님들에게도 그렇게 말했다. 적어도 우리가 그 건물로 이사한 초창기엔 말이다. 아마 그뒤로도 계속해서 그렇게 말했을 것이나, 나는 꽤 오래전부터 유주의 손님들과 어울리기를 그만두고 손님들이 집에 들이닥치기 전에 내 방에 틀어박혀 저녁 내내 나오지 않았기에 확신할 순 없었다.

우리는 몇 달 전부터 각방을 썼고, 나는 유주에게 '마스터 베드룸'(마스터 베드룸이란 보통의 안방과 다르지 않지만 특히 드레스룸과 욕실이 딸린 방을 일컫는다. 서민층 독자들을 위해 설명을 덧붙인다)을 넘겨주고서 '손님방'을 썼다. 욕실은 손님방에 인접한 욕조 없는 작은 욕실을 이용했는데 내겐 충분했다. 양치질과 신속한 샤워가 전부였으니까.

우리 커플은 관계의 말기에 이르렀고, 우리의 관계를 구할 수 있는 것은 아무것도 없었으며, 게다가 그럴 마음도 없었다. '빼어난 전망'이라 부를 만한 것을 누리고 있었지만 말이다. 거실과 안방에서는 센강이 내다보였고, 16구의 불로뉴숲 너머 파리 근교의 생클루정원과 그 멀리까지도 보였다. 날이 좋을 땐 베르사유궁까지 보일 정도였으니까. 내 방에선 채 200미터도 안 되는 거리에 있는 노보텔호텔이 바로 보였고 그 너머로 파리의 전경이 펼쳐졌으나 내겐 흥미롭지 않았다. 나는 늘 이중커튼을 쳐놓았고, 보그르넬 지구가 끔찍이 싫었을 뿐만 아니라 파리가, 혐오스러운 환경주의자 부르주아들이 창궐한 이 도시가 끔찍이 싫었다. 나 역시 부르주아일 수 있었으나, 환경주의자는 아니었다. 나는 디젤 사륜구동차를 몰았고—아마 내가 평생토록 큰일은 못했을지 몰라도, 적어도 지구의 환경을 파괴하는 데는 공헌했다—종이류 분리수거통에 빈 포도주 병을 던지거나 유리병 분리수거통에 음식물 쓰레기를 버림으로써, 건물 관리조합에서 애써 정착시킨 쓰레기 분리수거 시스템을 철저히 파괴했다. 시민정신을 위반하며 다소 우쭐한 기분이기도 했고, 한편으로는 상식 밖의 월세와 관리비에 대한 나름의 저열한 복수심의 발로이기도 했다. 다달이 월세와 관리비를 지불하고 유주가 청구하는 '생활비'(주로 스시 주문에 쓰인다)를 주고 나면, 내 월급의 정확히 90퍼센트가 소진되었고 그러다보니 성인으로서의 나의 삶은 단적으로 아버지의 유산을 서서히 축내는 삶이 되고 말았다. 그것은 아버지에게도 도리가 아니었다. 정말이지 이 바보짓거리에 아퀴를 지을 때였다.

유주는 우리가 처음 만났을 때부터 브랑리 강변로의 일본문화원에서 근무했다. 집에서 불과 500미터 남짓의 거리였지만 그녀는 굳이 자전거로 출퇴근함으로써 그 멍텅구리 자전거를 엘리베이터에 태웠다가 다시 거실에 세워두는 수고를 자처했다. 추측건대 일본문화원의 그 한직은 그녀의 부모가 꽂아준 자리인 듯했다. 그들이 무슨 일을 하는지는 정확히 모르겠으나 부자인 것만은 확실했다(부유한 집의 외동딸들은 나라와 문화에 상관없이 유주 같은 인간이 된다). 소니나 도요타의 회장일 리는 없고, 재벌도 아닐 테고 아마도 공무원, 고위급 공무원쯤 될 듯했다.

그녀는 자기가 문화 사업의 '세대교체와 현대화'를 위해 고용되었다고 내게 설명했다. 필수적인 변화였다. 그녀의 일터에 처음 가봤을 때 본 문화원 소개 팸플릿은 지루하기 짝이 없었다. 오리가미, 이케바나, 텐코쿠* 강좌와 카미시바이, 타이코** 공연, 바둑과 다도('우라센케' '오모토센케' 유파) 관련 콘퍼런스 등이 소개돼 있었는데, 어쩌다 한번 일본에서 초청되는 인사들은 살아 있는 국보였으나 대부분이 적어도 아흔 살 정도 되는 고령이어서 죽어가는 국보라고 하는 편이 더 적합할 듯했다. 말하자면 유주가 맡은 일은 만화 전시회와 일본 포르노의 새로운 경향에 대한 박람회를 한두 차례씩 개최하는 것이었다. 잇 워즈 콰이트 언 이지 잡(정말 쉬운 일이었다).

나는 반년 전에 아마노 다이키치 작품전을 관람한 이후로, 유주가 기획하는 전시회에 가지 않기로 했다. 아마노 다이키치는 사진작가이자 비디오작가로, 그곳엔 뱀장어, 문어, 바퀴벌레, 지

---

* 각각 일본 전통 종이접기, 꽃꽂이, 도장 인각을 의미한다.

** 각각 낱장에 그린 그림을 이용한 일본 전통 구연동화, 전통 타악기를 뜻한다.

렁이 등 온갖 혐오스러운 동물들이 온몸을 뒤덮은 여자들의 누드사진이 전시돼 있었다. 어느 비디오에서는 일본 여자 하나가 변기에서 기어나오는 문어의 다리를 물어뜯기도 했다. 그토록 역겨운 건 결코 본 적이 없었다. 불행히도 나는 버릇대로 작품 감상 전에 케이터링 코너에 먼저 들렀고, 이 분 뒤에 문화원 화장실로 달려가 날생선과 밥을 게워내야 했다.

주말은 어김없이 형벌이었으나, 주중엔 유주와 거의 마주치지 않을 수 있었다. 내가 농산부로 출근하는 아침 시간은 유주에겐 한밤중이었다. 그녀는 정오 전에 일어나는 경우가 드물었고, 내가 저녁 일곱시 무렵에 귀가하면 거의 집에 있을 때가 없었다. 그렇게까지 귀가 시간이 늦어지는 것은 직장 때문은 아닐 터였고, 그건 당연했다. 그녀는 스물여섯 살밖에 되지 않았으니까. 나는 그보다 스무 살 많았고, 내 나이쯤 되면 사회적 삶에 대한 열망은 한 해 한 해 줄어들고, 이미 모두 해볼 만큼 해봤노라 초탈하기에 이른다. 더구나 나는 방에 SFR 통신사의 셋톱박스를 설치한 이후로 다양한 스포츠 채널을 시청할 수 있었고 프랑스, 영국, 독일, 스페인, 이탈리아 축구 리그도 볼 수 있었다. 티브이 시청은 여가의 상당 시간을 잡아먹었다. 블레즈 파스칼이 SFR 셋톱박스를 달았더라면 다른 노래를 읊조렸을 텐데. 여하튼 이 모든 걸 다른 통신사와 똑같은 가격에 누릴 수 있었다. SFR가 광고에서 자사의 뛰어난 스포츠 채널 서비스를 강조하지 않는 이유를 모르겠으나, 아무튼 각자 역할이 있는 법이니까.

보편적인 윤리적 관점에서 유주를 가장 비난할 만한 점은 단연 그녀가 '난교 파티'에 출입한다는 것이었다. 나는 우리의 관계 초기에 그녀와 딱 한 번 동행한 적이 있었다. 생루이섬의 베튄 강변로에 있는 대저택이었다. 대체 시중에서 얼마에 거래될는지 나 같은 사람은 가늠조차 할 수 없는 집이었다. 2천만 유로쯤 될지도. 여하튼 그런 집은 난생처음 보았다. 안으로 들어가니 백여 명 정도가 있었고 거의 남자 둘에 여자 하나 꼴이었는데, 대체로 남자들이 여자들보다 어리고 사회적 지위도 낮은 것이 한눈에도 역력했다. 옷차림도 대부분 '변두리' 스타일인 것이 언뜻 돈을 받고 온 남자들이 아닐까라는 생각도 스쳤으나, 그렇지는 않을 터였다. 공짜 섹스라면 남자들 대부분에겐 그 자체로 횡재였고 게다가 한쪽에 죽 이어진 접견장 세 곳에는 샴페인과 한입 크기 케이크도 있었다. 나는 이 세 곳을 옮겨다니며 저녁 시간을 보냈다.

접견장에서는 성적 행위와 관련된 일은 아무것도 일어나지 않았으나, 여자들의 극도로 에로틱한 옷차림과 사람들이 쌍쌍으로 또는 그룹을 지어 규칙적으로 침실로 이어진 계단을 오르거나 반대로 지하로 내려가는 것으로 미루어, 모임의 성격에는 의심의 여지가 없었다.

한 시간 남짓이 흐르고 내가 그곳에서 획책되고 있는 일들을 탐사한다거나 뷔페 음식 말고 다른 교감을 나눌 의사가 조금도 없다는 사실이 명백해지자, 유주는 우버 택시를 불렀다. 돌아오는 길에 그녀는 나를 조금도 힐난하지 않았으나, 그렇다고 후회한다거나 부끄러워하는 기색도 없었다. 그녀는 그 파티에 대해 아무런 암시도 하지 않았고, 이후로도 더는 언급하지 않았다.

그녀가 취미생활을 포기하지 않았으리라는 짐작은 그녀의 침묵으로 더욱 굳어졌다. 어느 날 밤, 나는 확인하고 싶었다. 그녀가 집에 언제 돌아올는지 알 수 없으니 터무니없는 생각이었고 또한 반려자의 컴퓨터를 뒤지는 짓은 전혀 영광스럽지 못했지만, 알고자 하는 욕구란 희한한 것이었다. 어쩌면 욕구라는 말은 다소 과할 수 있다, 그보다는 그날의 축구 경기들이 줄줄이 실망스러웠기 때문이라고 하자.

나는 유주의 이메일들을 용량 순으로 정렬해서 비디오가 첨부된 이메일 열 통 남짓을 쉽사리 분류해냈다. 첫번째 비디오에선 내 반려자가 고전적 방식의 집단성교 장면의 중심에 있었다. 그녀는 조급한 기색 없이 각자 차례를 기다리고 있는 사내 열다섯

명의 성기를 손과 입으로 애무하며 동시에 그들에게 삽입당했다. 사내들은 질과 항문 삽입 시엔 콘돔을 사용했다. 아무도 아무 말도 내뱉지 않았다. 어느 순간 그녀는 페니스 두 개를 한꺼번에 입에 넣으려고 시도했으나 제대로 성공하지 못했다. 다음 순간엔 참가자들이 유주의 얼굴에 사정했고, 그녀의 얼굴은 점차 정액으로 뒤덮였으며, 이윽고 그녀가 두 눈을 감았다.

모든 것이 훌륭했다. 말하자면 그랬고, 어쨌든 나로서는 기함할 거리는 아니었다는 것이다. 다만 석연치 않은 무언가 다른 게 있었다. 나는 비디오 속 실내장식을 한눈에 알아봤고, 그 비디오는 내 아파트에서, 더 정확히는 우리집 안방에서 촬영된 것이었는데, 그건, 그건 그다지 유쾌하지 않았다. 아마 내가 브뤼셀로 출장을 다니던 시기에 기회를 틈타 찍은 것일 텐데, 브뤼셀 업무가 완전히 종결된 건 일 년도 더 전이었으니 당시는 우리 관계의 초창기였으며, 우리가 아직은 섹스를 하던 시기, 심지어 섹스를 많이 하던 시기였다. 내 평생 그토록 섹스를 많이 해본 기억이 없을 정도였다. 유주는 섹스를 위해서라면 거의 상시 대기중이었고, 나는 그 사실에서 그녀가 나를 사랑한다는 결론을 내렸었다. 어쩌면 분석의 오류였겠으나, 그것은 많은 남자들이 공통적으로 저지르는 분석의 오류가 아니겠는가. 아니면 오류가 아니라 여자들은 대부분 실제로 그런 식으로 작동하고(대중 심리서에 나오는 표현), 그것이 그들의 운영체제인데(국회방송 정치토론에 나오는 표현), 유주가 특별한 경우에 해당하는 것일 수 있었다.

아닌 게 아니라 그녀가 특별한 경우라는 점이 두번째 비디오로 확고해졌다. 이번엔 배경이 우리집도 생루이섬의 대저택도 아니었다. 새로운 장소의 실내는 흰색과 검정색으로만 꾸며진 세련되고 절제된 생루이섬 저택의 실내장식만큼이나 호화롭고 부르주아적이었으며 치펀데일양식으로 꾸며졌다. 포슈대로에 위치한 부유한 산부인과의사나 유명 방송인의 집이 그렇지 않을까 싶었다. 아무튼 유주는 기다란 소파에서 자위를 하다가 언뜻 페르시아문양 같아 보이는 카펫이 깔린 바닥으로 미끄러져내렸고, 그러자 어리지도 늙지도 않은 듯한 도베르만 한 마리가 우리가 익히 아는 이 품종의 성향대로 유주를 거칠게 밀어붙였다. 이어서 카메라 앵글이 바뀌었고, 도베르만이 계속해서 헐떡이며 애쓰고 있는 동안(개들은 일반적인 상황에서는 금세 사정하지만, 여성의 성기는 암컷 개의 그것과는 확연히 다른 듯했고, 그래서인지 놈은 제 리듬을 찾지 못했다), 유주가 불테리어의 귀두를 손으로 자극하다가 그것을 입안에 넣었다. 도베르만보다 어린 듯한 불 테리어는 채 일 분도 안 되어 사정했고, 그 자리를 복서 한 마리가 대신 채웠다.

개들이 나오는 이 소규모 집단성교 장면 이후 나는 비디오 시청을 중단했다. 역겨웠다. 무엇보다 개들 때문이었고 동시에 서양 남자와 잠자리를 한 일본인 여자란(이 민족의 정신 구조에 대해 내가 관찰한 모든 것으로 미루어) 이미 짐승과 교미한 여자와 다름없다는 생각을 떨칠 수 없었다. 나는 안방에서 나오기 전에 USB에 비디오 전체를 저장했다. 비디오 속 유주의 얼굴은 뚜렷이 알아볼 수 있었다. 나는 해방을 위한 새로운 계획의 밑그림을 그리기 시작했고, 계획이란 유주를 단순히(좋은 아이디어는 늘 단순하다) 창밖으로 던져버리는 것이었다.

그 계획을 실현하는 데 어려움은 없었다. 우선은 유주가 술을 마시게 해야 했다. 기막히게 훌륭한 술이 있다고, 보주 지방의 미라벨 자두 생산자한테서 받은 선물이라고 하면 매우 솔깃해할 것이고 이런 설득에 솔깃해한다는 점에서 그녀는 여전히 진정한 관광객이었다. 일본 사람들, 더 넓게는 아시아 사람들은 체내에서 에탄올을 아세트산으로 바꾸는 알데히드 탈수소효소의 작용이 원활하지 않아 알코올에 매우 약했다. 유주는 채 오 분이 되기 전에 알코올 기운에 몽롱해질 것이다. 나는 이미 경험이 있었다. 그다음은 창문을 열고서 유주를 옮기면 그만이리라. 그녀는 50킬로그램이 채 되지 않으니(자신의 여행가방 무게와 거의 맞먹는다) 몸을 끄는 데는 어려움이 없을 것이고, 30층 높이에 자비란 없을 터였다.

사건은 취기로 인한 우발적 사고로 위장할 수 있을 것이고 모두 신빙성 있어 보일 터이지만 나는 내 조국의 경찰을 엄청나게, 어쩌면 과도하게 신뢰하는바, 내가 맨 처음 떠올린 전략은 오히려 자백하는 것이었다. 유주가 나온 그 비디오를 제출하면 정상참작이 되지 않겠는가 하는 것이 내 생각이었다. 1810년 형법* 제324조를 보면 "남편의 아내 살해, 또는 아내의 남편 살해는 처벌한다. (……) 그러나 간통의 경우, 제336조에 의거하여 남편에 의한 아내 또는 간통 상대의 살해는, 자택에서 현장을 목격했을 경우 사면할 수 있다"라고 명시되어 있다. 요컨대 내가 만일 칼라시니코프 소총을 들고서 집단성교 현장에 들이닥쳤고, 지금이 나폴레옹시대였다면, 아무 문제 없이 사면받을 수 있었다. 하지만 지금은 나폴레옹시대도, 〈이태리식 이혼〉**의 시대도 아니었다. 나는 빠르게 인터넷 검색을 했고, 치정에 의한 배우자 살인에는 평균적으로 징역 십칠 년이 언도된다는 것을 알아냈다. 몇몇 페미니스트들이 형법에 '페미사이드femicide' 개념을 끌어들이

---

* 1810년 나폴레옹 보나파르트가 제정한 프랑스 형법.

** 피에트로 제레미 감독, 마르첼로 마스트로얀니 주연의 영화(1961). 이혼이 금지된 1960년대 이탈리아에서 젊은 애인과 재혼하기 위해 아내의 불륜을 조장한 후 아내를 죽이려는 남자의 이야기.

며 형량을 강화해야 한다는 목소리를 냈다. 나는 살충제insecticide나 쥐약raticide을 연상시키는 그 말이 재밌다고 생각했다. 어쨌거나 십칠 년은 길어 보였다.

한편으로는 감옥에 가는 것도 크게 나쁘지 않을 듯했다. 우선 자잘한 행정적 문제들에서 해방되고 정기적으로 건강검진도 받을 수 있을 터였다. 가장 염려스러운 점이라면 다른 수감자들한테 구타나 성폭행을 당할 가능성이겠으나, 잘 생각해보면 모욕이나 비역을 당하는 대상은 특히 소아성애자들이거나 월등하게 예쁘장한, 천사 같은 엉덩이를 가진 젊은 남자들이었다. 코카인 한 줄로 어리석게 나락으로 떨어진 사교계의 나약한 경범죄자들 말이다. 나는 건장하고 다부진 체격에 경미한 알코올중독으로, 비교적 평범한 미결수의 분위기를 풍길 터였다. 『모욕당한 자들과 비역당한 자들』, 막장판 도스토옙스키 소설의 제목으로 그럴 듯했다. 아닌 게 아니라 도스토옙스키가 감방 세계에 대해서도 썼던 것 같으니 어쩌면 참고가 될 수도 있었겠으나, 시간 여유가 없었다. 속히 결정을 내려야 했다. 아무튼 '명예를 지키기 위해' 아내를 죽인 남자라면 동료 죄수들의 존경을 받을 것이고 어느 정도는 그 덕을 보리라는 것이, 수감자들의 심리에 대한 나의 미미한 이해를 바탕으로 끌어낼 수 있는 생각이었다.

한편으로는 어쨌든 바깥 생활에서 내가 즐기던 것들을 생각해야 했다. 예를 들어 열네 가지 맛의 후무스*를 파는 G20 슈퍼마켓에서 장을 본다든가 숲속을 산책한다든가 하는 것이었다. 산책을 더 자주 했어야 했다. 유년 시절과의 접점을 너무 많이 잃었다. 어쩌면 긴 수감생활을 하는 것은 최선의 해결책이 아닐지도 몰랐다. 무엇보다 후무스가 결정적이었다. 물론 살인과 관련된 도덕의 문제는 차치하고 말이다.

* 삶은 병아리콩을 으깨 오일과 마늘을 섞은 서아시아 음식.

마침내 해결책이 보인 것은 희한하게도 별 기대를 하지 않았던, 특히 이런 쪽으로는 기대하지 않았던 '퍼블릭 세나'* 채널을 시청하면서였다. 〈자발적 실종자들〉이라는 제목의 다큐멘터리 프로그램이었는데, 어느 날 전혀 예기치 못한 방식으로 가족과 친구들, 그리고 직장과 연을 끊기로 작정한 몇몇 사람들의 사연을 재구성하여 소개하고 있었다. 한 남자는 어느 월요일 오전, 출근을 하다가 자기 차를 기차역 주차장에 버려두고서 목적지도 정하지 않은 채 제일 먼저 역에 들어오는 기차에 몸을 실었다.

* 세나(sénat)는 프랑스어로 '상원'이라는 뜻으로, 프랑스 상원 회의와 정치 관련 프로그램을 이십사 시간 송출하는 채널.

또다른 남자는 저녁 모임에서 귀가하다가 집으로 돌아가는 대신 맨 처음 눈에 들어온 호텔에 묵었고, 그뒤로 몇 달 동안 파리의 여러 호텔을 전전하며 주 단위로 주소를 바꿨다.

그 수는 가히 놀라웠다. 프랑스에서 매년 만이천 명 이상이 가족을 등진 채 사라지기를 택했고, 때로는 세상 반대편 끝에서, 때로는 같은 도시에서 새 삶을 꾸렸다. 자발적 실종에 매료된 나는 그 밤 내내 인터넷을 뒤지며 더 많은 정보를 알아냈고, 드디어 내 길, 내 운명과 마주하게 되었다는 확신에 점점 사로잡혔다. 나 또한 자발적 실종자가 되리라. 내 경우는 특히 간단했다. 아내나 가족이 있는 것도 아니고 오랜 세월 동안 구축해온 사회적 관계들이 있는 것도 아니었으니까. 따돌려야 할 대상이라곤 외국인 동거녀뿐이었는데, 그녀에겐 나를 추적할 권리가 없었다. 인터넷에 올라온 그들 모두 다큐멘터리에서 이미 누누이 이야기했던 다음의 항목을 강조하고 있었다. 바로 프랑스에서 모든 성인은 '거주이전의 자유'를 갖고, 가족 포기는 범죄행위에 해당하지 않았다. 이 문장을 프랑스의 모든 공공기관에 커다란 글씨로 각인해야 하리라. 프랑스에서 가족 포기는 범죄행위에 해당하지 않는다. 인터넷에서는 인상적인 증거들을 나열하며 이에 대해 엄청나게 강조하고 있었다. 예를 들면 경찰이나 치안대에서 실종자를 찾아냈더라도 당사자의 동의 없이 그의 새 주소를 공개하는 건 금지되어 있다. 2013년엔 가족의 요청에 의한 실종자 추적 절차가 아예 폐지되었다. 해를 거듭할수록 개인의 자유가 축소되는 듯한 국가에서, 기본적인, 심지어 내 눈에는 가장 기본적이고 철학적으로는 자살보다 더 혼란을 야기할 이런 유의 자유를 법적으로 보장하고 있다는 사실이 경이로울 따름이었다.

그날 밤 나는 잠들지 못했고, 날이 밝자마자 필요한 조치에 착수했다. 뚜렷한 목적지는 떠오르지 않았으나 나는 이제 농촌 지역으로 향할 터였고, 따라서 주거래은행으로 '크레디 아그리콜'* 을 선택했다. 은행 계좌 개설은 즉석에서 이루어졌으나 인터넷 뱅킹과 수표 사용을 위해서는 일주일을 기다려야 했다. BNP 은행의 계좌를 닫는 데는 십오 분이 걸렸고 새 계좌로 잔고 이체는 바로 처리되었다. 기존대로 유지하고자 하는 계약들(자동차 보험, 기타 상호보험)의 자동납부 계좌 변경은 이메일 몇 통으로 해결했다. 아파트는 좀더 시간이 걸렸다. 나는 대형 포도밭이 있는 아르헨티나의 멘도사 지방에 새 일자리를 얻었다는 소설을 지어내는 게 좋겠다고 판단했고, 부동산 중개소 사람들 모두가 멋지다고 입을 모았다. 프랑스인들은 누군가 프랑스를 떠난

* 우리나라의 농협 은행과 같은 프랑스 농업은행.

다고 하면 모두 하나같이 멋진 일이라고 말하고, 그것이 프랑스인들의 특징 중 하나였다. 심지어 그린란드로 떠난다고 해도 멋지다고 할 판인데, 아르헨티나야 말해 무엇 하겠는가. 만일 떠날 곳이 브라질이었다면 중개인은 아마 데굴데굴 구르며 난리법석을 떨었으리라. 계약 종료 예고 기간은 두 달이었고, 두 달치 월세는 계좌로 입금하기로 했다. 아파트 상태 점검 시에는 내가 참석할 수 없을 것이나 필수 사항은 아니었다.

이제 직장 문제가 남아 있었다. 나는 농산부의 위촉직이었고, 매년 8월 초에 계약을 갱신했다. 나의 상관은 내가 휴가 기간에 전화를 걸자 놀란 듯했으나, 그날 바로 나를 만나주었다. 농업 사정에 비교적 밝은 이 남자한테는 처음 거짓말의 연장선일지라도 보다 섬세한 거짓말이 필요해 보였다. 그리하여 나는 아르헨티나 대사관의 '농산물 수출팀' 고문이라는 일자리를 지어냈다. "아, 아르헨티나라……" 그가 침울하게 되뇌었다. 몇 년 전부터 아르헨티나의 농산물 수출이 전 분야에서 문자 그대로 폭발적인 성장세를 보이는 실정이었고, 그것이 끝이 아니었다. 전문가들은 인구 4천 4백만의 아르헨티나가 6억의 유럽 인구를 실제로 먹여 살릴 수 있다고 전망했고, 페소화의 평가절하 정책을 주도한 신생 정부도 그 점을 인지하고 있었다. 그 파렴치한들이 자기들의 농산물로 유럽 전체를 말 그대로 뒤덮을 기세였고, 거기에 그들은 GMO에 대한 법적 규제도 전혀 없었으니, 난관도 그런 난관이 없었다. "아르헨티나 고기가 맛있잖아요……" 내가 수더분한 어조로 핑곗거리를 보태자 그가 더한층 침울하게 대답했다. "고기뿐이었다면 좋았겠죠……" 곡물, 콩, 해바라기유, 설탕, 땅콩, 과일을 이용한 식품 일체, 거기에 물론 육류와 우유까지. 이렇듯 아르헨티나는 유럽의 농산품 시장 전 분야에 심각한 악영향을 끼칠 수 있었고, 그것도 머지않은 시일의 일이었다. "결국 당신은 우리의 적이 되는 거로군요……" 그가 익살스럽게 농담을 섞어 말을 맺는 듯했지만 실상은 짙은 씁쓸함이 배어 있었다. 나는 신중하게 침묵을 견지하는 편을 택했다. "당신은 최고의 전문가였어요. 모르긴 해도 꽤 괜찮은 보수를 제안받았겠군요……" 그가 곧 갈라질 듯 아슬아슬한 목소리로 물었다. 이번에도 대답하지 않는 편이 나을 것 같았다. 나는 그저 긍정하는 동시에 겸연쩍으면서도 다 알지 않느냐는 듯한 겸손한 표정을 지으려 했으나, 실제로 구현하기 어려운 표정이었다.

"좋아요……" 그가 손가락으로 테이블을 두드렸다. 나는 휴가중이었으니 사실상 그렇게 위촉직 계약은 종료되는 셈이었고, 따라서 실무적으로는 농산부에 다시 나갈 필요가 전혀 없었다. 물론 그에겐 다소 당황스럽고 다소 급작스러운 일이긴 했으나,

처음 겪는 일은 아닐 터였다. 농산부는 위촉직 직원의 업무 능력이 충분히 뛰어나다고 판단하면 공무원보다 월등히 높은 보수를 지급했지만, 그렇더라도 사기업과는 비교가 되지 않았다. 심지어 외국 대사관과도 비교가 되지 않았는데, 외국 대사관이 작심하고 인재를 영입하려 들면 그들의 예산은 거의 무한대였다. 미국 대사관에서 이른바 거금을 들여 스카우트해 간 입사 동기가 기억난다. 하지만 그 친구는 임무에 철저히 실패하고 말았다. 캘리포니아 포도주는 프랑스에 여전히 활발히 보급되지 못했고, 미국 중서부 지역의 소고기가 프랑스 소비자들을 유혹하는 데 애를 먹는 동안 아르헨티나 소고기가 급부상하고 있었다. 그 이유를 알아보자면, 소비자란 충동적인 작은 존재, 황소보다도 충동적인 존재여서 단언할 수는 없었으나, 그럼에도 몇몇 홍보 고문관들이 설득력 있는 시나리오를 내놓았는데, 카우보이 이미지가 그동안 과도하게 활용되기도 했고, 이제 사람들이 미국 중서부에 대해 육가공공장이 줄줄이 늘어선 이름 모를 땅에서 매일 수도 없이 많은 햄버거를 생산해낸다는 걸 모두 알아버렸기 때문이라고 했다. 편견으로 굳어진 생각은 되돌릴 수 없었다. 현실적이 되어야 했다. 카우보이들이 잡은 가축은 이제 더는 고려 대상이 아니었다. 반면 남미의 목동(라틴아메리카의 마법이 발현된 것일까?) 이미지는 계속해서 유럽의 소비자들을 꿈꾸게 했다. 그들은 끝이 보이지 않는 드넓은 초원과 당당하고 자유롭게 팜파스를 뛰노는 가축들(황소가 뛰어논다는 건 확인해보아야 할 문제이긴 했지만)을 상상했다. 어쨌든 간에 아르헨티나 황소에는 왕도가 활짝 열려 있었다.

나의 옛 상관은 그의 사무실을 나서는 내게 아무튼 악수를 건넸으나 최소한의 예의만 차리는 수준이었다. 그러고는 마지막 용기를 쥐어짜내어 나의 새로운 경력에 행운을 빌어주었다.

책상을 정리하는 데는 십 분도 채 걸리지 않았다. 오후 네시쯤 되어 있었다. 나는 불과 한나절 사이에 인생을 재편했다.

나의 과거 사회생활의 흔적을 지우는 데는 실질적 어려움이 없었다. 인터넷이 있어 사실상 모든 것이 수월해졌다. 이제는 고지서며 세금 신고며 여타 서류들을 전자 형태로 처리할 수 있었고, 물리적 주소가 무용해지고 대신 이메일 주소로 모든 것이 가능했다. 하지만 나는 여전히 육체를 갖고 있고, 이 육체는 몇 가지 기본적 욕구를 충족시켜야 했기에, 도피하는 데 실질적으로 가장 힘들었던 문제는 파리에서 흡연자를 받아주는 호텔을 찾는 일이었다. 족히 백 통은 되는 전화를 돌려야 했고, 그때마다 나는 "아니요, 고객님, 어렵습니다. 저희 호텔은 100퍼센트 금연 건물입니다. 전화 주셔서 감사합니다"라고 악의적인 만족감이 밴 어조로 대꾸하며 전화기 건너편까지 생생한 희열을 전하는 호텔 직원의 기세등등한 경멸을 감내해야 했다. 결국 호텔 찾기에 이틀을 꼬박 할애하고 나서 사흘째 새벽녘이 되어 노숙자가 될 것을(통장 잔고 70만 유로의 노숙자라니, 참신하고 심지어 짜릿하지 않은가) 진지하게 고민했을 때에야 비로소 나는, 메르퀴르호텔 니오르 마레 푸아트뱅 지점을 떠올렸다. 얼마 전까지만 해도 흡연자들을 받았으니 어쩌면 그쪽에 기회가 있을지도 몰랐다.

몇 시간 동안 인터넷 검색을 한 끝에 나는 파리의 메르퀴르호텔 대부분이 엄격한 금연 정책을 시행하고 있으나, 몇몇 예외가 있다는 것을 알아냈다. 자고로 자유란 주체성에서 비롯되는 것이 아니라, 상부에서 하달된 수칙에 대한 하급자의 반감이나 일종의 불복종, 또는 제이차세계대전 직후에 등장한 다양한 실존주의 연극에서 이미 묘사된 개인의 도덕심에 의한 반항에서 비롯되는 것이다.

호텔은 이탈리광장에서 멀지 않은 13구의 쇠르로잘리대로에 위치해 있었다. 나는 이 대로도 로잘리 수녀*도 몰랐으나, 이탈리

* '쇠르'는 프랑스어로 '수녀'라는 뜻.

광장 인근이라는 것만으로 충분했다. 이탈리광장은 보그르넬 지구에서 충분히 멀었기에 유주와 우연히라도 마주칠 위험이 없었다. 유주는 우리집과 마레 지구나 생제르맹 지구밖을 벗어나는 법이 없었다. 거기에 난교 파티가 벌어지는 16구와 17구를 추가하는 것으로 그녀의 동선을 완전히 그릴 수 있었다. 나는 이탈리광장에서 브줄이나 로모랑탱*에서만큼 마음 놓고 지낼 수 있을 터였다.

* 각각 프랑스 동부와 중부에 위치한 지방 행정구.

8월 1일 월요일로 떠나는 날을 확정했다. 7월 31일 저녁, 나는 거실에 앉아 유주가 귀가하기를 기다렸다. 과연 그녀가 현실을 직시하기까지, 내가 영원히 떠나 다시는 돌아오지 않으리라는 걸 깨닫게 되기까지 얼마나 걸릴지 의문이었다. 어쨌든 그녀의 프랑스 체류는 두 달 남은 아파트 계약기간에 직결돼 있었다. 일본문화원 월급이 정확히 얼마인지는 몰라도 우리가 살던 아파트의 월세를 감당할 수준은 못될 것이고, 그렇다고 상황을 받아들이고 초라한 원룸에 들어가 사는 그녀의 모습도 상상이 되지 않았다. 그러려면 그녀가 갖고 있는 옷가지와 화장품의 사분의 삼가량을 처분해야 하리라. 그녀는 그토록 광활한 우리집 안방 드레스룸과 욕실의 선반이란 선반을 기어이 구석구석 채우고야 말았다. 그녀가 여성으로서의 위상을 유지하는 데 꼭 필요로 하는 물품들의 수는 가히 경악스러웠다. 여자들은 대부분 모르겠지만, 남자들은 그런 것들을 마뜩지 않아 할뿐더러 심지어 역겨워하고(흔히 열거되는 여성으로서의 결함에 대해 일반적인 마초 남성들이 기본적 수준의 관대함을 보인다 해도) 여자들의 끝없는 인위적인 치장을 비윤리적이라고 판단한다. 결국 남자들은 그런 여자들을 보며 인위적인 치장을 끝없이 해야만 미모가 유지되는 불량품을 소유한 기분에 사로잡히고 만다. 나는 유주와 함께 휴가 여행을 떠나서야 그녀가 욕실에서 놀라우리만치 오랜 시간을 보낸다는 사실을 알게 되었다. (대략 정오 무렵의) 아침 화장과 오후의 비교적 간략한 보정 화장, 그리고 지긋지긋하고 끝도 없는 저녁 목욕 의식을 계산해보니(로션과 크림을 하루에 열여덟 가지나 바른다는 사실을 그녀가 어느 날 내게 털어놓았다), 유주는 매일 얼추 여섯 시간을 몸치장에 할애하고 있었다. 모든 여자들이 그런 습성을 가진 건 아닌 터라 나로서는 더더욱 못마땅했다. 반대 사례는 얼마든지 있었고, 그러자 알알키안의 갈색 머리 여자와 그녀의 작은 가방이 새삼 다시 떠올라 슬픔이 가슴을 에며 관통했다. 몇몇 여자들은 보다 자연스러워 보였고, 세상과 자연스럽게 조화를 이루는 듯했다. 더러는 자신의 타고난 미모에 무관심한 척하기도 했고 정말 그래 보일 때도 있었다.

물론 그것은 부차적 기교의 문제였지만, 정말로 그런 여자들이 있었다. 가령 카미유는 욕실에서 하루에 길어야 삼십 분을 보냈고, 확신컨대 알알키안의 갈색 머리 여자도 마찬가지일 터였다.

유주는 월세를 감당하지 못할 것이고 자연히 일본으로 돌아갈 수밖에 없으리라. 매춘을 하지 않는 한 말이다. 사실 그녀는 매춘에 필수적인 재능이 있었고 성관계시 서비스는 상당히 높은 수준이었다. 특히 오럴섹스라는 결정적인 영역에서 뛰어났는데, 그녀는 절대 고환의 존재를 소홀히 하지 않으면서도 정성껏 귀두를 핥았고, 입이 작아서 목구멍 깊숙한 쪽은 구멍이라기보다는 좁다란 틈새에 불과했다. 하지만 내 생각에 목구멍 깊숙이 삽입하는 행위는 소수 마니아들만의 집착일 뿐이었다. 페니스가 살에 완벽하게 감싸이기를 바라는 거라면 무엇보다 음부가 있고, 바로 음부는 그걸 위해 있는 거니까. 입이 나은 점이란 혀가 있다는 것인데 필연적으로 혀가 아무것도 할 수 없는 목구멍 안쪽 세계에서 혀는 있으나마나 한 존재였다. 아무튼 그 주제로 논쟁을 벌이진 말자. 유주가 페니스 애무에 능란하고 어떤 상황에서든 언제든 기꺼이 해준다는 점(비행기를 타고 여행할 때마다 그녀의 놀라운 페니스 애무로 인해 기내에서의 시간이 얼마나 아름다워졌던가!), 무엇보다 항문성교 영역에 탁월한 재능이 있고 그녀의 엉덩이는 잘 받아주고 접근이 용이하다는 점, 게

다가 그녀가 자발적으로 항문을 제공한다는 점, 에스코트걸들의 세계에서도 항문은 늘 추가요금이 책정되는 영역이었으니 유주는 실제로 항문 서비스와 함께 보통의 매춘부보다 훨씬 더 많이, 추측건대 어림잡아 한 시간에 700유로, 하룻밤에 5000유로 선은 받을 수 있지 않을까. 뚜렷이 드러나는 우아함, 한계가 있긴 하나 충분한 수준의 교양도 진정한 에스코트걸이 될 수 있는 조건이었다. 그녀는 저녁식사 자리, 심지어 중요한 비즈니스 저녁식사 자리에 무난하게 데려갈 만한 여자였고, 사업가들이 예술에 관한 대화를 특히 좋아한다는 건 주지의 사실인바, 그녀가 썩 괜찮은 대화의 원천이 될 수 있는 예술 관련 직종에 종사한다는 것도 호재였다. 그런데 정확히 그런 이유로 나의 직장 동료 몇몇은 유주와 나의 관계를 의심의 눈길로 보기도 했다. 어쨌든 일본 여자란 그 자체로 늘 조금은 격조가 있었지만 거짓된 겸손을 부리지 않고 말하자면, 유주는 특별히 격조가 있는 여자였다. 나는 그 때문에 사람들이 나를 우러러본다는 것을 알았으나, 그럼에도 단언컨대(내가 죽을 날이 머지않았고, 거짓말을 하고 싶은 욕구가 전혀 없다는 걸 믿으시라) 내가 유주한테 빠져든 것은 '고급스러운' 에스코트걸로서의 자질 때문이 아니라 그저 일반적인 매춘부로서의 소질 때문이었다.

허나 매춘부로서의 유주는 잘 상상이 되지 않았다. 나는 때로는 혼자, 때로는 삶을 나누었던 여자들과 함께 매춘부를 숱하게 경험했기에 말할 수 있는데, 유주한테는 그 고귀한 직업의 필수적 자질이 결여되어 있었다. 바로 관대함이. 매춘부는 손님을 선택하지 않는다. 그것이 원칙이요 격률이었다. 매춘부는 차별 없이 모두에게 쾌락을 선사하고, 바로 그럼으로써 위대함에 이르는 것이다.

물론 유주는 집단성교의 주인공이 되기도 했으나 그것은 관대함과는 거리가 있었다. 그건 여자를 자아도취 상태에 빠뜨리는, 다수의 페니스가 한 여자에게 대령된 특수한 상황이었다. 자신의 차례를 기다리며 용두질하고 있는 남자들한테 둘러싸여 있다는 점에서 여자가 최고조의 흥분을 느끼는 상황 말이다. 더 자세한 걸 원한다면 이 부분에 대해서 보다 확고한 의견을 내는 카트린 미예의 책들을 참조하기 바란다. 유주는 집단성교를 제외하고는 늘 애인들을 택했다. 애인은 아주 고심하여 선택했고, 나는 유주의 애인들 중 몇몇을 만난 적이 있었는데, 대개는 예술가들(저주받은 예술가들이라기보다는 실상은 반대로 예술을 저주하는 예술가들)에 더러 문화 사업 결정권자들도 있었는데 하나같이 젊고 잘생겼고 우아하고 부유한 사람들이었다. 파리 같은 도시에서는 드물지 않은 유형으로, 파리엔 이런 남자들이 수천 명 상시 대기중이었다. 굳이 숫자를 밝히자면 만오천 명 남짓일 것이나, 그중에서 유주가 만난 남자들은 아마 백여 명쯤일 것이고 우리의 관계가 지속되던 시기엔 십여 명쯤일 것이니, 어쨌든 그녀가 프랑스에서 흐드러지게 놀았다고 할 수 있을 터였다. 하지만 이젠 그것도 끝이었다. 축제는 끝이었다.

우리가 함께 지냈던 날들 동안 유주는 단 한 번도 일본에 가지 않았고, 갈 생각조차 하지 않았다. 그녀와 그녀 부모의 전화통화를 몇 번인가 들은 적이 있는데 대화 분위기는 의례적이고 냉랭했고, 거의 용건만 전하는 식이었다. 국제전화 요금은 아무리 많이 나와도 비난할 수 없는 지출 영역이었는데도 말이다. 그저 짐작되는 바는 있었다. 유주가 내게 마음을 터놓은 건 아니고, 우리 관계의 초창기에, 그러니까 아직 친구들을 새로 사귄다거나 세련되고 따뜻하고 엄선된 사회적 인맥에 편입되기를 고려해보던 시기에 우리가 주최했던 저녁식사 모임중에 진실이 새어 나온 것이다. 유주가 자신과 같은 계층이라고 생각한 다른 여자들, 예컨대 패션 디자이너나 스카우터들이 그 자리에 동석했고, 그 여자들의 존재가 유주의 고백 충동에 아마 필연적으로 작용했기 때문일 것이다. 아무튼 나는 그녀의 부모가 나로서는 가늠도 되지 않는 일본의 어느 구석에서 딸의 혼례 계획을, 그것도 매우 구체적으로 구상중이고(정혼 후보자가 오직 두 사람뿐인 듯했고 어쩌면 단 한 명으로 압축되었을 수도 있었다), 그녀가 다시 그들의 품안으로 들어가는 그 즉시 그들의 계획에서 빠져나오기는 매우 어렵다는 것을, 나아가 아예 불가능하다는 것을 짐작할 수 있었다. 간제이가 유발되거나 히로쿠한 상황을 만난다면 모르겠지만(정확하지는 않지만 그녀가 전화통화를 할 때 들리던 소리를 기억해 만들어낸 말이다). 요컨대 그녀의 운명은 도쿄 나리타 국제공항에 발을 들이는 그 즉시 봉인될 터였다.

그것이 인생이다.

이쯤에서 특히 여자들에게 사랑에 대해 몇 가지 명확하게 설명해줄 필요가 있을 듯하다. 여자들은 사랑에 대한 남자들의 태도와 행동에 한결같이 당혹감을 느껴온 나머지 남자들의 사랑을 오해하고, 때로 남자들이 사랑에 불능이라는 잘못된 결론에 이르며, 이 사랑이라는 하나의 단어가 남자와 여자에게 상반된 두 가지 진실을 포괄한다는 사실을 인지하는 경우가 드물기 때문이다.

여성에게 사랑이란 근원적인 힘, 대대적인 지각변동을 일으키는 힘이다. 여성이 사랑이라는 감정을 품게 되면 그 사랑은 우리에게 엄청난 스펙터클을 선사하는 가장 압도적인 자연현상 중 하나의 모습이 된다. 따라서 사랑은 경외롭게 여겨야 할 대상이며 지진이나 기후 격변에 준하는 창조적 힘이다. 여성의 사랑은 전혀 다른 생태계, 다른 환경, 다른 우주의 기원이며, 여성은 사랑으로 새로운 세계를, 하잘것없는 고립된 존재들이 불확실한 현실 속에서 허우적거리는 새로운 세계를 창조하고, 아울러 그 세계의 새로운 개체인 커플의 존재 조건들을, 즉 사회적이고 감정적이고 발생론적인 이 새로운 개체의 존재 조건들을 창조한다. 이 새로운 개체의 소명은 이전에 존재했던 개인의 흔적을 완벽하게 지우는 것이고, 이미 오래전 플라톤이 통찰했듯 이 개체는 본질적으로 완벽하다. 더러 가족관계 속에서 복잡해질 수도 있으나 지엽적인 문제이며, 쇼펜하우어가 생각했던 것과 달리 어쨌든 여성은 이 사랑의 의무에 자신을 온전히 헌신하고, 그 안에 깊이 빠져들고, 이른바 몸과 마음을 바친다. 게다가 여성은 몸과 마음을 명확하게 분리하지 않는다. 여성에게 몸과 마음의 차이란 맥락 없는 남성적인 궤변이나 다름없다. 여성에게 사랑의 의무는 생생한 본능의 순수한 표현일 뿐이고, 그렇기에 그들은 의무랄 수도 없는 이 의무에 주저 없이 자신의 삶을 희생하는 것이리라.

남성의 경우 처음엔 여성보다 소극적이며, 여성의 감정 분출을 전부 다는 이해하지 못한 채로 그저 경탄한다. 남성에겐 그 모든 과장된 감정과 행동들이 다소 생소하나, 그도 차츰 변모하며 여성이 창조한 열정의 소용돌이와 쾌락에 빠져든다. 더 정확히는 여성의 그 조건 없는 순수한 의지력에 감사하며, 설사 여성이 빈번하게, 되도록이면 매일매일 질 삽입을 통해 경의를 바치기를 요구한다 해도 그것이 경의를 표현하는 흔한 방법인바, 그녀의 의지력이 그 자체로 절대선임을 이해한다. 남성의 존재의 핵심인 남근의 위상도 바뀐다. 남근 또한 사랑의 표현을 가능하게 하는 수단이 되기 때문인데, 사실상 남성은 사랑을 표현하는 다른 수단이 거의 없고, 이 기이한 우회적 표현으로 인해 여성에게는 남근으로 누리는 행복이 그 자체로 목적, 발휘할 수 있는 육체적 능력 내의 감소를 용인할 수 없는 목적이 된다. 여성에게서 받은 엄청난 쾌락이 남성을 차츰 변화시킨다. 남성은 감사하고 탄복하며, 세상을 보는 시각이 달라지고, 자신도 예기치 못한 방식으로 칸트가 말한 존중의 영역에 접근한다. 남성은 점차 다른 방식으로 세상을 대하게 되고, 이제 여자 없는 삶(정확히는 그에게 그토록 엄청난 쾌락을 주는 그 여자 없는 삶)이 실질적으로 불가능해진다. 희화화된 삶처럼 말이다. 바로 이 순간부터 남자는 진정으로 사랑하기 시작한다. 따라서 남자의 사랑은 여자의 사랑처럼 시작이요 탄생이 아니라, 끝이요 완성이다. 바로 이 점을 간과해서는 안 되는 것이다.

하지만 드물긴 해도 특별히 매우 예민하고 상상력이 풍부한 남자들은 첫 순간부터 사랑의 감정을 느끼기도 하고, 따라서 러브

앳 퍼스트 사이트(첫눈에 반한 사랑)가 전적으로 신화이기만 한 것은 아니다. 하지만 남자는 이때부터 경이로운 두뇌 활동을 통해 미래를 전망하면서 여자가 해를 거듭하며(그리고 이른바 죽음이 그들을 갈라놓을 때까지) 그에게 퍼부어줄 쾌락의 총체를 상상하고, 찬란한 끝을 이미(하이데거가 기분이 좋은 날에 말했을 법하게, 늘 이미) 예견한다. 내가 카미유(카미유에 대한 이야기는 나중에 다시 이어가겠다)의 시선 속에서, 그리고 보다 불확실하게는 알알키안의 갈색 머리 여자, 영원히 고통으로 남을 그 갈색 머리 여자의 찰나의 시선 속에서 엿보았던 것이 바로 그 공유된 쾌락으로 빛나는 찬란한 무한함이었다(갈색 머리를 향한 감정은 사실 카미유에 대한 감정보다 불확실하기도 했고 또한 조금은 시들하기도 했다. 내가 그녀보다 무려 열 살이나 더 많았고, 우리가 만난 시점엔 내 인생에서 섹스가 완전히 사라져 섹스를 위한 자리가 없었기 때문이다. 나는 이미 체념한 상태였으며, 이미 더이상 온전한 사내가 아니었다). 갈색 머리 여자는 아마 내 인생길에 놓인 마지막 행복의 기회였으리라.

유주한테서는 그와 같은 감정을 전혀 느끼지 못했다. 유주는 나를 조금씩 정복했을 뿐이었고, 그것도 우리가 보통 변태적이라고 부르는 행위들과 결부된 부수적인 방법들, 특히 음란한 행위들에 의해서였다. 예컨대 그녀는 어떤 상황에서든 내 성기를

(또한 자신의 성기를) 애무했다. 그 밖의 것은 알 수 없었다. 나는 그녀의 것보다 더 예쁜 음부들을 체험했다. 그녀의 것은 좀 너무 복잡했고, 주름도 심했고(심지어 어떤 면에서는 젊은 나이에 비해 늘어졌다고 평가할 수도 있었다), 돌이켜보면 그나마 항문이 괜찮았는데, 항문은 좁으면서도 실제로는 매우 고분고분하여 언제든지 가능한 상태였으니, 그녀와는 늘 세 개의 구멍 중에서 선택이 가능했다. 얼마나 많은 여자들이 그렇겠는가? 동시에 그렇지 못한 여자들은 여자로서 어떻게 간주해야 하는가?

어쩌면 섹스를 그토록 중요시하는 나를 비난할 수도 있을 것이다. 하지만 내 생각은 다르다. 다른 종류의 기쁨이 점차 섹스의 자리를 대신한다는 것을 모르지 않으나, 일반적인 삶의 과정에서 섹스는 여전히 우리가 자신의 신체 기관을 개인적이고도 직접적으로 개입시키는 유일한 순간이고, 섹스, 특히 강렬한 섹스는 사랑의 융합이 일어나는 데 필수적인 단계이며, 섹스 없이는 아무 일도 일어나지 않고, 나머지는 대개 섹스와 함께 자연스럽게 따라오는 것이다. 뿐만 아니라 섹스에는 또다른 면이 있는데, 바로 섹스는 여전히 위험한 순간, 특히 우리가 우리의 행위의 결과에 연루되는 위험한 순간이라는 것이다. 비단 에이즈만을 두고 하는 말이 아니다. 죽음의 위험이 진정한 짜릿함이 될 수도 있겠지만, 그보다는 생식의 문제가 그 자체로 훨씬 위험하다. 나는 성관계를 할 때마다 상황이 허락하기만 한다면 곧바로 콘돔 사용을 그만두었고, 사실을 말하자면 콘돔을 사용하지 않는 것이, 임신을 시키는 공포가 뚜렷해지는 것이, 내 욕망의 필수 조건이 되었다. 불행히도 서구인들이 생식과 섹스를 실질적으로 분리했더라면 (때로 어떤 기획을 성공시키듯) 생식뿐만 아니라 섹스에도 단죄를 내리고, 동시에 그들 스스로를 단죄한 셈이 되었을 것이다. 이는 가톨릭 정체성* 운동원들이 익히 감지한 바였다. 비록 그들의 입장이 스리섬이나 비역과 같이 무해한 행위들에 반감을 보이는 등의 기이한 도덕적 착오를 포괄하는 것이긴 했지만 말이다. 나는 아무튼, 가톨릭 신자도 아니고 가톨릭 정체성 운동원일 리 만무한 유주를 기다리며 코냑을 몇 잔이나 비우다 정신이 혼미해졌다. 벌써 밤 열시였다. 이대로 밤을 새울 작정은 아니었으나 어쨌든 유주를 만나지 않고서 떠나기는 좀 꺼림칙했다. 나는 시간을 때우기 위해 참치 샌드위치를 만들었다. 코냑은 이미 바닥이 났으나 칼바도스 한 병이 남아 있었다.

칼바도스 덕분에 생각이 점차 깊어졌다. 칼바도스는 부당하

---

* 가톨릭과 국수주의가 결합된 극우 성향의 공동체. 20세기 후반에 유럽에 확산된 '정체성 운동(민족, 인종, 종교, 성적 지향 등 공유되는 집단의 정체성을 기반으로 구축된 배타적인 정치동맹)'에서 파생했다.

게 홀대받는 풍미가 깊고 독한 술이다. 분명 나는 유주의 부정행위(단어의 수위를 낮춰 말하자면)로 인해 상처받았다. 남성으로서의 자존심에 금이 갔고, 무엇보다 그녀가 과연 그 모든 페니스를 나의 것만큼 똑같이 좋아했을까, 하는 의문에 휩싸였다. 그것은 그런 처지에 놓인 남자들이 품는 고전적인 의문이었고, 나 역시 똑같은 의문을 품었으며, 애석하게도 그렇다는 결론에 이르렀다. 그것으로 우리의 사랑이 더럽혀진 건 사실이었다. 우리의 관계 초창기에 그녀는 내 페니스에 대해 칭찬들(과하지 않은 적당한 크기와 놀라운 지구력)을 늘어놓았고, 그 말들은 나를 그토록 우쭐하게 만들었는데, 나는 이제 그 말을 다른 시각으로 해석하게 되었다. 그건 이제 사랑에 빠진 여자의 달아오른 마음에서 나온 달뜬 환상이 아니라, 수많은 페니스를 경험해본 결과에서 비롯된 객관적이고 냉정한 평가였다. 겸손하게 고백하건대 나는 내 페니스에 대해 특별한 욕심이 없었다. 그저 상대가 좋아해주고 그래서 나 역시 좋아지면 그만이었다. 이것이 내 페니스에 대한 나의 생각이었다.

하지만 그녀를 향한 사랑이 결정적으로 식은 것은 그 때문이 아니었다. 겉보기에는 보다 사소한 상황, 아주 짧은 순간이 계기였다. 당시 우리가 말을 주고받은 건 채 일 분이 되지 않았으니까. 유주는 두 달에 한 번씩 부모에게 전화를 걸었는데, 그 통화를 마친 직후였다. 그녀는 부모와 통화하며 일본 귀국을 언급했고, 내가 잘못 들었을 수가 없었기에, 자연히 나는 그에 대해 물었다. 그녀는 나를 안심시키는 데 급급했다. 요컨대 귀국은 한참 후의 얘기이니, 내가 신경쓸 일이 아니라는 것이었다. 그 순간, 그 찰나의 순간 나는 깨달았다. 일종의 거대한 하얀 빛이 머릿속을 가득 채우며 정신이 아득해지더니 다음 순간 정상적인 상태로 돌아와 간단한 의문이 떠올랐고, 그것으로 나의 핵심적 의혹이 이내 풀렸다. 그녀가 계획하고 있는 이상적 삶에는 이미 일본으로 귀국하는 것이 포함돼 있었다. 하지만 그건 이십 년이나 어쩌면 삼십 년 뒤, 구체적으로는 내가 죽은 직후의 일일 터였다. 그리하여 그녀의 미래의 삶에는 이미 내 죽음이 계획돼 있었고, 그녀는 그걸 늘 염두에 두고 있었다.

나의 반응은 분명 비합리적이었다. 그녀는 나보다 스무 살이나 어렸으니 어느 모로 보나 그녀가 나보다 오래, 그것도 훨씬 오래 사는 것이 순리였다. 하지만 무조건적 사랑이란 바로 그런 현실을 모른 척하려는 것, 심지어 진심으로 부인하려는 것이 아니겠는가. 무조건적 사랑은 그런 불가능성, 그런 부정을 토대로 구축되고, 그리스도에 대한 신앙이나 현 시점에선 거의 개발되지 않은 구글의 생명연장 프로그램에 대한 믿음으로 유효해질 것이다. 무조건적 사랑에서는 사랑하는 이는 죽을 수 없고, 당연히 불멸의 존재이다. 유주의 현실감각은 사랑의 부재의 다른 이름이었고, 그 결함, 그 부재의 성격은 명확했다. 그것은 순식간에 무조건적이고 낭만적인 사랑의 범주를 벗어나 타산의 범주에 진입했다. 그 순간 나는 끝이라는 것을, 우리의 관계는 끝이 났고 이렇게 된 이상 가능한 한 속히 관계를 정리하는 편이 낫다는 것을 깨달았다. 그 어느 때보다도 더, 여자이긴 하나 일종의 거미, 내 골수에서 자양분을 빼가는 거미를 곁에 둔 기분이었기 때문이다. 가슴이 달렸고(내가 이미 칭송할 기회가 있었던) 항문이 있고 게다가(내가 어느 정도 유보적인 입장을 보였던) 음부까지 있는 여자의 외양이었으나, 더는 그 모든 것에 상관없이 내 눈에 그녀는 거미, 내게 하루하루 치명적인 마비성 독을 주입하는 독거미로 보였다. 하루 속히 내 삶에서 그녀를 내보내야 했다.

칼바도스 병도 바닥이 났다. 밤 열한시가 넘어선 시각이었다. 어쩌면 유주를 다시 만나지 않고 떠나는 것이 최선이라는 생각이 들었다. 나는 창가로 갔다. 아마도 오늘 운항하는 마지막 배인 듯한 유람선 바토무슈가 시뉴섬 부근에서 유턴을 했다. 그리고 그때 나는 내가 그녀를 금세 잊으리라는 것을 알았다.

악몽에 시달린 고약한 밤을 보냈다. 꿈에서 내가 비행기를 놓칠 위기에 처해 여러 가지 위험한 행동을 해야 했는데 예를 들면 날아서 샤를드골공항에 가기 위해 토템타워 꼭대기 층에서 뛰어내리는 일 따위였다. 때로는 양팔을 파닥이고 때로는 그저 활공하며 나는 그런대로 공중에 떠 있을 수 있었는데, 집중력이 조금만 흐트러져도 그대로 추락하여 몸이 으스러질 판이었다. 자르댕데플랑트 자연사박물관 위를 비행할 때는 일촉즉발의 아찔한 순간을 겪었다. 고도가 몇 미터로 떨어지는 바람에 맹수 우리 바로 위를 간신히 날아갔다. 이 너절하지만 스펙터클한 꿈의 의미는 해석할 것도 없이 명확했다. 나는 도피에 성공하지 못할까봐 두려워하고 있었다.

다섯시 정각에 눈을 떴다. 커피가 마시고 싶었지만 부엌에서 소리를 내는 위험을 무릅쓸 수는 없었다. 유주가 필시 귀가했을 터였다. 그녀는 어떤 밤을 보냈건 간에 절대 외박은 하지 않았다. 열여덟 가지나 되는 화장품을 바르지 않고서 잠자리에 든다는 건 그녀에겐 있을 수 없는 일이었으니까. 이미 잠들었을 것이나 다섯시는 아직 좀 일렀고, 적어도 일곱시나 여덟시는 되어야 깊은 잠에 빠지리라. 기다려야 했다. 메르퀴르호텔에 얼리 체크인을 선택해두었으니 오전 아홉시부터 입실이 가능했고, 근처에 문을 연 카페가 있을 터였다.

전날 이미 짐을 꾸렸으므로, 출발 전에 할일은 아무것도 없었다. 가져갈 만한 추억이 담긴 물건이 아무것도 없다고 생각하니 조금은 서글펐다. 따로 챙길 편지 한 장, 사진 한 장, 책 한 권이 없이 모든 것이 나의 맥북 에어, 가공된 알루미늄 상판의 얇은 평행육면체 속에 죄다 들어 있었다. 나의 과거는 고작 1100그램이었다. 아울러 나는 우리의 관계가 지속된 지난 이 년 동안 유주가 내게 선물을 한 적이 한 번도 없다는 것을 깨달았다. 정말이지 아무것도, 단 하나도 없었다.

다음 순간, 훨씬 더 놀라운 사실을 깨달았다. 그건 전날 밤, 유주가 암묵적으로 내 죽음을 받아들였다는 사실에 정신이 아득해져 내가 얼마간 내 부모가 죽음을 맞게 된 경위를 잊어버렸다는 사실이었다. 과연 낭만적인 사랑으로 결속된 연인들에게는 초인적인 불멸이라든가 천상의 예루살렘 같은 가설과는 별개로 세번째 해결책이 있었다. 그것은 고도의 기술력을 요하는 유전자 연구도 하늘을 향한 간절한 기도도 필요 없는, 실현 가능하고 즉각적인 해결책이었다. 내 부모가 약 이십 년 전에 채택했던 바로 그 해결책.

마을의 모든 유력인사들을 고객으로 둔 상리스의 법무사와 졸업 후 가정주부 역할에 만족했던 루브르 예술사학교 출신 여학생. 내 부모는 언뜻 보아서는 불같은 사랑 이야기가 전혀 연상되지 않는 조합이었다. 내가 겪어본 바로는 겉보기와 다른 경우란 드물었지만, 내 부모의 경우는 그러했다.

예순네 살 생일 전날, 몇 주 전부터 끈질긴 두통을 앓아오던 내 아버지는 가족 주치의를 찾았고 시티촬영을 해보라는 소견을 들었다. 사흘 뒤, 의사가 검사 결과를 알렸다. 상당한 크기의 종양이 발견되었으나 이 단계에서는 암인지 아닌지 불분명하므로 생체검사를 받아야 한다는 것이었다.

일주일 뒤, 생체검사 결과로 모든 게 명확해졌다. 종양은 과연 암이었고, 교모세포종과 역형성별세포종이 혼합된 공격적인 종양으로 진행이 빨랐다. 뇌종양은 상대적으로 흔한 경우가 아니나 많은 경우 치명적이다. 일 년 이상 생존할 확률이 10퍼센트 미만이고 발병 원인도 알려져 있지 않다.

아버지는 종양의 위치 때문에 수술을 할 만한 상황이 아니었고, 경우에 따라 화학요법과 방사선치료로 얼마간의 효과를 볼 수는 있었다.

중요한 것은 아버지도 어머니도 이 사실을 내게 알려서 좋을 것이 없다고 판단했다는 점이다. 나는 상리스의 본가에 들렀을 때에야 우연히 진실을 알게 되었다. 어머니가 깜박하고 정리하지 않은 병원 봉투가 내 눈에 띄었고, 캐물은 후에야 사실을 알 수 있었다.

부모의 그다음 결정도 내게는 못지않은 생각거리였다. 내가 본가에 들렀던 날 부모는 이미 결정을 내렸을 터였고, 심지어 인터넷으로 이미 약품도 주문해두었던 듯했다.

그들은 일주일 뒤, 안방 침대에 나란히 누운 채로 발견되었다. 타인에게 폐가 될 것을 끝까지 염려한 아버지는 봉투에 집의 여분 열쇠까지 넣어 헌병대에 편지를 보냈다.

그들은 초저녁에 약물을 복용했다. 그들의 결혼 40주년 기념일이었다. 헌병대 장교가 그들이 숨을 거두기까지 고통은 짧았을 거라는 말로 나를 위로했다. 짧았지만 즉각적이진 않았으리라. 끝까지 손을 잡고 있고 싶었을 것이나 단말마의 경련으로 인해 손이 제각각 풀려 있는 걸 보면 유추할 수 있었다.

그들이 어떻게 약물을 구했는지는 결코 알아내지 못했다. 어머니가 집 컴퓨터의 검색 기록을 삭제해놨다(주문은 필시 어머니의 몫이었을 터. 아버지는 컴퓨터를, 더 넓게는 기술 발전과 관련된 모든 것을 끔찍이 싫어했고, 할 수 있는 한 미루고 미루다가 결국 사무실에 컴퓨터를 들여놓은 이후로도 컴퓨터 관련 업무는 비서가 전담했으며, 아마 당신 자신은 평생토록 컴퓨터 키보드에 손도 대지 않았으리라). 헌병대 장교 말로는 약물 주문 경로를 정말로 알아내고 싶다면 물론 가능했다. 클라우드에선 결코 아무것도 완벽하게 삭제되지 않으니까. 가능하긴 했으나 그것이 과연 필요했을까?

나는 관 한 짝에 시신 두 구를 동시에 매장할 수 있다는 사실을 몰랐다. 전 영역에 걸쳐 보건위생법이 하도 시시콜콜하여 거의 모든 것이 금지되었으리라 여겼기 때문이다. 하지만 이 부분은 아니었다. 가능한 일이었다. 적어도 아버지가 편지 몇 장으로 사후까지 인맥을 동원한 게 아니라면 말이다. 이미 이야기했듯 아버지는 마을의 유력인사들, 나아가 지역 인사들과 대부분 알고 지냈다. 어찌됐든 일이 그리 되었고, 나의 부모는 관 하나에 누워 상리스 북부의 공동묘지로 옮겨졌다. 어머니는 향년 쉰아홉이었고, 완벽하게 건강한 상태였다. 신부가 추도사 중에 인간의 사랑을 더 크고 위대한 신의 사랑에 대한 서곡으로서 손쉽게 읊조리는 것이 못내 거슬렸다. 가톨릭교회가 그들을 회수하려는 것이 다소 부당하게 생각되었다. 진정한 사랑을 마주했을 때는 신부는 입을 닥쳐야 하지 않겠는가. 이것이 내가 그에게 해주고 싶은 말이었다. 그 어릿광대가 내 부모의 사랑에 대해 무엇을 이해할 수 있겠는가? 나조차도 진정으로 이해하는지 확신할 수 없었고, 다만 늘 그들의 행동과 미소에서 두 사람만의 무언가를, 나는 결코 범접할 수 없는 영역을 감지했다. 그들이 나를 사랑하지 않았다는 의미는 아니었다. 그들은 분명히 나를 사랑했고, 어느 모로 보나 훌륭했고, 사려 깊고 과하지 않게 부모의 존재감을 발휘하며 필요한 경우 관대하기도 한 부모였다. 하지만 그들 간의 사랑과 똑같은 사랑은 아니었다. 그 두 사람을 결속시키는 초자연적 마법의 고리(두 사람의 의사소통 수준은 그야말로 놀라웠다. 나는 두 사람 사이에 명명백백하게 텔레파시가 통한 경우를 적어도 두 번은 목격했다)에서 나는 늘 배제되어 있었다. 그들 사이에 다른 자식은 없었다. 지금도 기억난다. 내가 대학입학자격시험을 치른 뒤 앙리 4세 고등학교*의 농업대학 준비반에 들어가던 해였다. 내가 부모에게 상리스의 대중교통 상황이 열악하니 차라리 파리에 방을 얻는 것이 훨씬 실용적일 듯하다고 말했을 때, 어머니가 찰나이긴 하나 의심의 여지 없는 안도감을 보여 놀랐던 기억이 또렷하다. 어머니의 머릿속을 처음 스친 생각은 마침내 그들이 단둘이 지낼 수 있겠다는 것이었으리라. 아버지는 아버지대로 기쁨을 잠시 감추고는 당장 내 이사 준비를 도맡았다. 일주일 뒤, 나는 쓸데없이 화려한 원룸아파트로 이사했다. 학교에서 도보로 오 분 거리의 레제콜가街에 위치한, 내 친구들이 만족하고 사는 다락방들에 비해 한눈에도 너무 큰 아파트였다.

* 파리에 위치한 명문 고등학교.

오전 일곱시 정각, 나는 몸을 일으켜 최대한 아무 소리도 내지 않으려 애쓰며 거실을 통과했다. 철통 같고 육중한 우리집 현관문이 금고 문처럼 소리 없이 열렸다.

그 8월의 첫날, 파리의 교통은 원활했다. 심지어 호텔에서 불과 몇 미터 거리의 쇠르로잘리대로에 주차도 할 수 있을 정도였다. 이탈리광장을 중심으로 뻗어나온 주요 도로들(이탈리대로, 고블랭대로, 오귀스트블랑키가도街道, 뱅상오리올가도 등등)이 파리 남동부를 아우르는 몇몇 구區의 교통량을 상당 부분 유입하는 것과 달리, 쇠르로잘리대로는 50미터도 못 되어 역시 조촐한 규모의 아벨오블라크가에서 끝났다. 쇠르로잘리대로를 양쪽으로 가르는 놀랍고도 쓸모없이 넓기만 한, 나무들이 늘어선 화단형 중앙분리대가 없었더라면, 대로라는 명칭은 그야말로 부적절해 보였으리라. 중앙분리대를 중심으로 나뉜 양쪽 길엔 지금은 차나 사람의 통행도 드물어 쇠르로잘리대로는 어떤 의미로는 사유 도로와 흡사했고, 몽소공원 근처에서 볼 수 있는 명칭만 대로인 가짜 대로들(벨라스케스대로, 반다이크대로, 라위스달대로)을 연상시켰다. 요컨대 무언가 사치스러운 분위기가 있었고, 이런 느낌은 신기하게도 조각상들로 장식된 안뜰로 이어지는, 커다란 포치가 달린 메르퀴르호텔 입구에 이르자 한층 강화되었다. 중간급의 왕궁에서나 볼 법한 장식이었다. 오전 일곱시 반이었고, 이탈리광장의 카페 세 곳은 이미 문이 열려 있었다. 카페 프랑스, 카페 마르주리드*(캉탈의 특산품을 맛보기에는 좀 이른 시간이었다), 그리고 보비요가 모퉁이에 자리잡은 카페 오쥘**. 상호는 멍청해 보였지만 나는 이 마지막 카페를 선택했다. 주인장들이 '해피 아워'를 번역하려는 독창적인 생각을 해냈기 때문이었는데, 그 결과 이곳의 '해피 아워'는 '행복한 시간'이 되었다. 분명 알랭 핑켈크로트***도 내 선택에 수긍하리라.

---

* 캉탈 지역의 경계에 위치한 산악지대.

** 남성 이름의 하나인 '쥘'에는 구어로 '애인'이라는 뜻도 있다.

*** 아카데미 프랑세즈 회원이자 철학가. 2013년에 출간된 『불행한 정체성』에서 프랑스의 정체성과 이민 문제를 다루었으며, 갖가지 극우적이고 인종차별적인

나는 카페의 메뉴판에 단번에 열광했고, 상호에 대한 부정적인 판단마저 재고하기에 이르렀다. 아닌 게 아니라 쥘이란 이름이 메뉴판 전체에 혁신적으로 활용되었다. 샐러드 메뉴에 나란히 적힌 '남부의 쥘'(푸른 채소, 토마토, 달걀, 새우, 밥, 올리브, 안초비, 파프리카)과 '노르웨이의 쥘'(푸른 채소, 토마토, 훈제연어, 새우, 수란, 토스트)이 이미 증명하듯, 메뉴명의 창의성이 내용물과 맥락이 닿아 있었다. 나는 머지않아(어쩌면 당장 오늘 점심에) '목동 쥘'(푸른 채소, 토마토, 따듯한 염소 치즈, 꿀, 베이컨)이 아니면, '농장의 쥘'(푸른 채소, 캉탈 햄, 감자 구이, 호두, 삶은 달걀)의 매력에 굴복하게 되리라는 것을 예감했다.

메뉴판의 요리들은 대체로 구태의연한 논쟁거리를 무시해버리고 전통요리(양파 그라탱 수프, 삶은 감자를 곁들인 청어 안심)와 혁신적 푸딩fooding(살사 베르데****를 곁들인 판코새우*****, 아베롱식 베이글) 사이의 평화로운 공존으로 가닥이 잡혀 있었다. 칵테일 메뉴에서도 전체적으로 똑같은 의지가 읽혔는데, 전통적인 메뉴들 속에 '초록색 지옥'(말리부, 보드카, 우유, 파인애

발언으로 논란을 불러일으켰다.

**** 스페인어로 초록색 소스를 뜻하는 말로 국가별, 지리적 특성에 따라 만드는 재료가 다양하다.

***** 일본식 빵가루를 입힌 새우튀김을 서양에서 이르는 말.

플즙, 박하주)이라든가 '좀비'(황갈색 럼, 살구크림, 레몬즙, 파인애플즙, 석류시럽)라든가 놀라우나 단순하기 이를 데 없는 '보비요 해변'(보드카, 파인애플즙, 딸기시럽)과 같은 진정한 창작 메뉴들 몇 개가 숨어 있었다. 결론적으로 내가 이 카페에서 몇 시간 정도가 아니라 며칠, 몇 주, 나아가 몇 년을 행복하게 보내게 되리라는 예감이 들었다.

오전 아홉시 무렵, 나는 프랑스 전역의 특산품들로 구성된 아침식사를 끝내고 웨이터들의 호감을 사기에 충분한 팁을 남기고서 메르퀴르호텔의 프런트로 향했다. 호텔 응대를 받으며 호텔에 대한 긍정적인 선입견이 틀리지 않았다는 생각이 들었다. 프런트 여직원은 내게 비자카드를 요구하기도 전에 예상보다 먼저 내 기대를 충족시켰다. 방은 내가 원한 대로 흡연이 가능한 방으로 예약되어 있었다. "투숙 기간은 일주일이 맞나요?" 그녀가 감미로운 의문문으로 말을 이었다. 나는 수긍했다.

일주일은 되는대로 정한 기간이었다. 나의 유일한 목적은 내 숨통을 조이는 유독한 관계에서 벗어나는 것이었고, 나의 자발적 실종 프로젝트는 완벽하게 성공했다. 현재의 나를 결산하자면, 인생의 절반을 산 서구 남성으로, 몇 년 동안 생계 걱정이 없으며, 가족도 친구도 없고, 인생에 아무 관심사나 계획도 없으며, 이전의 직장생활에 깊은 회의감을 느끼고 있었다. 애정적 측면으로는 다양한 경험을 했으나, 모두 같은 이유로 관계가 끝나버렸고, 죽을 이유가 없는 것처럼 살 이유도 없었다. 나의 현 상황을 새로운 출발을 위해서, 인간 심리에 관한 전문 잡지의 칼럼이나 텔레비전 프로그램에서 우스꽝스럽게 이야기되듯 '도약'하는 데 이용할 수도 있을 터였다. 또한 정신이 마비된 채로 무기력에 빠질 수도 있었다. 나는 호텔방을 보며 이 방이 나를 후자로 이끈다는 걸 단번에 깨달았다. 기껏해야 10제곱미터 정도 되는 비좁은 방이었고, 더블침대가 공간 대부분을 차지했으며 그 주위로 사람이 간신히 지나다닐 수 있었다. 침대 앞엔 폭이 좁은 콘솔이 있었고, 그 위에 필수불가결한 텔레비전과 의례적인 편의용 물품(즉 전기포트와 종이컵들과 일회용 인스턴트 커피들)이 놓인 쟁반이 있었다. 마지막으로 이 협소한 공간에 미니바와 한쪽 면이 30센티미터 정도 되는 거울, 그리고 그 앞에 의자까지 꾸역꾸역 들여놓아 구색을 갖춰놓았다. 자, 이것이 전부였다. 이것이 나의 새 집이었다.

나는 고독 속에서 과연 행복할 수 있었던가? 그럴 것 같지 않았다. 그럼 나는 그냥 행복할 수 있었던가? 이런 종류의 질문은 하지 않는 편이 더 나을 듯하다.

호텔 생활의 유일한 어려운 점은, 청소부가 자기 할일을 할 수 있도록 매일 방에서—즉 침대에서—나와야 한다는 것이었다. 방을 비우는 시간엔 정해진 원칙이 없고, 청소하는 시간은 고객에게 미리 알려지는 법이 없었다. 청소 시간이 결코 오래 걸리지 않는다는 것을 아는바, 외출 시간이 대략 한 시간 정도라면 편했을 것이나, 그런 것은 고지되지 않았다. 한편으로는 이해가 갔다. 그것은 호텔의 가치 기준에 부합하지 않고, 차라리 감옥의 생활 패턴을 연상시킬 테니까. 하여 나는 청소부—혹은 대체로 청소부들—의 자발성과 순발력에 기댈 수밖에 없었다.

방문 손잡이에 작은 알림판을 매달아놓고서 때에 따라 뒤집어가며 그들을 도울 수도 있었다. '쉿, 수면중—플리즈 두 낫 디스터브' 면(카펫 위에서 졸고 있는 잉글리시 불도그 그림으로 상징적으로 표시)으로 돌리거나, '깨어 있어요—플리즈 메이크 업 더 룸' 면(이번엔 연극무대의 막을 배경으로 포즈를 취한, 거의 공격적일 만큼 생생한 상태의 암탉 두 마리 사진)을 뒤집어가면서.

처음 며칠 동안의 암중모색 끝에 나는 두 시간 정도 외출하면 충분하리라는 결론에 이르렀다. 오전 열시에서 정오까지 손님이 뜸한 카페 오줠에서 시작되는 짧은 여정이 바로 정해졌다. 다음엔 쇠르로잘리대로를 거슬러올라갔다. 이 길은 나무들이 듬성듬성한 일종의 작은 원형교차로에서 끝났고, 날이 좋으면 나무들 사이에 놓인 벤치에 앉아 있기도 했다. 대개는 나 혼자뿐이었으나 이따금 벤치에 노인이 있거나 경우에 따라 그 노인이 작은 개를 데리고 나오기도 했다. 이어서 나는 원형교차로 끝에 있는 아벨오블라크가에서 오른쪽으로 접어들었고, 고블랭대로 모퉁이에 이르면 반드시 카르푸시티 슈퍼마켓에 들렀다. 나는 이곳에 처음으로 발을 들이자마자 이 슈퍼가 나의 새로운 삶에서 꽤 중요한 역할을 하리라는 걸 직감했다. 이곳의 오리엔탈 식품 코너는 며칠 전까지만 해도 내 단골 가게였던 토템타워 근처 G20 슈퍼마켓의 화려함에는 미치지 못했으나, 그래도 프리미엄 아부고슈와 미자도, 자타르, 흔치 않은 무사바하를 포함하여 여덟 가지 후무스가 진열돼 있었다. 샌드위치 코너는 외려 이곳이 한 수 위가 아닐까 싶었다. 나는 이제껏 파리와 파리 근교의 소규모 슈퍼마켓 상권은 데일리 모노프리가 장악하고 있다고 생각해왔다. 그런데 이제 보니 카르푸와 같은 대형마트 체인이 새로운 시장에 가세할 때는, 카르푸 회장이 최근에 〈챌린지〉지와의 인터뷰에서 상기했듯 "병풍이나 되려고 가세하는 게 아니"었다.

월등히 확대된 영업시간이 똑같은 정복욕을 말해주는 듯했다. 주중엔 아침 일곱시부터 밤 열한시까지, 일요일엔 아침 여덟시부터 오후 한시까지 영업을 했는데, 아랍인들도 결코 그렇게까지 하지는 못했다. 그나마 일요일 운영 시간은 파리 13구의 노동감시국이 소송을 제기해 첨예한 쟁의의 결과로 축소된 것이었다. 나는 이 사실을 업소에 게시된 안내문을 통해 알았는데, 업소측은 지방법원의 "비상식적인 결정"을 놀라우리만치 격렬한 언어로 규탄하고 있었다. 결국 그들은 "상점의 존립이 위태로울 정도로 막대한 액수"의 벌금을 부과하겠다는 위협에 한발 물러났다. 그 결과 소비자의 자유를 넘어 상인의 자유를 위한 전투에서 패했으나, 호전적인 어감의 게시물을 보니 전쟁은 아직 끝나려면 멀었다는 것이 느껴졌다.

카르푸시티 맞은편엔 '라 마뉘팍튀르'*라는 카페가 있었는데 내가 이곳에 들르는 경우는 매우 드물었다. 맛있어 보이는 맥주들이 뜨문뜨문 보였지만, 1920년 무렵 노동자들이 완전히 사라진 동네에서 꾸역꾸역 '노동자 카페'를 흉내낸 그 분위기에 도무지 적응이 되지 않았다. 뷔트오카유 지구의 음산한 구역까지 걷다가 그보다 더한 곳을 보게 될 터였으나, 그때는 아직 그걸 몰랐다.

이윽고 나는 고블랭대로를 50미터 남짓 도로 걸어내려와 쇠르로잘리대로로 다시 접어들었고, 그것이 나의 유일하고 실질적인 도시 산책 경로였다. 그 길을 걷는 동안 늘어난 차량과 행인들을 보며 나는 여름휴가로 정지되었던 일상이 다시 시작되는 첫 단계인 8월 15일의 관문이 지났고, 이어서 더욱 결정적인 9월 1일의 관문도 지났다는 것을 감지했다.

나는 정녕 몹시 불행했던 것일까? 만에 하나 당시 내가 접촉했던 사람들(메르퀴르호텔 프런트의 여직원, 카페 오줠의 웨이터들, 카르푸시티의 판매원) 중에서 누군가 내 기분을 물었다면, 아마 '슬프다'라고 대답했을 것이나 그것은 고저의 기복이 없는

* 프랑스어로 '공장'이라는 뜻.

안정적이고 잠잠한 슬픔, 요컨대 어느 모로 보나 최종적인 상태로 간주할 수 있는 감정일 터였다. 아무튼 나는 용케 그 함정에 빠지지는 않았다. 내 삶엔 아직 상황에 따라 끔찍할 수도 있고 반가울 수도 있는 여러 변수가 남아 있다는 것을 알았으니까.

그럼에도 나는 당시 아무런 욕망도 느끼지 못했다. 아니면 적어도 그런 기분이었다. 그건 여러 철학자들이 바람직하다고 간주하는 상태이기도 했다. 불교 철학자들이 대략 그와 비슷한 선상에서 생각했고, 심리학자들을 비롯해 다른 철학자들은 반대로 욕망의 결여를 비정상적이고 불건전한 것으로 간주했다. 메르퀴르호텔에 투숙한 지 한 달이 다 되어가도록 나는 이 고전적인 논쟁에서 어느 쪽으로도 결론을 내리지 못했다. 자유로운 상태(현존하는 모든 철학에서 이로운 것으로 간주하는 상태)를 유지하기 위해 호텔 체류 기간은 주 단위로 연장했다. 내 생각에 나는 비교적 멀쩡했다. 실제로 내 정신건강을 위협하는 요인은 단 한 가지, 즉 신체 관리 측면이었다. 단순히 세정의 문제라고도 할 수 있겠다. 양치는 그런대로 해낼 수 있었다. 그것까지는 아직 가능했으나, 샤워나 목욕은 생각만으로도 거부감이 밀려왔다. 사실 나는 육체라는 것이 아예 존재하지 않기를 바랐고, 육체가 있어서 그것을 신경쓰고 돌보는 데 노력을 기울여야 한다는 사실이 점점 견딜 수 없어졌다. 하지만 노골적인 악취를 풍기고 다닌다면, 비록 막대하게 증가한 노숙자들이 이 영역에서 서구사회의 기준치를 완화시켰을지라도 필시 부정적인 방식으로 나를 도드라져 보이게 만들리라는 걸 알고 있었다.

나는 이제껏 정신과의사와 상담해본 적이 없었다. 이 직업군의 실효성에 대한 믿음이 별반 없었기 때문이다. 해서 궁여지책으로 최소한 이동 시간만이라도 단축하고자 독토립*에서 13구에 있는 병원을 검색해 진료 예약을 잡았다.

보비요가를 벗어나 뷔트오카유가로 접어들면(두 길은 베를렌 광장에서 다시 만난다), 평범한 현대의 소비 세계를 떠나 다른 세상으로 진입한다. 노동자들의 크레이프 식당과 소규모 선술집들(특히 저렴한 가격과 친근한 분위기로 유명한 '메를 모쾨르'와 '탕 드 스리즈'가 마주보고 있다) 속에 유기농 공정무역 상점과 자질구레한 피어싱숍이며 아프리카 커트 전문 미용실들이 군데군데 자리를 잡고 있는 세상이었다. 그곳에 가면 늘 프랑스에서 1970년대가 아직 사라지지 않았으며 세상이 퇴보한 듯한 기분이 들곤 했다. 몇몇 그라피티들은 꽤나 그럴 듯했고, 나는 르리에브르 박사의 진료실이 위치한 생크디아망가로 향하는 갈림길을 지나친 채 길 끝까지 걸어갔다가 되돌아왔다.

---

* 지역별로 병원을 검색해 온라인으로 진료 예약을 해주는 프랑스 웹사이트.

역시 의사도 살짝 자디스트* 분위기를 풍기는군. 희끗희끗해지기 시작한, 어깨까지 내려오는 곱슬머리 의사를 보자마자 그런 생각이 들었다. 다음 순간 첫인상에 다소 어긋나는 나비넥타이와 전체적으로 고급스러운 진료실의 가구들이 눈에 들어왔고, 바로 견해를 수정했다. 그래봤자 자디스트에서 투쟁의 동조자 정도로 완화한 것이었지만.

최근의 내 삶에 대해 요약하자 의사는 확실히 실질적인 치료가 필요하다는 진단을 내리더니 혹시 자살 충동을 느낀 적은 없는지 물었다. 나는 그런 적 없다, 죽는 것엔 관심 없다고 대답했고 그러자 그가 불만족스러운 표정을 감추려 노력하며 단호한 어조로 자기 말을 이어갔다. 분명 내가 그에게 호감을 주지 못한 모양이었다. 아무튼 의사의 말은 신세대 항우울제가 존재하고(내 인생에서 매우 중요한 역할을 하게 될 캅토릭스라는 이 약물의 이름을 그때 처음 들었다), 이 약이 내 경우에 효과적일 수 있으며, 약효가 발현되려면 적어도 한두 주는 지나야 한다는 것이었다. 하지만 의학적으로 엄격한 감시가 필요한 약물이니만큼

---

* 환경을 파괴하는 개발을 막기 위해 해당 지역을 점거해 자연 속에서 생활하는 프랑스 환경운동가들을 일컫는 말.

반드시 한 달 뒤에 다시 내원해야 했다.

나는 처방전을 확 낚아채버리고 싶은 마음을 억누르며 바로 수긍했다. 속으로는 이 머저리를 두 번 다시 찾아오지 않으리라 다짐하면서.

나는 집으로, 그러니까 내 호텔방으로 돌아와 어쩌면 불능이 되고 리비도를 상실할 수도 있다는 경고문이 적힌 설명서를 주의 깊게 읽었다. 캅토릭스는 세로토닌의 분비를 증가시키는 기능을 한다. 하지만 내가 인터넷에서 찾아볼 수 있는 정신기능호르몬에 관한 정보들은 모호하고 일관성이 없어 보였다. 그중엔 문체가 두드러지는 양식적인 고찰들도 있었다. 예컨대 "포유류는 매일 아침, 잠에서 깨어나면 그룹 속에 남을지 외따로 떨어져 자신만의 삶을 살지 결정하지 않는다"라거나, "파충류는 다른 파충류에게 아무런 유대감도 느끼지 못한다. 즉 도마뱀은 다른 도마뱀들을 믿지 않는다"와 같은 식이었다. 무엇보다 세로토닌은 자아존중감과 그룹 내 타인의 인정과 관련이 있는 호르몬으로, 한편 주로 위장에서 생성되는 물질이며 아메바를 비롯한 다수의 생물체들에게서도 발견되었다. 대체 아메바가 어떤 자아존중감으로 뿌듯해할 수 있다는 것인지? 또 그룹 내에서 어떤 인정을 받는다는 것인지? 결국 의학기술은 여전히 모호하고 막연한 분야이며, 항우울제는 우리가 정확한 원리를 모르는 채로 우리의 체내에서 작용하는(또는 작용하지 않을 수도 있는) 수많은 약물 중 하나라는 결론만이 점차로 굳어졌다.

내 경우엔 약물이 작용하는 듯했다. 샤워는 내게 여전히 매우 힘에 부치는 일이었지만 나는 점차 미지근한 목욕물에 몸을 담그고 심지어 대충 비누질까지 하기에 이르렀다. 리비도의 측면에서는 별반 변화가 없었다. 어쨌든 알알키안의 갈색 머리, 좀처럼 잊히지 않는 알알키안의 갈색 머리 여자 이후로 성욕 비슷한 것도 느껴본 적이 없었으니까.

그러니 며칠 뒤 정오가 한참 지난 시각에 클레르한테 전화를 한 건 분명 성충동 때문은 아니었다. 그렇다면 무엇이 나를 떠밀었던 걸까? 나로서도 알 길이 없었다. 우리가 연락을 하지 않고 지낸 지 십 년도 더 되었다. 사실 나는 그녀가 전화번호를 바꾸었으리라 생각했다. 하지만 아니었고, 번호는 그대로였다. 주소도 그대로였다. 하지만 그건 이상한 일이 아니었다. 그녀는 내 전화에 약간 놀란 듯했으나 그 이상도 그 이하도 아니었고, 당장 그날 저녁에 자기 동네에 있는 식당에서 함께 식사하자고 제안했다.

클레르와 처음 만났을 때 나는 스물일곱 살이었다. 수년의 학창시절을 뒤로 하며 이미 적잖은 여자들—주로 외국인들—과 사귀어본 시점이었다. 당시엔 훗날 유럽의 대학생들 간의 성性적 교류를 엄청나게 용이하게 해준 에라스무스 장학제도가 존재하지 않았다는 것을 밝혀야겠다. 따라서 외국인 여학생들을 유혹할 수 있는 장소로는 주르당가도에 위치한 국제 대학기숙사가 유일했다. 이 기숙사 단지에서 건물 중 한 동이 기적적으로 농업학과에 할당되었으며, 그곳에선 하루가 멀다 하고 콘서트와 축제가 열렸다. 나는 각국의 젊은 여자들과 육체관계를 맺었고, 사랑은 서로의 차이점을 기반으로 키워나가는 것이며 비록 깊이 파고들면 누가 됐든 무수한 차이점이 발견된다 해도 원칙적으로 비슷한 사람끼리는 절대 사랑에 빠질 수 없다고 굳게 믿게 되었다. 요컨대 우리는 극단적인 나이 차가 상상을 초월하는 격정을 불러일으킬 수 있다는 걸 알고 있다. 인종의 차이도 놀라운 효과를 발휘하고, 단순히 국적과 언어가 다른 점도 결코 무시 못할 부분이다. 연인은 서로 같은 언어를 써서 좋을 것이 없다. 서로 하는 말을 모두 알아듣고, 말로 의사소통을 해서 좋을 게 없다. 말은 흔히 사랑이 아닌 분열과 증오를 조장하기 때문이다. 말은 하면 할수록 의도와 멀어지는 반면, 남자든 여자든 마치 개를 어르듯 상대를 향한 반半언어적이고 두루뭉술한 사랑의 속삭임은 무조건적이고 지속적인 사랑의 조건을 형성한다. 커플이 대화를 여전히 즉물적이고 구체적인 내용—창고 열쇠 어디 있어? 혹은 전기 기사가 몇시에 온다고 했지?—으로만 국한할 수 있다면 그들은 계속해서 사이좋게 지낼 수 있을 것이나, 대화가 그 이상을 넘어선다면 불화와 식어버린 사랑과 이혼의 세계가 시작될 것이다.

그렇게 해서 나는 각국의 여자들과 만났다. 주로 스페인과 독일 여자들이었고 남아메리카 여자 몇 명과 네덜란드 여자도 한 명 만났는데 그녀는 정말이지 어느 하우다 치즈 광고처럼 둥글둥글하고 소담했다. 무엇보다 케이트가 있었다. 내 청춘의 마지막, 마지막이자 가장 깊었던 사랑. 그녀 이후로 내 청춘은 끝났다고도 말할 수 있다. 우리가 흔히 '청춘'이라는 단어와 결부시키는 정신상태, 그 매력적인 무사태평함(또는 역겨울 만큼의 무책임함이라고도 할 수 있을 터), 그 활짝 열린 규정할 수 없는 세계의 기운을 그뒤로는 다시 맛보지 못했으니까. 그녀 이후로 나는 현실 속에 갇혀버렸다. 결정적으로.

케이트는 덴마크인이었다. 아마 내가 만났던 여자들 중에서 가장 명석한 사람이었지 싶다. 그 사실이 실질적으로 중요해서 하는 말은 아니다. 지적 능력은 친구 관계에서 별로 중요하지 않고 연인 관계에서는 당연히 더더욱 중요하지 않다. 선한 마음에 비하면 지적 능력은 거의 무게감이 없다. 내가 이런 말을 하는 이유는 무엇보다 그녀의 명민한 지적 능력이, 비범한 이해력이 그야말로 연구대상이요, 놀랄 만한 수준이었기 때문이다. 우리가 처음 만났을 때 그녀는 스물일곱 살이었고—즉 나보다 다섯 살 연상이었다—인생 경험도 나보다 월등히 풍부했다. 그녀 옆에서 나는 늘 어린 소년이 된 듯한 기분이었다. 그녀는 법학 공부를 기록적으로 빠르게 마치고서 런던 법률사무소의 경제 전문 변호사가 되었다. "소, 유 슈드 해브 멧 섬 카인드 오브 여피즈(그럼, 소위 여피족들도 몇 명 만나봤겠네)……" 우리가 처음으로 사랑을 나눈 밤이 지나고 그다음날 아침에 내가 이렇게 물었던 기억이 난다. "플로랑, 아이 워즈 여피(플로랑, 내가 여피족이었는걸)." 그녀가 조용히 대답했다. 그 대답이 기억난다. 그녀의 작고 단단한 가슴이 기억난다. 아침햇살 속에서 그 기억이 떠오를 때마다 미치도록 죽고 싶어진다. 그만 넘어가도록 하자. 런던에서 변호사 생활을 이 년 가까이 하고 난 뒤, 그녀는 확실하게 깨달았다. 여피족의 삶은 자신의 갈망과 취미와 전반적인 인생관과 전혀 맞지 않는다는 것을. 그래서 그녀는 공부를 더 하기로 마음먹었고, 이번엔 의학이었다. 그녀가 파리에 무슨 일로 왔는지 더는 뚜렷이 기억나지 않는데, 나로서는 병명도 정확히 기억나지 않는 어떤 열대병 치료에 아마 파리의 종합병원이 국제적으로 최고의 권위를 인정받고 있었고, 그것이 그녀가 파리에 온 이유였을 것이다. 이 여자의 능력을 단적으로 말해주는 일화가 하나 있다. 우리의 첫 만남—우리는 어느 저녁, 우연히 마주쳤다. 더 정확히는 그녀가 기숙사 자기 방이 있는 덴마크 동의 4층까지 짐들을 옮기고 있었고, 지나던 내가 돕겠다고 제안했다. 그러고 나서 우리는 맥주를 한 잔씩 마셨고 한 잔이 두 잔, 세 잔, 그 이상으로 이어졌다. 그녀가 파리에 도착한 건 바로 그날 아침이었고, 당시 프랑스어를 한마디도 할 줄 몰랐다. 그리고 이 주 뒤, 그녀는 프랑스어를 거의 완벽하게 익혔다.

마지막으로 찍은 케이트의 사진이 아마 내 컴퓨터 안 어딘가에 있을 테지만, 그녀의 모습을 되새기기 위해 굳이 컴퓨터를 켤 필요는 없다. 그저 두 눈을 감는 것으로 충분하다. 당시 우리는 그녀의 집에서, 그러니까 그녀의 부모 집에서 크리스마스를 함께 보낸 참이었다. 코펜하겐은 아니었는데, 도시명이 가물가물하다. 어쨌든 나는 기차 여행을 하면서 파리로 천천히 돌아오고 싶었다. 여행의 초기는 묘했다. 기차가 발트해 위를 달렸고, 잿빛 바다 표면과 우리의 거리는 불과 2미터 남짓이었다. 이따금 거센 파도가 더러 우리 객실의 현창을 철썩 때리고 갔다. 우리는 하늘과 바다라는 두 추상적인 광활함 사이에서 단둘뿐이었고,

나는 인생에서 그토록 행복했던 적이 없었다. 어쩌면 내 삶은 거기서 멈췄어야 했는지도 모른다. 철썩거리는 거대한 파도와 발트해와 영원히 합체된 우리의 육신. 하지만 그런 일은 일어나지 않았고, 기차는 목적지(로스토크였나, 아니면 슈트랄준트였던가?)에 도착했다. 케이트는 나의 기차 여행에 며칠간 동행할 예정이었다. 이튿날 대학 학기가 시작되었으나, 그럭저럭 조율할 수 있을 터였다.

내가 갖고 있는 케이트의 마지막 사진은 독일 북동부 메클렌부르크포어포메른주의 주도主都인 슈베린이라는 작은 마을의 슈베린성 정원에서 찍은 것이다. 정원의 오솔길들이 하얀 눈으로 소복이 뒤덮였고, 저멀리 성의 작은 탑들이 보였다. 케이트가 내 쪽을 돌아보며 미소를 짓고 있다. 아마 내가 사진을 찍기 위해 뒤돌아보라고 소리쳤을 것이다. 나를 돌아보는 그녀의 시선엔 사랑이 가득하나, 관대함과 슬픔 또한 어려 있다. 아마 내가 머지않아 자신을 배신하리라는 것을, 우리의 이야기가 이내 끝나버리리라는 것을 이미 예감했기 때문이리라.

그날 저녁 우리는 슈베린의 맥줏집에서 저녁을 들었다. 비쩍 마른데다 강팍하고 불행해 보이던 사십대가량의 웨이터가 기억난다. 그는 아마 우리의 젊음과 우리 커플이 발산하는, 사실을 말하자면 특히 그녀가 발산하는 사랑에 감동을 받았는지 일단 접시들을 내려놓자 우뚝 멈추고는, 내 쪽을 돌아보며(우리 둘을 돌아보긴 했지만 특히 내게 시선을 고정했다. 내가 약한 연결고리라는 것을 감지한 듯했다) 프랑스어로(그도 프랑스인인 듯했다. 어떻게 프랑스인이 슈베린의 맥줏집까지 와서 웨이터를 하고 있는 것일까. 인간의 삶이란 참으로 미스터리다) 말했다. 예사롭지 않은 엄숙함과 성스러움으로 이렇게. "그렇게 두 분이 늘 함께 있어요. 부탁이오. 그대로 떨어지지 말아요."

우리는 세상을 구할 수도 있었다. 한쪽 눈을 한 번 찡긋하는 것으로, 인 아이넴 아우겐블리크(순식간에) 세상을 구할 수도 있었으나, 우리는 그러지 않았다. 아니, 내가 그렇게 하지 않았고, 우리의 사랑은 승전보를 울리지 못했으며, 나는 사랑을 배신했다. 잠을 이루지 못하는 밤이면, 다시 말해 거의 매일밤, 나는 나의 빈곤한 머릿속에 울려퍼지는 케이트의 자동응답기 소리를 듣는다. "헬로 디스 이즈 케이트 리브 미 어 메시지(안녕하세요 케이트예요 메시지를 남겨주세요)." 그녀의 목소리는 청량했다. 먼지를 뒤집어쓴 무더운 여름날 오후에 폭포 속으로 뛰어드는 것 같았다고 할까. 온몸의 모든 더러움이, 절대 고독이, 불행이 단 번에 씻겨 내려가는 기분이었다.

우리의 마지막 순간은 프랑크푸르트의 중앙역, 프랑크푸르터

하웁트반호프에서였다. 케이트는 이번만큼은 정말 코펜하겐으로 돌아가야 했다. 학교 수업을 더는 방치할 수 없었고 지난 며칠도 이미 무리를 했으니 파리까지 나와 동행한다는 것은 어불성설이었다. 열차의 문가에 서 있는 나와 플랫폼에 서 있는 그녀의 모습이 눈에 선하다. 우리는 밤새도록, 오전 열한시가 될 때까지, 정말로 기차역에 가야 할 시간까지 사랑을 나누었다. 그녀는 기력이 다할 때까지 나와 섹스를 하고 나를 입으로 빨았다. 그녀의 기력은 엄청났다. 나 또한 당시엔 금세 다시 발기했지만, 문제는 사실 그것이 아니었다. 본질적인 문제는 그게 아니었고, 그러니까 문제는 무엇보다 케이트가 돌연, 플랫폼에 서서 울기 시작했다는 것이었다. 아니, 울었다기보다는 눈물 몇 줄기가 그녀의 뺨을 타고 흘러내렸다. 그녀는 기차가 출발할 때까지 거의 일 분 이상 나를 응시하며 내게서 한순간도 눈을 떼지 않았는데, 순간 그녀도 모르게 눈물이 흘러내렸던 것이다. 나는 미동도 하지 않았다. 플랫폼으로 뛰어내리지 않았고, 그저 그렇게 선 채 열차의 문이 닫히기를 기다렸다.

죽어 마땅한 짓이었고, 나아가 가장 무거운 형벌을 받아 마땅했다. 그걸 인정하지 않을 수 없다. 나는 불행하고 모진 삶을 홀로 마칠 것이고 그에 대해선 억울할 것이 없다. 케이트를 만나본 남자가 어떻게 그녀한테서 등을 돌릴 수 있단 말인가? 이해할 수 없는 일이다. 후에 결국 나는 그녀에게 전화를 걸고 말았다. 사실 그전에 그녀에게서 온 몇 차례인지도 모를 메시지에 나는 답을 하지 않았었고, 그 모든 것이 상파울루로 돌아간 다음날로 나 따위는 잊어버린 그 너절한 브라질 여자 때문이었다. 나는 케이트에게 전화를 했으나, 엄밀히 너무 늦은 후였다. 그녀는 인도주의 구호활동에 참여했다며 이튿날 우간다로 떠난다고 했다. 서구 남자들이 그녀를 실망시킨 것이 분명했다. 특히 내가.

우리는 늘 관리비 내역에 관심을 갖기 마련이다. 클레르도 자기 몫의 멜로드라마를 차지했다. 그녀는 진정으로 행복에 가닿지 못한 채 격동의 해들을 보냈고, 하지만 과연 누가 그럴 수 있겠어? 하고 생각했다—또한 서구사회에서는 누구도 더는 행복해질 수 없으리라고 여겼다. 오늘날 사람들은 행복을 옛날의 꿈쯤으로 치부하는 듯하고, 그건 바로 역사적인 행복의 조건들이 더는 규합되지 않기 때문이라고.

사생활의 측면에서 클레르는 불만족스럽고 절망적이기까지 했던 반면, 부동산 측면에서는 짜릿한 기쁨을 맛보았다. 클레르의 모친이 신에게—혹은 아마도 무無에—자신의 저열한 영혼을 바쳤을 때는 세번째 밀레니엄이 막 시작되었을 때였다. 어쩌면 과거에 유대 기독교로 불리던 서구에는 너무 심한 천 년이었다. 권투선수들이 너무 심한 경기를 치른다고 할 때와 같은 의미로 말이다. 어쨌든 그런 생각은 과거 유대 기독교로 불리던 서구에 널리 확산되었다. 내가 이런 이야기를 하는 이유는 역사를 통해 비추어보고자 함이나, 클레르는 그 모든 것에 아무 관심이 없었다. 그녀의 머릿속엔 다른 걱정들이 있었다. 무엇보다 배우로서의 경력이 걱정이었고, 이윽고 점차로 그녀의 삶에서 관리비 내역이 지배적인 자리를 차지하게 되었다. 하지만 앞질러 얘기하지는 않겠다.

클레르와는 1999년 12월 31일 새해맞이 파티에서 만났다. 업무상 알게 된 위기 소통 전문가의 집에서였다. 당시 나는 몬산토* 사에 근무했고, 몬산토는 늘 소통 위기 상태였다. 그가 클레르와 어떻게 알게 되었는지는 모른다. 아마 둘이 직접적으로 아는 사이가 아니라, 그가 클레르의 여자 친구 중 하나와 잠을 잤을 것이다. 어쩌면 친구라는 말은 정확한 표현이 아닐 것이다. 클레르와 함께 연극을 했던 다른 배우라고 하는 편이 낫겠다.

당시 클레르는 연극에서 처음으로—그리고 아마 마지막으

* 유전자 변형 작물을 연구·개발하는 다국적 농업기업.

로—커다란 성공을 맛본 시점이었다. 그때까지는 저예산이나 중간급 예산의 프랑스 영화나 '프랑스 퀼튀르'의 라디오드라마 몇 편에서 단역을 맡는데 그쳤다. 그런데 이번엔 조르주 바타유의 작품에서 여주인공 역을 맡은 것이다. 정확히 말하자면 그건 조르주 바타유의 작품이라고 할 수 없었고, 나아가 전혀 아니라고 할 수 있었다. 연출가가 조르주 바타유의 소설 및 이론서를 포함한 다수의 저작물을 토대로 각색 작업을 했던 것이다. 그 연출가가 여러 인터뷰에서도 밝혔듯 연극의 의도는 새로운 가상의 성性에 의거하여 바타유를 다시 읽는 것이었다. 그는 특히 마스터베이션을 통해 바타유를 새롭게 조명하겠노라 선언했고, 바타유와 주네의 입장 차이, 나아가 대립을 숨기려 들지 않았다.* 그리하여 그 모든 문제가 정부 보조금으로 운영되는 '레스트 파리지앵' 극장 무대에 올려졌다. 요컨대 이번엔 언론의 대대적인 보도를 기대할 수 있었다.

나는 첫 공연을 관람했다. 클레르와 잠자리를 하게 된 지 불과 두 달이 조금 넘었을 때였지만 그녀가 이미 내 집으로 거처

---

* 바타유는 전복적이고 신성모독적이며 인간의 어두운 면을 탐구한다는 점에서 작품세계의 유사성이 짙은 장 주네를 지속적으로 비판했다. 다수의 평론가들은 바타유의 불가사의한 태도의 원인을 무엇보다 동성애 혐오와 동시에 억누른 동성애 욕망에서 찾고 있다.

를 옮긴 후였다. 그녀가 살던 방은 정말이지 여건이 열악했음을 밝혀야겠다. 스무 명 남짓한 사람들과 함께 사용하는 복도의 샤워 시설마저 너무 더러워 오직 씻을 목적으로 '클럽메드 헬스센터'에 등록했을 정도였다. 연극 자체는 그다지 인상적이지 않았으나, 클레르는 그렇지 않았다. 그녀는 연극이 공연되는 내내 일종의 서늘한 에로티시즘을 발산했고, 의상과 조명 담당자의 작업도 훌륭했다. 관객으로서 그녀와 섹스하고 싶은 욕망이 일었다기보다는 그녀가 주도하는 섹스에 자신을 내맡기고 싶은 기분이 들었다고 할까. 그녀는 통제되지 않는 섹스 충동을 불시에 느낄 수 있는 여자처럼 보였고, 게다가 그것은 우리 둘의 실제 일상에서 벌어지는 일이기도 했다. 그녀는 아무 내색도 하지 않다가 느닷없이 내 페니스에 손을 얹었고 이어서 내 바지 지퍼를 내리고는 꿇어앉아 내 것을 빨아주거나, 아니면 거기서 살짝 변주하여 자신의 팬티를 벗고서 수음을 하는 식이었다. 내 기억에 그녀는 장소를 거의 가리지 않았는데, 한번은 구청 세무과의 대기실에서 일을 벌였다. 아이 둘을 데리고 온 흑인 여자 하나가 약간 충격을 받은 눈치였다. 요컨대 클레르는 성적인 측면에서 꾸준히 서스펜스를 유지했다. 평단은 만장일치의 찬사를 보냈고, 〈르몽드〉지 문화면의 한 면 전체와 〈리베라시옹〉지의 두 면이 연극 기사로 뒤덮였다. 이 칭송의 합창에서 클레르는 자기 몫 이상의 분랑을 얻었고, 특히 〈리베라시옹〉에선 그녀를 히치콕 감독의 영화들에 나오는, 내면은 실상 불처럼 뜨거우나 겉은 차가운 금발의 여주인공들과 비교했다. 나는 베이크드 알래스카*식 비교 기사들을 이미 수십 차례 읽었던 터라, 히치콕 영화를 단 한 편도 보지 않았음에도 무슨 소린지 대번에 이해할 수 있었다. 나는 히치콕보다는 차라리 매드맥스 세대였으나, 어쨌든 클레르에게 들어맞는 제법 적절한 비유였다.

연출가가 작품의 핵심으로 여기는 듯한 마지막에서 두번째 장에서, 클레르는 치마를 걷어올린 뒤 관객을 향해 가랑이를 벌리고서 자위하는 연기를 했고 그동안 다른 여배우가 조르주 바타유의 기나긴 텍스트를 읽었는데, 나는 그 텍스트를 본질적으로 항문의 문제로 이해했다. 〈르몽드〉의 평론가가 그 장면을 특별히 높이 평가하며 클레르가 연기로 구현해 보인 '위엄'을 상찬했다. 내 생각엔 사실 '위엄'이란 단어는 과하긴 했으나, 어쨌든 그녀는 담담했고 전혀 흥분하지 않은 것처럼 보였으며, 첫 공연이 끝난 날 밤에 그녀 스스로 확인해준 바와 같이 실제로도 전혀 흥분하지 않았다.

마침내 그녀의 경력에 시동이 걸렸고, 이 첫번째 기쁨은 3월

* 스펀지케이크에 아이스크림을 얹고 머랭으로 감싼 후 빠르게 구워낸 디저트.

의 어느 일요일, 리우데자네이루행 에어프랑스 AF232편 항공기가 남대서양 한복판에서 추락하는 두번째 기쁨이 추가되며 완벽해졌다. 탑승자 중에는 단 한 명의 생존자도 없었으며 클레르의 모친도 그중 하나였다. 유족들을 위한 심리치료반이 즉시 구성되었다. "바로 그때 내가 훌륭한 배우라고 느꼈지…… 비탄에 잠기고 크게 상심한 척했거든. 정말이지 기쁨을 감쪽같이 숨긴 것 같아." 클레르가 심리치료 전문가들을 만나고 온 첫날 밤에 내게 했던 말이다.

그들 모녀는 실제로 서로를 증오했지만, 사실 클레르의 모친은 따로 유언장을 작성하는 수고를 하기에는, 즉 자신이 죽은 뒤에 일어날 수 있는 일에 대해 생각하는 데 단 일 분의 시간이라도 할애하기에는 지나치게 자기중심적이었다. 어쨌든 자식한테 유산을 물려주지 않기란 어려운 일이고, 클레르는 외동딸로서 유산 50퍼센트의 유류분에 대한 침범할 수 없는 법적 권리가 있었다. 요컨대 클레르에겐 걱정거리가 전혀 없었고, 그 기적적인 항공기 추락사고 이후 한 달 만에 과연 파리 20구의 뤼소드메닐몽탕가의 멋진 아파트를 포함하여 모친의 전 재산을 상속받았다. 우리는 이 주 동안 노파의 물건들을 정리하고 나서 그 집으로 이사했다. 실은 노파라고도 할 수 없는 것이 클레르의 모친은 향년 마흔아홉 살이었고, 그녀의 목숨을 앗아간 비행기 추락사고는 당시 정확히 나와 동갑이었던 스물여섯 살짜리 남자와 함께 브라질로 휴가를 떠나는 중에 당한 변이었다.

아파트는 1970년대 초반에 문을 닫은 옛 철사 공장 안에 위치했고, 클레르의 부친이 매입하기 전까지 수년 동안 비어 있었다. 수익성 높은 사업에 후각이 발달한 기민하고 추진력 강한 건축가였던 그녀의 부친이 공장을 로프트 스타일 아파트로 개조했다. 포치형 입구는 거대한 쇠살문으로 보안을 강화했고, 디지털 도어록 대신 홍채인식시스템을 적용했다. 방문객들은 비디오카메라와 연결된 인터폰을 이용해 출입할 수 있었다.

일단 그 장벽을 통과하면 스무 명 남짓이 공동으로 소유한 옛 공장 건물들로 둘러싸인 광활한 안마당이 나왔다. 클레르의 모친에게 남겨진 아파트는 그중에서도 가장 넓은 집 중 하나로, 높이 6미터에 100제곱미터가량의 널찍한 개방형 거실과 아일랜드 식탁이 놓인 개방형 부엌, 자쿠지와 로만식 샤워부스가 설치된 커다란 욕실, 하나는 복층 구조이고 다른 하나는 드레스룸이 딸린 방 두 개, 작은 정원에 면한 서재로 구성되었다. 총 면적은 200제곱미터를 조금 웃돌았다.

당시에는 아직 용어가 널리 확산되지 않은 시기였지만, 단지 내의 다른 공동소유주들은 이후에 보보스족이라고 일컬어지던 사람들과 정확히 일치했다. 그러니 그들이 연극배우를 이웃으로 두게 된 걸 반색할 수밖에. 보보스족 없이 연극의 운명은 과연 어찌되었을지 모르겠다. 그때만 해도 〈리베라시옹〉은 비정규직 공연계 종사자들만 읽는 매체가 아니라 (어쨌든 감소했지만) 일정 수의 일반 독자들이 존재했고, 〈르몽드〉는 판매 부수와 영향력 면에서 아직 위세를 떨치고 있었다. 다시 말해 클레르는 단지 내에서 열렬한 환대를 받았다. 내 경우는 좀더 미묘할 수 있었는데, 그들한테 몬산토사는 거의 CIA만큼 명예로운 기업으로 느껴졌을 것이다. 좋은 거짓말은 늘 현실 속의 몇 가지 요소를 차용하는 법이다. 나는 망설임 없이 내 업무를 희귀 난치병 정복을 위한 유전자 연구로 소개했다. 희귀 난치병을 공격하는 건 불가능하다. 희귀 난치병이라고 하면 그 즉시 자폐아나 열두 살의 나이에 노인처럼 보이는 조로증을 앓는 불쌍한 어린이들을 연상시키기 때문이다. 나는 사실 그 분야와 관계가 멀었으나, 어떤 유식한 보보스 앞에서도 움츠러들지 않을 만큼 유전학에 대해 아는 게 꽤 많았다.

사실을 말하자면 나 스스로도 내 일이 점점 거북살스러웠다. GMO의 위험성에 대해서는 아무것도 명확하게 밝혀지지 않았고 급진적 환경주의자들은 많은 경우 무식한 얼뜨기들이었으나, 무해성 또한 명확하게 밝혀진 바 없었고 회사의 내 상사들은 그저 두말이 필요 없는 병적인 거짓말쟁이들이었다. 진실은, 유전자 조작 식물이 장기적으로 끼칠 해악에 대해 우리는 아무것도, 혹은 거의 아무것도 모른다는 것이었으나, 내가 보기에 문제는 그게 아니었다. 문제는 종자 생산자들과 비료 및 살충제 생산자들이 그들의 존재만으로도 농업에 파괴적이고 치명적인 역할을 한다는 것이었다. 대량 수출 및 헥타르당 최대 수익 창출에 기반을 두는 이 집약적인 농업, 농업과 축산업의 분리와 수출에 전적으로 기반한 이 수출산업화된 농업이야말로 우리가 적절한 발전에 이르기 위해서 해야 할 일과 정확히 대척점에 있었다. 우리가 해야 할 일은 반대로 품질을 우선시하고, 향토식품을 생산하고 소비하며, 윤작법과 동물성 비료 사용으로 회귀하여 토양과 지하수층을 보호하는 것이었다. 아마 클레르와 내가 이사하고 나서 처음 몇 달 동안 수차례 마련되었던 이웃간의 아페리티프 시간에, 내가 이 주제에 대해 구체적인 자료까지 동원하여 열렬하게 의견을 피력한 것에 적잖은 사람들이 놀랐으리라. 물론 그들도 나와 같은 생각이었을 것이나, 실상은 제대로 알지도 못한 채 순전히 좌파적 순응주의에 의해 형성된 생각이었을 것이다. 나는 늘 고민이 많았고, 어쩌면 이상마저 품었었다. 내가 이공과대학이나 경영대학 같은 일반적인 학교보다 농업대학을 간 것은 우연이 아니었다. 요컨대 나에겐 이상이 있었고, 다만 그 이상을 배반하는 중이었다.

그럼에도 퇴사는 엄두를 낼 수 없었다. 내 월급에 우리의 생계가 달려 있었기 때문이다. 조르주 바타유의 작품들을 각색한 연극에서 비평적 성공을 거두었음에도 불구하고 클레르의 경력은 끈질기게 답보 상태에 머물렀다. 그녀의 경력들은 일견 학술적이고 예술적인 면에 인접했으나, 그것은 오해였다. 정작 그녀의 꿈은 오락영화에 출연하는 것이었기 때문이다. 그녀 자신부터 대중이 즉각적으로 이해할 수 있는 영화가 아니면 결코 보러 가지 않았다. 그녀는 〈그랑 블루〉와 특히 〈비지터〉를 열렬히 좋아한 반면, 바타유의 작품을 "완전히 바보같다"고 여겼으며 더 나중에 공연에 참여하게 된 미셸 레리스의 작품에 대해서도 같은 생각이었다. 하지만 최악은 아마 프랑스 퀼튀르에서 모리스 블랑쇼의 작품을 한 시간 동안 낭독했던 일이었으리라. 그녀는 내게 세상에 그런 허섭스레기가 존재하리라고는 꿈에도 생각지 못했고, 라디오에서 사람들에게 감히 그 따위 헛소리를 소개할 엄두를 냈다는 것 자체가 놀라울 따름이라고 말했다. 나로서는 블랑쇼에 대해 아무 의견이 없었고, 다만 블랑쇼는 타자 연습을 하기에 이상적인 글을 쓴 작가인데 그 이유는 "내용에 방해받지 않을" 수 있기 때문이라고 했던 시오랑의 재미있는 문장이 떠올랐다.

클레르의 외모는 불행히도 자신의 이력서와 일치했다. 그녀의 서늘하고 우아한 금발 미모가 그녀가 국가 지원 연극작품에서 억양 없는 목소리로 읊는 텍스트와 조응하는 것 같았다고 할까. 당시의 대형 오락산업에선 라틴 계열의 섹시한 스타일이나 도발적인 혼혈인이 인기를 끌었다. 따라서 그녀는 시류와 철저히 거리가 멀었고, 〈프랑스 필름〉지를 정기적으로 보며 거의 모든 오디션에 닥치는 대로 참가하는 열의를 보였지만 다음해에도 내가 언급했던 몇몇 예술 작업들을 제외하고는 아무 역할도 따내지 못했다. 심지어 데오도란트 광고에도 베이크드 알래스카들을 위한 자리는 없었다. 어쩌면 그녀에게는 역설적으로 포르노산업에 더 많은 기회가 있었던 것은 아닐까. 당연히 섹시한 라틴계나 흑인 배우들을 과소평가해서가 아니라, 포르노는 여배우들의 인종과 외모의 다양화를 최대한으로 추구하는 분야였으니 말이다. 어쩌면 정말로 나와 연락이 끊긴 동안 그런 식으로 방법을 강구했을 수도 있었다. 비록 그녀도 포르노에 발을 담그면 절대 일반적인 영화의 배우 경력으로 이어질 수 없으리라는 것은 잘 알았겠지만, 출연료가 거의 비슷한 수준이라면 프랑스 퀼튀르에서 블랑쇼 작품을 읽는 것보다는 그편이 낫다고 생각했을 수도 있었다. 허나 그것도 오래 지속되지는 못했으리라. 당시는 포르노산업이 인터넷상의 아마추어 포르노에 몰락되기 불과 몇 달 전이었기 때문이다. '유포르노'는 유튜브가 음악산업을 무너뜨린 것보다 더 빠르게 포르노산업을 무너뜨릴 터였다. 아닌 게 아니라 포르노는 다수의 수필가들이 이미 지적한 바와 같이 늘 기술 혁신의 선봉에 서 있었다. 하지만 그러한 사실이 역설적이라는 것은 누구도 알아차리지 못했는데, 포르노는 어쨌든 혁신이 끼어들 자리가 많지 않은 인간 활동의 영역이기 때문이다. 심지어 포르노에선 혁신이 전혀 일어나지 않았다고도 할 수 있다. 포르노에 관해 우리가 상상할 수 있는 모든 것은 이미 고대 그리스시대와 로마시대에도 존재했다.

한편 나도 몬산토가 심각하게 신경에 거슬리기 시작했고, 본격적으로 채용정보를 찾아보게 되었다. 농업대학 출신자에게 제공되는 거의 모든 정보, 특히 농업대학 동창회의 공지들을 섭렵했으나, 정말로 흥미로운 정보가 눈에 들어온 것은 11월 초순이나 되어서였다. 바스노르망디 지역의 농업수림지역청에서 올린 채용 공고로, 프랑스 치즈 수출에 이바지할 새로운 프로젝트팀의 팀원을 모집한다는 내용이었다. 나는 이력서를 보냈고, 곧바로 면접이 잡혀 하루 만에 캉에 다녀왔다. 농업수림지역청장 역시 농업대학 출신이었고, 젊었다. 나도 안면이 있는 이였는데, 내가 1학년이었을 때 그는 2학년이었다. 졸업반 때 어디서 인턴 근무를 했는지는 모르겠으나 쓸데없이 영어 표현을 남발하는 습관(당시 프랑스 행정부처에 널리 퍼진 습관은 아니었다)이 여전히 남아 있었다. 그는 프랑스 치즈가 거의 유럽으로만 수출되고 있으며, 특히 미국에서는 포도주와 달리(그는 이 대목에서 보르도 포도주 업계의 직종 간 협업을 오래도록 힘주어 칭찬했다) 미미한 위치에 머물고 있다는 지적으로 운을 뗐다. 치즈업자들은 러시아를 필두로 이어진 중국, 그리고 그 뒤의 인도와 같은 신흥 수입국들의 도래를 예측하지 못했고, 이것은 프랑스 전역의 치즈업자들한테 해당되는 얘기라고. 하지만 이곳은 노르망디이니만큼 '노르망디 치즈 삼대 귀족'인 카망베르, 퐁레베크, 리바로 치즈 홍보를 목표로 태스크포스를 꾸릴 계획이라고 그가 설득력 있게 강조했다. 지금까지는 오직 카망베르만 세계적인 유명세를 탔는데, 흥미진진한 역사적인 배경이 있었으나 그 자리에서 그가 그 이야기까지 발전시킬 시간은 없었다. 다른 두 치즈, 리바로는 물론 퐁레베크 역시 러시아나 중국에 전혀 알려지지 않은 상황이었고, 그가 한정적인 예산 속에서 어쨌든 팀원 다섯 명을 충원하는데 필요한 예산을 확보했으며, 우선적으로 이 태스크포스의 팀장을 찾는 중이었다. 그의 마지막 말은 이 잡에 관심이 있느냐는 물음이었다.

나는 그 일에 관심이 있었고, 프로정신과 열의를 적절히 섞어서 그렇다고 대답했다. 그 순간 머릿속에 스친 아이디어를 그에게도 전하는 것이 좋겠다는 생각이 들었다. "많은 미국인들이,

실은 정확한 수치는 저도 모르니 그냥 미국인들이라고 하죠, 아무튼 미국인들이 매년 노르망디상륙작전에 고귀하게 희생된 가족을 기리기 위해 노르망디 해안을 찾고 있단 말입니다. 그중엔 때로 친부모도 포함돼 있겠죠. 물론 묵념을 올리는 시간은 존중해야 할 텐데요, 국립묘지 입구에서 치즈 시식 행사를 여는 건 말이 안 됩니다만, 어쨌든 밥은 먹게 돼 있으니 이 추모 관광을 노르망디 치즈 홍보에 충분히 활용할 수 있지 않겠습니까?" 그가 열광했다. 그의 의도도 정확히 그런 프로젝트들을 추진하려는 것이었다. 새로운 아이디어란 늘 떠오르기 마련이었다. 샹파뉴 지방에서 샴페인을 프랑스의 사치품산업과 연계하여 만들어낸 시너지는 당장에 재생산할 수 있는 것은 아니었다. 지젤 번천이 리바로 치즈를 음미하는 장면을 상상할 수 있겠는가(모에에 샹동 샴페인 한 잔이라면 몰라도)? 그는 내게 거의 전권이 주어질 것이고, 나의 창의력을 꺾는다면 후회막심일 것이라고 말했다. 그리고 몬산토에서 내가 하던 업무 또한 쉬운 일은 아니었을 거라고 덧붙였다(사실 나에게 몬산토 일은 그다지 수고스럽지 않았다. 종자 생산자들이 확립시킨 논리는 가혹하리만치 단순명료했다. 바로 GMO 없이 우리는 꾸준히 증가하는 인류를 먹여 살릴 수단이 없으리라는 것). 종합하면 나는 그의 사무실을 나서는 순간, 무엇보다 그가 나의 몬산토 시절을 언급하는 방식으로 보아 내가 채용되리라는 것을 알았다.

업무 계약은 2001년 1월 1일부터 시작되었다. 나는 몇 주간 호텔생활을 하고 나서 '노르망디의 스위스'라는 다소 과장된 별칭을 뽐내는 클레시 마을에서 2킬로미터 남짓 떨어진 예쁜 집을 찾아냈다. 굽이굽이 펼쳐진 계곡들 사이로 숲과 초원이 어우러진 풍경 한복판에 외따로 서 있는 집이었다. 목재 골조가 겉으로 드러나는 노르망디식으로 건축된 정말 매력적인 집이었다. 바닥에 육각형 타일이 깔린 널따란 거실 하나와 쪽매바닥으로 된 침실 세 개, 그리고 서재 하나로 이루어졌고, 옛 포도 압착실을 개조한 별채는 손님용으로 쓸 수 있었다. 난방시스템은 중앙난방이었다.

매력적인 집이었다. 집안을 둘러보는 내내 집주인이 집을 무척 애지중지했으며 세심하게 관리해왔다는 걸 느낄 수 있었다. 집주인은 일흔다섯에서 여든 살쯤 되어 보이는 아주 꼬부장한 노인이었다. 그는 대뜸 내게 이곳에서 이제껏 호의호식했는데 더이상 사정이 여의찮게 되었노라고 설명했다. 말인즉슨 치료가 자주 필요한 몸이 되다보니, 방문간호사가 일주일에 적어도 세 번, 비상시엔 매일 방문해야 했고, 따라서 번화한 캉에 있는 아파트로 거처를 옮기는 것이 보다 합리적이었으며, 그래도 복이 많아 자식들의 지극한 보살핌을 받았고 심지어 딸은 간호사를 직접 선택하고 싶어하기까지 했으니, 요즘 같은 시대에 정말 복받은 인생이라는 것이었다. 나도 같은 생각이었다. 아닌 게 아니라 그는 복이 많은 사람이었다. 다만 아내가 먼저 죽은 뒤로 모든 것이 결코 전과 같지 않다는 것이 문제였다. 모든 게 결코 전과 같을 수 없었고, 독실한 신앙인인 그로서는 자살은 생각할 수도 없는 것이었으나, 더러는 신이 늑장을 부리고 자기를 부르지 않는다고 생각하기도 한다고, 그의 나이에 겨우 목숨만 부지하고 있는 것이 대체 무슨 소용이냐는 것이었다. 집을 둘러보는 거의 내내, 내 눈은 눈물로 흐려 있었다.

매력적인 집이었다. 하지만 나는 이 집을 혼자 지키게 될 것이었다. 클레르는 바스노르망디의 작은 마을로 이사하기를 일언지하에 거절했다. 나는 잠시 "오디션이 있을 때마다 파리로 가면" 어떠냐고 제안하려다가 이내 얼토당토않은 생각이라는 것을 깨달았다. 그녀는 일주일에 거의 열 번 꼴로 오디션을 보고 있었으니 가당찮은 말이었다. 시골로 이사하는 건 그녀의 경력엔 자살이나 다름없었으나, 한편으로 나는 내심 이미 죽은 것의 자살이 그토록 심각한 일일까라는 생각이었다. 물론 그런 생각을 입 밖에 낼 수는 없었다. 그렇게까지 직접적으로는. 하지만 간접적으로는 어떻게 말한단 말인가? 아무런 해결책도 떠오르지 않았다.

결국 우리는 내가 주말마다 파리로 가는 것으로 합의를 보았다. 일견 합리적이었다. 심지어 어쩌면 우리는 이 이별과 주 1회 재회가 우리 커플의 관계를 환기시키고 우리에게 새로운 에너지를 줄 것이며 주말마다 사랑의 축제 등등이 되리라는 똑같은 환상을 품었는지도 모르겠다.

정식 이별은 아니었다. 확실하고 분명한 결별은. 캉-파리간 열차를 타는 건 번거롭지 않았다. 열차도 직행이었고 소요 시간도 고작 두 시간 정도였다. 그저 내가 캉-파리간 열차를 점점 덜 타게 되었을 뿐이었다. 처음엔 일이 바쁘다는 핑계를 대다가 나중에 아무 핑계도 대지 않게 되었고, 몇 달 뒤엔 상황이 모든 것을 말해주고 있었다. 나는 클레르가 그 집으로 와서 나와 함께 살게 되리라는 은밀한 희망을 결코 버리지 않았다. 그녀가 이루어질 법하지 않은 배우의 꿈을 접고서 오직 내 아내로 살기를 받아들이게 될 거라는 희망을. 볕이 좋은 날에 수풀과 초원이 내다보이는 창문들을 활짝 열어젖히고 집을 촬영하여 그녀에게 몇 차례나 사진을 보내보기까지 했다. 이제 와 생각하니 조금 부끄럽다.

돌이켜보니 가장 두드러지는 사실은, 그로부터 이십 년 뒤 유주와 이별하면서도 그러했듯, 내가 지상에서 소유한 모든 것들이 달랑 여행가방 하나로 압축된다는 것이었다. 나는 소유욕이 강하지 않은 것이 분명했고, 그건 몇몇 그리스 철학자들(에피쿠로스학파 철학자들? 스토아학파 철학자들? 견유학파 철학자들? 아니면 셋 다 조금씩?)의 시각으로는 매우 바람직한 정신자세였다. 그러고 보면 반대의 입장을 보이는 철학자들은 드물었던 듯하다. 따라서 이 부분에서만큼은 철학자들이 합의를 본 것이었고, 이런 경우는 강조해도 될 만큼 충분히 드물었다.

클레르와 통화를 하고 전화를 끊었을 때 오후 다섯시가 조금 지나 있었다. 저녁식사 때까지 세 시간 남짓을 죽여야 했다. 나는 이내, 그러니까 몇 분 만에, 그녀를 다시 만나보는 것이 과연 좋은 생각이었는지 자문하기 시작했다. 어느 모로 보나 긍정적으로 마무리되기 힘든 만남이었고, 기껏 그럭저럭 묻어두었던 우리의 실망감과 씁쓸함만을 이십 년이 지나 되살리는 일만 되리라. 삶이란 씁쓸하고 실망스러운 것이며, 우리 둘 다 이미 그걸 충분히 아는 마당에, 추가로 확인하기 위해 과연 굳이 택시비와 식사비를 지출할 필요가 있었을까? 나는 정말로 클레르가 어떻게 살고 있는지 알고 싶었던 것일까? 그녀의 삶이 찬란하게 빛나고 있을 가능성은 전혀 없었다. 적어도 그녀가 원했던 대로 살고 있을 가능성은 전혀. 만약 그랬더라면 길에서 영화 홍보 포스터만 보고도 나는 이미 알았을 테니까. 그에 비하면 직업과 관련된 나의 꿈은 그보다 성취 여부가 모호한 편이었다. 실패가 덜 가시적이었기에 낙오자가 되었다는 기분을 덜 느낄 수 있었다. 과거 연인이었던 두 사십대 루저들의 만남이라니. 가령 브누아 풀보르드와 이자벨 위페르 같은 노련한 배우들이 출연하는 프랑스 영화였더라면 멋진 장면이 연출될 수도 있었으련만. 하지만 내가 과연 현실에서 그런 장면의 주인공이 되고 싶었을까?

인생에서 위기의 순간이 되면 나는 내가 창시자라고 믿고 있는 '텔레비전 점'에 의지해왔다. 중세엔 기사들이, 좀더 나중엔 뉴잉글랜드의 청교도주의자들이 어려운 결정을 해야 할 때, 성경책을 아무 쪽이나 펼쳐 손가락으로 아무 구절이나 짚은 뒤, 지정된 그 구절을 신의 뜻으로 해석해 그들의 결정에 해결책으로 삼았다. 같은 방식으로 나도 무작정 텔레비전을 켜서(채널을 정하지 않고 그저 전원 버튼만 누른다) 그 즉시 나오는 화면에서 의미를 해석하는 식이었다.

정확히 오후 여섯시 반에 나는 메르퀴르호텔 방에 있는 텔레비전의 전원 버튼을 눌렀다. 처음엔 어리둥절했다. 화면 해석이 쉽지 않았다(하지만 이런 일은 중세의 기사들에게도, 심지어 뉴잉글랜드의 청교도주의자들에게도 종종 벌어지곤 했다). 텔레비전에선 로랑 바피* 헌정 다큐멘터리가 나오고 있었고, 그것은 그 자체로 놀라웠다(죽었나? 아직 젊은데. 하기는 전성기에 즉사하여 갑작스럽게 팬들의 사랑을 거두어버린 방송인들이 꽤 있었다. 그것이 인생이다). 어쨌든 다큐멘터리는 바피를 기리는 분위기였고 인터뷰에 응한 유명인들도 입을 모아 바피의 "끝 모를 인간적인 면모"를 강조했다. 그는 어떤 이들에게는 "최고의 친구, 농담의 제왕, 못 말리는 망나니"였고, 그와 조금 덜 가까웠던 또 다른 이들에게는 "완벽한 프로"였다. 편집으로 조율된 이 여러 사람의 목소리가 로랑 바피가 이룬 그간의 성과들을 진지하게 되짚어보는 데 기여하다가, 거의 합창에 가까운 만장일치의 표현, 즉 로랑 바피는 일부 단면만으로도 "아름다운 사람"이라는 말을 후렴구로 교향곡처럼 마무리되었다. 나는 일곱시 이십분에 택시를 불렀다.

* 프랑스 희극인. 방송 진행자이자 연극 연출가. 2017년 자신이 진행하던 방송에서 초대된 여자 가수의 치마를 들추는 부적절한 행동으로 구설에 오르기도 했다. 현재까지 방송 활동을 이어가고 있다.

나는 정확히 여덟시에 펠포르가에 위치한 '비스트로 뒤 파리지앵'에 도착했다. 예약을 해둔 건 클레르였고, 그건 긍정적인 징조였다. 그런데 바로 다음 순간 나는 휑한 식당 안을 가로지르는 것만으로도 우리가 이 식당의 유일한 저녁 손님이 되리라는 것을 예감했다. 물론 일요일 저녁 시간이긴 했다.

십 분가량이 지나자 종업원이 내게 다가와 기다리는 동안 아페리티프를 들겠느냐고 물었다. 그는 워낙 친절하고 성실한 사람 같았지만 나는 무엇보다 이 자리가 뭔가 문제적이라는 걸 그가 눈치챘다는 인상을 받았고(어떻게 20구의 비스트로에서 근무하는 종업원이 반 무당에, 나아가 반 저승사자이지 않을 수 있겠는가?), 정황상 그가 오늘밤은 내 편이 되어주리라는 것을(내가 점점 불안해하는 기색을 알아차린 걸까? 사실 나는 이미 그리시니를 여러 개 해치운 상태였다) 알았다. 나는 잭다니엘 트리플을 주문했다.

클레르는 여덟시 반 무렵에 도착했다. 그녀는 조심조심 걸었고, 내게 다가오기까지 중간에 놓인 테이블 두 개에 몸을 의지했다. 이미 취한 기색이 역력했다. 나와의 재회가 그토록 긴장되고, 그녀의 삶을 좌절시켰던 행복의 전망을 다시 상기하는 것이 그토록 고통스러웠던 것일까? 나는 잠시 이런 희망을 품어보았으나 그녀가 두 발짝, 세 발짝, 걸음을 옮길 때마다 보다 현실적으로 생각하게 되었다. 클레르는 거의 매일 이 시간에 이와 같은 상태, 즉 이와 비슷하게 취한 상태가 되는 것 같았다.

나는 양팔까지 활짝 벌리며 그녀한테 얼굴이 좋아 보인다고, 하나도 변하지 않고 그대로라고 감탄하듯 말했다. 대체 나의 어디서 이런 거짓말쟁이 면모가 나온 건지 모르겠다. 어쨌든 부모의 영향은 아니고 어쩌면 고등학생 시절 초창기에 익힌 것일 게다. 실은 그녀는 끔찍하게 망가져 있었다. 몸 여기저기서 지방이 비어져나왔고, 얼굴은 눈에 띄게 불그죽죽했다. 게다가 나와 처음 눈을 마주쳤을 때 시선에도 회의적인 빛이, 내가 혹시 자신을 멸시하는 것은 아닌지 의심하는 빛이 어려 있었다. 하지만 그것도 잠시, 그녀는 고개를 푹 숙였다가 이내 쳐들더니 표정이 달라졌다. 그녀의 얼굴에서 젊은 아가씨가 새롭게 모습을 드러냈고, 그녀는 거의 애교스럽게 내게 윙크를 해 보였다.

나는 식당에서 메뉴를 훑어보는 즐거움을 누리며 시간을 어느 정도 흘려보냈다. 고심 끝에 전채요리로는 마늘과 버터에 구워 카솔레트에 담아낸 부르고뉴산 달팽이를, 주요리로는 올리브오일에 구운 관자를 곁들인 탈리아텔레 파스타를 주문했다. 결과적으로 우리는 포도주를 각각 한 병씩 시키는 선택을 하여, 식당에서 흔히 겪는 육지냐 바다냐(즉 적포도주냐, 백포도주냐) 유의 전통적인 딜레마에서 벗어나고 싶었다고 할까. 클레르도 나와 같은 생각으로 메뉴를 선택한 듯했다. 전채로 게랑드 소금을 뿌린 도가니 부르스케타를, 주요리로 아이올리소스를 곁들인 프로방스식 아귀 스튜를 주문했기 때문이다.

나는 내가 행여 개인적인 일들을 늘어놓을까봐, 내 삶에 대해 떠들어댈까봐 두려웠으나, 그런 일은 일어나지 않았다. 주문을 마치자마자 클레르는 오직 우리가 헤어진 이후의 이십여 년의 세월을 총정리하겠다는 일념으로 기나긴 설명의 포문을 열었다. 그녀는 빠르게 마셨고, 단숨에 잔을 비웠다. 그리하여 얼마 지나지 않아 우리에게 명백히 적포도주 두 병이(그리고 좀더 후에는 또 백포도주 두 병이) 필요해졌다. 그녀는 나와 헤어진 뒤로 상황이 전혀 나아지지 않았다. 배역 찾기는 허사로 끝났고, 부동산 상황은 입장이 다소 묘해졌다. 2002년과 2007년 사이에 파리의 부동산 가격이 두 배로 폭등했고, 그녀의 동네는 상승폭이 더욱 컸다. 메닐몽탕가는 점점 '힙'해졌고, 얼마 전 뱅상 카셀이 이사를 왔다는 등, 머지않아 카드 메라드나 베아트리스 달 같은 배우들도 이사를 올 거라는 등의 소문이 끈질기게 나돌았다. 뱅상 카셀과 같은 카페에서 커피를 마신다는 것은 상당한 특권이었고, 부인되지 않은 이 정보가 가격을 새로이 껑충 뛰어오르게 만들었다. 2003년에서 2004년 무렵, 클레르는 아파트로 번 돈이 자신이 일해서 번 돈보다 더 많다는 걸 깨달았다. 무슨 일이 있더라도 아파트를 붙들고 있어야 했다. 당장 아파트를 파는 것은 부동산 상황으로 보아 자살이나 다름없었다. 따라서 그녀는 프랑스 퀼튀르에서 모리스 블랑쇼 작품 낭독 CD를 녹음하는 것으로 생계를 이어가야 한다는 절망스러운 결론에 도달했다. 그녀는 내게 이 이야기를 하며 점차로 몸을 부들거렸다. 나를 바라보는 시선엔 광기가 어렸고, 전채로 나온 도가니를 말 그대로 갉아먹고 있었다. 나는 종업원에게 다음 코스를 서둘러달라는 신호를 보냈다.

이어서 나온 아귀 스튜가 그녀를 얼마간 안정시켰고, 마침 이야기도 보다 평화로운 내용으로 넘어갔다. 2008년 초에 그녀는 고용안정센터에서 제안한 일자리를 받아들였다. 센터에서 실업자들을 대상으로 연극 교실을 신설할 계획이었고 그녀를 강사로 초빙한 것이다. 실업자들에게 자신감을 불어넣으려는 취지였고, 보수가 많지는 않았으나 매달 월급이 꼬박꼬박 나왔다. 그 생활이 어느덧 십 년이 넘었고 그렇게 생계를 유지해오고 있었다. 그녀는 고용안정센터의 터줏대감이었고, 이제야 한발 물러나 객관적으로 말할 수 있는데 연극 교실은 터무니없는 발상은 아니라고 했다. 어쨌든 심리치료보다 더 효과적이었으니 말이다. 실직 기간이 길어지는 실업자들이 어쩔 수 없이 움츠러들고 말을 잃은 보잘것없는 존재가 되는 것은 부인할 수 없는 사실이다. 연극이, 이유는 모호하지만 특히 보드빌 작품들이 그 슬픈 피조물들에게 그나마 입사 면접에 필요한 최소한의 사회적인 여유를 되찾게 해주었다. 어쨌든 그녀는 이제껏 비록 박봉이지만 고용안정센터에서 다달이 나오는 월급으로 생계는 그럭저럭 꾸려갈 수 있었는데, 새로이 아파트 관리비 문제에 봉착하게 되었다. 메닐몽탕가에 불어닥친 젠트리피케이션의 광풍에 도취된 아파트의 공동소유주들 중 일부가 그야말로 비상식적인 투자를 강행하려 하고 있었다. 디지털도어록을 홍채인식시스템으로 교체한 것은 이어질 무분별한 프로젝트들의 서곡에 불과했다. 포석이 깔린 안마당을 코트다르모르에서 공수해 온 화강암과 작은 인공폭

포로 꾸민 일본식 정원으로 탈바꿈시키고, 그 작업의 총감독을 세계적으로 유명한 일본인 조경사에게 맡긴 것이 대표적인 예였다. 이제 그녀는 결심이 섰다. 마침 2015년에서 2017년 무렵의 단기간 폭등 이후로 파리의 부동산 시세가 지속적으로 붕괴되고 있는 만큼, 아파트를 팔 터였다. 실제로 그녀는 부동산 중개소 한 곳에 알아보기도 했다.

연애사는 더 할말이 없었다. 몇 번의 스치는 연애와 동거까지 시도했던 두 번의 진지한 연애. 그 두 남자에 대해 이야기하기 위해서는 감정 조절이 필요했고, 하지만 아무리 애써도 아무렇지 않을 수는 없었다. 그녀가 생활을 함께하기를 고려했던 그 두 남자(그녀와 거의 비슷한 수준의 성취를 이룬 배우들)는 그녀보다 그녀의 아파트를 훨씬 더 사랑했다. 그녀는 결국 어쩌면 내가 그녀를 진심으로 사랑한 유일한 남자였는지도 모르겠다는, 나로서는 놀랄 만한 결론을 내렸다. 나는 그녀의 말을 부인하지 않도록 자제했다.

환멸이 느껴지고 명백히 서글픈 그녀의 이야기에도 불구하고, 나는 주문한 관자 요리를 맛있게 즐겼다. 식사 후에는 디저트 메뉴판을 유심히 살폈다. 산딸기소스를 끼얹은 바슈랭 아이스크림 케이크가 단번에 나를 사로잡았다. 클레르는 전통적인 디저트인 녹인 초콜릿을 얹은 프로피트롤을 선택했다. 나는 세번째 백포도주를 주문했다. 그녀가 어느 순간 불쑥 "당신은?" 하고 묻는 것은 아닌지 슬슬 걱정되기 시작했다. 그런 질문이 충분히 나올 수 있는 분위기였다. 적어도 영화에서라면, 심지어 현실에서도.

그날 밤의 분위기로 보아 나는 그녀의 집에서 "마지막으로 한잔하자"는 제안을 거절했어야 옳았고, 실은 지금까지도 대체 무엇이 그녀의 제안에 응하게 만들었는지 의문이다. 어쩌면 내 인생의 일 년을 보냈던 그 아파트를 다시 보고 싶은 호기심 때문이 아니었을까? 하지만 한편으로는 내가 과연 그 여자한테서 무얼 얻으려 했던 것인지 고민해봐야 한다. 섹스 외에 다른 것이 있지 않았을까. 물론 아닐 수도 있었다. 생각하기도 끔찍하지만, 내가 바랄 수 있던 것은 오직 섹스뿐이었다.

아무튼 그녀의 의도는 명백했다. 그녀는 내게 코냑 한 잔을 권하고는 그녀의 방식대로 노골적으로 달려들었다. 나는 그녀의 구강 공략이 용이하도록 매우 기꺼이 바지와 팬티를 벗었으나, 실제로는 엄습하는 불안한 예감을 떨칠 수 없었다. 나는 그녀가 나의 무기력한 기관을 헛되이 오물거리는 이삼 분 동안 상황이 악화될 위험이 있음을 감지하고 요즘 항우울제를 복용하고 있으며('그것도 다량으로'라는 말을 덧붙였다), 그 부작용으로 리비도를 완전히 상실했노라고 고백했다.

그 몇 마디 말이 마법적인 효과를 발휘했다. 그녀는 즉시 안도

하는 듯했다. 이런 상황에서 당연히 자신의 늘어진 군살보다 상대의 항우울제를 탓하는 편이 훨씬 나을 터. 하지만 동시에 그녀의 얼굴에 진심어린 연민의 빛이 스쳤고, 내게 우울증을 언제부터, 왜 앓게 되었는지 물으며 그녀는 그날 밤 처음으로 내게 관심을 갖는 표정이었다.

하여 나는 불행했던 나의 마지막 동거에 대해 대략 진실 위주로(유주의 수간 에피소드는 전체적인 이해에 불필요하다고 판단하여 제외했다) 간추려서 이야기했다. 내 이야기에서 유일하게 사실과 뚜렷하게 대비되는 점이라면, 우리가 헤어지게 된 원인을 유주한테 돌렸다는 것이었다. 요컨대 내 이야기에서는 유주가 결국 가족의 반복된 강요에 굴복하고서 일본으로 귀국하기로 결정했고, 그렇게 이야기가 제법 아름다워졌다. (1970년대 좌파 작가가 썼을 법하게) 가족과 사회 혹은 둘 중 하나에 대한 의무감과 사랑 사이의 전통적인 갈등으로 변모했다고 할까. 약간은 테오도르 폰타네의 소설처럼 말이야, 하고 클레르가 이 독일 소설가를 십중팔구 모를 것 같았음에도 나는 덧붙였다.

일본 여자가 등장하며 내 이야기에 로티 스타일인지 혹은 스갈랑* 스타일인지 정확히 누구 스타일인지는 헷갈리는 이국적

* 피에르 로티와 빅토르 스갈랑. 20세기 초반 폴리네시아, 중국, 일본 등을 여행

요소가 가미되었다. 아무튼 클레르가 내 이야기를 무척 흥미로워하는 기색이 역력했다. 나는 그녀가 코냑을 두 잔째 마시고서 여성 특유의 명상 속으로 한층 깊이 잠겨드는 모습을 바라보며 슬며시 웃음 추슬렀다. 바지의 지퍼를 올리면서 오늘이 10월 1일, 즉 토템타워 아파트의 계약만료일이라는 생각이 머리를 스쳤다. 유주는 틀림없이 마지막 날까지 버텼을 것이며, 지금쯤 도쿄행 여객기에 몸을 싣고 있으리라. 어쩌면 비행기가 이미 나리타공항에 착륙 시도중이고 그녀의 부모가 공항 입국장에 나와 있고 정혼자는 주차장의 자가용 근처에서 대기중일 수도 있었다. 모든 것이 결정돼 있었고, 바야흐로 결정된 대로 이루어질 터였다. 어쩌면 내가 클레르에게 전화를 건 것은 정확히 이 이유 때문인지도 모르겠다. 불과 몇 분 전까지만 해도 오늘 날짜를 잊고 있었지만, 내 안의 무언가는, 아마 나의 무의식은 기억하고 있었으리라. 우리 모두는 불확실하고 신비로운 힘의 지배를 받으며 살아가는 것이 아닐까. 아마도 제라르 드 네르발이 어딘가에 썼듯, "저 젊은 여인들이 우리에게 걷게 했던 길은 절대적으로 허망했다. 거기에 비까지 내렸다는 것을 덧붙여야 한다." 요즘은 네르발을 그리 자주 떠올리지 않았다. 그는 마흔여섯 살에 목을 맸고,

---

하며 이국적인 정취의 작품들을 발표한 프랑스 작가들.

보들레르 또한 같은 나이에 죽었다. 결코 쉬운 나이가 아니다.

클레르는 이제는 고개를 자기 가슴에 묻고서 코를 골기 시작했다. 곯아떨어진 게 분명했고 나는 떠나야 마땅했을 것이나, 개방형 거실의 거대한 소파가 무척 편안했다. 파리 시내를 다시 가로질러 돌아가야 한다고 생각하자 극도의 피로감이 엄습했다. 나는 소파에 다리를 뻗고 누워 그녀를 보지 않기 위해 반대편으로 몸을 돌렸고, 몇 분 뒤 잠이 들었다.

이 감옥 같은 공간엔 인스턴트커피뿐이었고, 그것은 그 자체로 이미 끔찍한 사건이었다. 이런 아파트에 네스프레소 머신이 없다면 대체 어디에 있어야 하는지 자문하지 않을 수 없었다. 나는 별 수 없이 인스턴트커피를 한 잔 탔다. 희미한 빛줄기가 덧문 틈으로 새어 들어왔다. 나는 극도로 조심했지만 가구들에 부딪혔고, 거의 그 즉시 클레르가 부엌에 모습을 드러냈다. 시스루 네글리제에 그녀의 여성적인 부위들이 완전히 가려지지 않았다. 다행히도 그녀의 관심은 다른 데 있는 듯했고, 내가 건네는 인스턴트커피 유리잔을 기꺼이 받아들었다. 망할, 이 집엔 제대로 된 커피잔조차 없었다. 그녀는 단숨에 커피를 들이켜고는 곧바로 이야기를 늘어놓기 시작했다. 그녀는 내가 토템타워에 살았다니

재밌는 우연이라며(최근에 메르퀴르호텔로 거처를 옮긴 사실은 이야기하지 않았다), 사실 그녀의 부친이 토템타워 건축 초기부터 함께했다고 말했다. 그는 당시 토템타워 건축을 담당했던 두 건축가 중 한 사람의 어시스트였고 클레르가 여섯 살이던 해에 세상을 떠나는 바람에 클레르는 아버지에 대해 알 기회가 없었으나, 모친이 오려서 간직해둔, 그에 관한 신문 기사 내용을 기억했다. 기사에서 그는 토템타워 건설이 불러일으킨 논란에 대해 해명했다. 토템타워는 결코 몽파르나스타워를 따라잡지 못한 채 파리에서 가장 추한 건물들의 리스트에 수차례나 올랐고, 정기적으로 파리에서 가장 추한 건물로 지목되었으며, 유튜브 채널인 '투어리스트 월드'의 최근 조사에서도 보스턴 시청 건물 다음으로 세계에서 가장 추한 건물로 선정되었다.

그녀는 거실로 가더니 이 분 뒤에 사진첩 하나를 들고 다시 부엌으로 돌아와 나를 떨게 만들었다. 그건 한 남자의 일생을 대략적으로 간추릴 매체가 될 위험한 물건이었다. 그녀의 부친은 멀고 먼 1960년대에 분명 멋쟁이였던 것 같았다. 사진 속의 레노마 양복과 '뷔스 팔라디움' 디스코텍 입구로 보아 의심의 여지가 없었다. 요컨대 그는 1960년대의 유복한 청년의 삶을 살았고, 거기에 외모도 자크 뒤트롱*을 약간 닮아 보였다. 이후 프랑스 대통령이 조르주 퐁피두와 발레리 지스카르데스탱으로 바뀌어오는 동안 그는 과감한 건축가(아마 약간은 사업가)가 되었고, 스웨덴 인 내연녀와 도빌에서 주말을 보내고 돌아오는 길에 페라리 308 GTB의 운전석에서 생을 마감했다. 그날은 프랑수아 미테랑이 프랑스공화국의 대통령으로 선출된 날이었고, 그건 이미 궤도에 오른 그의 경력이 새롭게 탄력을 받을 수도 있을 기회였다. 그는 사회당 친구들이 많았던데다 프랑수아 미테랑도 건설에 우호적이었으니 그가 경력의 정점에 오르는 데 거칠 것이 없을 터였다. 하지만 도로 한복판에서 진로를 이탈한 35톤 트럭이 그를 다른 운명으로 이끌었다.

클레르의 모친은, 바람둥이였으나 호방했으며 자신의 자유도 존중해주었던 남편의 죽음을 애통해했다. 무엇보다 그녀는 딸과 단둘이 남겨졌다는 사실을 견딜 수 없어했다. 그녀의 남편은 물론 호색한이었으나, 동시에 아이에게 큰 관심을 쏟았던 충분히 다정한 아버지였고, 그녀는 모성애를 조금도 느끼지 못했다. 정말로 조금도. 아이들에게 양극단의 어머니는 어느 쪽이든 마찬가지이다. 아이들에게 전적으로 헌신하여 돌보느라 정작 자신의 행복은 내팽개치는 어머니나 그 반대의 경우나, 당장 불편하고

* 영화 〈나의 밤은 당신의 낮보다 아름답다〉의 주연을 맡았던 프랑스 영화배우이자 가수.

금세 증오스러워지는 존재이긴 매한가지일 뿐이다.

클레르는 일곱 살 때 디빈 프로비당스 수녀회에서 운영하는, 리보비예에 있는 여자기숙사로 보내졌다. 이 대목은 나도 익히 들어 알고 있었는데, 크루아상도 초콜릿빵도, 그야말로 아무것도 없는 곳이었다. 클레르가 보드카를 한 잔 따라 마셨다. 그러니까, 벌써 시작인 거였다. 그녀는 아침 일곱시부터 대뜸 술을 푸기 시작했다. "그래, 열한 살 때 거기서 도망쳤다며……" 나는 그녀의 장광설을 줄이려고 중간에 말을 끊었다. 그녀가 도망을 나온 이야기를 기억하고 있었다. 영웅적인 결단으로 독립을 쟁취한, 그녀 인생의 강렬한 순간이었다. 그녀는 히치하이크해서 파리로 돌아왔다. 어쨌든 위험한 행동이었다. 클레르 자신의 표현대로 그녀가 본격적으로 "페니스에 흥미를 갖기" 시작했던 때이니만큼 무슨 일이 일어날지 몰랐으니까. 하지만 아무 일도 일어나지 않았고 그녀는 그것을 어떤 신호로 간주했다. 이 대목에서 나는 그녀와 그녀 모친의 지난한 관계에 얽힌 기나긴 이야기의 터널이 다가오는 것을 느꼈고, 용기를 내어 밖으로 나가 카페에서 제대로 된 아침을 들자고 제안했다. 더블에스프레소에 토스트를 들거나 햄 오믈렛을 먹을 수도 있다고 유혹하며 내 주장을 관철하기 위해 배가 고프다고 투정처럼 덧붙였고, 실제로도 배가 고팠다.

클레르가 네글리제 위에 외투를 걸쳤다. 메닐몽탕가에는 있어야 할 모든 것이 있을 터였고, 잘하면 헤이즐넛 커피를 앞에 두고 앉은 뱅상 카셀과 마주치는 행운을 누릴 수도 있을 터였다. 어쨌든 우리는 집을 나왔고, 그것이 순서였다. 밖은 이미 가을아침이었다. 바람이 불었고 공기는 서늘했다. 얘기가 길어질 듯싶으면, 오전에 진료 예약이 돼 있다는 핑계를 댈 작정이었다.

뜻밖에도 클레르는 카페 테이블에 앉자마자 '나의 일본 여자' 얘기를 다시 꺼냈다. 그녀는 좀더 자세히 알고 싶어했고, 토템타워라는 우연의 일치에 사로잡힌 듯했다. "우연의 일치는 신의 윙크잖아." 보브나르그가 한 말이던가, 아니면 샹포르? 모르겠다. 어쩌면 라로슈푸코의 말이거나, 누구의 말도 아닐 수도 있었다. 아무튼 나는 일본을 주제로라면 제법 길게 떠들 수 있었다. 이미 그래본 적 있었다. "일본은 우리가 일반적으로 생각하는 것보다 훨씬 전통적인 사회야." 이런 문장으로 교묘하게 운을 떼면 나는 아무런 반박도 당하지 않고 두 시간 정도는 넉넉히 떠들 수 있었다. 어쨌든 일본이나 일본인에 대해 아는 사람이 아무도 없었으니까.

이야기를 시작하고 이 분쯤 지나자 듣는 것보다 말하는 것이 더 피곤하다는 걸 깨달았다. 실은 내게는 전반적인 인간관계 자체가 문제였고, 인정하건대 특히 클레르와의 인간관계가 힘에 부쳤다. 나는 대화의 주도권을 다시 클레르에게 넘겼다. 카페의 분위기는 좋았으나 서비스는 다소 느렸다. 우리가 클레르의 열한 살 시절로 다시 빠져드는 동안, 하나같이 비정규직 공연계 종사자로 보이는 손님들이 차츰차츰 카페를 점령하기 시작했다.

클레르가 파리로 돌아오자 대번에 모친과 대립이 시작되었다. 거의 칠 년 동안 지속된 대립, 무엇보다 일상적으로 벌어지는 성적 매력 경쟁에 기반을 둔 맹렬한 대립. 나도 갈등이 격해졌던 몇몇 사건들을 알고 있었다. 클레르가 모친의 핸드백을 뒤져 콘돔을 발견하고서 모친을 '늙은 창녀' 취급했던 사건이 그 예였다. 하지만 그게 다가 아니었고, 일종의 언행일치 차원에서 클레르가 내게도 썼던 단순하지만 효과적인 기술로 모친의 애인들 대부분을 유혹하려 했었다는 사실을 새로이 알게 되었다. 거기에 클레르의 모친이 딸에 대한 반격으로, 여성지를 참고하며 성숙한 여인의 보다 고도화된 기술을 이용하여 클레르의 애인들과 재미를 보려 했다는 건 더욱 새로운 사실이었다.

유포르노 동영상에서 '맘 티치즈 도터' 같은 장면을 보기도 하지만, 흔히 그러하듯 현실은 그만큼 유쾌하지 않다. 크루아상은 비교적 빨리 나왔지만 햄 오믈렛은 더 기다려야 했다. 오믈렛은 클레르의 이야기가 열네 살에 이르렀을 때에야 나왔고, 나는 그녀가 열여섯 살 생일파티를 시작하기도 전에 크루아상을 모조리

먹어치웠다. 식사를 끝내고 나니 살 것 같았고, 문득 행복하고 열띤 어조로 내가 그녀의 남은 이야기들을 요약해주며 이 만남을 단축할 수도 있겠다 싶었다. "그러고 열여덟 살이 되어서 집을 나왔잖아. 바스티유 지구 근처 바에서 일도 구하고 방도 얻었지. 그후에 당신과 내가 만났고. 그런데 깜빡 잊고서 말을 안 했는데, 열시에 심장내과에 예약이 돼 있어. 자, 볼인사 하고 헤어지자, 조만간 또 연락하자고." 나는 서둘러 테이블에 20유로짜리 지폐를 내려놓음으로써 그녀에게 조금도 틈을 주지 않았다. 그녀는 다소 묘하고 어리둥절한 시선으로, 손을 크게 흔들며 카페를 나서는 나를 멀거니 바라보았다. 나는 마지막 연민의 감정과 싸우느라 잠시 갈등하다가 이윽고 잰걸음으로 메닐몽탕가를 걸어내려갔다. 피레네가로 반사적으로 몸을 틀어 잰걸음을 유지하며 계속해서 걸었고 오 분도 안 되어 강베타역이 나왔다. 클레르는 명백히 실패자였다. 음주량은 계속해서 증가할 것이고 머지않아 술만으로 충분치 않게 될 터였다. 약물이 추가되고 심장이 견디지 못하면, 그녀는 뱅상랭동가도 구석의 방 두 칸짜리 아파트에서 자신의 토사물에 얼굴을 묻고서 질식한 채로 발견되리라. 나뿐만 아니라 누구도 클레르를 구할 입장이 아닐 터였다. 혹시 기독교 이단 단체의 구성원들(그들은 노인들, 장애인들, 소외된 자들을 그리스도의 박애주의로 끌어안거나, 끌어안는 척한다)이라면 또 모를까. 그러나 클레르는 그들의 말을 들으려 하지 않을 것이고, 그들의 박애주의적인 연민은 그 즉시 그녀의 울화를 돋우기만 할 터였다. 그녀에게 필요한 것은 평범한 부부간의 사랑이었고, 더 즉각적으로는 음부에 들어갈 페니스였는데, 바로 그것이 이제는 불가능해져버렸다. 평범한 부부간의 사랑이란 충분히 만족하는 성생활이 수반되어야만 성립 가능한 것이고, 그렇다면 '섹스'의 단계를 필수적으로 거쳐야 하는데 그 단계가 이제는 영영, 거부되었으니 말이다.

당연히 서글픈 일이었다. 돌이킬 수 없는 알코올중독에 빠지기 전 몇 해 동안 클레르는 비교적 매력적인 사십대였을 것이고, 어쩌면 연하 킬러, 또는 밀프*, 아이는 없는 밀프였을 수도 있었다. 어쨌든 추측건대 그녀의 음부는 오랜 세월 동안 젖어 있었을 것이니, 그녀의 삶도 그리 나쁘지 않았다 치자. 그러고 보니 이와 대비되는 삼 년 전의 기억이 떠오른다. 내가 유주의 마수에 걸려들기 바로 전이었다. 나는 불현듯 마리엘렌을 다시 만나보고 싶다는 불행한 생각을 떠올렸는데, 성적으로 무기력했던 무수한 시기들 중의 한때였으니, 오직 그녀의 근황이 궁금해서였

* 'Mother, I'd Like to Fuck'의 두문자를 따온 속어로, 성적 매력이 있는 중년 여성을 의미한다.

을 것이고 단발적인 섹스는 아예 염두에도 없었을 것이었다. 혹여 분위기가 정말 그런 방향으로 흐른다면 모를까, 하지만 그 딱한 마리엘렌과 그럴 일은 없을 듯해 보였다. 나는 최악의 경우를 각오하며 그녀의 집 초인종을 눌렀으나, 현실은 내 예상보다 더 무참했다. 그녀는 양극성장애인지 정신분열증인지 정확한 병명이 더는 기억나지 않는 정신병을 앓았고, 몸이 처참하게 쪼그라들어 있었다. 르네코티대로에 위치한, 보안이 엄청나게 철저한 집에 살면서 그녀는 끊임없이 두 손을 부들거렸으며, 말 그대로 모든 것을 두려워했다. 유전자 변형 콩, 국민전선의 집권 가능성, 미세먼지 오염…… 그녀는 녹차와 아마씨로 끼니를 때웠고, 내가 그 집에 머문 삼십 분 남짓 동안 오직 자기의 장애 수당만을 화제로 삼았다. 그녀의 집을 나오면서 나는 생맥주 한 잔과 리에트 샌드위치 생각이 간절했고, 동시에 그녀가 그렇게 아주 오래 살 것 같다는 예감에 휩싸였다. 적어도 아흔 살은 넘기고 틀림없이 나보다는 훨씬 오래 살 것이며, 점점 부들거리고 버썩해지고 모든 것을 두려워하면서 이웃과 끊임없이 문제를 일으킬 터였다. 하지만 그녀는 사실상 이미 죽어 있었다. 어디서 읽은 건지 더는 기억나지 않지만 어쨌든 그 생생한 표현을 빌리자면 나는 "죽은 여자의 음부에 코를 처박으러" 간 격이었다. 아마 시인이자 공상과학 소설가인 토머스 디시의 소설에 나오는 문장인 것 같은데, 그는 작가로서 짧은 영광의 시절을 맛보기도 했으나 오늘날엔 부당하게 잊혔으며 미국의 독립기념일인 7월 4일에 자살했다. 그의 동성 반려자가 에이즈로 죽은데다, 저작권 수입으로는 생계유지가 불가능했으며, 7월 4일이라는 상징적인 날짜를 선택함으로써 미국이 사지로 내몬 작가들의 비참한 운명을 증명하려 했다는 것이 지금까지 알려진 대략적인 사실이다.

그에 비하면 클레르는 잘 지내는 편이라고 보아야 했다. 어쨌든 그녀는 아직 익명의 알코올중독자 모임에 나가볼 수 있었고, 그 모임에서 놀라운 효과를 보는 사람들도 종종 있는 듯했다. 이 사실을 나는 메르퀴르호텔로 돌아와 깨달았다. 물론 클레르도 외롭게 죽을 터였다. 그리고 불행하게. 하지만 적어도 가난하게 죽지는 않으리라. 아파트를 팔면 현 시세로 미루어 나보다 세배는 더 많은 돈을 소유하게 될 테니까. 결과적으로 그녀의 부친은 공증증서 작성과 담보 등기라는 단순한 부동산 행위 하나로, 내가 근 사십 년의 세월 동안 힘겹게 모은 것보다 훨씬 더 많은 돈을 번 셈이었다. 노동은 결코 돈으로 보상된 적이 없었다. 그 둘은 엄밀히 말해 아무 상관이 없었다. 어떤 인간사회도 노동에 대한 보상을 토대로 건설된 적이 없었다. 심지어 미래의 공산사회도 그 원칙에 기반을 두는 것 같지는 않았다. 마르크스는 부의 분배원칙을 다음의 공허한 말로 요약했다. "각자의 필요에 따라." 혹여 우리가 그의 말을 실행에 옮기는 불행이 일어났더라면 끊임없는 억지와 궤변의 원천이 되었을 것이나, 다행스럽게도 나머지 국가들은 말할 것도 없고 공산국가에서도 그런 일은 결코 일어나지 않았다. 돈이 돈을 부르고, 돈에 권력도 따른다. 그것이 사회조직의 최종 결론이었다.

클레르와 이별할 무렵 나는 노르망디의 젖소들을 자주 접하면서 정서가 현저히 안정되었다. 젖소들은 내게 위안이었고, 새로운 세상이었다. 실상 젖소는 내게 전혀 낯선 존재는 아니었다. 어렸을 때 우리 가족은 아버지가 공동소유 별장을 구입해둔 메리벨에서 매년 여름 한 달을 보내곤 했다. 그곳에 도착하면 부모는 산길을 오순도순 산책했고 그동안 나는 텔레비전을 보았다. 주로 '투르 드 프랑스'*를 보았는데 이 습관은 이후에도 오래도록 중독 수준으로 남았다. 가끔씩 외출도 했는데, 어른들의 취미 활동은 내게는 수수께끼였다. 저 높은 산들을 누비고 다니는 것에 분명 뭔가 흥미로운 점이 있을 텐데, 하는 생각이 들었다. 당장 내 부모부터 해서 저 많은 어른들이 산길을 걷고 또 걸었으니 말

* 1903년부터 해마다 프랑스에서 열리는 자전거 경주 대회. 프랑스와 인접 국가를 일주하는 장거리 구간 경기.

이다.

나는 알프스의 아름다운 풍광을 목도하면서도 진정한 심미관을 기르는 데는 성공하지 못했으나, 목초지를 이곳저곳 쏘다니며 빈번히 마주친 젖소 무리엔 정을 붙였다. 작고 활달한 타랑테즈 황갈색 젖소들로, 충동적인 기질이 있었고 활동량이 월등히 많았다. 종종 산길을 겅중겅중 뛰기도 해서 놈들의 모습이 보이기도 전에 목에 매달린 작은 방울들이 먼저 예쁜 소리를 내기도 했다.

반대로 노르망디 젖소가 겅중겅중 뛴다는 것은 생각할 수도 없었고, 생각만으로도 뭔가 불경스러웠다. 모르긴 해도 노르망디 젖소들은 극도로 절박한 위기의 순간이 되어야만 걸음에 속도를 붙일 터였다. 그만큼 노르망디 젖소들은 느긋하고 위풍당당했고, 놈들도 만족하는 듯 보였다. 나는 노르망디의 젖소들을 발견한 뒤에야 힌두교인들이 왜 이 동물을 신성시하는지 이해했다. 클레시에서 홀로 외로운 주말을 보내며 주위의 초원에서 풀을 뜯어먹고 있는 젖소 무리를 십여 분간 응시하고 있노라면, 메닐몽탕대로니 캐스팅이니 뱅상 카셀이니 자신을 원하지 않는 세계에 받아들여지기 위한 클레르의 필사적인 노력 따위는 죄다 잊혔고, 종국엔 클레르 자체를 잊기에 이르렀다.

나는 서른도 안 된 나이에 이미 사랑하는 이에 대한 아무런 추억도, 다가올 기적에 아무런 기대도 없는 감정의 동절기로 조금씩 진입하고 있었고, 이 무기력감은 직무 영역에서도 무산되는 사업이 늘어감에 따라 배가되었다. 태스크포스는 점차로 와해되고 있었다. 아직 몇 번의 희망이 반짝였고 특히 회식 때면(농업수림지역청에선 일주일에 적어도 한 번씩 회식을 했다) 여기저기서 원론적인 다짐이 나오기도 했으나, 노르망디 사람들은 지역 특산품을 도통 팔 줄 모른다는 것에는 다들 동의했다. 예컨대 노르망디의 대표적 특산물인 칼바도스는 고급 주류의 미덕을 두루 갖추었을 뿐만 아니라 좋은 품질의 칼바도스는 바스아르마냑이나 나아가 코냑에도 뒤지지 않았지만, 세계 곳곳의 공항 면세점에서 이 술들보다 백배는 더 찾기 힘들었다. 심지어 프랑스 내의 슈퍼마켓에서도 구색을 갖추는 정도로만 자리를 차지하고 있었다. 시드르에 대해선 아예 말을 말자. 시드르는 대형 유통 마트에서는 사실상 찾을 수 없었고 기껏해야 술집에서나 마실 수 있는 정도였다. 회식 때는 여전히 열띤 아이디어 경쟁이 벌어졌고 당장 행동에 옮기겠다는 다짐들이 속출했으나, 크게 나쁘지 않은 똑같은 한 주 한 주가 반복되면서 모두 흐지부지되기 일쑤였다. 아무튼 우리가 대단한 일을 이룰 수 없다는 생각이 조용히 자리잡았고, 나를 채용했을 때만 해도 도전적이고 의욕적이었던 농업수림지역청장 본인마저도 점차 느슨해졌다. 그는 그사이 결혼식을 올렸고, 무엇보다 입만 벌렸다 하면 미래의 가족을 위해 구입한 농장 리모델링 이야기만 해댔다. 그래도 조직이 몇 달간 약간의 활기를 되찾은 적이 있긴 했다. 의욕이 넘치던 레바논 출신 인턴사원이 짧게 근무했던 때였다. 그가 치즈가 가득한 접시를 앞에 두고 탐스럽게 치즈를 먹는 조지 부시의 사진을 따냈고, 이 사진이 몇몇 미국 언론에 보도되며 작은 논란거리가 되었다. 멍청한 부시는 미국에서 생치즈 수입이 금지되었다는 것을 아예 인식하지 못한 듯했고, 이것이 언론에 살짝 언급되었지만 치즈 매출은 그만큼 날아오르지 못했다. 블라디미르 푸틴에게 리바로나 퐁레베크 치즈를 반복적으로 보낸 것도 특별한 효과를 보지 못했다.

나는 조직에 큰 쓸모는 없었으나 그렇다고 해롭지도 않았다. 그래도 몬산토에 근무할 때에 비하면 발전이 있었다. 아침에 출근하기 위해 나의 벤츠 G350 운전석에 앉아 초원에 감도는 뿌연 안개 숲을 통과하자면, 내 삶이 아직 완전히 실패는 아니라는 생각을 할 수 있었으니까. 튀리아르쿠르 마을을 지날 때면 번번이 에메릭을 떠올렸다. 그가 이 마을과 관계가 있을 성싶었고, 결국 나는 인터넷에서 답을 찾았다. 당시엔 인터넷 검색이 보다 수고로웠다. 통신망이 지금보다 훨씬 덜 발달해 있었지만 나는 〈노르망디의 역사와 노르망디에서 사는 법 매거진〉에서 운영하는, 아직 개설 초기 단계인 '노르망디의 유산' 사이트에서 답을 찾아냈다. 역시나 에메릭은 튀리아르쿠르와 관계가 있었고, 그것도 매우 직접적인 관계였다. 이 마을은 본래 튀리라고 불리다가 이윽고 당시 이 지역을 통치했던 아르쿠르 공작의 이름을 본떠 아르쿠르로 불렸다. 그리고 프랑스대혁명 때 다시 튀리가 되었다가, '두 진영의 프랑스'를 화해시키려는 의도로 현재의 명칭인 튀리아르쿠르가 되었다. 튀리아르쿠르엔 루이 13세 시대에 건설한 거대한 성이 있는데, 종종 '노르망디의 베르사유'라고 평가되었던 이 성은 이 지역의 영주였던 아르쿠르 공작의 거처로 쓰였었고, 프랑스대혁명 때도 무사했던 이 성을, 제2차세계대전이 벌어지던 1944년 8월, 영국의 제59스태퍼드셔 보병사단에게 포위된 독일 나치친위대의 기갑사단 다스 라이히가 퇴각하면서 불태워버렸다.

농업대학에 다니던 삼 년 동안 에메릭 다르쿠르올롱드는 나의 유일한 진짜 친구였다. 나는 대부분의 밤들을 그의 방—처음엔 그리그농에 살았다가 국제 대학기숙사의 농업학과 동으로 옮겼다—에서 보냈다. 우리는 바바리아 8.6 맥주팩들을 마셔 치우며 대마를 피웠고(사실 대마는 특히 에메릭이 많이 피웠고 나는 맥주가 더 좋았다. 그가 피운 대마가 줄잡아 하루에 삼십 개비는 되었을 것이니, 대학생활의 첫 두 해 동안은 줄곧 몽롱한 상태였다고 보아야 했다) 무엇보다 음악을 들었다. 에메릭은 길게 늘어뜨린 덥수룩한 곱슬 금발머리에 럼버잭 셔츠를 걸친 전형적인 그런지룩이었으나, 너바나며 펄 잼을 훌쩍 뛰어넘었다. 그는 진정한 근원으로 거슬러올라간 듯했다고 할까. 그의 방안의 선반이란 선반은 죄다 1960~1970년대 엘피판 백여 장으로 채워져 있었다. 딥 퍼플, 레드 제플린, 핑크 플로이드, 더 후, 심지어 도어스, 프로콜 하럼, 지미 헨드릭스, 밴더그래프 제너레이터…… 아직 유튜브가 없던 시대였고, 당시엔 이 그룹들을 기억하는 사람들이 거의 없었다. 하지만 내겐 완벽한 발견이요, 절대적으로 경이로운 세계였다.

우리는 대개 둘이서 밤을 보냈지만 종종 같은 과 남자 동기 한두 명—특별할 것이 없는 친구들이어서 얼굴도 가물가물하고 이름은 전혀 기억나지 않는다—이 낄 때도 있었다. 반면에 여자들은 한 번도 동석한 적이 없었는데, 돌이켜보면 의문스러운 일이었다. 그러고 보니 에메릭의 여자관계에 대해 들어본 기억이 전혀 없었다. 그가 동정이었으리라고는 생각지 않는다. 여자들을 두려워한다는 인상은 받지 못했고, 차라리 다른 데, 아마도 장래 직업에 관심이 있었던 듯했다. 그의 내면엔 분명 당시의 나는 알아차리지 못했던 진지한 인간이 도사리고 있었을 것이다. 나는 장래 직업에 대해선 아무 관심이 없었고, 아마 삼십 초 이상 생각해본 적도 없었으며, 여자 이외의 다른 것에 진지한 관심을 갖는 것을 기이하게 여겼다. 최악은 마흔여섯 살이 된 지금 돌이켜보아도 당시 내가 옳았다고 느낀다는 것이다. 여자들은 창녀들이고, 그런 시각으로 볼 수 있으나 한편 직업인의 삶은 아무런 쾌락도 선사하지 않는 그보다 더한 창녀이니 말이다.

2학년 말엽에 나는 에메릭이 나처럼 농촌사회학이나 생태학 따위의 명칭만 그럴듯한 전공을 선택할 줄 알았다. 하지만 그는 나의 예상을 뒤엎고 고생스러운 노동의 길로 간주되는 축산학을 선택했다. 9월 신학기에 그는 머리를 짧게 깎고 완전히 달라진 옷차림으로 나타났고, 학년 말에 다논*으로 인턴십을 나갈 때는 넥타이까지 갖춘 완벽한 정장 차림을 했다. 내게는 약간 휴가의 해로 느껴졌던 그 해에 우리는 다소 소원해졌다. 나는 결국 생태학을 전공으로 선택했고, 우리는 지역별 식물군계를 연구하기 위해 얼추 프랑스 전역을 옮겨다니며 시간을 보냈다. 학년말이 되자 나는 프랑스에 서식하는 지역별 식물군계를 구분할 수 있게 되었다. 요컨대 지도와 기상 정보만으로 그 지역의 식물

* 낙농제품을 전문으로 생산하는 다국적 기업.

군계를 짐작할 수 있었고, 그것이 내 배움의 거의 전부였다. 이후에 녹색당원들과의 대화에서 기후 온난화가 지구에 미치는 구체적 영향이 주가 될 때 내가 그들의 입을 틀어막는 데 요긴하게 쓰이기는 했다. 에메릭도 다논의 마케팅부에서 인턴십 대부분을 마쳤으니 그는 당연히 드링킹요구르트나 스무디 신제품 기획 쪽에서 경력을 쌓아나가리라 예상할 수 있었다. 하지만 그는 졸업식 날 밤에, 망슈 지역의 농장을 이어받을 작정이라는 말로 다시 한번 나를 놀라게 했다. 농산품가공산업 전반에 농업대학 출신의 농학자들이 없는 곳이 거의 없었고, 이따금 기술직도 있었으나 대부분은 관리직이었다. 하지만 직접 농부가 되는 일은 거의 전무후무했다. 나는 에메릭의 주소를 찾기 위해 농업대학 졸업생 명부를 훑으며, 그가 우리 학년에서 유일하게 이런 선택을 했다는 것을 알게 되었다.

그는 캉빌라로크에 살고 있었다. 그와 전화가 닿았고 그는 내게 집을 찾기 어려울 거라고 경고하며 올롱드성 주민들에게 물어보라고 조언했다. 그렇다, 물론 그 성은 그의 가족 소유였으나, 그건 마을이 튀리아르쿠르가 되기 전의 이야기였다. 성은 1204년에 처음으로 파손되었다가, 13세기 중반에 재건되었다. 그 밖에, 그는 작년에 결혼을 했고 농장엔 삼백 마리의 젖소들이 있었다. 적잖이 투자를 한 셈인데 그 이야기는 내가 도착하면 해줄 터였다. 그는 농장에 정착한 이후로 농업대학 동창들은 한 명도 만나지 못했다.

해거름녘에 올롱드성 앞에 도착했다. 성이라기보다는 보존 상태도 제각각인 맥락 없는 석조건물들의 조합이었다. 성채의 본래 구조를 머릿속에 그려보기란 쉽지 않았다. 중앙의 거대한 직육면체 건물이 사람이 주로 거주하는 본관인 듯했고 이 건물은 아직 그럭저럭 관리가 되고 있는 것 같았으나, 잡초와 이끼들이 돌벽을 잠식하기 시작했다. 그래도 두꺼운 화강암, 아마도 플라망빌산 화강암이니만큼, 몇 세기는 더 버틸 수 있을 터였다. 더 뒤쪽으로는 높고 호리호리한 원통형 성탑이 있었는데 훼손된 곳이 거의 없이 멀쩡해 보였다. 하지만 본래 사각형이었던 듯하고 주요 군사기지로 쓰였을 법한 입구 가까이의 대표 성탑은 이제는 창문과 지붕도 없고, 그나마 남아 있는 일부 벽들도 마모되고 부식되어, 예정된 지질학적 운명으로 서서히 다가가고 있었다. 100미터 남짓 떨어진 곳엔 대형 철제 창고와 곡물저장고가 있었는데, 금속성의 번득임이 자연 풍경 속에서 거슬려 보였다. 어쨌든 내가 50킬로미터 남짓을 달려오는 동안 처음으로 본 신축 건물이었다.

에메릭은 치렁한 머리칼과 헐렁한 체크무늬 셔츠 스타일로 도로 돌아갔는데, 전과 다른 점이 있다면 이번엔 그 옷이 본래의 기능을 담당했다는 것이다. 명실상부 작업복이었다. "바르베 도르비의 후기 소설 『이름 없는 이야기』에 이 성이 배경으로 나와." 그가 말했다. "1882년에 출간됐는데, 거기서 도르비가 '거의 폐허가 된 낡은 성'으로 묘사하지. 너도 눈으로 확인했겠지만 말이야. 그뒤로 보수된 적이 없거든."

"역사기념물 지원금 같은 것도 없어?"

"아주 조금…… 목록에 등재되긴 했어. 하지만 지원금을 받는 경우는 드물어. 그보다는 내 아내 세실이 성을 대대적으로 개보수해서 호텔로 만들고 싶어하지. 이른바 부티크호텔 말이야. 아닌 게 아니라 남아도는 방이 사십여 개는 되거든. 그중에서 방 다섯 개에만 난방을 하고 있어. 뭐 좀 마실래?"

나는 샤블리 한 잔을 받아들었다. 그들의 부티크호텔 계획이 가치 있는 것인지 아닌지는 몰라도, 어쨌든 커다란 벽난로와 길은 청록색 가죽 안락의자들이 놓인 식당은 따사롭고 아늑한 공간이었다. 정작 에메릭은 이런 실내장식 따위 아무래도 좋았을 텐데 말이다. 그는 인테리어에 철저히 무관심했다. 농업대학 시절 그의 자취방은 내가 본 방 중에서 가장 무미건조했다. 병사의 임시 막사 같았다고 할까. 그의 방을 꽉 채웠던 음반들을 제외한다면 말이다.

이곳에서도 음반들이 벽 한 면을 빼곡하게 채우고 있었고, 그 광경은 인상적이었다. 에메릭이 말했다. "작년 겨울에 죄다 다시 세어봤거든. 오천 장이 조금 넘더라……" 그는 당시의 테크닉스 MK2 턴테이블을 아직도 갖고 있었으나, 스피커는 처음 보는 것들이었다. 1미터가 넘는 거대한 호두나무 원목으로 된 평행육면체 두 개가 우뚝 서 있었다. 에메릭이 설명했다. "클립시혼이야. 클립시사에서 설립 초기에 제작한 스피커지. 아마 음향은 최고일걸. 할아버지가 1949년에 구입하셨어. 오페라광이셨거든. 할아버지가 돌아가시고 아버지가 내게 물려주셨지. 아버진 음악엔 아무 관심 없으셨으니까."

이 장비는 자주 쓰이는 것 같지 않았다. MK2의 덮개 위에 먼지가 한 겹 얇게 깔려 있었다. "응, 맞아……" 그는 내 눈빛에서 무언가를 읽고 당황한 기색이었다. "실은 요새 음악을 들을 정신이 없어. 사는 게 여간 힘들어야지. 이곳에 온 뒤로 재정적으로 안정적이었던 적이 단 한 번도 없었어. 그러니 밤만 되면 무엇이 문제인지 곱씹으며 돈 계산이나 하게 되지. 그건 그거고, 이렇게 왔으니 우리 뭘 좀 먹자. 식사 준비될 때까지 포도주 한 잔 더 해."

나는 일이 분가량 선반을 뒤진 끝에 핑크 플로이드의 '움마굼마' 앨범을 꺼내들었다. "끝내주는 음반이지. 우리 상황에도 들어맞고……" 에메릭이 한마디 보태고는 턴테이블 바늘을 〈그랜체스터 미도스〉 도입부에 올려놓았다. 굉장했다. 나로서는 난생처음 들어보는 소리였고, 그런 소리가 존재하리라고 상상조차 할 수 없는 소리였다. 새소리며 강물의 찰랑거림이 또렷하게 구분되었고, 저음은 긴장감을 유지한 채 힘이 넘쳤으며, 고음은 믿을 수 없으리만치 청아했다.

"세실이 곧 도착할 거야." 에메릭이 말을 이었다. "호텔 리모델링 건으로 은행에 갔거든."

"보아하니 넌 그리 크게 기대 안 하는 눈치구나."

"모르겠어. 넌 이 지역에서 관광객들을 많이 본 것 같아?"

"거의 못 봤어."

"그렇다니까…… 물론 나도 한 가지 측면에서는 아내한테 동의해. 뭔가를 해야 한다는 거. 매년 이렇게 돈을 까먹고만 있을 순 없으니까. 그동안 우리가 재정적 곤경에서도 버틸 수 있었던 건 오직 소작료 덕분이고, 무엇보다 땅을 판 덕분이지."

"땅이 많아?"

"수천 헥타르쯤. 카랑탕에서 카르트레 사이에 있는 땅 대부분이 우리 거였어. '우리'라는 말은 물론 늘 우리 아버지 소유라는 말이지만. 그렇지만 내가 농장을 운영한 뒤로 아버지가 소작 수익을 내게 넘겨주셨지. 그런데도 땅을 조금씩 팔아야 하는 상황들이 종종 생겼고. 최악은 땅을 사는 사람들이 동네 농부들이 아니라 외국인 투자자들이라는 거야."

"어느 나라?"

"주로 벨기에인들이랑 네덜란드인들이었는데, 중국인들이 점점 늘어가고 있어. 작년엔 어느 중국인 사업가한테 50헥타르를 팔았지. 아마 내가 팔려고만 들면, 그들은 그 열 배 되는 땅도 시세보다 두 배는 높게 쳐서 사버릴걸. 동네 농부들은 끼어들 엄두도 못 내. 그 사람들은 대출금 갚아나가고 소작료 내는 것만으로도 이미 벅차니까. 그러니 아예 포기해버리고 문에 자물쇠를 채우는 사람들이 속출하는 거지. 그 사람들이 힘들어하면 나도 마냥 밀어붙일 수가 없어. 사정을 뻔히 아니까. 지금 내 처지도 그 사람들이랑 다를 바 없고. 차라리 아버지가 돈을 받아내는 건 수월했지. 오랫동안 파리에서 살다가 바이외로 내려오신 거고, 어쨌든 영주였잖아…… 아무튼 네가 본 게 맞아. 난 호텔 프로젝트엔 확신이 없어. 다만 혹시나 그게 방법이 될 수 있을까 하는 거지……"

이곳으로 오는 내내 나는 에메릭에게 농업수림지역청에서 내가 하는 일이 정확히 무엇인지 어떻게 설명해야 할는지 고민했다. 그에게 내가 노르망디 치즈 수출 촉진 프로젝트에 직접적으로 가담했고, 그 프로젝트는 실패라고 보아야 한다고 토로할 수는 없는 노릇이었다. 결국 나는 내가 담당한 업무들 중에서 프랑스의 원산지명칭통제 제도를 유럽의 원산지명칭보호 제도로 변경하는 과정의 행정업무를 특히 강조했다. 거짓말은 아니었다. 이 성가신 법제화의 문제가 내 업무에서 점점 더 많은 비중을 차지하고 있었고, 나도 결코 잘 알지 못하는 사항과 관련해 끊임없이 '규칙을 준수해야' 했으니까. 아마 세상에 존재하는 인간의 활동중에 법보다 더 완벽하게 권태로운 영역도 없으리라. 어쨌든 나는 새로이 부과된 임무에서 몇몇 성과를 거두었다. 예컨대 몇 년 뒤 리바로 치즈에 원산지명칭보호 제도를 적용하면서 나의 권고를 받아들여 이 치즈가 반드시 노르망디 젖소의 우유로 제조되어야 한다는 조항을 포함시켰다. 당시 나는 카망베르 치즈 제조에 반드시 생우유를 사용해야 한다는 의무조항에서 자유로워지고 싶어하는 락탈리스 그룹과 이지니 생트메르 유제품 협동조합과의 행정 소송에서 승리를 목전에 두고 있었다.

내가 한창 설명에 열을 올리고 있던 무렵 세실이 도착했다. 갈색 머리의 예쁘장하고 날씬하고 우아한 여자였으나 얼굴에서 거의 고통에 가까운 긴장감이 가시지 않고 있었다. 힘든 하루를 보낸 기색이 역력했다. 그래도 나를 상냥하게 대해주었고, 식사도 정성껏 차려주었다. 하지만 그녀가 엄청나게 노력중이라는 것이 느껴졌다. 만일 내가 없었더라면 그녀는 집에 돌아오자마자 진통제를 삼키고서 침대에 그대로 뻗었으리라. 그녀는 내게 에메릭을 보러 친구가 찾아오다니 기쁘다고 말했다. 자기들은 일을 너무 많이 하고, 더이상 아무도 만나지 않으며, 서른 살도 안 되어 은둔생활을 하고 있다면서. 실은 나도 그들과 다를 바 없는 처지였다. 회사 업무가 전혀 과중하지 않았다는 점만 제외한다면 말이다. 나아가 모든 사람들이 그들과 다를 바 없는 처지였다. 학창시절은 인생에서 유일하게 행복한 시절이다. 미래가 활짝 열려 있고, 모든 것이 가능해 보이는 유일한 시절. 이후로 펼쳐지는 성인의 삶, 직업인의 삶은 느리고 점진적인 정체와 다름없으며, 바로 그런 이유로 젊은 날의 우정, 학창시절에 맺었던 유일하게 진실한 우정은 성인의 삶의 문턱에서 살아남지 못하는 것이리라. 우리는 우리의 좌절된 꿈의 산증인들, 명명백백한 추락의 산증인들과 대면하지 않기 위해 젊은 날의 친구들과의 재회를 피하는 것이다.

따라서 내가 에메릭을 찾아온 것은 실수였으나, 그리 심각한 것은 아니었다. 우리는 이틀 동안 기분좋게 지낼 수 있을 터였다. 식사가 끝나고 에메릭은 턴테이블에 지미 헨드릭스의 와이트섬 라이브 음반을 걸었다. 물론 지미 헨드릭스 최고의 공연은 아니었으나, 그가 사망하기 불과 이 주 전의 마지막 공연이었다. 나는 에메릭의 이 추억 여행을 세실이 살짝 못마땅해하고 있다고 느꼈다. 그녀는 학창시절에 당연히 그런지 스타일은 아니었을 것이고, 베르사유 스타일*에 가까웠으리라. 그러니까 다소 느슨한 베르사유 스타일로, 무리에 완전히 동화되지 않고 조금은 겉돌지 않았을까. 에메릭은 같은 계층 출신 여자와 결혼했고 그것은 흔한 일이었으며, 이론적으로 성공률도 가장 높았다. 어쨌든 그것이 일반론이었고, 내 경우에 문제는 내가 속한 계층이 불분명하다는 것이었다.

이튿날 아침, 나는 아홉시경에 잠에서 깨어났다. 에메릭은 달걀 프라이에 구운 순대와 베이컨 등으로 푸짐하게 차린 아침식사 테이블 앞에 앉아 있었다. 그는 식사와 함께 커피를 마시더니 이어서 칼바도스를 곁들였다. 그는 자신의 아침은 벌써 오래전에 시작되었노라고, 매일 새벽 다섯시에 기상하여 직접 소젖을

* 신실한 가톨릭 신자로 대변되는 보수적인 부르주아 스타일.

짠다고 설명했다. 착유기는 구비하지 않았는데, 그의 농장 규모에 비해 턱없이 과한 투자인데다 착유기를 구입한 동료들은 대부분 얼마 못 가 파산했기 때문이었다. 게다가 소들도 인간이 손으로 젖을 짜는 걸 좋아했다. 실은 그건 그의 생각이었으나, 감정적인 부분도 무시 못할 요소였다. 그가 내게 소들을 보러 가자고 했다.

전날 이곳에 도착했을 때 본 신축 철제 창고는 과연 축사였다. 네 줄로 배열된 각 칸에 소들이 거의 빠짐없이 들어차 있었다. 나는 에메릭이 전적으로 노르망디 젖소들만을 키운다는 걸 바로 알아차렸다. 그가 인정했다. "맞아, 그게 내 방침이야. 프림홀스타인*에 비하면 이놈들은 생산성이 낮아. 하지만 내 생각에 이놈들의 우유는 정말 품질이 월등하거든. 그러니 네가 어제 얘기했던 리바로 치즈 원산지명칭보호 제도엔 나도 당연히 관심이 있지. 비록 요즘은 주로 퐁레베크 치즈 생산자들한테 우유를 팔고 있지만."

축사 구석엔 베니어합판으로 칸을 두른 작은 사무실이 있었고, 안에는 컴퓨터와 프린터, 그리고 철제 서랍장이 놓여 있었

* 프랑스의 대표적인 젖소 종. 홀스타인의 개량종으로, 프림홀스타인이 생산하는 우유가 프랑스 전체 우유 생산량의 80퍼센트를 차지한다.

다. 내가 물었다. "소들 사료를 컴퓨터로 주문하는 거야?"

"필요하면. 컴퓨터로는 곡물저장고에 저장할 수 있는 옥수수 사료를 비축해둬. 비타민 보조제도 추가로 주문할 수 있지. 창고들이 서로 다 연결돼 있으니까. 실은 컴퓨터는 그냥 구색을 갖춘 거고, 실제로는 주로 회계에나 사용하지." 단지 '회계'라는 단어가 나온 것만으로 에메릭의 얼굴이 어두워졌다. 우리는 축사에서 나와 새파랗고 잔잔한 하늘 밑을 걸었다. 나는 고백했다. "농업수림지역청에 들어가기 전엔 몬산토에서 근무했어. 넌 GMO 옥수수를 쓸 것 같진 않다만."

"안 쓰지. 난 유기농식품 품질관리 규정을 준수해. 게다가 되도록 옥수수 사용 자체를 제한하려고 하지. 소는 원칙적으로 풀을 먹거든. 사료뿐만 아니라 나는 모든 걸 제대로 하려고 노력해. 여긴 산업적인 축사가 아니야. 너도 봤겠지만 소들은 충분한 공간에서 생활하고 매일 산책을 해. 심지어 겨울에도. 하지만 모든 걸 제대로 하려고 할수록, 곤경에서 벗어나기가 더욱 어려워지는구나."

이 말에 내가 무슨 대답을 할 수 있겠는가? 거창하게 생각해서 만약 어느 뉴스 채널에서 이런 질문으로 토론이 벌어졌다면 나 혼자 세 시간은 족히 떠들 수 있을 터였다. 하지만 에메릭을 상대로는, 특히 이런 상황에 놓인 에메릭을 상대로는 해줄 말이 없었다. 그도 나만큼이나 문제들을 인지하고 있었다. 그날 아침은 하늘이 유난히 청명했다. 저멀리 대서양도 보일 정도였다. 그가 생각에 잠긴 채 말했다. "다논에서 인턴십이 끝났을 때 회사에 남으라는 제안을 받았었어……"

그날의 나머지 시간은 성을 둘러보면서 보냈다. 아르쿠르의 영주들이 미사를 보았을 법한 교회당이 있었다. 하지만 가장 인상적이었던 곳은 어마어마하게 넓은 식당이었다. 벽에는 조상들의 초상화가 빼곡했고, 넓이가 7미터나 되는 벽난로는 요리가 줄줄이 이어지는 중세식 만찬이 벌어질 때면 멧돼지나 사슴 통구이에 쓰였음직했다. 부티크호텔 아이디어가 조금 더 그럴듯하게 느껴졌다. 에메릭한테는 감히 말하지 못했지만, 목축업자들의 상황이 개선될 여지는 거의 없어 보였다. 유럽연합에서 우유 쿼터 조항을 삭제하려는 움직임이 일고 있다는 소문을 들은 터였다. 결국 이 결정은 수천 명의 프랑스 목축업자들을 가난과 파산으로 몰아넣을 터였다. 이 결정은 이후 프랑수아 올랑드 대통령 정권인 2015년이 되어서야 최종적으로 채택되었지만 2002년부터 유럽연합에 새로운 10개국이 합류하고, 아테네조약 이후 프랑스는 확연한 소수의 처지가 되어 규제 완화가 점차로 불가피해졌다. 나로서는 에메릭과 대화를 나누기가 점점 난처해졌다.

내가 농부들에게 호의적이고 어떤 상황에서도 그들의 입장을 대변할 준비가 돼 있다 하더라도, 이제 나는 엄연히 프랑스 정부의 편이었고 그들과 나는 더는 같은 진영이 아니라는 것을 인식하지 않을 수 없었다.

이튿날 점심식사 후, 나는 커져가는 슬픔과는 대조적으로 찬란하게 내리쬐는 일요일의 햇살 아래 에메릭의 집을 나섰다. 망슈 지역의 한적한 길을 천천히 달리며 느꼈던 슬픔을 오늘날 되새기자니 놀랍기 짝이 없다. 거기에 어떤 조짐이나 전조가 있는 거라면 좋겠지만, 대개는 아무것도, 정말 아무것도 없다. 쾌청했으나 암울했던 그날 오후, 나는 그 이튿날 아침에 카미유를 만나게 되리라는 걸 전혀 예상할 수 없었고, 그 월요일 아침은 내 인생에서 가장 아름다웠던 몇 해의 시작이 될 터였다.

카미유와의 첫 만남을 되짚기 전에, 그로부터 이십여 년 뒤인 전혀 다른 11월로 되돌아오자. 생사 문제(마치 생사 예후라는 말처럼)가 이미 대략 확정되었다는 측면에서 확연히 더욱 슬픈 11월로. 11월 말엽이 되자 크리스마스 장식들이 제일 먼저 이탈리2 쇼핑센터를 점령했고, 나는 이 연휴 기간 동안 메르퀴르호텔에 머무를지 말지 고민하기 시작했다. 창피하다는 것 이외에 떠나야 할 이유는 전혀 없었으나, 이 자체가 바로 진지하게 떠나야 할 이유였다. 오늘날에도 철저한 고독을 자백하기란 쉬운 노릇이 아니다. 나는 여러 목적지를 떠올렸고, 그중에 가장 확실한 곳은 수도원이었다. 구세주의 탄생을 기념하는 이 시기에 많은 이들이 자기 자신을 되돌아보고자 했다. 나는 이 사실을 〈순례 매거진〉 특별호에서 읽었는데, 그 경우 고독은 당연한 것일 뿐만 아니라 권장 사항이기까지 했다. 그렇다, 수도원은 최고의 해결책이었다. 나는 당장에 가볼 만한 몇몇 수도원들을 검색했다. 그런데 인터넷 검색으로 처음 알아본 수도원들은 (《순례 매거진》에서 이미 우려했듯) 벌써 예약이 거의 다 찼거나 심지어 이미 마감이었고, 내가 알아본 수도원은 모두 정원을 넘어 예약돼 있었다.

보다 시급한 또다른 문제는 캅토릭스 처방전을 다시 받아야 한다는 것이었다. 이 약물의 효용은 부인할 수 없었다. 덕분에 나는 사회생활이 더는 힘에 부치지 않았다. 매일 아침 최소한으로, 그러나 충분하게 몸단장을 했고, 카페 오줠의 종업원들에게 친근하고 살갑게 인사를 건넬 수 있었다. 다만 정신과의사를 다시 보고 싶지는 않았다. 생크디아망가의 그 정신과의사, 그 웃기는 작자는 말할 것도 없고, 다른 정신과의사들도 마찬가지였다. 나는 정신과의사들이라면 욕지기가 났다. 그래서 다시 아조트 박사를 떠올렸다.

이 이상한 이름*의 일반의의 진료실은 생라자르역 근처 아테네가에 있었다. 매주 캉과 파리를 오가던 시절에 일종의 기관지염으로 그에게 진료를 받은 적이 있었다. 머리가 심하게 벗어지

* '아조트(azote)'는 프랑스어로 '질소'라는 뜻.

기 시작하던 사십대 남자였던 것으로 기억한다. 그나마 남아 있던 머리칼은 길고 희끗희끗하고 더러웠다. 의사라기보다는 하드록 그룹의 베이스기타 연주자가 더 연상되는 외모였다고 할까. 또한 한창 진료를 보다가 불쑥 카멜 담배에 불을 붙이던 모습도 기억난다. "미안합니다. 나쁜 습관이죠. 제일 먼저 흡연을 말려야 할 사람이 저인데……" 무엇보다 그가 내게 코데인*이 든 시럽약을 순순히 처방해주었던 일이 기억난다. 다른 의사들은 이미 안전성을 의심하던 약물이었다.

그로부터 이십 년 뒤, 그는 탈모가 그다지 진행되지 않았고(물론 개선되지도 않았다), 그나마 남아 있는 머리칼은 여전히 길고 희끗희끗하고 더러웠다. "네, 뭐, 캅토릭스가 효과적이죠. 제 환자들 중에도 긍정적인 효과를 본 사례들이 있고요……" 그가 담백하게 말했다. "여섯 달 치를 원하신다고요?"

"연휴 기간엔 무얼 하십니까?" 잠시 뒤 그가 물었다. "연휴 기간을 조심해야 하거든요. 우울증환자들에겐 치명적인 시기죠. 그동안 안정되었다고 믿었던 제 환자들 중에서도 12월 31일이 되어 탕! 권총 자살을 한 이들이 부지기수였어요. 늘 31일 밤이 문제였어요. 일단 자정을 넘기면 승리한 거예요. 이미 크리스마

* 기침약, 진통제 등에 쓰이는, 아편이나 모르핀에서 추출한 약물.

스에 한 차례 찾아온 자살 충동을 극복하고서 또다시 고비를 맞이해야 한단 말이죠. 일주일 내내 인생을 망쳤다는 더러운 기분을 곱씹고 나서. 어쩌면 이런 경우를 대비해서 미연에 연말 계획을 세워놨을 수도 있지만, 결국 계획이 어그러지고 31일이 되면 견딜 수 없어지는 겁니다. 그러면 경우에 따라 창문으로 가서 몸을 날리거나, 자기 머리에 총을 쏘는 거죠. 외람되지만 이런 말씀을 드리는 이유는 사람들이 죽는 걸 막는 게 제 일이기 때문이에요. 물론 일정한 시점까지, 각자의 수명이 다할 때까지요." 나는 그에게 수도원 체류 계획을 밝혔다. 그가 인정했다. "네, 뭐, 나쁜 생각은 아니군요. 제 환자들 중에도 그런 사람들이 있었죠. 그런데 실행에 옮기기에 조금 늦은 것 같기도 하군요. 아니면 태국에서 매춘부들과 보내는 방법도 있어요. 아시아에선 크리스마스의 의미쯤은 깡그리 잊을 수 있죠. 31일엔 부드럽게 미끄러져 들어가보세요. 그러라고 그 여자들이 있는 거니까. 항공권도 구할 수 있을 겁니다. 아마 비행기 티켓 구하는 게 수도원 예약보다 쉬울걸요. 이 부분에 대해서도 긍정적인 사례들이 있어요. 심지어 여러 번 갔다 온 환자들도 있는데 거의 치료 수준이라고 하더군요. 어떤 환자들은 자신의 남성적 매력에 대한 자신감이 최고조인 상태로 완전히 원기 충천해서 돌아오죠. 참고로 얘기하는 겁니다. 물론 다소 얼빠진 남자들 얘기긴 해요. 멍청한 호구들. 불행히도 선생은 그런 인상을 풍기진 않는군요. 하지만 선생한테도 해당되는 사항으로 캅토릭스 문제가 있는데, 이 약에 발기부전의 위험이 있다는 겁니다. 그 점은 제가 장담을 못해요. 심지어 열여섯 살짜리 예쁘장한 매춘부 두 명이 와도 장담을 못하죠. 그게 바로 캅토릭스의 짜증나는 점이에요. 그리고 갑자기 약을 끊어서도 안 됩니다. 이 점은 특히 강조하고 싶군요. 약을 복용하고 처음엔 아무것도 못 느낄 거예요. 아마 이 주 정도 지연기가 있을 겁니다. 하지만 곧 변화가 있을 것이고, 약기운을 느끼게 되겠죠. 최악의 경우엔 햇볕을 쬐고 새우 카레를 실컷 드세요."

아닌 게 아니라 그의 제안은 흥미로웠고, 나는 검토해보겠다고 대답했다. 비록 내 경우에 들어맞는 처방은 아니었지만 말이다. 나는 발기력뿐만 아니라 욕구 자체를 상실한 상태였으니까. 이제 내겐 섹스를 한다는 생각 자체가 엉뚱하고 비현실적으로 느껴졌다. 열여섯 살짜리 태국 매춘부 둘이 달려들어도, 확신컨대 아무것도 할 수 없을 터였다. 아조트가 옳았다. 태국 매춘부는 약간 모자란 사내들을 위한 처방이었다. 어떤 사랑의 표현도, 그보다 더 단순하게는 여성의 성충동까지도 진짜 사랑으로 덥석 믿을 준비가 된 영국의 서민층 남자들 중에서 종종 볼 수 있는 유형 말이다. 믿기지 않지만 그들은 매춘부들의 손과 음부와 입에 의해 새사람이 되어 돌아오고, 더는 이전과 같은 사람이 아니게 된다. 서구의 여성들에게 좌절당한 그들은, 가장 명백하게 앵글로색슨인들의 경우, 실제로 새사람이 되기도 하지만 나는 그들과 같은 경우가 아니었다. 나는 여성들을 원망할 이유가 하등 없었고, 어쨌든 태국 매춘부는 나한테 해당 없는 이야기였다. 나는 다시는 발기할 수 없는데다 나의 정신의 지평에서 성본능이 아예 사라져버렸기 때문이었다. 이상하게도 나는 아조트에게 모든 것을 털어놓을 순 없었고, 다만 '발기하는 데 어려움'이 있다는 정도만 말했다. 하지만 그는 훌륭한 의사였다. 그의 진료실을 나오며 나는 인류와 의사와 세계에 대한 믿음을 어느 정도 회복했다. 나는 거의 경쾌한 발걸음으로 걷다 암스테르담가로 접어들었고 생라자르역에 이르러서 실수를 저질렀다. 하지만 그것이 과연 정말 실수였을까. 모르겠다. 답은 끝에 가서야 알 수 있을 터였다. 사실 끝은 다가오고 있었으나 아직은, 완전한 끝은 아니었다.

생라자르역의 '정처 잃은 발걸음들의 방'*을 지나면서 나는 일종의 오토픽션 속을 통과하는 듯한 기이한 느낌이 들었다. '정

* 역이나 관공서, 상가 건물 등의 광활한 로비를 일컫는 프랑스어 표현.

처 잃은 발걸음들의 방'은 옷가게들이 양쪽으로 늘어선 흔한 상업 공간이 되었지만 여전히 별칭에 걸맞은 공간이었다. 나는 정말로 길을 잃었고, 말까지 잃은 채 도무지 이해할 수 없는 간판들 사이를 헤맸다. 사실 오토픽션이란 내게는 의미가 모호한 용어로, 나는 그저 크리스틴 앙고의 책을 읽으며(실은 처음 다섯 쪽 정도만 읽었다) 이 용어를 기억해두었는데, 플랫폼으로 걸어가는 순간 그 단어가 점점 내 상황에 들어맞는 듯했고, 심지어 나를 위해 만들어진 말처럼 느껴졌다. 나의 현실은 견딜 수 없는 것이 되어 있었다. 어떤 인간 존재도 그처럼 혹독한 고독 속에서 살아남을 수 없을 터였다. 어쩌면 나는 일종의 대안현실을 창조하여 시간의 갈림길로 거슬러올라가 삶을 추가로 대출받으려던 것은 아니었을까. 어쩌면 지난 세월 동안 그 대출된 삶이 이곳에 숨어 있었던 것은 아닐까. 저 두 플랫폼 사이, 열차들의 먼지와 기름때 속에 숨어서 나를 기다리고 있었던 것은 아닐까. 그러자 나는 포식자에게 발각된 뾰족뒤쥐, 아주 귀엽고 작은 뾰족뒤쥐처럼 심장이 세차게 두방망이질치기 시작했다. 나는 22번 플랫폼의 맞은편에 당도했다. 바로 그곳, 정확히 그곳이었다. 거기서 몇 미터 떨어진 22번 플랫폼 끝에서 카미유가 나를 기다리고 있었다. 근 일 년 동안, 매주 금요일 밤이면 그녀는 캉에서 파리로 올라오는 나를 그곳에서 기다렸다. 기내용 캐리어의 안쓰러운 바퀴를 질질 끌며 걸어오는 나를 발견하는 즉시, 그녀는 나를 향해, 플랫폼을 따라 전속력으로 달려왔다. 그녀의 숨은 턱끝까지 닿았고 이윽고 우리는 만났고, 헤어진다는 생각은 있을 수 없는 것이 되었다. 더는 있을 수 없었고, 그런 말을 나눈다는 것 자체가 아무 의미 없는 것이었다.

나는 행복을 맛보았다. 행복이 무엇인지 알고, 설득력 있게 설명할 수 있다. 나는 또한 행복의 끝과 통상 그뒤에 이어지는 것을 알고 있다. 그것은 누군가 말했듯 "오직 한 존재만이 그립고, 모든 것이 사라지는"* 것이다. 아니, '사라진다'는 단어로는 약하다. 그 말에선 너절한 18세기의 냄새가 풍긴다. 19세기에 본격화하는, 아직 보다 건강하고 격정적인 이 낭만주의의 태동이 느껴지지 않는다. 진실은 오직 한 존재만이 그립고, 모든 것이 죽는다는 것이다. 세상도 죽고, 우리도 죽은 존재이다. 아니면 우리가 세라믹 인형으로 변하고 다른 이들 또한 세라믹 인형으로 변해서, 열과 전기로부터 완벽하게 자유로워지는 것이다. 그렇게 되면 독립된 육체에서 떨어져나온 내부의 고통 외에 더는 어떤 것도 우리를 다치게 할 수 없다. 나는 아직 그 경지까지는 아니었다. 내 몸은 지금으로서는 분별 있게 행동하고 있었다. 나

* 알퐁스 드 라마르틴의 시 「고립」의 일부.

는 단지 혼자였다, 말 그대로 혼자였고, 나의 고독에서 어떤 즐거움도 정신의 자유도 느끼지 못했다. 나는 사랑이 필요했다. 매우 구체적인 형태의 사랑, 일반적인 사랑이, 무엇보다 여자의 음부가 필요했다. 음부는 많고 많았다. 지구상에 적게 잡아 수십억은 있었다. 생각하면 경악스러운 일이었다. 아찔하지 않은가. 남자라면 누구나 현기증을 느낄 터였다. 한편 음부도 페니스가 필요했다. 그러니까 적어도 그렇다고 여겨졌다(이 행복한 오해에 남자의 쾌락과 종족의 보존과 나아가 사회민주주의의 보존이 달려 있다). 이론적으로는 문제의 해결이 간단하나 실질적으로는 이제 더는 그렇지 않으며, 바로 그렇게 인류 문명은 요란하지 않게, 위험도 비극도 없이, 아주 미미한 유린만으로 거꾸러진다. 문명은 무기력과 스스로를 향한 혐오감으로 거꾸러진다. 사회민주주의가 제안할 수 있는 것은 당연히 아무것도 없고, 혹여 있다면 오직 영원한 그리움과 망각에의 호소일 뿐이다.

생라자르역 22번 플랫폼 생각에 빠져 있던 것도 잠시, 그러니까 내 생각에 한 백만분의 일 초쯤 빠져 있다가, 우리의 만남은 열차 노선의 양쪽 끝에서 이루어졌다는 생각이 퍼뜩 떠올랐다. 엄밀히 말하면 노선에 따라 양쪽 끝이 아닐 수도 있었다. 캉이 종착역인 열차들도 있고, 캉을 거쳐서 셰르부르까지 가는 열차들도 있으니까. 대체 내가 왜 이런 말을 늘어놓고 있는지 모르겠는데, 파리 생라자르행 열차 시간표 같은 쓸데없는 정보들이 오작동을 일으킨 나의 뇌 속을 드문드문 스쳐지나갔다. 어쨌든 우리는 태양이 찬란하던 11월의 월요일 아침 캉역의 C 플랫폼에서 만났다. 지금으로부터 십칠 년 전이었나 십구 년 전이었나, 모르겠다.

우리가 처음 만나게 된 상황 자체가 이미 묘했다. 동물의료센터의 인턴(카미유는 알포르 국립수의학교 2학년 학생이었다)을 마중하는 임무가 내게 떨어진 것부터가 비정상적이었다고 할까. 그때 나는 너무 허드렛일은 아닌 잡다한 업무들을 맡기는 고급 임시직 취급을 받았다. 어쨌든 나는 농업대학 출신이었고, 이런 상황은 내 직속상관이 나의 '노르망디 치즈' 임무를 점점 소홀히 여기고 있다는 암묵적 고백이었다. 그래도 무엇보다 사랑에 관해서는 우연의 비중을 과장하지 말아야 한다. 설사 내가 카미유와 그 며칠 뒤 농업수림지역청 복도에서 마주쳤다 하더라도, 같은 일이, 거의 똑같은 상황이 벌어졌을 테니까. 하지만 그 상황은 캉역의 C 플랫폼 가장자리에서 벌어졌다.

열차가 도착하기 몇 분 전부터 나의 직관력이 확연히 상승했고, 그것이 설명할 수 없는 예지력으로 이어졌다. 철길 사이에서 잡초들뿐만 아니라 지금은 이름을 잊은 노란 꽃이 핀 식물들도 눈에 들어왔다. 나는 농업대학 2학년 때 '도시의 자연발생적인 식물군락' 수업에서 이 식물들의 존재에 대해 배웠다. 생쉴피스성당의 돌들 틈이나 도시 외곽도로의 비탈로 표본을 수집하러 다니던 제법 흥미로운 수업이었다. 이어서 기차역 뒤로 기묘한 평행육면체 건물이 눈에 들어왔다. 황토색과 흑갈색, 살구색 줄무늬가 그려진 건물로 바빌론식의 미래 도시가 연상되었다—실은 '레 보르 드 로른' 쇼핑센터로, 새롭게 물갈이된 시청 행정부의 자랑거리였다. '데시구알'부터 '더 쿠플스'까지 현대 소비문화의 대표적인 브랜드들이 입점해 있고, 그 덕분에 바스노르망디 주민들도 현대 소비문화에 접근할 수 있었다.

카미유가 열차의 철제 계단을 몇 칸 내려오다가 나를 향해 돌아보았다. 그녀는 바퀴 달린 트렁크를 갖고 있지 않았고—나는 이 점을 확인하며 묘한 만족감을 느꼈다—천으로 된 커다란 크로스백이 전부였다. 그녀는 한참이나 뒤에 내게 말을 건넸는데, 그 시간 동안 전혀 거북함이 없었고(그녀는 나를 바라보았고 나는 그녀를 바라보았고, 단지 그게 전부였다), 아마 그렇게 십 분쯤 지났을까, 그녀가 내게 "카미유예요." 하고 말했을 때 기차는 이미 바이외역을 향해 출발한 뒤였다. 바이외를 지나 카랑탕, 발로뉴를 거쳐서 종착역인 셰르부르를 향해.

이 단계에서 이미 엄청난 것이 말해졌고, 결정되었고, 법무사였던 내 아버지의 업계 용어를 빌리자면 '효력이 발생했다'. 그녀의 눈동자는 부드러운 갈색이었다. 그녀는 C 플랫폼을 지나 오주가까지 나를 따라 걸었다. 우리는 몇 미터를 더 걷다가 내 차가 주차된 곳에 도착했다. 내가 그녀의 가방을 차 트렁크에 싣는 동안 그녀는 태연히 조수석에 앉았다. 이미 수십 번, 수백 번이나 해본 일이라는 듯이, 앞으로 수십 번, 수백 번, 수천 번은 하게 되리라는 듯이. 거기엔 아무런 모험의식도 없었고, 나는 지극히 평안했다. 그때껏 한 번도 느껴보지 못했던 평안함이었다. 어찌나 평안했던지 차의 시동을 걸기까지 아마도 한 삼십 여분을 미적거릴 정도였다. 아마 나는 운전석에 앉은 채 행복한 바보처럼 마냥 고개를 설설거리고 있지 않았을까. 하지만 그녀도 그저 가만히 있는 나 때문에 조금도 조급해한다거나 놀라는 기색을 보이지 않았다. 날은 더없이 화창했고, 하늘은 거의 비현실적으로 느껴지는 터키석색이었다.

북부 외곽도로를 지나 지역 대학병원을 따라 달리며 나는 음울한 도시정비구역으로 진입했음을 인식했다. 회색 물결무늬 슬레이트 지붕을 얹은 낮은 건물들이 즐비한 풍경이었다. 반감조차 느껴지지 않는, 그저 끔찍하리만치 특징 없는 풍경이라고 할까. 아침마다 이 건물들의 존재조차 알아차리지 못한 채 지나다닌 지 어언 일 년이었다. 카미유가 묵을 호텔은 보철물 제조업체와 회계사 사무실 사이에 위치해 있었다. 나는 우물거렸다. "'아파트 시티'와 '아다지오 아파트호텔' 중에서 망설이다가 아파트 시티로 정했어요. 중심가에 있진 않지만, 농업수림지역청까지 걸어서 십오 분이면 갈 수 있거든요. 혹시 저녁에 외출하고 싶으면 바로 근처에 클로드블로크 트램역이 있어요. 시내까지 십 분 정도 걸리고, 자정까지 운행하죠. 반대로 생각하면 농업수림지역청까지 트램을 타고 갈 수도 있다는 얘기도 됩니다. 아다지오 아파트호텔에서는 오른역 플랫폼이 내다보이는 반면, 아파트 시티의 프리미엄 스튜디오엔 테라스가 있어서 그 점이 매력적일 거라고 판단했어요. 혹시 원하면 바꾸셔도 됩니다. 당연히 농업수림지역청에서 비용을 부담하는 거니까……" 그녀가 해석이 쉽지 않은 의아한 눈길을 던졌다. 혼란과 일종의 연민이 뒤섞인 눈길이었다. 나중에 그녀한테서 직접 들은 얘기인데, 그녀는 대체 내가 왜 그런 수고로운 해명을 하며 스스로를 피곤하게 만드는지 의문이었다고 했다. 어차피 우리가 함께 살게 되리라는 것이 너무도 자명했는데 말이다.

이런 노골적인 도시 외곽의 풍경 속에서 농업수림지역청 건물은 기이한 폐건물 분위기를 풍겼다. 방치되고 버려진 느낌이었다. 실은 단지 느낌만은 아니라고 나는 카미유에게 말했다. 비라도 내리면 그 즉시 대부분의 사무실에서 물이 샜고, 이곳에선 주구장창 비가 내렸다. 그래서 관공서라기보다는 공원이라거나 차라리 얼기설기 뒤얽힌 풀숲으로 뒤덮인 공터에 가까운 땅에 뜨문뜨문 서 있는 거대한 시골 저택에 와 있는 기분이라고, 게다가 건물들 사이의 아스팔트길들도 잡풀들이 뚫고 올라와 금이 가기 시작했다고. 그리고 나는 이제 공식적으로 그녀의 인턴생활을 책임질 동물의료센터장에게 그녀를 안내할 거라고 말을 이으며,

객관적으로 늙다리 꼴통이라고밖에는 그 작자를 달리 표현할 길이 없다고 체념처럼 덧붙였다. 천성이 저열하고 호전적인 그는 불행하게도 자기 밑으로 들어온 직원들, 특히 어린 직원들을 가차없이 괴롭혔다. 그는 젊은이들을 유난히 혐오했고, 어린 인턴 관리 업무가 자신에게 주어진 것을 개인적인 모욕으로 간주했다. 그는 젊은이들이라면 질색했고, 동물도 그다지 좋아하지 않았다. 말만은 예외였는데 그에게 말이란 중요시할 가치가 있는 유일한 동물이었고, 그 밖의 네발짐승들은 빠른 시일 내에 도살장행이 예정된, 그놈이 그놈인 하층 프롤레타리아나 진배없었다. 그는 팽 국립종마사육장에서 주요 경력을 쌓았는데, 농업수림지역청의 동물의료센터장으로 임명된 것이 그에게는 승진이었음에도 불구하고—말이 났으니 말이지 실제로 그의 이력에서 첫 감투였다—마치 수모라도 겪고 있는 것처럼 굴었다. 나는 사정이 그러하니 그와의 대면은 거쳐야 할 불편한 순간이려니 여기면 그뿐이고, 그가 젊은이들을 상대로 부리는 심술은 그와 접촉을 피하면 해결되는 것이며, 인턴 기간 석 달 동안 그녀가 그와 다시 만나게 될 확률은 거의 없다고 말했다.

그 불편한 순간을 넘기고서("과연 늙다리 꼴통이네요……" 하고 카미유가 담담하게 평가했다) 나는 그녀를 동물의료센터의 수의사에게 인계했다. 나와 늘 좋은 관계를 유지하던 온화한 성격의 삼십대 여자였다. 그리고 이후 일주일 동안 아무 일도 일어나지 않았다. 나는 수첩에 카미유의 전화번호를 적어두었었고, 먼저 전화를 걸어야 할 사람은 나라는 것을 알고 있었다. 남녀관계에서 오래전부터 변하지 않은 묵계였다. 게다가 나는 그녀보다 열 살 연상이었고, 그것도 고려할 사항이었다. 나에게 그 시기는 오묘한 추억으로 남아 있는데, 그 시기에 비견할 수 있는 순간이 있다면 우리가 지극히 평안하고 행복할 때에만 겪는 드문 순간들, 잠이 들락 말락 하고 이제 곧 달콤한 피로회복제 같은 깊은 잠에 빠져들리라는 걸 알면서도 억지로 버텨보는 마지막 일 초 같은 그런 순간들뿐이었다. 수면을 사랑에 비유하는 건 잘못된 생각이 아닐 것이다. 사랑을 일종의 둘이 꾸는 꿈에 비유하는 건 틀린 생각이 아닐 것이다. 물론 만남과 엇갈림을 반복하는 게임 같은 시간들과 각자 꿈을 꾸는 소소한 순간들이 있겠지만, 사랑은 어쨌든 우리가 지상에 존재하는 시간들을 견딜 만한 것으로 만들어준다. 어쩌면 세상을 견딜 만한 것으로 만들어주는 유일무이한 방법일지도 모른다.

사실 이후에 일어난 사건은 내 계획대로 전개되지 않았다. 외부 세계가 존재감을, 그것도 난폭하게 과시했다. 설명하자면 이렇다. 카미유가 그로부터 거의 정확히 일주일 뒤, 오후가 시작될 무렵 내게 전화를 걸었다. 그녀는 당황하고 겁에 질린 채 엘뵈프 공업구역의 맥도널드 안으로 피신해 있었다. 공장형 양계장에서 오전을 보낸 뒤, 점심식사 시간을 틈타 도망쳤다며 나더러 와달라고 했다. 당장 자기를 구하러 와달라고 했다.

나는 전화를 끊으며 격분했다. 대체 농업수림지역청의 어떤 정신 나간 작자가 그녀를 거기로 보냈단 말인가? 나는 그 양계장을 아주 잘 알았다. 닭 삼십만 마리 이상이 사육되는 초대형 양계장으로, 그곳의 달걀들은 캐나다와 사우디아라비아로 수출되고 있었고, 무엇보다 프랑스에서 가장 불결한 양계장 가운데 하나로 악명 높은 곳이었다. 이곳을 방문했던 이들은 누구나 이곳에 대해 부정적인 평을 늘어놓았다. 천장에 높이 매달린 조도 높은 할로겐등들이 축사를 환히 밝혔고, 그 속에서 서로의 몸이 닿도록 빽빽하게 들어찬 닭 수천 마리가 살아남으려 우글거렸다. 닭장이 없는 '자연양계식'이었다. 털이 빠지고 야위고 붉은 진드기로 인해 피부가 상한 닭들이 썩어가는 동료의 시체들 속에서 짧은 생—길어야 일 년—의 매 순간을 공포에 질린 채 연신 꼬꼬댁거렸다. 사실 환경이 비교적 나은 다른 양계장들도 사정이 크게 다르지 않았다. 양계장에 발을 들이면 우선 그 끊임없이 들려오는 꼬꼬댁 소리에 충격을 받고, 이어서 일상적으로 공포에 질려 있는 닭들의 눈빛에 충격을 받는다. 공포에 사로잡힌 그 이해불가의 시선. 어떤 동정도 요구하지 않고 그럴 능력조차 없으며 단지 영문을 몰라 하는 시선, 자기들에게 부과된 생존 조건에 영문을 몰라 하는 시선이었다. 산란에 쓸모없는 수컷 병아리들이야 말할 것도 없었다. 그놈들은 산 채로 한 움큼씩 분쇄기에 버려졌다. 나는 그 모든 걸 알고 있었다. 이미 엘뵈프를 포함하여 양계장 여러 곳을 견학할 기회가 있었고, 엘뵈프는 그중에서도 최악이었으나, 모두가 그러하듯 나 또한 인간 공동의 비열함을 발휘해 이내 그 현실을 잊을 수 있었다.

그녀는 주차장에 도착한 나를 보자마자 달려오더니 대뜸 끌어안았다. 그리고 그렇게 한참 동안 나를 부둥켜안은 채 울음을 그칠 줄 몰랐다. 어떻게 인간들은 저런 짓을 할 수 있는가? 어떻게 저런 짓이 허용될 수 있는가? 인간의 본성이라는 재미없는 일반론을 주제로는 나는 아무 할 말이 없었다.

일단 차에 올라 캉을 향해 달리기 시작하자 카미유가 더욱 난처한 질문들을 퍼부었다. 어떻게 공중보건 감시자인 수의사들이 저런 짓이 자행되는 걸 보고만 있을 수 있는가? 어떻게 동물학대가 자행되는 저런 곳을 들락거리며 공장이 버젓이 가동되도록 내버려두고, 심지어 그 가동에 협력할 수 있는가? 명색이 수의사라는 사람들이지 않은가? 고백건대, 이 부분은 사실 나도 의문이었다. 혹시 침묵을 대가로 고액의 연봉을 받는 것일까? 그렇지는 않으리라. 나치 포로수용소에도 의사자격증까지 갖춘 의사들이 버젓이 존재하지 않았던가. 결국 이 부분 역시, 그다지 고무적이지 않은, 뻔하디뻔한 인간성에 대한 고찰에 답이 있을 터였고, 나는 침묵하는 편을 택했다.

그래도 그녀가 수의학 공부를 여기서 중단하고 포기할까 망설여진다고 말했을 땐, 한마디하지 않을 수 없었다. 수의사는 자유직업이고, 꼭 산업화된 사육장에서 근무하지 않아도 된다고 말이다. 게다가 그런 곳에 억지로 다시 가지 않아도 된다고, 그녀가 본 것이 가장 열악한 조건(적어도 프랑스에서는 말이다. 다른 나라에서는 닭들의 환경이 더 처참할 것이나 나는 이런 자세한 정보는 함구했다)이라는 말을 덧붙이지 않을 수 없었다. 이제 그녀는 알게 된 거고, 그게 다라고. 분명 감당하기 버거운 사실이긴 하나, 그게 다라고. 나는 돼지들이나 소들조차 별반 나을 것 없는 환경에 처해 있다는 자세한 정보 또한 함구했다. 그날은 그것만으로도 이미 충분해 보였다.

숙소 근처에 이르자 카미유가 도저히 이대로는 집에 못 들어가겠다고, 한잔 마셔야겠다고 말했다. 인근에 술을 마실 만한 변변한 곳이 없었다. 동네 분위기도 더없이 우중충해서, 사실상 갈 만한 데라곤 메르퀴르호텔 코트 드 나크르 지점 한 곳뿐이었다. 이곳 바의 고객들은 전부 제각각 다각적 사업을 벌이는 기업들의 중간 간부들이었다.

바의 분위기는 의외로 쾌적했다. 황토색 천으로 감싼 깊숙한 안락의자들과 기다란 소파들이 군데군데 놓여 있었고, 바맨의 서비스는 소홀하지도 과하지도 않았다. 카미유는 정신적으로 깊은 타격을 입은 듯했다. 산업화된 양계장을 방문하기엔 아직 어린 아가씨였다. 그녀는 마티니를 다섯 잔째 마시고 나서야 긴장이 풀어지는 듯했다. 나 또한 녹초가, 완전히 녹초가 된 기분이었다. 마치 조금 전 기나긴 여행을 마친 기분이었고 클레시의 집까지 돌아갈 힘조차 없는 느낌이었으며, 정말로 힘이 거의 남아 있지 않았고, 노곤하고 행복했다. 그렇게 해서 우리는 메르퀴르 호텔 코트 드 나크르 지점에 하루 숙박을 잡았다. 사실 바로 그것이야말로 메르퀴르호텔에서 기대할 수 있는 것이 아니겠는가. 그곳이 우리가 첫 밤을 함께 보낸 곳이었고, 나는 아마 생이 다하는 날까지 그 사실을 기억할 것이다. 우스꽝스러운 인테리어가 마지막 숨을 거둘 때까지 내 머릿속을 수시로 맴돌 것이고, 실제로 이미 매일 밤 맴돌고 있다. 나는 이 기억이 멈추지 않을 것이며, 외려 점점 더 저릿하고 끈질겨지리라는 것을 알고 있다. 죽음이 나를 해방시키는 그날까지.

당연히 클레시의 집이 카미유의 마음에 들 거라 생각했다. 나는 기본적인 미적 감각은 갖추었기에 그 집이 예쁜 집이라는 걸 알아볼 수 있었다. 반면 그녀가 그 집을 그토록 빨리 자기 걸로 만들어버리리라는 건 미처 예상하지 못했는데, 그녀는 그 집에 눌러앉자마자 인테리어와 리모델링에 착수했다. 천 몇 가지를 사고 가구들을 옮기고 싶어하는 등 여자처럼—페미니스트라는 용어가 등장하기 이전의 의미로—굴었다. 겨우 열아홉 살밖에 되지 않았는데도 말이다. 그때껏 나는 마치 호텔에서처럼, 그러니까 쾌적한 호텔, 훌륭한 부티크호텔에 살듯 그 집에 살았고, 카미유가 오고 나서야 비로소 진짜 내 집에서 사는 기분을 느꼈다. 그건 단지 그 집이 그녀의 집이었기 때문이다.

나의 일상엔 또다른 변화가 생겼다. 그때까지 나는 튀리아르쿠르의 '쉬페르위'*에서 그냥저냥 장을 보았다. 그곳은 주유소를 겸하고 있어 슈퍼에서 나오면서 차에 경유를 가득 채운다든지 이따금 타이어의 공기압을 점검한다든지 하는 이점이 있었기 때문이다. 하다못해 나는 클레시 마을을 둘러본 적도 없었다. 어쨌든 '노르망디의 스위스'라 불리는 지역의 중심 도시라는 명성답게 여러 가이드북에서 인정한 대로 분명한 매력을 갖춘 도시였고, 그것은 무시해버릴 만한 게 아니었다.

카미유와 함께 모든 것이 변했다. 우리는 동네 빵집 겸 제과점과 정육점 겸 가공육품점의 단골이 되었다. 두 곳 모두 시청과 관광센터가 있는 트리포광장에 위치해 있었다. 사실 더 정확히는 카미유가 단골이 되었고, 나는 대개 맥줏집 '르 뱅센'에서 맥주를 한 잔 마시며 그녀를 기다리는 편이었다. 이 맥줏집 또한 담뱃가게와 로또 및 마권 판매를 겸하고 있었고, 성당 바로 맞은편의 샤를드골광장에 위치해 있었다. 심지어 우리는 마을에 있는 레스토랑 '오 시트 노르망'에서 저녁을 먹은 적도 있었는데, 1971년에 영화 〈크레이지 보이〉 촬영차 마을에 온 '레 샤를로'**를 손님으

* 프랑스 슈퍼마켓 체인 중 하나.

** 사인조 프랑스 코미디 그룹. 다수의 티브이 방송과 영화에 출연했고, 음반 활동도 병행했다.

로 맞은 것이 이 식당의 자랑거리였다. 그러니까 1970년대에도 핑크 플로이드와 딥 퍼플만 있었던 것은 아니고, 나름대로 어두운 부분도 있었던 것이다. 어쨌든 식당의 음식은 맛있었고, 치즈 플레이트 메뉴는 훌륭했다.

클레르와 함께 살았더라면 상상조차 못했을 새로운 삶의 방식이었고, 이 삶은 의심의 여지 없이 매력으로 가득했다. 말인즉슨 카미유는 삶을 즐기는 방식을 알고 있었다. 그녀를 어느 예쁜 노르망디의 시골 마을에 데려다놓더라도 그녀는 그 예쁜 노르망디의 시골 마을을 최대로 즐기는 방법을 바로 알아낼 것이다. 남자들은 대체로 삶을 즐기는 법을 모른다. 그들은 삶과 전혀 친숙하지 않고 삶에서 절대로 완전히 편안함을 느끼지 않는다. 그들은 나름대로 상황에 따라 그럭저럭 야심차거나 거창한 갖가지 계획을 좇고, 물론 대개는 실패하고서 적당히 즐기며 사는 편이 나았겠다는 결론에 도달하지만, 대개의 경우 그마저도 너무 늦은 것이 되어버린다.

나는 행복했다. 살면서 한 번도 그토록 행복했던 적이 없었고, 앞으로도 그렇게까지 행복할 수는 없을 터였다. 그럼에도 나는 그 상황이 한시적일 뿐이라는 걸 한순간도 잊지 않았다. 카미유는 농업수림지역청의 인턴일 뿐이었고, 1월 말이 되면 필시 파리로 돌아가 알포르 국립수의학교에서 학업을 이어가야 했다. 그런데 필시 그래야만 하는 일이었을까? 나는 그녀에게 학업을 중단하고서 가정주부가 되어달라고, 그러니까 나의 아내가 되어달라고 제안할 수도 있었으리라. 돌이켜보건대(나는 거의 대부분의 시간 동안 돌이켜보고만 있다), 그녀가—특히 산업화된 양계장을 목격한 후였으니—승낙했을 것 같다. 하지만 나는 그러지 않았다. 아니, 그보다는 그럴 수 없었던 것 같다. 나는 그런 제안에 포맷돼 있지 않았다. 나의 소프트웨어에 그런 것은 존재하지 않았다. 나는 현대인이었고, 동시대인들이 모두 그러하듯 나에게도 여성의 직무 경력이 우선적으로 존중되어야 할 대상이었다. 그것은 야만성을 극복하고 중세에서 탈출하는 절대적 기준이었다. 동시에 어쩌면 나는 완전한 현대인은 아니었을지도 모른다. 잠깐이었을망정 그 강압적인 제안을 고려해봤던 것만으로도 이미 자격 상실이었으니까. 아무튼 다시 한번 얘기하지만 나는 아무것도 하지 않았고, 아무 말도 하지 않았다. 그저 사건들이 흘러가는 대로 내버려두었다. 사실 나는 그녀가 파리로 돌아간 이후 우리 관계에 대해 전혀 확신이 없었다. 모든 도시가 그러하듯 파리는 고독을 초래했고, 우리는 충분한 시간을 함께하지 못했다. 그 집에서 우리는 남자와 여자로서 단둘이 서로가 세상의 전부인 양 몇 달을 보냈지만, 과연 그것만으로 우리가 계속해서 관계를 유지할 수 있었을까? 더는 모르겠다. 나는 이제 늙었고 더이상 잘 기억이 나지 않는다. 어쨌든 나는 이미 두려워하고 있었던 것 같다. 당시에도 나는 이미 인간사회가 사랑을 파괴하는 기계라는 걸 알고 있었던 것 같다.

클레시에서 살던 때 찍은 사진들 중 내게 남아 있는 것은 단 두 장뿐이다. 아마 우리는 삶을 즐기느라 셀카를 찍는 데 시간을 허비할 틈이 없었을 것이다. 어쩌면 당시엔 그런 행동양식이 널리 확산되지 않았고, SNS가 존재하긴 했더라도 아직 발달 초기 단계였을 수도 있었다. 그렇다, 당시엔 사람들이 틀림없이 실제 삶에 더 치중했을 것이다. 이 사진들은 아마 클레시 근처의 숲에서 같은 날 찍은 듯했다. 그런데 좀 놀라웠다. 11월에 찍은 사진인 것 같은데, 환하고 생생한 햇살이며 나뭇잎들의 윤기 등 사진 속의 모든 것이 초봄을 연상시켰기 때문이다. 카미유는 짧은 청치마와 청치마에 맞춘 점퍼를 걸쳤고, 점퍼 안엔 빨간 과일들이 나염된, 허리를 묶은 흰색 반소매 셔츠를 입었다. 첫번째 사진에서 그녀의 얼굴은 환한 웃음으로 빛나고 있었다. 말 그대로 행복에 겨운 웃음이 만면에 번져 있었다고 할까. 이제 와서 그 웃음의 원천이 나였다고 생각하니 야릇하기 짝이 없다. 두번째 사진은 포르노였다. 내가 남겨둔 그녀의 유일한 포르노 사진이었다. 그녀는 잔디밭에서 진분홍색 핸드백을 옆에 두고 내 앞에 무릎을 꿇고서, 내 성기를 입에 넣은 채 입술로 내 귀두의 절반쯤을 물고 있었다. 두 눈을 감고서 이 펠라티오에 어찌나 집중을 했는지 얼굴에 아무 표정이 없는 완벽하게 순수한 모습이었다. 나는 그런 선물과도 같은 표정을 볼 기회를 두 번 다시 얻지 못했다.

내가 카미유와 함께 산 지 두 달이 되고 클레시에 정착한 지는 일 년이 조금 넘었을 무렵 집주인이 죽었다. 장례식 날엔 비가 내렸다. 1월의 노르망디에선 흔한 풍경이었다. 거의 마을 전체가 장례식에 참석했다. 그래봤자 대부분 노인들뿐이었지만. 형제님은 쓰임 많은 생을 마쳤나이다, 복된 생을 누렸나이다. 영구차를 따라 걷자니 사제의 기도 소리가 들려왔다. 사제는 내 기억으로 클레시에서 30킬로미터 남짓 떨어진 팔레즈에서 왔다. 탈지역화니 탈기독교화니 하는 '탈'자가 붙은 이 모든 것들로 인해 가여운 사제는 할일이 많았다. 늘 이 지역 저 지역 전전했으나, 이번엔 그나마 쉬운 장례였다. 이제 막 숨을 거둔 고인이 미사를 절대 소홀히 하지 않았으며 흔들림 없이 믿음이 굳건했으니 진정한 기독교인이 신에게 영혼을 되돌린 것이었고, 따라서 사제는 그것을 확인해주기만 하면 그만이었다. 고인의 자리는 이제 하느님 아버지의 곁이었다. 장례식에 참석한 그의 자녀들은 물론 흐느낄 수 있었다. 눈물은 인간에게 부여된 재능이며 필수적인 것이었으니까. 하지만 자녀들은 두려움 따위 느끼지 않을 것이고, 머지않아 죽음과 고통, 눈물이 없는 더 나은 세상으로 돌아갈 터였다.

그의 두 자녀는 알아보기 쉬웠다. 그들은 클레시의 주민들보다 서른 살은 어렸으니까. 그런데 그중에 그의 딸이 내게 할말이, 무언가 하기 어려운 말이 있는 듯했고, 나는 그걸 바로 알아차리고서 끈질기고 서늘한 빗속에서 그녀가 다가오기를 기다렸다. 이어서 관 위로 흙이 한 삽 한 삽 천천히 흩어졌다. 그녀가 내게 어렵사리 말을 꺼낸 것은 참석자들이 식을 위해 어느 카페에 모였을 때였다. 사정은 이러했다. 말하기 난처하지만 내가 이사를 해야 하는 상황이라고 했다. 부친의 집이 실은 주택연금 가입 상태인데, 네덜란드 매입자들이 속히 집을 인수받고 싶어했고, 주택연금에 가입된 집에 세를 놓는 경우는 꽤나 드물지만, 매도인이 용익권을 갖고 있는 실제 살던 집의 경우는 가능했다. 이 대목에서 나는 그들이 경제적으로 극심한 곤경에 처해 있다는 것을 깨달았다. 주택연금에 가입된 집에 세를 놓는 것은 거의 하지 않는 선택이었다. 무엇보다 세입자가 다시 집을 비워주는 과정에서 애를 먹일 위험이 있기 때문이다. 나는 즉시 그녀를 안심시켰다. 애를 먹일 일은 없을 거라고, 집을 비우는 건 어렵지 않다고, 월급을 받고 있으니 다른 집을 구할 수 있다고, 하지만 그들은 그 정도로 형편이 어려웠던 걸까? 그랬다, 그들은 정말 그 정도로 형편이 어려웠다. 그녀의 남편은 그랭도르주*에 다니다가 해고당했는데, 그랭도르주사 자체도 심각한 위기를 겪고 있었다. 이 대목의 이야기는 내 업무와도 밀접하게, 고백할 수 없는 나의 무능력과 밀접하게 연관되어 있었다. 1910년에 리바로에서 창립된 그랭도르주사는 제2차세계대전 이후 카망베르와 퐁레베크 치즈로 사업을 다각화했고, 그후로 영광의 세월을 맛보다가(이론의 여지 없는 리바로 치즈 선도자로서, 노르망디 치즈 삼총사 중의 나머지 두 치즈인 카망베르와 퐁레베크 생산에서도 2위를 점했다), 2000년대 초반에 위기의 문턱에 들어섰으며, 이 위기의 소용돌이가 점점 거세지다가 2016년에 급기야 유제품 제조 기업 세계 1위인 락탈리스에 매각되었다.

물론 나 역시 익히 알고 있는 상황이었으나, 옛 집주인의 딸에겐 아무 말도 하지 않았다. 입을 닫치고 있는 것이 백번 나은 순간들이 있기 마련이니까. 무엇보다, 그게 하등 자랑거리도 아니었다. 나는 그녀의 남편이 다니는 회사를 구해내는 데 실패했고, 결국 그의 일자리를 지키지 못했다. 어쨌든 나는 전혀 걱정하지 말라고, 가능한 한 속히 집을 비우겠다며 그녀를 안심시켰다.

---

* 프랑스 치즈 제조사 중 하나.

나는 그녀의 부친에게 진심어린 애정을 느꼈고, 그녀의 부친 또한 나를 좋아한다는 게 느껴졌었다. 그는 이따금 내게 술을 가져다주었다. 노인네들에게 알코올은 소중하다. 그들에게 술 말고는 남은 것이 거의 없다. 나는 그의 딸과도 금세 마음을 열고 가까워졌다. 그녀도 자기 아버지를 무척 사랑했고 그게 훤히 보였다. 그녀의 혈육에 대한 사랑은 진실하고 전폭적이고 무조건적이었다. 하지만 우리는 다시 만날 운명이 아니었다. 우리가 또 만날 일은 두 번 다시 없으리라 확신하며 우리는 작별했다. 공인중개소에서 나머지 세부적인 일들을 담당하리라. 그런 일들은 인간의 삶에서 끊임없이 일어난다.

실은 나도 카미유와 함께 살던 그 집에서 혼자 살고 싶은 마음이 조금도 없었다. 어디 다른 곳에서 살고 싶은 마음도 조금도 없었으나, 선택의 여지가 없었으니 행동해야 했다. 카미유의 인턴 기간도 정말 끝나가고 있었다. 우리에겐 이제 몇 주밖에 남지 않았고 그 몇 주도 곧 며칠이 될 터였다. 바로 그 때문에, 거의 오직 그 이유로 나는 파리로 돌아가기로 결심했으나, 뭔지 모를 남자로서의 수치심 때문에 이 결정에 대해 이야기하며 다른 이유를 둘러댔다. 다른 사람들에게나, 심지어 그녀에게도 마찬가지였다. 다행히도 그녀는 완전히 속지는 않았고, 내가 직업적인 야심에 대해 이야기하자 머뭇거리고 고통스러운 듯한 눈길을 던졌다. 내가 그녀에게 간단히 "널 사랑하니까 파리로 돌아가고 싶어. 가서 너랑 함께 살고 싶어"라고 말할 용기를 내지 못한 건 과연 유감스러운 일이었다. 그녀는 남자들이란 한계가 있는 인간들이라고 생각했으리라. 나는 그녀의 첫 남자였으나, 그녀는 남자들의 한계에 대해 빠르고 수월하게 납득했던 것 같다.

직업적인 야심에 대한 이야기는 완전히 거짓말은 아니었다. 나는 농업수림지역청에서의 내 활동이 극히 제한적이라는 것을 이미 인지하고 있었다. 진짜 권력은 유럽연합이나, 아니면 적어도 유럽연합과 긴밀한 관계를 맺고 있는 중앙행정부에 있었다. 아닌 게 아니라 견해를 관철시키기 위해 가야 할 곳은 바로 그곳이었다. 다만 그런 일자리는 적었고, 농업수림지역청 같은 곳보다는 현저히 적었다는 것이 문제였다. 계약이 만료될 때까지 나는 거의 일 년을 버텨야 했고, 그 일 년 동안 캉에 새 아파트를 구할 엄두를 내지 못한 채, 형편없지만 그래도 수용할 만한 방책으로서 아다지오 아파트호텔을 선택했다. 즉 나는 일주일에 나흘을 이곳에서 지냈고, 내가 처음으로 연기감지기를 파손한 곳이 바로 여기였다.

농업수림지역청에서는 거의 금요일 저녁마다 회식이 있었고, 이 회식에 불참하기란 불가능했다. 오후 다섯시 오십삼분 열차를 탈 수 있었던 적이 한 번도 없었던 것 같다. 여섯시 오십삼분 열차를 타면 여덟시 사십육분에 생라자르역에 도착했다. 나는 이미 행복을 맛보았고, 그 행복을 구성하는 것이 무엇인지 알고 있다고 이야기했듯, 행복에 관한 한 매우 정확히 알고 있다. 세상의 모든 연인들에겐 아무에게도 이야기하지 않는 자기들만의 작은 의식, 아무 의미도 없고 조금은 우스꽝스럽기까지 한 작은 의식이 있다. 우리만의 의식 중 하나는 매주 금요일 밤 생라자르역 바로 맞은편의 맥줏집 '몰라르'에서 저녁식사를 하며 우리의 주말을 시작하는 것이었다. 나는 번번이 마요네즈소스를 곁들인 소라찜과 바닷가재 테르미도르를 주문했고, 번번이 맛있었다. 도전 삼아 메뉴판의 다른 요리를 먹어볼 필요나 욕구를 전혀 느끼지 못했다.

파리에서는 레제콜가에 면한 두 칸짜리 예쁜 아파트에 세를 들었다. 학창시절에 살았던 원룸아파트에서 채 50미터도 떨어지지 않은 곳이었다. 하지만 카미유와의 동거생활이 나의 학창시절을 떠오르게 해주었다고 말할 수는 없다. 그건 또다른 문제였고, 이미 나는 더는 학생이 아니었으며, 무엇보다 카미유는 달랐다. 그녀한테는 그 가벼움, 내가 농업대학 학생이었을 때 갖고 있던 그 나 몰라라 하는 태도가 없었다. 여자들이 남자들보다 공부를 더 열심히 한다는 건 상투적인 말이리라. 너무도 상투적이어서 하나마나한 소리일 것이나, 그것 말고 또다른 것이 있었다. 나는 카미유보다 불과 열 살 많았으나, 부인할 수 없이 무언가가 달라져 있었다. 이들 세대의 분위기는 우리 때 같지 않았다. 더는 이전과 같지 않았다. 그것이 전공과에 상관없이 카미유의 친구들 모두에게서 느껴졌다. 그들은 진지했고 열심히 공부했고 학업성취를 매우 중요시했다. 마치 바깥세상이 그들에게 아무런 선물도 주지 않을 것이며, 그들을 기다리는 세계가 냉담하고 가혹하다는 걸 이미 알고 있는 것 같았다고 할까. 때로 그들은 긴장을 풀 필요를 느꼈고 몇 명이 모여 거나하게 취하기도 했지만, 그 술자리마저도 내가 알던 것과는 거리가 있었다. 그들은 득달같이 취해버렸다. 가능한 한 빨리 몽롱해지겠다는 듯, 어마어마한 양의 알코올을 전속력으로 벌컥거렸다. 그들은 정확히 『제르미날』 시대의 광부들처럼 술에 취했다—그리고 압생트가 다시 확실하게 자리매김하며 그 유사성이 더욱 짙어졌는데, 아닌 게 아니라 이 무시무시한 도수의 알코올로는 최단 기간에 만취할 수 있었다.

카미유가 학업에 대해 보이는 이 진지함은 나와의 관계에서도 마찬가지였다. 그녀가 점잔을 빼거나 답답하게 굴었다는 뜻이 아니다. 외려 그녀는 매우 발랄했고 아무것도 아닌 것에도 깔깔거렸으며, 어느 면으로는 독보적으로 어린아이 같은 면을 간직하고 있었다. 때로 킨더 부에노 초콜릿을 절실해하거나 그 비슷한 모습을 보이기도 했다. 아무튼 우리는 커플이었고 그것은 중요한 문제였다. 심지어 인생에서 가장 중요한 문제였다. 그녀의 시선에서 나를 향한 무게감과 깊이를 읽을 때마다 나는 번번이 말 그대로 호흡이 멎을 정도로 마음에 동요가 일었다. 내가 열아홉 살이었을 때는 결단코 갖지 못했던 무게감과 깊이였다. 어쩌면 이런 모습 또한 그녀 세대 젊은이들의 초상인지도 몰랐다. 그녀 주변의 친구들이 그녀를 '찾아내는 행운을 얻은 사람'으로 간주한다는 것을 나는 알고 있었다. 일종의 패턴으로 자리잡은 우리 커플의 부르주아적 특성이 그녀 안의 깊은 욕구를 충족시켰다. 우리가 매주 금요일 저녁에 오베르캄프의 타파스 바가 아니라 1900년대풍의 고색창연한 맥줏집에 간다는 사실도 내게는 우리가 꿈꾸었던 삶의 전조로 여겨졌다. 바깥 세계는 약자들에게 가혹하고 가차없었으며, 약속을 지키는 법이 거의 없었다. 사랑만이 우리가 아마도, 여전히 신뢰할 수 있는 유일한 것이었다.

누군가 얘기했듯이, "대체 어째서 나는 그 지나간 장면들로 이끌려온 것일까." 그 누군가는 마치 우리에게 선택의 여지가 있었다는 듯 덧붙였다. "나는 꿈을 꾸고 싶을 뿐 울고 싶지 않다."* 나는 다만 우리의 이야기는 오 년 조금 넘게 지속되었고, 오 년의 행복도 이미 상당한 것이며, 분명 그런 행복이 나에겐 과분한 것이었다고 말해야 하는지도 모른다. 우리의 관계는 끔찍하리만치 어리석은 방식으로 끝이 났다. 그런 일들은 일어나지 말아야 하나, 그럼에도 일어나고 심지어 매일 일어난다. 신은 졸렬한 시나리오작가다. 나는 거의 오십 년을 살아오며 그 확신을 굳히게 되

* 알퐁스 드 라마르틴의 시구절.

었다. 더 총체적으로 봐서 신은 졸렬한 작자다. 그의 창작물에서는 모두 주먹구구와 실패의 흔적이 보이고, 물론 예외란 것도 있으니, 예외는 응당 존재한다, 그의 창작물이 단순하고 순전한 심술의 산물은 아닐 수 있는데, 그 행복의 가능성마저 그저 미끼로서 기능하는 것일 뿐이었다. 이야기가 옆길로 샜는데, 다시 내 이야기로 돌아오자. 특별히 재미나진 않으나 아무튼 내 이야기다.

그 오 년 동안 나는 직업적으로 만족스러운 성공을 거두었다. 나아가 내가 중요한 인물이라는 환상을 가질 만한 짧은 순간들—특히 유럽연합 본부가 있는 브뤼셀을 오가던 시절—도 있었다. 가면 인형극 같던 리바로 치즈 홍보 작전을 펼치던 시절에 비하면 분명 중요한 인물이었긴 하다. 나는 유럽 영농 예산에서 프랑스의 몫을 넓히는 임무를 맡고 있었다. 하지만 이 예산이란 것이 아무리 유럽 내 가장 큰 비중을 차지하고 프랑스가 그 예산의 가장 중요한 수혜국이라고 해봤자, 짙어가는 쇠락의 기운을 뒤집기에는 농부들의 수가 턱없이 많았고 그걸 깨닫기까지는 그리 오래 걸리지 않았다. 나는 점차로 프랑스 농부들은 단지 사형선고를 받은 것이라는 결론에 도달했고, 다른 이들과 마찬가지로 내 일에 흥미를 잃었다. 세상은 내가 바꿀 수 있는 무언가가 아니며, 다른 이들이 나보다 훨씬 야심만만하고 의욕적이고 아마도 똑똑하다는 것을 깨달았다고 할까.

탕과 잠자리를 가져야겠다는 유해한 생각에 사로잡힌 것은 브뤼셀로 출장을 갔을 때였다. 사실 그건 내가 아닌 어느 누구라도 할 법한 생각이었다. 탕은 그만큼 매력적인 흑인 여성이었고, 특히 자그마한 엉덩이, 아무튼 흑인 특유의 작고 예쁜 엉덩이의 소유자였으니 이 이상 더 무슨 말이 필요하겠는가. 게다가 나는 그 엉덩이를 공략해 그녀를 유혹했다. 목요일 밤이었고, 비교적 젊은 유럽연합 관료들로 구성된 우리 그룹은 '그랑 상트랄' 바에서 맥주를 마셨다. 아마 어느 순간 내가 그녀를 웃겼던 것 같다. 당시엔 그렇게 다른 사람을 웃기는 일도 가능했다. 아무튼 바에서 나와 그 밤을 더 즐기기 위해 뤽상부르광장에 있는 나이트클럽으로 향하던 중에, 나는 그녀의 엉덩이에 손을 얹었다. 원칙적으로 성공률이 높지 않은 단순한 방법이었으나 이번엔 통했다.

탕은 영국 대표단 소속이었는데(당시엔 영국이 아직 유럽연합에 속했다. 아니면 적어도 속한 척하고 있었거나), 아마 자메이카나 바베이도스 출신이었을 것이다. 그러니까, 마리화나니 럼이니 예쁘고 자그마한 엉덩이를 가진 흑인 여자니 하는 것들, 삶의 운명을 바꾸지는 못하지만 살아가는 데 버팀목이 되어주는 그것들을 무한정으로 생산해낼 것만 같은 저 섬나라들 중 한 곳 출신이라는 말이었다. 이상하게 들리지만 어떤 계층에서 쓰는 표현대로, 그녀가 '여왕처럼' 잘 빨았다는 것을 덧붙여야겠다.

어쨌든 그녀가 영국 여왕보다 나을 거라는 건 확실하다. 따라서 나는 그녀와 함께 즐거운 밤을, 그것도 매우 즐거운 밤을 보냈다는 걸 부인하지 않겠다. 그래도 그런 일을 되풀이하는 것까지 적절한 일이었을까?

그녀가 파리에 왔을 때 나는 그 일을 되풀이했기 때문이다. 그녀는 이따금 파리에 왔고, 나는 그녀의 여행 목적에 대해서는 전혀 아는 바가 없었지만 분명 쇼핑차 오지는 않았을 것이다. 외려 파리 여자들이 런던으로 쇼핑을 갔지 그 반대의 경우는 결코 없었으니까. 관광객은 저마다 나름의 이유가 있지 않겠는가. 아무튼 나는 생제르맹 지구에 있는 그녀의 호텔로 찾아갔고, 그녀와 함께 호텔에서 나와 손을 잡고서 부시가를 걸었다. 아마 나는 절정을 느낀 직후의 약간 멍청해 보이는 남자의 얼굴을 하고 있었을 테고, 그때 카미유를 코앞에서 마주쳤다. 그녀는 대체 나도 잘 모르는 이 동네에서 무얼 하고 있었던 걸까. 나는 카미유에게 바보짓을 저질렀다고 말했다. 나를 향한 그녀의 시선엔 공포 외에 아무것도 없었다. 순수하게 겁에 질린 시선이었다. 이윽고 그녀는 등을 돌리더니 도망쳤다. 말 그대로 도망을 쳤다. 탕에게서 빠져나오기까지 몇 분이 걸렸지만, 나는 카미유보다 오 분 이상 늦지 않게 아파트에 도착했으리라고 확신한다. 그녀는 아무런 비난도 퍼붓지 않았고 분노도 표출하지 않았는데, 그게 더 참담했다. 그리고 울기 시작했다. 몇 시간이나 울음을 멈추지 않았다. 조용히. 눈물이 얼굴을 흠뻑 적셨으나 그녀는 닦을 생각조차 하지 않았다. 내 인생 최악의 순간이었고, 의심의 여지가 없었다. '하룻밤의 실수로 모든 걸 망쳐버릴 순 없잖아……'라거나 '그 여자한테 아무 감정 없어, 그냥 취했던 것뿐이야……'(처음의 경우는 진실이었고, 두번째는 당연히 거짓이었다) 식의 통상적인 변명을 찾기 위해 나의 뇌가 느릿느릿, 더듬더듬 작동하기 시작했다. 하지만 어떤 말도 적절하거나 적합해 보이지 않았다. 이튿날 그녀가 계속 울면서 짐을 싸는 동안, 나는 적절한 말을 찾느라 머리를 쥐어짰다. 사실을 말하자면 나는 그후로도 적절한 말을 찾느라 이삼 년을 보냈고, 심지어 어쩌면 지금까지도 끊임없이 계속해서 적절한 말을 찾고 있는 것 같다.

이후의 내 삶은—앞서 이야기했던 유주를 제외하고는—뚜렷한 사건 없이 흘러갔고, 결국 이렇게 혼자가 되었다. 이제껏 이토록 혼자였던 적은 없었으리만치 철저히 혼자였다. 고독의 기쁨을 즐기기에 적합한 후무스가 있었지만, 명절 연휴 기간은 상황이 보다 까다로웠다. 커다란 모둠 해산물 세트 정도는 있어야 할 것이고, 그건 여럿이 나누어 먹는 메뉴이니만큼 혼자서 즐기는 모둠 해산물 세트란 극한의 경험이며, 심지어 프랑수아즈 사강이라 해도 그걸 묘사할 길은 없을 터였다. 그건 정말 끔찍스럽다.

태국이라는 선택지가 남았으나, 어쩐지 자신이 없었다. 동료들 여럿에게서 들은 바로는 그들은 사랑스러운 아가씨지만 어쨌든 직업적 자부심이 있어서 고객이 발기하지 않으면 썩 좋아하지 않으며 자신들의 문제로 인식한다는 것이었다. 굳이 사건을 만들고 싶지 않았다.

카미유를 만나고 얼마 안 된 2001년 12월, 나는 난생처음 그 끊임없이 되풀이되는 피할 길 없는 비극, 연말 파티 기간의 비극에 직면했다. 내 부모는 6월에 죽었는데, 대체 무얼 위한 파티란 말인가? 카미유는 자기 부모와 가까운 사이를 유지하고 있었고, 일요일에 종종 부모 집에 점심을 먹으러 갔다. 그들은 50킬로미터 남짓 떨어진 바놀드로른에 살았다. 나는 카미유가 처음부터 내가 이 주제에 침묵하는 이유를 궁금해했다는 걸 알고 있었다. 하지만 그녀는 질문을 삼가며 내가 먼저 말을 꺼내기를 기다렸다. 결국 나는 크리스마스 일주일 전에 말을 꺼냈다. 내 부모가 동반자살한 이야기를 들려주었다. 그녀는 충격을 받았고, 나는 그 충격이 깊다는 걸 즉시 알아차렸다. 세상엔 열아홉 살 인생에 생각해볼 기회가 많지 않은 일들이 있다. 실제로 삶이 강요하기 전까지는 생각지도 못할 일들이. 그녀는 내게 연말 파티 기간을 함께 보내자고 제안했다.

연인의 부모를 만나는 순간은 늘 미묘하고 불편하지만, 나를 바라보는 그녀의 시선에서 곧바로 분명한 사실을 읽었다. 어떤 경우에도 그녀의 부모가 그녀의 선택에 제동을 거는 일 따위는 없을 것이며, 그럴 엄두조차 내지 않으리라는 것. 그녀는 나를 선택했고 따라서 나는 그들 가족의 일원이었으며, 그건 더없이 간단한 사실이었다.

카미유의 가족들이 바뇰드로른에 정착하게 된 연유는 내게는 끝까지 모호했다. 뿐만 아니라 조아킹 다실바 씨—카미유의 부친은 처음엔 공사판 말단 인부였다—가 어떻게 바뇰드로른의 대표적이고도 유일한, 호숫가에서 괄목할 만한 호황을 누리는 담뱃가게 겸 신문가게의 운영권을 획득하게 되었는지도 모호했다. 우리의 바로 윗세대들의 인간사에선 이런 식의 재배열 양상이 종종 나타나기도 했다. 예전엔 '사회계층간 엘리베이터'라는 용어로 알려졌던, 이제는 거의 신화가 되어버린 일 말이다. 조아킹 다실바는 역시 포르투갈 출신인 아내와 함께 절대 뒤돌아보는 법 없이 줄곧 이곳에서 살았고, 조국인 포르투갈로 돌아가는 건 꿈도 꾸지 않았다. 그는 자식 둘을 낳았다. 카미유에 이어 아주 한참 뒤에 케뱅이 태어났다. 프랑스인 중의 프랑스인인 나로서는 이 주제에 대해 아무 할 말이 없었으나 대화는 편안하고 즐거웠다. 조아킹 다실바는 내 직업에 관심을 보였다. 모두가 그러하듯 그도 원래는 농부였고, 부모는 포르투갈 남부의 알렌테주 지방에서 지금은 더는 기억나지 않는 어떤 작물을 재배했다. 그는 날이 갈수록 절절해지는 그 지방 농부들의 절망감에 무감하지 않았기에 때로는 담뱃가게 겸 신문가게 주인인 자신을 특권층으로 여기기에 이르렀다. 실제로 아무리 일이 많다 해도 그의 일은 평균적인 농부들보다 많지 않았고, 아무리 적게 번다 해도 농부들보다는 더 벌었다. 경제에 대한 대화는 태풍이나 지진에 대한 대화와 조금은 흡사하다. 따라서 우리는 이내 우리가 무슨 말을 하고 있는지 더는 알지 못한 채 어둡고 신성한 영역을 건드린 기분에 휩싸이며, 샴페인을, 특히 연말 파티 기간이니만큼 샴페인을 한 잔씩 더 주고받기 마련이다. 나는 카미유의 부모 집에 머무는 동안 엄청나게 잘 먹었고, 크게 환영받았다. 카미유의 부모는 유쾌한 사람들이었고, 한편으로는 내 부모도 그들 못지않았으리라는 생각이 들었다. 좀더 부르주아적일 수는 있었겠으나 그렇다고 썩 그런 편도 아니었다. 그들은 타인을 편하게 해줄 줄 알았고, 나는 그 사실을 수천 번이나 직접 확인할 수 있었다. 카미유의 부모 집을 떠나기 전날 밤, 나는 카미유가 상리스의 내 부모 집을 방문하는 꿈을 꾸었고, 잠에서 깨어나 카미유에게 이 사실을 얘기하려다가 문득 그들이 죽었다는 것을 상기했다. 죽음은 내겐 늘 어려운 문제이고, 그것이 나의 특징이다.

아무튼 유달리 주의깊은 독자들을 위해서라도, 다음의 의문들을 어느 정도는 밝혀내고 싶다. 왜 나는 카미유가 다시 보고 싶었던 것일까? 왜 나는 클레르를 다시 만나볼 필요를 느꼈던 것일까? 심지어 지금 당장 이름이 떠오르지 않지만 역시 주의깊은 독자라면 답을 해줄 수 있을 그 아마씨만 먹던 거식증 환자인 세번째 여자까지. 나는 왜 그녀가 다시 보고 싶었던 것일까?

죽어가는 이들 대부분은(주차장이나 일부러 마련한 공간에서 속전속결로 스스로 안락사를 거행하는 이들을 차치하고서) 마지막 숨을 거두기 전에 일종의 의식을 거행한다. 자기들의 인생에서 한 역할을 담당했던 사람들을 마지막으로 다시 만나고 싶어하고, 잠깐이든 오랫동안이든 그들과 마지막으로 이야기를 나누고 싶어한다. 그들한테는 이것이 무척 중요하고, 나는 이 사실을 수차례 관찰했다. 그들은 아무도 전화를 받지 않으면 불안해하고 가능한 한 빠른 시일에 만날 약속을 잡고 싶어하는데, 이는 당연히 이해할 수 있는 일이다. 정확히 알 수 없으나 아무튼 그들에겐 얼마 되지 않는 날밖에 남지 않았으니까. 호스피스 시설에서는(적어도 내가 본 시설들의 경우는 말이다. 내 나이가 되면 그럴 기회가 적지 않다) 환자들의 요구사항을 유능하고도 인간적인 방식으로 처리한다. 그곳에서 일하는 이들은 존경스러운 사람들이며, 전반적으로 비루하고 비인간적인 시대에 사회가 제대로 작동할 수 있게 해주는, 미약하지만 담대한 저 '존경스러운 보통 사람들'에 속했다.

어쩌면 나 또한 마찬가지로 범위가 더욱 제한적이기는 하나 가능한 선에서, 나의 리비도와의 영원한 작별을, 보다 구체적으로 말하자면 최근 들어 기능 종료 조짐이 뚜렷해진 나의 페니스와의 영원한 작별을 기념하는 작은 의식을 거행하려 했던 것 같다. 요컨대 나는 나의 페니스를 떠받들어주고 나름의 방식으로 사랑해주었던 여자들을 죄다 다시 만나보고 싶었던 것이다. 게다가 내 경우엔 크든 작든 이 두 의식이 거의 다르지 않을 터였다. 내 삶에서 남자들끼리의 우정은 별반 중요하지 않았다. 사실 친구라곤 오직 에메릭뿐이었다. 인생을 결산하려는 이 의지, 지금이 인생의 마지막 순간임을 납득하려는 이 의지가 신기하다. 혹은 어쩌면 전혀 그렇지 않고 외려 그 반대의 경우가 끔찍하고 이상스러운 것인지도 모른다. 삶에 대해 이야기할 것이 아무것도 없고, 생물학적이고 기술적인(기술적이라고 하는 이유는, 유골은 나중에 흙으로 돌아가 거름이 되는데 그때 칼륨과 질소의 비율을 산정해야 하기 때문이다) 모호한 연속체로 사라지는 것 말고는 장차 다른 운명을 내다볼 수 없는 저 모든 남자와 여자들, 요컨대 특별한 외부적 사건 없이 흘러온 삶을 마치 적당히 잘 보낸 휴가지를 떠나듯 아무 생각 없이, 그저 어쩌면 세상에 태어나지 않았더라면 더 좋았으리라는 어렴풋한 예감 외에 다음 목적지에 대한 아무 생각 없이 떠나는 저 모든 사람들, 그러니까 나는 대다수의 남자와 여자들을 말하는 것인데, 그들을 생각하면 끔찍하고 이상스러울 따름이다.

그리하여 나는 걷잡을 수 없는 확실한 느낌에 사로잡혀 바뇰드로른의 호숫가에 위치한 스파 뒤 베릴 호텔에 24일부터 25일까지 방을 예약한 뒤, 24일 오전에 길을 나섰다. 일요일이었다. 사람들 대부분은 금요일 저녁이나 늦어도 토요일 새벽에 떠난 터라, 피할 수 없는 라트비아나 불가리아에서 온 대형 화물트럭들을 제외하고는 고속도로가 한산했다. 나는 차를 달리는 시간 대부분 동안 호텔 프런트 직원에게 늘어놓을 간략한 해명을 지어냈다. 가족 파티에 사람이 어찌나 많이 모였는지, 삼촌이(가족 파티가 삼촌 집에서 열리는데 일가친척 모두 모이는 자리라 수 년, 심지어 십여 년 동안 못 만났던 사촌들과 재회하게 될 것이다) 모두를 재워줄 순 없고, 따라서 내가 희생하여 호텔에서 하룻밤을 보내기로 한 것이다. 잘 지어낸 핑계라는 생각이 들었고 이 이야기를 점차 스스로도 믿기 시작했다. 상황을 계속 그럴듯해 보이게 만들려면 당연히 룸서비스는 신청할 수 없었다. 나는 목적지에 닿기 거의 직전에 있는 '페이 다르장탕' 고속도로 휴게소에서 지역특산물(리바로 치즈, 시드르, 포모*, 앙두유 소시지)을 구입했다.

내가 실수를 저질렀다. 그것도 어마어마한 실수를. 생라자르역을 지나는 것만으로도 이미 고통이었고, 특히 플랫폼을 헐떡거리며 달려와 내 품에 달려드는 카미유의 모습이 떠오른 건 정말 최악이었는데, 이번엔 바뇰드로른에 도착하기도 전, 앙덴 국유림을 지나자마자 모든 것이 선명한 환각으로 되살아난 것이다. 앙덴숲에서 카미유와 나는 긴 산책을 했었다. 기나길고 끝나지 않을 듯한, 어떤 의미로는 영원한 어느 12월 오후의 산책이었다. 우리는 양볼이 시뻘게진 채 가쁜 숨을 몰아쉬며 집으로 돌아왔고 그날의 내 모습을 정확히 떠올릴 수 없을 만큼 행복했다. 우리는 수제 초콜릿가게 앞에서 멈춰 섰다. '파리 바뇰'이라는 이름을 붙인 무시무시한 크림덩어리 케이크와 카망베르 치즈 형태의 초콜릿을 팔고 있었다.

환각은 이후에도 이어졌다. 나를 봐주는 건 아무것도 없었다.

---

* 사과즙과 시드르 증류주를 섞어 만드는 식전주의 일종.

나는 '라 포티너리 뒤 락' 호텔 식당(타르티플레트 메뉴로 유명) 위로 솟아오른 흰색과 빨간색 체스판무늬의 기이한 탑과 그 옆에 바짝 붙어 있는 총천연색 벽돌로 지은 벨에포크시대의 신기한 주택을 알아보았다. 호수 끄트머리에 걸쳐 있던 작고 둥근 다리도 여전히 기억했다. 카미유가 물위를 미끄러지는 백조들의 움직임을 내게 보여주려고 내 팔뚝을 손으로 지그시 눌렀던 것도 떠오른다. 12월 31일 해거름 무렵이었다.

내가 카미유를 사랑하기 시작한 것은 바놀드로른에서부터라고 말한다면 틀릴 것이다. 앞서 이야기했듯, 사랑은 캉역의 C 플랫폼 맨 끝에서 시작되었다. 하지만 그 이 주 동안 우리 사이의 무언가가 깊어진 것에는 의심의 여지가 없었다. 내 부모가 누렸던 부부간의 행복을 나는 늘 내심 범접할 수 없는 것으로 여겼다. 우선 내 부모는 현실적인 모델이 될 수 없는 외계인같이 기이한 사람들이었고, 또한 그와 같은 부부의 모델은 이제는 이를테면 파괴되어버린 느낌이었고, 그런 모델은 우리 세대에서 완전히 끝장났다. 아니, 실은 우리 세대가 아니다. 우리 세대는 무언가를 파괴할 능력도 없었고, 무엇이든 파괴된 것을 재건하는 데는 더더욱 무능했다. 차라리 우리 윗세대라고 하자. 그렇다, 분명 우리 윗세대가 원인이었다. 그나마 카미유의 부모는, 평범한 부부인 카미유의 부모는 범접 가능한 부부의 모델, 강력하고 설득력 있는 현실적인 모델이었다.

조금 더 달리자니 담뱃가게 겸 신문가게에서 100여 미터 떨어진 곳이었다. 12월 24일 일요일 오후였으니 가게는 당연히 영업을 하지 않았지만, 가게에서 조금만 올라가면 카미유의 부모 집이라는 게 떠올랐다. 아파트에는 불이 늘 환하게 밝혀져 있었다. 눈이 부시게 환했고 나는 당연히 즐거운 기운을 발산하는 듯한 느낌을 받았다. 그곳에 얼마나 머물렀는지 가늠하기 쉽지 않은 시간이었다. 아마 실제로는 짧았을 테지만 내겐 영원처럼 느껴졌다. 이미 짙어진 안개가 호수에서 스멀스멀 피어나고 있었다. 날도 추워지기 시작했던 것 같은데 나는 그것을 순간순간, 어떤 의미로는 표면적으로만 느꼈을 뿐이었다. 카미유의 방에도 불이 켜져 있더니 이윽고 꺼졌다. 혼란스러운 기대감 속으로 생각이 빠져들었다. 그럼에도 카미유가 창문을 열어 저녁나절의 안개를 쿵쿵거릴 이유가 전혀, 정말이지 전혀 없다는 현실 인식을 놓치지 않았다. 더구나 그건 내가 바라는 바도 아니었다. 나는 그저 내 삶의 새로운 국면을 충분히 인식하는 것에 족했고, 또한 어떤 두려움과 함께 내 여행의 목적이 어쩌면 오로지 과거를 기념하려는 것만은 아니라는 사실을 인식하는 걸로도 족했다. 내가 곧 밝혀내야 하겠지만, 이 여행은 어쩌면 어느 면으로는 미래를 향한 것인지도 몰랐다. 그리고 그에 대해 숙고해볼 몇 년의 세월이 내게 남아 있었다. 몇 년이 될지, 혹은 몇 달이 될지, 나도 정확히 모르겠다.

스파 뒤 베릴 호텔은 한눈에도 끔찍했다. 나는 그 모든 선택 대상 가운데(12월의 바놀드로른에선 호텔이 넘쳐났다) 최악을 골랐던 것이다. 우선 건축양식부터 매력적인 벨에포크시대의 주택들 사이에서 혼자 도드라지며 조화로운 호수 풍경을 해치고 있었다. 나는 호텔 프런트 직원에게 준비한 이야기를 주워섬길 용기가 나지 않았다. 프런트 여자 직원은 언뜻 보기에도 놀라는 표정에 심지어 노골적인 적대감마저 풍겼다. 저 사람이 여기서 무슨 멍청한 짓을 하려는 건가 의문을 가질 법했으나, 크리스마스 밤에 호텔을 찾는 고독한 손님들도 있는 법이고 호텔 프런트 직원으로서 별별 유형을 다 겪는 법이니 여자에게 나는 불행한 존재들 가운데 개별적 양태일 뿐이리라. 여자가 방 열쇠를 건넸을 때 나는 내 익명성이 유지된 데 안도하며 그저 고개를 끄덕이기만 했다. 앙두유 소시지를 통으로 두 개나 사두었고, 자정미사가 당연히 텔레비전으로 중계될 터였다. 나로서는 더는 불평할 것이 없었다.

십오 분 남짓 지나자 사실 내가 바놀드로른에서 할 만한 일은 아무것도 없었다. 그렇더라도 바로 다음날로 파리로 돌아가는 것은 신중하지 못한 처사였다. 24일의 장벽은 넘었지만 31일의 장벽이 남아 있었고, 31일은 아조트 박사의 말로 더 험난한 장벽이었다.

우리는 과거로 빠져든다. 과거로 빠져들기 시작하고, 이윽고 함몰되며, 더는 어느 것도 이 함몰에 경계를 긋지 못한다. 에메릭을 찾아가 만난 뒤로 몇 년간 뜨문뜨문 그의 소식을 들었으나, 그 내용은 기본적으로 탄생에 관한 것으로 요약되었다. 우선은 안마리, 삼 년 뒤에는 세골렌이 태어났다. 에메릭은 농장이 건재한지에 대해서는 일절 함구했고, 그것으로 여전히 경기가 좋지 않거나 심지어 악화되었음을 짐작할 수 있었다. 일정한 교육 수준을 갖춘 사람들이 함구하는 소식은 필연적으로 나쁜 소식이다. 어쩌면 나 또한 교육 수준이 높은 이 불행한 사람들의 범주에 속할 터였다. 카미유를 만나고 얼마 지나지 않아 그와 주고받은 이메일들엔 열광이 넘쳤다. 하지만 결별 이후엔 내용이 절제되다가, 이윽고 연락이 완전히 끊겼다.

현재는 인터넷으로 농업대학 졸업생 모임 사이트에 접속할 수 있었고, 에메릭의 삶은 아무 변화가 없는 듯 보였다. 그는 여전히 같은 직업, 같은 주소, 같은 이메일, 같은 전화번호였다. 하지만 나는 그의 목소리를 듣자마자 무언가 변화가 생겼음을 감지했다. 그는 내게 원하면 언제든 자기 집에 와도 된다고, 당장 오늘 저녁이라도 문제될 것 없고, 재워줄 수도 있다고 말했다. 비록 숙박 환경은 변했지만, 그건 나중에 설명하겠다고.

바뇰드로른에서 캉빌라로크에 이르는 구간은 로른에서 망슈까지 한적하고 안개가 자욱한 지역들을 경유하는 매우 느린 여정이었다. 다시 말하지만, 12월 25일이었다. 나는 꽤 빈번히 차를 세우고, 대체 내가 왜 이곳에 있는지 상기하려 애썼으나 정확히 떠올리지 못했다. 뿌연 안개층이 목초지 위를 떠다녔고, 소 한 마리 보이지 않았다. 내 여행을 시적이라고 평가할 수도 있겠으나 그렇게 말하기에는 단어에서 왠지 경쾌하고 아스라한, 부적절한 인상이 풍겼다. 나는 히터에서 쾌적한 온기가 흘러나오고, 낮고 고른 엔진소리를 내며 평탄한 도로 위를 달리는 메르세데스 벤츠 사륜구동차의 운전석에서, 비극적인 시적 정취 역시 존재한다는 걸 인식했다.

내가 마지막으로 방문했던 십오여 년 전에 비해 올롱드성에서 뚜렷한 쇠락의 기운은 느껴지지 않았다. 하지만 내부는 또 달랐다. 전에는 따뜻한 온기가 느껴지던 거실이 음침하고 더럽고 쿰쿰한 냄새를 풍기는 공간으로 전락해 있었다. 햄 포장 비닐이며 카넬로니 통조림들이 여기저기 널브러져 있었다. "먹을 게 아무것도 없어……" 에메릭이 나를 맞으며 맨 처음 내뱉은 말이었다. "앙두유 소시지 남은 걸 가져왔어" 내가 대답했다. 이것이 어떤 의미로는(그나마) 여전히 나의 가장 친한 친구였던 이와의 재회 풍경이었다.

"뭐 마실래?" 그가 말을 이었다. 마실거리는 반대로 넘쳐나는 듯했다. 내가 도착했을 때 그는 주브로브카 보드카를 들이켜고 있었다. 나는 샤블리 백포도주로 족했다. 그는 또한 총기를 기름칠하고 다시 조립하는 중이었다. 여러 텔레비전 드라마에서 본 바로는 돌격소총인 것 같았다. "슈마이저 S4야. 레밍턴 223구경." 그가 불필요하게 자세히 설명했다. 나는 분위기를 띄워보고자 앙두유 소시지를 몇 조각 잘랐다. 그는 외모가 변해 있었다. 전반적으로 퉁퉁해지고 코는 빨간 딸기코가 되었고, 무엇보다 시선이 섬뜩했다. 하염없이 허공을 응시하는 생기 없는 멍한 눈빛을 단 몇 초라도 흐트러뜨릴 수 없었다. 어떤 질문을 해도 소용없을 듯싶었다. 나는 이미 핵심을 파악했고, 그럼에도 대화를 시도해야 했으나, 말을 삼가고 싶은 우리의 욕구가 그보다 강했다. 기진맥진한 사십대인 우리는 고개를 설설거리며 일정한 간격으로 술잔을 채우기만을 반복했다. 그는 보드카로, 나는 포도주로. "내일 얘기하자." 마침내 에메릭이 결론지으며 나를 곤혹에서 해방시켰다.

그가 자신의 닛산 나바라 픽업트럭을 몰며 앞장서서 길을 안내해주었다. 가시덤불에 차체를 마구 긁히며 그의 트럭을 따라 차가 겨우 다닐 만한 협소하고 울퉁불퉁한 길을 5킬로미터가량 달렸을까, 이윽고 그가 시동을 끄더니 차에서 내렸다. 나도 내려서 그에게 다가갔다. 우리는 광활한 반원형 내리막 공터의 가장 높은 곳에 서 있었다. 바다를 향해 풀이 무성한 반원의 완만한 경사면이 펼쳐져 있었다. 대양의 표면에서 멀리 떨어진 보름달에 비친 파도가 반짝거렸다. 하지만 어둠에 싸인 경사면에 100여 미터 간격으로 일정하게 흩어져 있는 방갈로들을 식별하기란 쉽지 않았다. 에메릭이 말했다. "방갈로가 전부 스물네 채야. 우리 성을 부티크호텔로 개조하기 위한 지원금은 끝내 얻어내지 못했어. 부티크호텔 사업은 브리크베크성에서 추진중이었고, 망슈 지역 북부에선 그곳 하나면 이미 충분했거든. 해서 방갈로 사업으로 방향을 바꿨지. 제법 잘 굴러가. 지금으로선 나의 유일한 수입원이지. 5월의 샌드위치 휴일에 손님들이 몰려들기 시작해서 7월엔 심지어 만실이 되기도 해. 물론 겨울엔 텅텅 비지. 그래도 신기하게 지금도 방갈로 한 채는 예약이 찼어. 웬 독일인이 혼자 묵고 있는데 조류학에 관심이 있는 것 같아. 이따금 들판에서 망원경이랑 망원렌즈를 들고 있는 걸 봤거든. 너한테 방해가 되지는 않을 거야. 여기 온 후로 아마 나한테도 말 한마디 건 적이 없을걸. 지나며 목례 정도 하는 게 다야."

가까이서 보니 방갈로들은 니스칠을 한 소나무 널판장으로 뒤덮은, 거의 큐브에 가까운 직사각형 상자들이었다. 내부 또한 밝은 갈색 목재로 바닥과 벽을 둘렀다. 방은 비교적 널찍했다. 이인용 침대, 소파, 역시 목재로 제작된 탁자와 의자 네 개, 작은 주방 공간과 냉장고가 구비돼 있었다. 에메릭이 전력차단기의 스위치를 올렸다. 침대 위의 벽에 부착된 접이식 지지대엔 작은 텔레비전이 놓여 있었다. "아이들 방 하나가 딸린 방갈로도 여기랑 똑같은데, 거긴 이층침대를 들여놨어. 아이들 방이 두 개인 곳엔 침대 네 개를 추가했고. 서구의 인구 통계상 그 정도면 충분하지 않겠어? 불행히도 와이파이는 안 터져." 그가 유감스러워했다. 나는 무심한 탄식으로 대답을 대신했다. "그것 때문에 고객을 적잖이 잃었지. 대뜸 와이파이가 있는지부터 묻는 사람들이 엄청나게 많거든. 시골 통신망서비스 개발계획이 망슈 지역에선 좀 지연되고 있어." 그가 전기난방기를 가리키며 말을 이었다. "그래도 난방은 잘 돼. 이 문제로는 아직까지 불평을 들어본 적이 없어. 건축 때부터 방갈로 간 거리 유지에도 신경을 썼고. 그게 제일 중요하니까."

그가 우뚝 말을 멈췄다. 세실에 대한 이야기가 나올 순간이라는 것을 짐작할 수 있었다. 나 또한 침묵하며 기다렸다. 그가 목이 멘 소리로 말했다. "내일 얘기하자. 잘 자."

나는 침대에 드러누워 텔레비전을 켰다. 침대는 폭신하고 편안했다. 방안이 빠르게 훈훈해졌다. 에메릭의 말마따나 난방기의 성능이 탁월했다. 다만 혼자라는 게 유감이라면 유감이었다. 삶은 단순하지 않다. 창문은 매우 컸고 거의 전면창이라 해도 좋을 정도였는데, 아마 바다 전망을 누리게 하려는 의도였으리라. 보름달이 계속해서 바다의 표면을 비추고 있었다. 내가 이곳에 온 뒤로 바다가 미세하게 가까워지고 있는 듯한 느낌이었다. 조수 현상 때문인 것 같은데, 조수에 대해선 아무것도 아는 바가 없으니 잘은 모르겠다. 유년 시절엔 상리스에 살았고, 여름휴가는 산에서 보냈으며, 나중엔 쥐앙레팽에 부모님 소유 빌라가 있던 여자와 사귀었다. 베트남인이었는데 음부를 조이는 재주가 상상을 초월할 정도였다. 아, 그러고 보니 내 삶도 불행하기만 했던 것은 아니었다. 아무튼 조수간만은 살아오는 동안 흔치 않은 경험이었고, 육지를 뒤덮으러 조용히 밀려올라오는 저 거대한 액체를 느껴보는 건 신기한 일이었다. 텔레비전에서는 토크쇼 〈우린 잠자리에 들지 않았다〉가 왁자하게 흘러나왔고 느리게 밀려오는 대양과 기묘한 대조를 이뤘다. 패널이 너무 많았고 다들 너무 크게 떠들었다. 이 오락 프로의 볼륨이 전체적으로 과도하게 높았다. 나는 텔레비전을 껐으나 이내 후회했다. 현실세계에서 무언가를 잃은 기분이었고 이야기 밖으로 밀려난 기분이었다. 내게 부족한 것은 어쩌면 핵심적인 것인지도 몰랐다. 게스트들의 캐스팅은 완벽했고 스튜디오엔 소위 중요한 사람들이 모여 있었다는 확신이 들었다. 창밖을 보니 바닷물이 이제는 불안할 정도로 더한층 가까워진 듯 보였다. 다음엔 우리가 바다에 잠길 차례인 것인가? 그 경우라면 약간의 기분전환이 되리라. 결국 나는 커튼을 닫고서 텔레비전을 다시 켠 뒤 볼륨을 죽였다. 이내 탁월한 선택이라는 느낌이 들었다. 그대로 딱 좋았다. 오락 프로의 왁자지껄함은 그대로인 채로 소리가 들리지 않으니 즐거움이 더해졌다. 약간 정신 나간 듯하면서도 재밌는 미디어 인형들을 보는 것 같았다고 할까. 그것들이 분명 나를 잠들게 해줄 터였다.

결국 잠은 들었지만 꿀잠은 아니었다. 나는 밤 동안 때때로 에로틱하고 대체로 음울한 꿈에 시달렸다. 이제 밤이, 내 정신을 통제할 수 없는 상황이 무서웠다. 내 존재가 이제 죽음을 향하고 있다는 걸 인식하고 있었고 단 한 순간도 놓치지 않고 그 사실을 상기했기 때문이었다. 꿈속에서 나는 엉거주춤하게 누워 쉬고 있었다. 끈적끈적하고 희끄무레한 경사면에서 몸을 반쯤 웅크린 채였다. 풍경으로는 장소를 파악할 수 있는 지표가 없었지만 지력으로 그곳이 산중턱이라는 걸 알 수 있었다. 내 주위로 역시 희끄무레하고 솜처럼 몽글몽글한 대기가 아득하게 펼쳐졌다. 나는 힘없이 반복해서 누구 없냐고 외쳤지만 아무리 끈질기게 외쳐도 돌아오는 메아리 하나 없었다.

오전 아홉시 무렵, 나는 성의 문을 두드렸으나 아무 반응이 없었다. 잠시 망설이다가 축사로 향했다. 에메릭은 그곳에도 없었다. 젖소들이 축사의 통로를 다시 걸어 올라가는 나를 호기심어린 눈초리로 좇았다. 나는 창살 사이로 손을 넣어 놈들의 콧방울에 손을 갖다댔다. 미지근하고 축축했다. 놈들의 시선엔 생기가 넘쳤으며, 다들 튼튼하고 건강해 보였다. 역경에도 불구하고 에메릭은 가축들을 여전히 잘 건사하고 있었다. 안도감이 들었다.

사무실 문이 열려 있었고 컴퓨터도 켜져 있었다. 메뉴바에 파이어폭스 아이콘이 보였다. 내가 인터넷에 접속하는 건 여러 이유가 있어서가 아니었다. 내 목적은 오직 한 가지였다.

농업대학 졸업생 인명부처럼 알포르 국립수의학교 졸업생 인명부도 이제 온라인으로 열람할 수 있었다. 카미유의 정보를 찾기까지 오십 초 남짓 걸렸다. 그녀는 개업의였고, 병원은 팔레즈에 있었다. 바뇰드로른에서 불과 30킬로미터 떨어진 곳이었다. 카미유는 우리가 이별한 뒤로, 가족 가까이로 돌아가 살고 있었던 것이다. 그럴 줄 알았다.

카미유 관련 페이지엔 병원 주소와 전화번호뿐 다른 개인정보는 없었다. 나는 해당 페이지를 인쇄하여 두 번 접은 뒤 외투 주머니에 넣었다. 그걸로 무얼 할 수 있을진 몰랐다. 혹은 더 정확히, 내가 과연 그것으로 무엇을 할 용기를 낼 수 있을는지 알 수 없었다. 하지만 내 생의 남은 날들이 그것에 달려 있다는 건 충분히 인식했다.

방갈로로 돌아오는 길에 독일인 조류학자와 마주쳤다. 아니, 거의 마주칠 뻔했다. 그는 30미터 남짓한 거리에서 나를 발견하고는 움찔하더니 몇 초간 굳어 있다가 왼쪽으로 난 오르막길로 방향을 틀었다. 배낭을 등에 지고 대형 망원렌즈를 장착한 카메라를 어깨에서 허리까지 대각선으로 둘러메고 있었다. 그는 걸음을 재게 놀렸고, 나는 멈춰 서서 그의 여정을 눈으로 좇았다. 그는 꽤 가파른 경사면 꼭대기까지 올라간 다음 언덕 능선을 따라 거의 1킬로미터를 걷다가, 내 방갈로에서 100여 미터 떨어진 자신의 방갈로를 향해 비스듬히 내려갔다. 그렇게 그는 오직 나와 말을 섞지 않으려고 십오 분 남짓이 더 걸리는 우회로를 택했던 것이다.

새들을 관찰하는 일에는 내가 이제껏 알지 못했던 매력이 있었다. 12월 26일이었고, 상점들이 문을 열었다. 나는 쿠탕스 마을의 무기상점에서 고성능 쌍안경을 구입했다. 슈미트 앤드 벤더 제품으로, 예쁘장한 동성애자 판매원이 중국인 특유의 악센트로 들릴 수 있는 살짝 잘못된 발음으로 열렬하게 장담했다. "쩡말로 시중에 찾을 수 잉는 거뜰 중에 이고랑 비교할 수 이는 거 없어요." 이 망원경에 장착된 슈나이더크로이츠나흐 렌즈는 어큐턴스가 뛰어났고, 주변의 밝기에 따라 확대 기능이 있었다. 따라서 새벽에도 황혼에도 심지어 안개가 짙은 날에도, 오십 배 확대까지 문제없었다.

나는 간헐적이고 기계적으로 걸음을 옮기며 해변을 거니는 새들을 관찰하며 나머지 시간을 보냈다(바다는 몇 킬로미터 뒤로 물러나 있어 멀리서는 거의 보이지 않았다. 바닷물이 빠져나간 자리는 시커멓게 보이는 물웅덩이가 드문드문 불규칙적으로 드러난 드넓은 잿빛 평지가 되어 있었고, 풍경은 사실상 상당히 음산했다). 이 자연주의적인 오후는 흥미로웠다. 조금은 나의 대학 시절도 떠올렸다. 과거의 나는 특히 식물에 관심을 쏟았다는 점을 제외한다면 말이다. 하지만 새들이라고 왜 관심의 대상이 못 되겠는가? 그곳의 새들은 대략 세 종류로 분류되는 듯했다. 완전히 하얀 새, 흰색과 검은색이 섞인 새, 다리가 길쭉하고 부리도 길쭉한 하얀 새. 나로서는 학명이든 속명이든, 놈들의 이름을 알 길이 없었다. 반면 새들의 활동에는 아무런 미스터리도 없었다. 수시로 젖은 모래를 부리로 쪼아대며 인간사회에서는 '조개잡이'라고 부르는 것과 동등한 행위에 몰두했다. 좀전에 보았던 관광안내판에 적힌 대로라면 썰물이 빠져나간 직후에 모래밭이

나 물웅덩이에서 소라니 고둥이니 맛조개니 속갈색조개니 간간이 굴이나 게까지 풍성한 먹거리를 발견할 수 있었다. 갈고리와 양동이를 손에 든 두 인간(망원경으로 확대한 결과, 더 정확히는 다부진 체격의 오십대 인간들이었다) 또한 새들과 식량을 다투고자 해변을 거닐고 있었다.

저녁 일곱시 무렵에 나는 다시 성의 문을 두드렸다. 이번엔 에메릭이 문을 열어주었다. 그는 술에 취한 건 물론 약간 환각상태인 듯 보였다. "혹시 대마초 다시 피워?" 내가 물었다. "어, 생로에 가면 딜러가 있어." 그가 냉동실에서 보드카 병을 꺼내며 시인했다. 나는 샤블리 백포도주를 고수하기로 했다. 에메릭은 이번엔 소총을 조립하는 대신 안락의자에 기대어 있던 조상의 초상화를 집어들었다. 수염 없이 민숭민숭한 각진 얼굴의 다부진 사내였다. 눈초리가 주의깊고 매서웠다. 철제 갑옷을 걸치고 한 손엔 거의 가슴께까지 이르는 커다란 검을 쥐었으며, 다른 손엔 도끼가 들려 있었다. 전체적으로 강력한 육체적인 힘과 엄청나게 거친 기운을 풍겼다. 에메릭이 설명했다. "로베르 다르쿠르야. 강자라는 별칭이 있었지…… 아르쿠르가의 육대손. 그러니까 정복자 기욤의 바로 다음 후손이야. 세번째 십자군전쟁에서 사자왕 리처드를 보필했어." 나는 어쨌거나 뿌리가 있는 건 좋은 거라고 생각했다.

"세실은 이 년 전에 떠났어." 에메릭이 어조의 변화 없이 말을 이었다. 나는 드디어 올 것이 왔구나, 하고 생각했다. 그가 마침내 본론에 접근할 모양이었다. "어떤 의미로는 내 잘못이야. 내가 일을 너무 많이 시켰거든. 농장 운영만으로도 이미 벅찬데 방갈로 사업까지 벌였으니 미칠 노릇이 된 거지. 내가 좀더 신경도 쓰고 살폈어야 했어. 우린 이곳에 자리잡은 뒤로 휴가를 떠나본 적이 없거든. 여자들은 휴가가 필요한데 말이야……" 그는 잘 모르는 친척에 대해 이야기하듯 어정쩡한 태도를 취했다. "게다가 우리 문화생활이 어떤 지경인지 너도 봤잖아. 여자들은 문화생활이 필요한데 말이야……" 그가 무슨 소린지 구체적으로 말하지 않겠다는 듯 손사래를 쳤다. 그는 쇼핑의 측면에서도 캉빌라로크가 바빌론이 아니라는 걸, 패션위크는 캉빌라로크까지 분권화되지 못했다는 걸 덧붙일 수 있을 터였다. 동시에 나는 나쁜 년, 그런 걸 원했다면 다른 놈이랑 결혼했어야지,라고 생각했다.

"아니면 뭔가를 사주기라도 했든가, 이런저런 예쁜 것들 말야……" 에메릭이 대마를 다시 한 모금 빨아들였다. 내 생각에 그는 이 대목에서 갈피를 못 잡는 듯했다. 그는 보다 타당하게 그들 부부가 더는 잠자리를 하지 않게 되었다는 점을 추가할 수 있었으리라. 문제의 핵심은 그것이었다. 여자들은 때로 보기보다 덜 물질적이다. 보석의 문제라면 이따금 싸구려 아프리카 장신구들을 사주어도 그냥 넘어갈 수 있다. 하지만 더이상 잠자리를 하지 않는다면, 더는 그녀를 욕망하지 않는다면, 문제는 거기서 시작되는 것이고, 에메릭도 그 사실을 알고 있었다. 섹스로 모든 것이 해결될 수 있고, 섹스 없이는 더는 아무것도 성립될 수 없었다. 하지만 나는 에메릭이 어떤 경우에도, 그 문제에 대해서 말하는 일은 없으리라는 걸 알았다. 특히 나한테는. 어쩌면 여자한테는 말할 수도 있을 것이나, 사실 말한다 한들 아무짝에도 소용없을 것이고 외려 역효과가 날 수도 있으며 상처를 칼로 헤집는 건 좋은 선택이 아닐 터였다. 나는 그의 아내가 떠났다는 걸 전날에 당연히 눈치챘다. 그리하여 하루 온종일 대꾸할 말이나 반격할 말을 준비하고 긍정적인 계획을 구상해보았으나, 아직은 때가 아니었다. 나는 담배에 다시 불을 붙였다.

"남자랑 떠났다는 것도 말해야겠군." 그가 기나긴 침묵 끝에 덧붙였다. '남자랑'이란 단어 뒤에, 고통스러운 듯한 작은 한숨 같은 게 무심결에 새어 나왔다. 그 말엔 아무 대꾸할 말이 없었다. 가혹한 일이었고, 수컷의 날것 그대로의 굴욕이었다. 이번엔 내가 에메릭과 똑같이 고통스러운 한숨을 내뱉을 수밖에 없었다. 에메릭이 말을 이었다. "피아니스트였어. 유명해. 세계 곳곳에서 연주회를 열고, 음반을 녹음했지. 여기엔 휴식차 왔었어. 좀 쉬려고. 그랬는데 내 아내와 함께 떠나버렸지……"

그가 다시 침묵했지만, 나로서는 이 침묵을 메울 방도가 없었다. 그저 샤블리로 잔을 다시 채우거나, 손가락 관절을 꺾어 딱딱 소리를 내는 것이 전부였다. 마침내 에메릭이 걱정스러워질 만큼 너무 낮은 목소리로 말을 이었다. "내가 정말 멍청이야. 조심하지 않았으니까…… 성에 아주 좋은 피아노가 한 대 있어. 조상 한 분이 소유했던 뵈젠도르퍼 중형 그랜드피아노야. 그 어른이 제2제정시대에 살롱을 운영했거든. 우리 가문엔 노아유 가문처럼 진정한 문화 사업 후원자는 없었지만, 어쨌든 그분이 살롱을 운영했었어. 베를리오즈가 그 피아노로 연주를 했다나봐. 아무튼 내가 그치한테 원하면 그 피아노를 연주해도 좋다고 했어. 물론 조율은 다시 해야 했지만. 그렇게 그치가 성에서 보내는 시간이 점점 많아졌고, 지금 그 둘은 런던에 살림을 차렸지. 하지만 여기저기 엄청나게 돌아다닐 거야. 한국이니 일본이니 세계 각국에서 연주회를 여니까……"

"딸들은?" 나는 뵈젠도르퍼 얘기 따위는 잊는 게 좋겠다고 느꼈다. 짐작건대 딸들과의 상황도 전혀 열광할 만하지 않을 것이나, 뵈젠도르퍼는 사람을 자살까지 몰고 갈 수 있는, 말 그대로 치명적인 디테일이었기에, 그의 머릿속에서 반드시 몰아내야 했다. 딸들은 분명 화제를 전환할 가능성이었다.

"물론 양육권은 나한테 있어. 하지만 애들이 런던에 살고 있으니 못 본 지 이 년쯤 됐지. 다섯 살, 일곱 살짜리 어린 딸들이랑 내가 여기서 뭘 어쩌겠어?"

나는 거실을 힐끔 쳐다보았다. 카술레와 카넬로니 통조림들이 개봉된 채로 바닥에 널려 있었고, 쓰러진 장식장(아마 에메릭이 취해서 주정을 부리던 와중에 엎었으리라)에서 빠져나온 사기 접시 하나가 산산조각이 나 있었다. 그를 탓할 수는 없었으나, 인간이 그토록 빠르게 파멸에 이를 수 있다니 놀라웠다. 나는 전날 에메릭의 옷이 정말로 더럽고 심지어 악취마저 약간 풍긴다는 걸 눈치챘다. 그는 농업대학 때부터 빨랫감을 주말마다 모친한테 가져갔다. 물론 나도 그러했으나 적어도 기숙사 지하실에 있는 세탁기 작동법은 익혔고 두세 번 이용하기도 했다. 하지만 에메릭은 한 번도 그런 적이 없었다. 아마 세탁기의 존재조차 몰랐으리라. 아닌 게 아니라 어쩌면 딸들은 포기하고서 정말 중요한 것에 집중하는 편이 나을지도 몰랐다. 아무튼 딸들은 다시 만들 수도 있을 테니까.

그는 보드카를 다시 한 잔 가득 채우더니 단숨에 들이켜고는 담담하게 결론지었다. "내 삶은 망했어." 순간 머릿속에서 무언가가 찰칵하고 들어맞는 소리가 들렸다. 나는 속에서 슬며시 피어나는 웃음을 애써 감췄다. 그가 결국 이런 결론에 이르리란 걸 처음부터 알았기 때문이다. 그가 사이사이 말을 끊는 침묵의 시간들 동안, 바닷새들을 관찰하던 오후 내내 은밀히 구상했던 응수하고 받아칠 말들과 그에게 들이밀 긍정적인 계획을 공들여 다듬을 수 있었다.

"너의 실수는 기본적으로 네가 같은 계급의 여자와 결혼했다는 거야." 나는 열변을 토했다. "로앙샤보니 클레르몽토네르니 하는 귀족 가문의 여자들을 전부 봐봐, 그 여자들이 오늘날 실제로는 어떤가. 그저 주간지나 대안적 디자이너의 패션쇼에서 한자리 얻기 위해 뭐든 할 준비가 된 헤픈 여자들일 뿐이라고(이 부분에서 나는 나도 모르게 정곡을 찔렀다. 세실이 바로 내가 얘기한 수준의 귀족, 정확히 그 수준의 귀족 가문인 포시니뤼생주가 출신이었기 때문이다). 말하자면 절대 농부들은 아니라는 거지. 아직도 널 아주 이상적인 남성으로 여길 여자들이 수백, 수천, 수억(내가 좀 흥분했다) 명은 될 텐데 말이야. 몰도바 여자는 어때, 시각을 달리해서 카메룬이나 마다가스카르 여자라든가, 아니면 라오스 여자도 나쁘지 않을걸. 엄청 부자들도 아니고 심지어 찢어지게 가난하고, 완전히 시골 출신에, 다른 세상은 전혀 경험해보지 못하고 다른 세상이 존재하는지조차 모르는 여자들 말야. 그렇다면 해볼 만하지 않아? 넌 힘이 좋은 나이인데다 외모도 아직 나쁘지 않아. 잘생기고 건장한 사십대 남자라고. 게다가 이 지방 목초지의 절반이 네 거잖아(이 부분에선 내가 다소 과장했다. 아무튼 말이 그렇다는 것이다). 물론 거기서 나오는 수익은 한 푼도 없지만 여자들이 그 사실을 알 리 없지. 사실 이해할 수도 없을걸. 왜냐하면 그 여자들의 머릿속에선 부는 곧 땅이니까. 땅이고 가축들이니까. 그러니 장담컨대 그 여자들은 절대로 손에서 일을 놓지 않을 거야. 열심히 일하고, 절대 포기하지 않고, 새벽 다섯시부터 일어나 소젖을 짤걸. 게다가 젊고, 저 모든 귀족 갈보들보다 훨씬 섹시하지. 아마 잠자리를 사십 배는 더 잘할걸. 넌 그저 보드카를 좀 줄이기만 해. 여자들이 자기들 고향 생각이 날 수도 있으니까. 특히 동유럽 여자들이라면 말야. 어쨌든 보드카를 줄이는 건 너한테도 좋은 일이잖아. 생각해봐, 여자가 다섯시에 일어나서 소젖을 짠단 말이야." 나는 내가 상상해낸 몰도바 여자의 이미지를 점점 굳게 믿으며 열광했다. "다음엔 오럴섹스로 널 깨우는 거야, 게다가 아침식사까지 준비돼 있지!……"

나는 에메릭을 힐끔 쳐다보았다. 그는 틀림없이 지금껏 내 이야기를 경청했을 것이나 이제는 꾸벅꾸벅 졸고 있었다. 내가 오기 전부터, 아마 점심이 조금 지나고서부터 술을 홀짝이기 시작한 듯했다. "네 아버지도 나한테 동의하실 거야……" 나는 논거가 거의 바닥난 채 결론지었다. 실은 이 부분에선 확신이 서질 않았다. 나는 에메릭의 부친에 대해 잘 알지 못했다. 단 한 번 만났을 뿐이었는데, 선량하지만 다소 경직된 인상을 풍겼다. 1794년 이후 프랑스에 불어닥친 사회 변혁이 그를 그럭저럭 비껴간 듯했다. 내 생각이 틀리지 않았을 것인데, 역사적으로 귀족들은 쇠락의 조짐이 뚜렷한 경우, 세탁부들이나 가정부들을 찾아다니며 무리의 유전자를 쇄신하는 데 주저함이 없었고, 현재는 좀더 멀리 찾아다녀야 하는 것뿐이었다. 하지만 에메릭은 과연 상식적인 남자임을 증명할 상태일까? 이어서 보다 일반적이고 생물학적인 의혹이 떠올랐다. 패배한 늙은 수컷을 구하려는 노력이 대체 무슨 소용일까? 에메릭과 나는 거의 같은 지점에 있었다. 우리의 운명은 달랐으나 종착지는 비슷했다.

그는 완전히 잠이 들어 있었다. 어쩌면 내가 한 말들이 허사가 아니고, 그의 꿈속에 몰도바 여자가 스며들었을 수도 있었다. 그는 두 눈을 크게 뜬 채로 접이식 소파에 똑바로 앉아서 잠이 들었다.

나는 다음날 에메릭을 다시 만나지 못할 거라는 걸 알고 있었다. 어쩌면 그다음날들도. 그는 내게 털어놓은 걸 후회하겠지만, 31일엔 돌아오리라. 어쨌든 31일 밤엔 아무것도 안 할 수는 없을 테니까. 물론 나는 이미 아무것도 하지 않고 12월 31일을 보낸 적이 여러 번 있었고, 그와는 달리 삶의 양식에 보다 둔감했다. 내게 나흘간의 고독이 주어졌고, 고독을 달래기에 새들로는 충분치 않으리라는 것을 직감했다. 텔레비전도 새들도, 각각이든 합쳐서든 충분하지 않을 터였다. 그리하여 그 독일인에 생각이 미쳤고 나는 27일 아침 댓바람부터 슈미트 앤드 벤더 망원경을 독일인에게로 향했다. 나는 내심 형사가 되어 다른 이들의 삶에 침투하고, 그들의 비밀을 꿰뚫어보고 싶었나보다. 애초에 독일인한테서 놀랄 만한 무언가를 기대한 것은 아니었다. 그런데 내가 틀렸다. 오후 다섯시 무렵, 웬 어린 소녀가 그의 방갈로 문을 두드렸다. 열 살가량 되어 보이는 앳된 얼굴의 갈색 머리 소녀로, 나이에 비해 키가 컸다. 자전거를 타고 온 걸 보아 근처에 사는 것 같았다. 물론 나는 곧바로 소아성애를 의심했다. 그게 아니라면 열 살짜리 소녀가 인간혐오증에 음울한 사십대 사내, 그것도 독일인의 방문을 두드릴 이유가 무엇이란 말인가? 그가 소녀에게 프리드리히 실러의 시라도 읽어준단 말인가? 그보다는 소녀에게 자기 성기를 보여주는 게 더 개연성 높았다. 게다가 사내는 소아성애자의 조건에 완벽하게 부합했다. 교육받은 사십대에, 다른 사람들과, 특히 여자들과는 더더욱 관계를 맺는 데 불능인 고독한 사내. 이윽고 다른 사람들이 나에 대해서도 똑같이 말하리라는, 나 역시 똑같은 말로 묘사되리라는 자각이 들자 짜증이 치밀었다. 기분을 가라앉히기 위해 망원경을 방갈로의 창문으로 향했으나 커튼이 쳐져 있었고, 이날 밤은 그 이상 알아내지 못했다. 소녀가 두 시간 뒤에 방갈로에서 나왔고, 휴대전화의 메시지를 확인하고는 다시 자전거를 타고 돌아갔다는 것 외에는.

이튿날 소녀는 거의 같은 시각에 독일인의 방갈로를 다시 찾았다. 이번엔 독일인이 커튼을 치는 것을 잊었고 그 덕분에 나는 삼각대 위에 설치된 비디오카메라를 식별할 수 있었다. 내 의심이 확신이 되었다. 불행히도 소녀가 방에 들어서자마자 그는 커튼이 열린 것을 알아차렸는지 창문 쪽으로 걸어왔고 나는 더이상 방안을 볼 수 없었다. 망원경의 성능은 실로 놀라웠다. 나는 독일인의 얼굴 표정을 뚜렷이 알아볼 수 있었는데, 그는 흥분이 극에 달해 순간 침까지 흘린 것 같았다. 확신컨대 그는 내가 자기를 감시하고 있으리라고는 꿈에도 생각지 못할 터였다. 소녀는 전날처럼 대략 두 시간 만에 방갈로에서 나왔다.

그다음날도 같은 시나리오가 되풀이되었다. 커튼 뒤로 티셔츠를 걸친 소녀의 맨 엉덩이를 언뜻 본 것 같았던 것만 제외한다면 말이다. 하지만 흐릿했고 찰나였던데다 망원경 초점을 사내의 얼굴에 맞추었던 터라 확실하진 않았고, 이 불확실성은 정말이지 짜증스러운 것이 되었다.

30일 오전, 마침내 서막이 올랐다. 열시 무렵이 되어 나는 어디론가 떠나려는 듯 자신의 사륜구동차(차종은 랜드로버 디펜더로 1953년이나 그 비슷한 시기의 모델인 것 같았다. 그 머저리는 인간혐오증에, 소아성애자일 뿐만 아니라 최악의 스노브 나부랭이였다. 대체 왜 나나 다른 이들처럼 메르세데스 사륜구동에 만족하지 못한단 말인가? 그 값을 치르게 될 터였다. 아주 호된 값을 치르게 될 터였다)에 짐을 싣고 있는 독일인을 목격했다. 그러니까 소아성애자가(처음엔 미처 알아채지 못했지만 그는 정확히 독일인 교수, 질병 때문이거나 더욱 그럴듯하게는 연구차 안식년을 보내는 중인 독일인 교수의 외모였다. 아마 망슈 지역 북서부의 아그곶이나 그 언저리 가까이의 코탕탱 반도로 극제비갈매기를 관찰하러 가려는 것이리라) 자신의 디펜더 트렁크에 아이스박스를 실었는데, 아마 그 안에는 그만의 비법이 있는 바이에른 맥주 몇 병과 샌드위치를 가득 담은 비닐봉지가 들어 있으리라. 그는 그렇게 오전 시간을 보내고 나서 틀림없이 의식과도 같은 오후 다섯시의 만남을 위해 일찌감치 돌아올 터였다. 이제 내가 작전을 개시할 순간, 혹은 그를 단죄할 순간이었다.

나는 만전을 기하기 위해 한 시간을 더 기다렸다가 산책을 하듯 슬렁슬렁 그의 방갈로로 향했다. 차 트렁크에 상비하고 있던 비상 연장 가방까지 챙겨 갔지만 문은 잠겨 있지 않았다. 망슈 지역에 오는 사람들의 믿음이란 아무튼 놀라웠다. 그들은 인간의 일상사, 그러니까 어떤 의미로는 범죄와 거리가 먼 평화롭고 안개 자욱한 공간에 스며들었다고 느끼고, 결국 이것이 망슈 지역의 이미지였다. 그래도 컴퓨터는 다시 켜야 했는데, 그는 절전 모드에서도 전력이 낭비될까 우려하는 듯했다. 아마 환경주의자의 신념을 지키려는 것이리라. 반면에 컴퓨터엔 비밀번호가 없었는데 이것은 굉장히 놀라웠다. 컴퓨터 비밀번호는 오늘날 모두가, 심지어 여섯 살짜리 어린애조차 설정하는 것이다. 대체 이 작자는 어떻게 된 인간인가?

파일들은 연도와 월별로 분류되어 있었고, 12월 폴더엔 '나탈리'라고 이름을 붙여놓은 비디오 파일 단 하나만 담겨 있었다. 나는 이제껏 소아성애 비디오는 한 번도 본 적이 없었다. 존재는 알고 있었지만 그뿐이었다. 비디오를 열어본 그 즉시 나는 아마추어의 촬영 솜씨 때문에 비디오를 보는 데 고충이 따르리라 예감했다. 독일인은 처음부터 카메라를 욕실의 타일 바닥을 향해 흔들어대더니 이윽고 화장을 하는 소녀의 얼굴로 화면이 올라갔다. 소녀는 선홍색 립스틱을 입술 선 밖까지 두껍게 펴 발랐다. 다음은 눈두덩에 파란색 아이섀도를 발랐는데 그 또한 서툴러서 두껍게 뭉쳤으나, 조류학자는 무척이나 마음에 드는 눈치였다. 그의 신음소리가 들렸다. "구트(좋아)…… 구트(좋아)……" 그때까지 비디오에서 다소 역겹게 느껴지는 유일한 요소였다. 이어서 그가 카메라를 뒤로 뺐다. 더 정확히는 그가 뒤로 물러나며 욕실 거울 앞 소녀의 모습이 전체적으로 드러났다. 소녀는 이곳에 올 때 입었던 블루데님 핫팬츠 외에는 모두 벗은 채였다. 소녀는 가슴이 거의 없었다. 그저 어떤 조짐이나 발아의 흔적만이 어렴풋이 식별되었다고 할까. 나는 알아들을 수 없는 말로 그가 소녀에게 이야기하자 소녀가 그 즉시 핫팬츠를 벗고 욕실의 등받이 없는 둥근 의자에 앉아 다리를 벌리고는, 가운뎃손가락을 성기에 갖다댔다. 작고 형태가 반듯했으나 완전히 민숭민숭했다. 이때부터 소아성애자가 본격적으로 흥분하기 시작한 듯했다. 그의 숨소리가 점점 거칠어지더니 카메라가 약간씩 흔들렸다.

별안간 장면이 바뀌어 거실에 있는 소녀가 보였다. 이미 매우 짧은 타탄체크무늬 치마에 망사스타킹을 신고 가터벨트를 착용하고 있었는데, 소녀에겐 전부 약간씩 컸다. 성인용 옷 XS 사이즈인지, 간신히 벗어지지 않을 정도였다. 상반신은 역시 타탄체크무늬 천으로 가슴 주위를 둘렀는데, 좋은 생각인 듯했다. 비록 가슴이 없더라도 추측하게 했으니 말이다.

다음 장면은 다소 어수선했다. 그가 카세트플레이어에 넣을 카세트테이프를 찾느라 부산을 떨었는데, 나로서는 그런 것이 아직까지 존재하고 있는지도 몰랐던 유의 물건이었다. 그러니까 그의 차처럼 빈티지풍이었다고 할까. 소녀는 양팔을 건들거리며 얌전히 기다렸다. 카세트플레이어가 작동하면서 노래가 흘러나왔고, 나로서는 그 노래가 어떤 곡인지 알기 어려웠다. 1970년대 말이나 1980년대 초반 사이에 유행했던 디스코풍 노래였고, 어쩌면 댄스그룹 코로나의 노래였던 것 같은데, 소녀가 음악에 반응하더니 이내 빙글빙글 돌며 춤을 추기 시작했고, 그때부터 나는 속이 울렁거리기 시작했다. 영상 내용 때문이 아니라 촬영 방식 때문이었다. 아무래도 독일인이 소녀를 앙각촬영하느라 바닥에 몸을 웅크린 채 늙은 두꺼비처럼 그 주변을 폴짝폴짝 뛰는 것 같았다. 리듬에 도취된 소녀가 진정으로 흥에 겨워 춤을 추었고, 짧은 치마를 입은 채 이따금 빙글빙글 돌며 그 조류학자에게 작은 엉덩이라는 매우 아름다운 구경거리를 선사했다. 소녀는 또한 순간순간 동작을 멈추고는 카메라를 정면으로 응시하며 허벅지를 벌리고 그 사이에 손가락을 하나나 두 개 정도 갖다댔다가 이윽고 손가락을 입속에 넣고서 오래도록 빨았다. 아무튼 독일인은 점점 흥분했고 카메라의 움직임은 정말이지 엉망진창이 되었다. 그가 마침내 흥분을 가라앉히고서 카메라를 삼각대 위에 올려놓고 소파로 와서 앉았을 무렵 나는 조금 질리기 시작했다. 소녀는 얼마간 더 음악에 맞춰 빙글빙글 돌았고 그는 그런 소녀를 찬탄어린 표정으로 바라보았다. 그는 이미 오르가슴을 느끼고 있었다. 정신적으로 말이다. 이제 육체적 차원만이 남았고, 그는 이미 용두질을 시작한 듯했다.

별안간 음악이 뚝 끊겼다. 소녀가 무릎과 허리를 살짝 굽혀 인사를 해 보였고 이어서 의미가 모호한 일그러진 듯한 미소를 짓더니 독일인에게 다가가 그의 가랑이 앞에서 무릎을 꿇었다. 그는 바지를 내렸으나 완전히 벗지는 않았다. 카메라가 삼각대에 고정되어 있어 거의 아무것도 보이지 않았다. 아마추어 포르노를 포함한 모든 포르노 비디오의 공식에 위배되는 것이었다. 소녀는 어린 나이에도 불구하고 임무를 능숙하게 수행했고, 조류학자는 간간이 "마인 립혠(나의 귀염둥이)" 유의 다정한 말들을 흘리며 만족스러운 신음을 내질렀다. 그가 소녀에게 엄청나게 애착을 보이는 것 같았고, 그런 차가운 작자가 그럴 수 있다는 것이 도무지 믿기지 않았다.

나는 거기서 시청을 멈췄다. 비디오도 거의 막바지였다. 이제 곧 사정을 하겠거니 생각이 들었을 때, 방갈로 밖에서 조약돌들이 부딪히는 소리가 들려왔다. 나는 벌떡 일어났으나 이내 다른 출구가 없다는 걸 깨달았다. 그와 대면하지 않을 방법이 전혀 없었고, 이렇게 대면한다면 치명적일 터였다. 그가 나를 당장 죽일 수도 있었고, 도망치고 싶어할 수도 있었다. 후자의 경우 가능성은 희박했으나 희망이 없지는 않았다. 그가 방에 들어섰고, 강경증에 가까운 경련을 일으키며 전신을 부들거렸다. 순간 나는 그가 기절할지도 모른다는 희망을 품었으나 그런 일은 일어나지 않았고, 그는 두 다리로 멀쩡히 선 채 대신 얼굴이 엄청나게 시뻘게졌다. "신고하지 않을게요!" 나는 다급하게 절규했다. 절규해야만 할 것 같았다. 오직 절규만이 나를 이 난관에서 구원할 수 있었다. 이어서 '신고'라는 단어를 그가 모를 수도 있다는 생각이 퍼뜩 스쳤다. 나는 더 크게 절규했다. "말하지 않을게요! 절대로 아무한테도 말하지 않을게요!" 나는 몇 번이고 외쳤다. "말하지 않을게요! 절대로 아무한테도 말하지 않을게요!" 나는 계속해서 울부짖으며 내가 무해한 존재라는 의미로 양팔을 벌려 위로 쳐든 채, 문 쪽으로 슬금슬금 다가갔다. 그는 육체적 폭력과는 거리가 먼 인간일 것 같았다. 그것이 나의 바람이었고, 내가 이 위기를 모면할 유일한 가능성이었다.

나는 계속해서 천천히 앞으로 나아가며 한층 낮은 목소리로 말이 끊기지 않게끔 계속해서 "말하지 않을게요. 절대로 아무한테도 말하지 않을게요" 하고 되풀이했다. 그와 나 사이의 거리가 1미터 남짓으로 좁혀지자, 그가 신체의 개인적 영역을 침범당했다고 생각했는지 화들짝 뒤로 물러나며 내게 문으로 향하는 길을 내주었다. 나는 문으로 돌진했고 길을 내처 달려, 일 분도 안 되어 내 방갈로 안으로 들어와 문을 잠갔다.

나는 푸아르 윌리암스*를 한 잔 가득 따라 마신 뒤 빠르게 이성을 회복했다. 실은 위험에 빠진 건 그자이지 내가 아니었다. 감

* 동명의 배 품종으로 만든 브랜디.

형 없는 삼십 년 형의 위험에 처한 것은 그자이지 내가 아니었다. 그는 지체하지 않을 터였다. 나는 망원경으로 그를 살피기 시작했고, 아니나 다를까 채 오 분도 안 되어 디펜더의 트렁크에 여행가방들을 싣는 그가 보였다. 이 망원경의 성능은 아무튼 어마어마했다. 그는 운전석에 앉더니 미지의 목적지를 향해 사라져 버렸다.

31일 아침, 나는 평온에 가까운 기분으로 잠에서 깨어나 방갈로들의 풍경을 차분하게 일별했다. 이젠 내가 이곳의 유일한 숙박객이었다. 조류학자가 부지런히 길을 달렸다면 아마 지금쯤 마인츠나 코블렌츠 인근에 닿았을 것이고, 행복해하리라. 중대한 불행에서 벗어나 일상적인 불행을 다시 마주할 때 맛보는 일시적인 행복 말이다. 나는 무엇보다 독일인에게 집중하면서도 조개잡이 취미도 소홀히 하지 않고 강한 돌풍 속에서 그 주 내내 조개잡이를 이어갔다. 생니콜라르브레알의 쉬페르위 슈퍼마켓에서 구입했던, 우에스트프랑스출판사에서 나온 작지만 매우 알찬 가이드북에서, 조개잡이 열풍 확산과 더불어 새우붙이, 동죽, 잠쟁이조개, 반투명조개 등의 바다 생물이 존재한다는 것을 배웠다. 페르시야드*를 넣고 프라이팬에 볶는 도나스조개**도 빼놓지 말아야 한다. 두말이 필요 없는 활기찬 곳이었다. 이런 생활양식을 찬미하는 장면을 TF1 채널에서, 가끔씩 프랑스2 채널에서도 분명 본 적이 있었다. 사람들이 가족 단위나 때로는 부부동반 친구들끼리 모여 숯불에 맛조개며 대합을 오순도순 구워먹으며 무스카데 백포도주를 적당히 곁들이는 풍경. 그것은 원초적인 식욕이 조개잡이와 함께 채워지는 상위 문명의 단계였다. 모험에 위험이 없지는 않았고, 가이드북에서는 에두르지 않고 그 점에 대해 주의를 주었다. 가령 생선 중에서 가장 드센 동미리를 잡으려면 참을 수 없는 고통이 따를 수도 있었다. 잠쟁이조개는 채취가 수월한 반면, 반투명조개를 잡으려면 인내와 민첩성이 필요했고, 전복은 손잡이가 긴 괭이 없이는 잡을 수 없었다. 또한 알아야 할 것이, 대합은 흔적도 없이 파묻혀 있어서 찾아내기 쉽지 않았다. 나는 진화된 이 문명의 단계에 다가가지 않았고, 독일인 소아성애자는 더더욱 그러했으리라. 그는 아마 이 시간쯤이면 드레스덴 인근에 닿았거나 어쩌면 범죄자 인도 조건이 훨씬 까다로운 폴란드를 지나고 있지는 않을까. 오후 다섯

* 다진 마늘과 파슬리로 만든 소스.

** 삼각조개과의 조개의 일종. 세계에서 가장 맛있는 조개로 알려진 텔린이라는 종과 매우 유사하다.

시 무렵, 여느 날과 다름없이 소녀가 조류학자의 방갈로 앞에 자전거를 세웠다. 그러고는 오래도록 문을 두드리다가 창가로 가서 커튼 틈으로 방안을 살피더니 다시 문 앞으로 와서 또다시 오래도록 문을 두드렸고, 그러다 결국 포기했다. 소녀의 표정을 읽기는 쉽지 않았는데, 진심으로 슬퍼하는 것 같지는 않았고(아직인 걸까?), 그보다는 당황하고 화가 난 듯했다. 순간 조류학자가 소녀에게 대가를 지불했던 것인지 궁금해졌다. 정확히는 몰라도 아마 답은 그렇다,이리라.

저녁 일곱시 무렵, 성으로 향했다. 올 한 해를 마무리할 시간이었다. 에메릭은 부재중이었지만 이미 이런저런 준비를 해두었다. 식당의 식탁에 돼지고기 요리가 즐비했다. 비르 지역 방식으로 만든 앙두유 소시지며 수제 순대며 이탈리아식 햄들에 치즈도 차려져 있었다. 알코올은 상시 있는 것이어서 그 점에 대해서는 아무 걱정이 없었다.

밤중의 축사는 안온한 공간이었다. 젖소 삼백 여 마리가 내는 숨소리와 낮은 울음소리와 짚더미 속에서 몸을 뒤척이는 바스락 소리들이 평화로운 소음을 만들어냈다. 에메릭은 관리가 쉬운 격자망을 거부하고 짚을 사용했다. 자기 밭에 뿌릴 퇴비를 생산하기 위해서였다. 그의 목적은 진짜 옛날 방식으로 농장 일을 하는 것이었다. 나는 파산 직전인 에메릭의 재정 상태를 떠올리며 잠시 낙담했지만 이윽고 다른 감각에 사로잡혔다. 젖소들의 부드러운 울음소리며 전혀 역겹지 않은 퇴비 냄새, 그 모든 것에 순간, 세상 속에 한 자리를 차지한 것 같은 기분까지는 아닐지라도, 과장하지는 말아야 한다, 아무튼 일종의 유기적 연속체, 동물들의 집합체에 속한 기분이 들었다.

에메릭이 사무실로 사용하는 한구석의 작은 공간에 불이 켜져 있었다. 헤드셋을 쓰고 컴퓨터 앞에 앉아 있는 그가 보였다. 그는 화면의 내용에 몰두한 터라 내가 가까이 다가가서야 비로소 기척을 느꼈다. 그가 화들짝 놀라며 벌떡 일어나더니 마치 화면을 가리려는 듯 과장된 방어 자세를 취했다. 나로서는 화면이 전혀 보이지 않았는데도 말이다. "염려 마, 일 봐, 염려 마, 난 다시 성으로 갈게……" 나는 모호한 손짓(아마 무의식적으로 콜롬보 형사를 흉내냈을 것이다. 콜롬보 형사는 젊은 시절의 우리 세대에게 막대한 영향을 끼쳤다)을 하며 축사를 나왔다. 전날 독일인 소아성애자에게 했던 것과 비슷하게 양팔을 들어올리며 말했지만, 애석하게도 상대는 소아성애자가 아니고, 그보다 딱했다. 에메릭은 최근에 런던에 있는 이와, 물론 세실이 아니라 딸들과 스카이프로 통화해왔던 것이 틀림없었다. 딸들과 적어도 일주일에 한 번씩 연락하는 듯했다. "아빠, 잘 지내?" 본 듯이 장면이 눈에 선했다. 어린 딸들의 입장이 이해되었다. 순회 연주를 다니는 클래식 피아니스트가 그들에게 남성적인 아버지상이 될 수 있었을까? 런던에 사는 호모일 뿐, 절대 그렇지 않았으리라(라흐마니노프라면?). 반면 그들의 아버지는 적어도 500킬로그램은 나가는 육중한 포유동물인 어른 젖소들을 돌보는 사내였다. 그렇다면 그는 딸들에게 무슨 말을 할 수 있었을까? 보나마나 바보 같은 말들이리라. 그 바보는 잘 지낸다고 이야기했을 것이다. 실은 전혀 잘 지내지 않고 딸들이 보고 싶어서, 더 광범위하게는 사랑이 고파서 죽어가는 중이었음에도 말이다. 결국 나는 어느 모로 보나 그의 상황이 절망적이고, 그는 절대 이 이별을 극복하지 못할 것이며 생이 다하는 날까지 괴로워하리라 마당을 가로지르며 생각했다. 몰도바 여자까지 들먹인 나의 그 모든 감언이설도 아무 소용 없을 터였다. 나는 착잡한 기분이 되어 그를 기다리지도 않고 보드카를 한 잔 가득 따라 마시며 수제 순대 한 조각을 삼켰다. 정말이지 우리가 다른 이들의 삶에 해줄 수 있는 것은 아무것도 없다는 생각이 들었다. 우정도 연민도 정신분석도 이성적인 상황판단도 전혀 유용하지 않았다. 사람들은 스스로 불행의 메커니즘을 만들어낸 뒤 의미를 최대로 부풀리고, 그렇게 메커니즘은 하릴없이 계속해서 돌아간다. 질병이 개입하면 작동 오류나 결함이 생기지만 계속해서 돌아간다, 끝까지, 마지막 순간까지.

십오 분 뒤, 에메릭이 돌아왔다. 그는 좀전의 상황을 무마하려는 듯 살짝 밝은 표정을 지었는데, 그로 인해 오히려 나의 확신은 굳어졌고 나의 무력함 또한 더더욱 확실해졌다. 그럼에도 완전히 두 손 놓은 것은 아니었다. 나는 완전히 체념하지 않았고, 고통스러울 수 있는 주제를 단도직입적으로 파고들며 대화를 주도했다.

"이혼할 거야?" 나는 거의 무심함이 느껴지는 매우 차분한 어조로 물었다.

그가 말 그대로 소파 위에 무너져내렸고, 나는 보드카를 한 잔 가득 따라 그에게 건넸다. 그가 잔을 입으로 가져가기까지 적어도 삼 분은 걸렸다. 어느 순간 그가 울어버리는 건 아닌가 싶기도 했다. 그랬다면 적잖이 당황스러웠으리라. 그가 내게 늘어놓은 이야기는 전혀 독창적이지 않았다. 사람들은 서로의 모습을 왜곡하고, 왜곡 방식에서 늘 독창성이라고는 찾아볼 수 없다. 매일 밤과 아침을, 어쩌면 질병과 아이들의 건강 걱정까지 함께했던 사랑했던 누군가가 며칠 만에 일종의 흡혈 마녀로, 끝도 없는 물질적 탐욕에 찌든 사나운 여편네로 변해버린 모습을 목도하는 건 분명 고통스러운 일이다. 그건 절대 회복될 수 없는 고통스러운 경험이지만 어쩌면 어떤 의미로는 구원일 수도 있다. 이혼의 과정이 어쩌면 효과적으로 사랑에 종지부를 찍는 유일한 수단일 것이고(물론 사랑의 종말이 구원이 될 수도 있다고 간주할 때의 얘기다), 나도 만일 카미유와 결혼했더라면, 그녀를 더이상 사랑하지 않을 수 있었을지도 몰랐다. 정확히 바로 그 순간, 에메릭의 이야기를 들으며 나는 처음으로 아무 준비나 대비 없이, 아무 경계나 원칙 없이, 나의 의식 속으로, 고통스럽고 끔찍하고 치명적인 그 명백한 자각 속으로 곧장 빠져들었다. 나는 아직도 카미유를 사랑하고 있었다. 정말이지 이 연말 파티는 첫 단추부터 잘못 끼워졌다.

에메릭의 경우는 더 절망적이었다. 비록 세실을 향한 사랑이 끝났다 해도 아무 도움이 되지 않았다. 딸들이 버티고 있었고 그것은 완벽한 올가미였다. 또한 이혼을 하면서 대개 일어날 수 있는 손실들만을 겪었다 해도 재정적인 면에서 걱정스러운 양상을 보였다. 부부 공동취득재산 한정 공동재산법은 통상적인 법이었다. 그러나 에메릭의 경우, 부부 공동취득재산은 소홀히 여길 수 없는 것들이었다. 우선 농장과 신축 축사와 농축산 기계들(농업은 힘겨운 산업이다. 수익이 보잘것없거나 전혀 없어서, 심지어 에메릭의 경우 손실을 보고 있어서 막대한 생산자본을 동결시킨다)이 있었다. 세실에게 자본에 대한 절반의 권리가 있는 것일까? 에메릭의 부친은 변호사들, 더 넓게는 법조인들의 법적

농간에 대한 혐오감을 뒤로한 채, '자키 클럽'의 지인에게 소개받은 변호사를 고용하기로 결정했다. 사건을 의뢰받은 변호사는 처음엔 적어도 농장에 관해서는 비교적 고무적인 의견을 내놓았다. 토지들이 에메릭 부친의 소유였고, 개보수에 들인 비용과 신축 축사와 기계들 또한 그렇다고 할 수 있었다. 에메릭은 법적으로 일종의 관리인일 뿐이었다. 그런데 방갈로들은 또다른 문제였다. 호텔 사업과 건축물 전체가 에메릭의 명의로 되어 있었고, 오직 대지만이 그의 부친 소유였다. 만일 세실이 방갈로 가치의 절반을 받기를 고집한다면, 재산분할청구소송을 신청한 뒤 인수자가 나타나기를 기다리는 것 외에 다른 선택의 여지가 없었다. 그렇게 되면 시간을 끌 터였다. 어쩌면 몇 년이 될지도 몰랐다. 결국 이 이혼 절차가 끝나려면 멀었다며 에메릭이 절망감과 혐오감이 뒤섞인 표정으로 결론지었다. 이혼을 하고 이혼 절차를 밟는 과정에서 합의와 협의, 변호사와 회계사들의 제안과 반대제안에 시달리는 이들의 한결같은 의식 상태에서 비롯된 표정.

"게다가 아버지가 바다에 면한 방갈로 부지는 절대 못 팔게 해. 그건 절대 용납 못할 거야…… 아버지는 지난 몇 년간 자책해왔어. 내가 적자를 메우느라 어쩔 수 없이 땅을 조금씩 팔아야 할 때마다 고통스러워하셨다는 걸 알아. 거의 몸이 편찮으실 정도로. 전통적인 귀족들에겐—내 아버지가 정확히 그 경우지—

가문의 영토를 가능하다면 조금 확장하거나 적어도 축소시키지 않고 후손들에게 물려주는 것이 가장 중요하거든. 그런데 내가 처음부터 지금까지 해온 일이 가문의 영토를 축소시킨 거야. 단지 달리 방법이 없으니까. 그러니 아버지가 진저리가 나기 시작한 거지. 아마 내가 다 때려치웠으면 싶으실 거야. 지난번엔 아예 노골적으로 말씀하셨어. '아르쿠르 가문의 소명은 절대 농장 일이 아니었다……' 이러시더라고. 아마 사실일 테지만 호텔 사업도 소명은 아니었지. 그런데 아버지가 희한하게 세실의 부티크호텔 사업 계획은 마음에 들어하셨어. 아마 성을 개보수할 수 있다는 점 때문이었을 거야. 반면에 방갈로 사업은 아무 관심 없으셔. 아마 내일 당장 비주카포로 싹 다 날려버린다 해도 눈 하나 깜짝하지 않으실걸. 사실 생전에 거의 아무 노동도 한 적 없는 누군가가—아버지는 결혼식이나 장례식에 참석하고, 사냥개를 풀어 사냥을 하거나 이따금 자키 클럽에 가서 한잔하는 삶에 만족했지. 아마 과하지 않은 정도로 애인도 몇 명 있었을 거야—아르쿠르가의 재산을 후손에게 온전히 물려준다면 그게 정말 더 기막힌 일 아닐까. 난 이런저런 사업을 벌여봤고, 죽도록 일을 했어. 매일 새벽 다섯시에 일어나고 밤에는 회계장부를 맞추느라 시간을 다 보냈지. 그런데 그 결과가 가문의 재산을 축낸 거라니……"

이야기가 길어졌다. 그가 이번엔 속속들이 설명했다. 아마 자정이 거의 다 되었지 싶었을 때 나는 음악을 틀자고 제안했다. 음악을 트는 것이야말로 오래전부터 했어야 할 유일한 일, 우리 상황에서 가능한 유일한 일이었다. 그도 반색하며 동의했는데, 그가 무슨 음악을 틀었는지는 더는 기억나지 않는다. 나도 만취 상태였기 때문이다. 잔뜩 취하고 절망한 채로 카미유를 다시 떠올리는 것만으로 나는 몇 초 만에 무너져내렸다. 나는 직전까지만 해도 강하고 현명하고 위로를 해주는 남자였는데, 돌연 하찮은 쓰레기에 불과해졌다. 어쨌거나 그는 틀림없이 우리에게 최고의 음악, 그가 가장 좋아하는 음악을 틀었을 것이었다. 유일하게 정확히 기억나는 음악은 1970년에 뒤스부르크에서 녹음된 딥 퍼플의 해적판 〈차일드 인 타임〉이다. 클립쉬혼의 음질이 정말이지 탁월했다. 아마 미학적으로 내 생의 가장 아름다운 순간이 아니었을까. 아름다움이 무언가를 위해 기능한다는 차원에서 하는 이야기다. 우리는 그 음반을 서른 번 내지 마흔 번은 돌려 들었을 것이고, 번번이 그 음악에 사로잡혔다. 존 로드의 능란하고 잔잔한 연주를 배경 삼아, 완벽히 날아오르는 듯 이언 길런의 읊조림이 노래로, 노래가 절규로 이어지고, 다시 읊조림으로 돌아오면, 곧바로 이언 페이스의 장엄한 브레이크가 이어졌다. 존 로드가 효율성과 위대함이 뒤섞인 능란하고 한결같은 연주로 보조해주기도 했지만, 어쨌든 이언 페이스의 브레이크는 찬란했다. 아마 록 역사상 가장 아름다운 브레이크가 아닐까. 이윽고 이언 길런이 다시 합류하고 헌신적인 두번째 파트가 이어졌다. 길런이 다시 읊조림에서 노래로, 노래에서 순수한 절규로 날아다니더니 얼마 지나지 않아 불행히도 노래가 끝이 났고, 그러면 그다음은 바늘을 다시 처음으로 옮기면 그만이었다. 우리는 영원히 그런 식으로 살 수도 있으리라. 모르긴 몰라도 영원이라는 것은 환상일 것이나 아무튼 아름다운 환상이었다. 에메릭과 함께 팔레 데 스포르에서 열린 딥 퍼플의 콘서트에도 갔었는데, 이 뒤스부르크 공연보다는 못했다. 우리는 늙었고 그런 순간들은 이제 드물어졌으나, 우리의 번민의 순간에 그 모든 것이 다시 찾아들었다. 에메릭 못지않게 나도 번민했다. 내 경우엔 카미유가 문제였고, 아마 케이트도 한몫했으리라. 어떻게 방갈로로 돌아왔는지 모르겠다. 내 사륜구동차의 운전석에 앉아 아무 맛도 느껴지지 않는 수제 순대 한 조각을 오래도록 질겅거리던 기억이 난다.

1월 1일의 아침해가 세상의 모든 아침과 다름없이, 문제 많은 우리의 존재를 비추며 솟아올랐다. 나도 여느 아침과 다름없이 자리에서 일어나, 아침 풍경을 슬쩍 살폈다. 안개가 어려 있었지만 과하지 않은 평범한 수준이어서 실은 살필 필요도 없는 흔한 아침이었다. 주요 오락채널들에서 새해맞이 방송이 흘러나왔으나, 출연한 여자 가수들 중에 아는 사람이 없었다. 다만 매우 섹시한 라틴 계열 여자 가수들이 켈트계 가수들에게 자리를 내준 듯 보였는데, 이 분야에 대해서라면 나는 부수적이고 어렴풋한, 대체로 낙관적인 견해뿐이었다. 시청자들이 그렇게 결정했다면, 어떤 의미로는 잘된 것이다. 오후 두시 무렵, 성으로 향했다. 에메릭은 평소의 상태, 요컨대 암울하고 완고하고 절망적인 상태로 돌아왔고, 슈마이서 돌격소총을 다소 기계적으로 해체했다가 조립하고 있었다. 마침 기회를 잡은 나는 그에게 사격을 배우고 싶다고 말했다.

"어떤 용도로? 호신용, 아니면 경기용?" 그는 내가 구체적이고 기술적인 주제에 접근하자 반색했고, 무엇보다 전날의 대화를 다시 꺼내지 않아 안도하는 표정이었다.

"둘 다 조금씩……" 사실 조류학자와 맞닥뜨렸을 때 권총을 소지했더라면 보다 안심이 되었을 것 같았고, 오래전부터 정밀사격에 왠지 모르게 끌리기도 했다.

"호신용 무기로는 스미스 앤드 웨슨의 단총을 줄 수 있어. 장총보다는 좀 덜 정확하지만 소지하기가 훨씬 편하지. 이건 357 매그넘이야. 10미터 거리에서도 문제없이 치명상을 줄 수 있어. 사용법도 엄청나게 간단해서 오 분이면 설명이 끝나. 경기용은……" 에메릭의 목소리가 훨씬 또랑또랑해졌다. 지난 수년간, 실은 우리가 알고 지낸 이십여 년 동안 내가 알지 못했던 그의 열정이 부글거리는 것 같았다. "경기용은 난 이게 정말 마음에 들어. 몇 년간 사용했는데 정말로 탁월해. 조준구멍 중앙에 표적이 들어온 순간, 다른 아무 생각이 안 들고 모든 시름을 잊게 되거든. 이곳에 정착하고 처음 몇 해는 정말 힘들었어. 상상한 것보다 훨씬 더 힘들었지. 사격을 하지 않았더라면 아마 버티지 못했을지도 몰라. 지금은 당연히……" 그가 오른손을 수평으로 뻗었다. 그런데 몇 초가 지나자 손이 미세하게, 하지만 이론의 여지 없이 바들거리기 시작했다. "보드카 때문이지…… 알코올과 사격은 절대 양립이 불가해. 선택을 해야 하지." 그에게 선택권이 있었을까? 누구에게 선택권이 있단 말인가? 이 주제는 내게 의문으로 남았다.

"경기용으로는 내가 진짜 좋아하는 총이 있는데 바로 슈타이어 만리허 HS50이야. 원하면 빌려줄 수 있어. 하지만 점검을 좀 해봐야 해. 구석구석 청소도 해야 하고. 사용하지 않은 지 삼 년이나 됐거든. 오늘밤에 닦아놓을게."

그가 살짝 휘우뚱거리며 무기실로 걸어갔다. 입구가 삼중의 미닫이문으로 닫혀 있고 안에는 스무 자루 정도의 무기들이 진열되어 있었다. 권총들과 장총들, 그리고 몇몇 흉기들과 더불어 탄환 상자 십여 개가 쌓여 있었다. 나는 슈타이어 만리허를 보고서 깜짝 놀랐다. 전혀 장총 같지 않고 그저 짙은 회색의 강철 실린더 같은 것이 매우 추상적인 형태였기 때문이다. "나머지는 당연히 조립해야지…… 하지만 포신이 정말 정밀하게 제작됐고, 그게 중요해……" 열광적인 반응을 끌어내려고 그가 포신을 불빛 아래로 가져갔다. 사실이었다. 그것은 실린더, 완벽한 실린더였다. 그의 의견에 동의할 수밖에 없었다. 그리고 그때 그가 더는 강요하지 않고서 결론지었다. "자, 내가 잘 준비해놓고서, 내일 갖다줄게."

이튿날 오전 여덟시가 되자 에메릭이 과연 내 방갈로 앞에 픽업트럭을 세웠다. 그는 정말이지 예사롭지 않은 흥분 상태였다. 스미스 앤드 웨슨은 금세 보고 넘어갔다. 사용법이 놀랍도록 간단한 총기였다. 슈타이어 만리허는 또 달랐다. 그가 트렁크에서 단단한 폴리카보네이트 상자를 꺼내어 탁자 위에 조심스럽게 올려놓았다. 상자 안에는 짙은 회색의 강철 부품 네 개가 스티로폼 홈 속에 들어 있었다. 극도로 정밀하게 제작된 네 개의 부품 중에 그 어떤 것도 직접적으로 무기를 연상시키지 않았다. 에메릭이 무기를 분해했다가 다시 조립하기를 수차례 되풀이했다. 총신 외에도 받침대와 탄창과 삼각대가 들어 있었다. 전체적으로 조립을 마친 후에도 무기는 일반적인 의미의 소총이 아니라 일종의 강철 거미처럼 보였다. 미학적인 장식은 전혀 없고 불필요한 금속은 단 1그램도 없어 보이는 강철 독거미라고 할까. 에메릭의 열광이 이해되기 시작했다. 이제껏 이토록 완벽한 광휘를 발산하는 첨단기술 상품을 본 적이 없었던 것 같다. 그가 마지막으로 강철 조립품의 꼭대기에 조준렌즈를 부착한 뒤 설명했다. "스와로브스키 DS5야. 경기 사격계에서는 인정 못 받는 제품이지. 심지어 실제 경기에선 엄격하게 금지돼 있어. 중요한 건 탄환의 경로가 직선이 아니라 포물선이라는 것이고, 사격협회에선 그것도 시험의 일부로 간주한다는 거야. 선수들도 탄환 궤적이 포물선을 그리는 걸 고려해서 중앙의 약간 위쪽을 겨냥하는 데 익숙해 있고. 스와로브스키 렌즈는 통합기능 레이저 거리 측정계를 장착하고 있어서 사수와 과녁 간의 거리를 가늠한 뒤 알아서 각도를 조절해. 그러니 탄환 궤적 같은 건 생각할 필요 없이 그냥 중앙을, 정확하게 정중앙을 겨냥하면 되는 거지. 사격협회 사람들은 전통주의자들이라서 무언가 쓸데없이 복잡한 걸 덧붙이기를 좋아해. 내가 그래서도 경기를 일찌감치 관뒀지. 저기 딱 맞는 수송 상자도 갖다놓고 스와로브스키에 적당한 자리도 봐놨어. 그래도 중요한 건 무기지만. 어디, 나가서 시험해볼까……"

에메릭이 장롱에서 이불을 꺼냈다. "당장 엎드려 쏘는 것부터 시작하자. 가장 정확하게 사격할 수 있는 최고의 자세지. 하지만 바닥에 편하게 엎드려야 돼, 추위와 습기로부터 몸을 보호해야 한다고. 몸이 떨릴 수도 있으니까."

우리는 바다로 이어지는 높은 언덕에 멈춰 섰다. 그가 풀밭에 이불을 깔고는 100여 미터 떨어진 모래 속에 처박힌 작은 보트를 가리켰다. "보트 옆구리에 페인트로 쓰인 등록번호 BOZ-43이 보여? 저 O자 중앙을 한번 맞혀봐. 지름이 얼추 20센티미터쯤 되겠다. 슈타이어 만리허로는 솜씨 좋은 사수라면 1500미터 거리에서도 거뜬하지. 뭐, 그건 그거고, 우린 이 거리에서 시작하자고."

나는 이불 위에 엎드렸다. "편하게 자세를 잡아봐, 서두르지 말고…… 더이상 꼼짝하지 않아도 될 때까지. 숨쉬는 것만 빼놓고 말이야."

나는 어렵지 않게 자세를 잡았다. 개머리판이 매끄러운 곡선이어서 어깨의 움푹 팬 곳에 편하게 밀착시켰다.

"사격을 하다보면, 중요한 건 과녁과 하나가 되는 거라고 명상가 같은 소리를 하는 사람들이 있을 텐데, 내 생각엔 헛소리야. 당장 일본인들만 봐도 사격엔 젬병이지. 국제대회에서 단 한 번도 우승한 적이 없거든. 반면에 정밀사격은 요가와 매우 흡사해. 자신의 호흡과 하나가 되려는 노력 말이야. 그러니까 숨을 천천히 내쉬어봐, 점점 더 천천히. 할 수 있는 한 천천히, 깊게. 그리고 준비가 되면 과녁의 중앙을 겨냥해봐."

나는 에메릭의 말대로 했다. "어때, 됐어?" 나는 그렇다고 대답했다. "절대적으로 부동자세를 유지할 필요는 없다는 걸 알아둬. 그건 불가능하니까. 넌 반드시 움직이게 돼 있어, 왜냐, 숨을 쉬니까. 대신 명심할 건 움직임이 아주 느릿해야 한다는 거야. 호흡으로 인한 움직임이 과녁 정중앙에서 일정하게 오락가락해야 해. 일단 그 상태가 유지되면 가늠쇠가 중앙을 지날 때 방아쇠를 당기기만 하면 돼. 아주 살짝만 당겨. 극도로 예민하게 맞춰져 있으니까. HS50은 단발성 모델이야. 또 쏘고 싶으면 탄환을 다시 장전해야 돼. 바로 그래서 스나이퍼들이 진짜 전쟁에선 이걸 즐겨 사용하지 않는 거야. 그들은 무엇보다 효율성을 중시하니까. 그들의 목적은 죽이는 거니까. 난 개인적으로 기회가 단 한 번뿐인 게 좋더라."

나는 이 선택의 개인적인 연관성에 대해 생각하고 싶지 않아서 잠시 눈을 감았다가 다시 떴다. 모든 것이 순조로웠다. 그의 말대로 BOZ라는 글자들이 조준렌즈 안으로 천천히 들어왔다 나가기를 반복했다. 나는 적당하다고 여겨진 순간에 방아쇠를 당겼다. 매우 희미한 소리, 가벼운 핑 소리가 들렸다. 정말이지 놀라운 경험이었다. 나는 몇 분 동안, 시간을 초월해 순수한 발사술의 영역에 있었다. 몸을 일으키니 에메릭이 망원경으로 보트를 확인하고 있었다.

"나쁘지 않아, 전혀 나쁘지 않아……" 그가 나를 돌아보며 말했다. "정중앙은 아니지만 O자에 걸쳤어. 표적에서 불과 10센티미터 정도 벗어난 거야. 100미터 거리에서 처음 쏜 거 치고는 아주 잘했다고도 할 수 있어."

에메릭은 자리를 뜨기 전에, '이동표적'으로 넘어가기 전에 고정된 표적으로 오랫동안 연습하라고 충고했다. 결과를 정확하게 확인할 수 있어서 보트 등록번호가 표적으로는 완벽했다. 보트는 마음껏 쏴도 된다고 나의 의문에 에메릭이 답해주었다. 자기가 보트 주인을 안다며(참고로 얼간이 중의 얼간이라고 했다), 주인이 그 보트를 타고 바다에 나가는 일은 더는 없을 거라고 했다. 에메릭이 내게 오십 개들이 탄환 열 상자를 넘겨주었다.

이어진 몇 주 동안 나는 매일 아침 적어도 두 시간씩 사격 연습을 했다. '내 모든 근심을 잊었노라'고 말할 수는 없을 것이다. 그렇다면 과장일 것이나, 매일 아침 고요한 시간을 보내고 상대적인 평안을 맛본 건 사실이었다. 거기에 캅토릭스도 한몫했다. 부인할 수 없었다. 일일 알코올 섭취량도 줄어든 상태였다. 게다가 내가 최대 복용량에 못미치는 15밀리그램을 복용하는 단계인 것도 고무적이었다. 살아야 할 이유처럼 욕망도(그런데 이 두 가지는 같은 것일까? 나로서는 의견이 아직 정립되지 않은 어려운 주제였다) 말라버린 채, 나는 수용할 수 있는 만큼의 절망감을 유지하고 있었다. 우리는 절망한 상태로 살아갈 수 있고, 심지어 대부분의 사람들이 그렇게 살고 있으며, 이따금 한순간 희망의 바람에 실려가볼 수도 있지 않을까 자문하기도 한다. 그러니까 그런 질문을 던지고는 이내 부정으로 대답하고, 그럼에도 끈질기게 버티는 것이다. 실로 뭉클한 광경이다.

나의 사격 실력은 스스로도 놀랄 정도로 빠른 속도로 일취월장했다. 나는 이 주도 안 되어 O자의 중앙을 맞혔을 뿐만 아니라, B자의 구멍 두 개와 4자의 삼각형 중앙도 명중시켰다. 그리하여 '이동표적'에 생각이 미쳤다. 이동표적이라면 해변에 늘 있었고, 가장 확실한 건 바닷새들이었다.

나는 평생토록 동물을 죽여본 적이 없었다. 그럴 상황이 만들어지지 않았을 뿐, 동물 사냥에 반대해서는 아니었다. 공장형 가축 사육이 혐오스러운 것만큼이나 사냥이라는 개념에 대한 반발심도 없었다. 동물들은 자연 속에서 자유롭게 뛰어다니거나 날아다니다가 먹이사슬의 상위 포식자에게 잡아먹히는 법이다. 슈타이어 만리허 HS50은 나를 먹이사슬의 상위 포식자로 만들어주었고, 그것엔 의심의 여지가 없었다. 다만 내가 총구로 동물을 겨냥해본 적이 단 한 번도 없다는 것이 문제였다.

어느 날 오전, 열시가 조금 지났을 무렵 결심이 섰다. 나는 언덕 꼭대기의 이불 위에 안정적으로 자리잡았다. 날은 쌀쌀하고 쾌적했으며, 표적들은 부족하지 않았다.

나는 조준렌즈 중앙에 날짐승 한 마리를 오래도록 가두었다. 붉은부리갈매기도 재갈매기도 아니었다. 그 정도로 유명하지 않고 세부적으로 분류되지도 않은 다리가 길고 몸집이 작은 날짐승으로, 이 해변에서 이미 수차례 보아왔던 놈이었다. 이 해변의 프롤레타리아라고 할까. 실상은 매서운 눈으로 한 곳만 바라보는 어리석은 날짐승이었고, 긴 다리로 옮겨다니며 먹이를 발견했을 때만 기계적이고 예상 가능한 발걸음을 멈추는 작은 사냥기계였다. 내가 놈의 머리통을 날려버림으로써 수많은 복족류와 두족류의 생명을 구할 수 있으리라. 말하자면 내가 먹이사슬에 작은 변형을 가하는 것이었다. 저 음산한 물새는 식용이 아닐 테니 나에겐 아무 이익도 없을 터. 나는 그저 내가 사람이자 지배자이자 주인이며, 내가 아는 한 우주가 신에 의해 창조되었다는 것을 상기해야 했다.

대치 상황이 몇 분간 지속되었다. 적어도 삼 분, 어쩌면 오 분 내지 십 분일지도 몰랐다. 이윽고 손이 부들거리기 시작했고, 나는 내가 방아쇠를 당기지 못하리라는 걸, 나는 한낱 비겁자라는 걸 깨달았다. 우울하고 하잘것없으며 거기에 늙어가는 비겁자. "죽일 용기가 없는 사람은 살 용기도 없다", 이 문장이 계속해서 머릿속을 맴돌며 고통의 고랑만 만들어냈다. 나는 방갈로로 돌아가서 빈병 십여 개를 갖고 나와 언덕 기슭에 되는대로 세워놓고는 채 이 분도 안 되어 산산조각을 냈다.

병들을 모조리 깨고 나자 탄환이 거의 떨어졌다는 걸 깨달았다. 에메릭을 못 본 지 이 주 가까이 되었는데, 연초부터 그를 찾아오는 손님이 많은 눈치였다. 성의 마당에 사륜구동차나 픽업트럭들이 빈번히 세워져 있었고, 에메릭이 자기처럼 작업복을 입은 또래의 사내들—아마 동네의 다른 축산업자들이리라—을 차까지 배웅하는 모습이 자주 보였다.

내가 성에 이르렀을 때, 에메릭이 오십대가량의 사내와 함께 밖으로 나왔다. 이미 이틀 전에도 본 적이 있는, 창백하고 지적이고 서글픈 얼굴의 사내였다. 그들 둘 다 어두운색 정장에, 옷에 어울리지 않는 남색 넥타이를 매고 있었다. 문득 에메릭이 사내에게 넥타이를 빌려준 것이라는 확신이 들었다. 에메릭이 고맙게도 내가 농산부에 근무했었다는 이력은 언급하지 않고 나를 그저 "방갈로에 묵고 있는 친구"라고 소개했다. 프랑크는 "망슈 지역 낙농업자조합 대표"라고 했다. 나는 에메릭이 "농업인 연맹"이라는 추가 설명을 할 때까지 몇 초간 기다렸다. 그가 회의적인 표정으로 고개를 끄덕거리며 덧붙였다. "가끔은 우리도 농촌연합에 합류해야 하는 건 아닌가 하는 생각이 들어. 모르겠네, 확신이 없어, 요새는 아무것도 확신할 수 없으니……"

"우린 지금 장례식장에 가는 길이야……" 에메릭이 이어서 말했다. "이틀 전에 카르트레에서 동료 하나가 스스로 총을 쐈어."

"연초부터 벌써 세번째예요……" 프랑크가 덧붙였다. 그는 이틀 후 일요일 오후에 카르트레에서 조합 회의를 열 예정이라며, 참석하고 싶다면 환영이라고 말했다. "어쨌든 우리도 뭔가를 해야만 하거든요. 우윳값 인하를 또다시 수용할 순 없어요. 이대로 내버려뒀다간 모두 망해요. 남아나는 사람 하나 없을 거예요. 그러니 당장 멈춰야죠." 에메릭은 내게 미안한 기색이 어린 눈빛을 던지고는 프랑크의 픽업트럭에 올랐다. 나는 이제껏 그에게 내 애정사에 관해 얘기한 적이 한 번도 없었고 카미유에 대해서도 한마디도 꺼낸 적이 없었다. 그 사실을 그제야 깨달았으나 실은 대개는 많은 말이 필요하지 않고 절로 이해되는 것들이었다. 그는 내 상황도 요즘 별반 좋지 않으며 낙농업자들의 운명이 나의 적극적인 연민을 불러일으키기는 어려우리라는 걸 미루어 짐작했을 터였다.

나는 저녁 일곱시에 다시 성으로 갔다. 에메릭은 이미 보드카 반병을 비운 상태였다. 장례식은 예상한 대로였다. 자살자에겐 딸린 식구가 없었다. 그는 결혼은 엄두도 내지 못했고, 부친은 죽었으며 모친은 거의 치매였다. 노파는 시대가 변했다는 말을 뇌까리며 울기만 했다. "프랑크한테 조금 설명을 안 할 수 없었어……” 에메릭이 겸연쩍어하며 말했다. “네가 요새 농촌 형편에 대해 좀 아는 사람이라는 걸 털어놔야 했어. 하지만 프랑크는 널 탓하지 않아. 그건 의심하지 마, 그 친구도 공무원들이 개입할 여지가 많지 않다는 걸 알거든……”

나는 공무원이 아니었고, 그 사실이 내가 개입할 여지를 늘리는 건 아니었다. 나도 보드카를 마시고 싶다는 생각이 들었다. 극심한 고통을 연장해본들 무슨 소용이겠는가? 그렇지만 무언가가 나를 저지했고, 나는 에메릭에게 백포도주를 한 병 따달라고 청했다. 그는 추억 속 우리가 가장 행복했던 시절에 그랬던 것처럼 향을 한껏 음미한 후 놀란 표정을 지으며 내게 따라주었다. “일요일에 올래?” 그가 즐거운 친구 모임에 대해 말하듯 가볍게 물었다. 나는 확실하진 않지만 그러겠다고 대답했다. 하지만 그 회의에서 무언가 해결책이 나올 것인가? 어떤 행동이 결정될 것인가? 에메릭은 자기 생각엔 그럴 거라고 대답했다. 생산자들의 분노가 극에 달했으니, 최소한 협동조합과 공장에 우유 공급을 중단하리라는 것이었다. 다만 이틀이나 사흘 뒤 폴란드나 아일랜드에서 우유 탱크들이 들어온다면, 그땐 어찌할 것인가? 무기를 들고서 길을 막을 것인가? 설사 그렇게 막는다손 치더라도, 우유 탱크들이 경찰기동대의 보호를 받으며 다시 들어오려고 한다면? 그땐 발포할 것인가?

'상징적인 행동'이란 무엇일까라는 생각이 머리를 스쳤으나, 나는 수치심에 마비되어 말을 채 끝맺지 못했다. "이를테면 캉에 있는 도청 앞 광장에 우유 수백 리터를 쏟아버리는 일 같은 거?……" 에메릭이 이어 말했다. "물론 그럴 수도 있겠지. 하지만 그러고 나면 하루 정도 언론에 기사화되고, 그걸로 끝이야. 무엇보다 내가 그건 내키지 않고. 난 이미 2009년에 몽생미셸의 항만에서 우유를 탱크로리 몇 대 분량으로 쏟아버릴 때 거기 가담했었고, 그건 여전히 더러운 기억이야. 매일 아침 소젖을 짜서 탱크를 채우고는, 아무 가치 없다는 듯 죄다 쏟아버렸다고…… 난 그 짓을 또 하느니 차라리 총을 꺼내겠어."

나는 성을 나서기 전에 탄환을 또 몇 상자 얻었다. 상황이 무장 대치로 변질될 거라는 상상은 들지 않았다. 아니, 나는 아무것도 상상하지 않았으나 그들의 정신 상태에 걱정스러운 무언가가 있었다. 대개는 아무 일도 일어나지 않지만 때로 무슨 일인가 벌어지기도 하고, 그것은 전혀 작정하고 벌어지는 것이 아니다. 아무튼 사격 연습을 약간 해두는 게 내게 해가 될 건 없었다.

낙농업자조합 회의는 테르미뉘스광장에 위치한 아주 널찍한 맥줏집 '카르트레'에서 열렸다. 내 생각에 광장의 이름은 지금은 폐쇄되어 일부분이 이미 잡초로 뒤덮인 맞은편의 옛 기차역을 염두에 두고 지은 듯했다.* 카르트레에서 식사로 먹을 수 있는 건 피자가 대부분이었다. 나는 한참 늦게 도착했다. 연설은 이미 끝났지만 아직 백 명 남짓한 농부들이 테이블 앞에 앉아 있었고, 대부분 맥주나 백포도주 잔을 기울이고 있었다. 그들은 거의 말이 없었고—전혀 즐거운 분위기가 아니었다—에메릭이 프랑크와 또다른 농부들 세 명과 함께 앉아 있는 테이블로 향하는 나를

* '테르미뉘스'는 '종착역'이라는 뜻.

의심스러운 눈초리로 흘깃거렸다. 그 테이블에 동석한 다른 농부들도 에메릭과 프랑크처럼 이성적이면서도 슬픈 얼굴이었고, 공부를 좀 한 듯한, 적어도 농업 공부를 한 듯한 인상을 풍겼다. 분명 동료 조합원들이었으리라. 그들 또한 말수가 적었다. 우윳값 인하가 이번엔 충격적일 만큼 급격했다는 것을 밝혀야겠다(나는 그사이 〈망슈 리브르〉를 읽어서 그 사실을 알고 있었다). 그들이 혹시 모를 협상 자리에서 어떻게 기선을 잡을 수 있을지 감조차 잡히지 않았다.

"실례하겠습니다……" 나는 가벼운 어조로 얘기하려 애썼다. 에메릭이 내게 난처한 눈초리를 던졌다.

"실례는요, 무슨……" 지난번보다 더한층 지치고 풀이 죽은 듯한 프랑크가 대답했다.

"행동에 들어가기로 한 겁니까?" 무슨 생각으로 그런 질문을 한 것인지 모르겠다. 나는 답을 알고 싶은 마음조차 없었다.

"구상중이에요, 구상중이에요……" 프랑크가 나를 올려다보며 묘한 눈길을 던졌다. 약간 적대적인 듯도 했지만 무엇보다 믿을 수 없으리만치 슬픔과 절망에 잠긴 시선이었다. 심연 건너편에서 말을 하는 것 같았다고 할까. 그러자 나는 문득 몹시 거북해졌다. 그들 사이에서 내가 할 수 있는 일이란 아무것도 없었다. 나는 연대적이지 않았고, 그렇게 될 수 없었다. 내 삶은 그들과 달랐다. 내 삶도 전혀 빛날 것이 없었으나, 여하튼 그들의 삶과는 달랐고 그게 전부였다. 나는 서둘러 그곳을 빠져나왔다. 채 오 분도 머물지 않았지만 그곳을 나서며 이번에는 정말로 일이 잘못될 수 있다는 예감이 들었다.

이후 이틀 동안 나는 방갈로에 틀어박혀 비축해둔 식량들을 축내고 이리저리 텔레비전 채널을 돌려댔다. 그리고 두 차례 자위를 시도했다. 수요일 아침, 까마득히 펼쳐진 호수의 짙은 안개에 풍경이 잠겼다. 방갈로에서 10미터 앞은 아무것도 식별되지 않았다. 그래도 식량을 충당하러 나가야 했고, 그러려면 적어도 바른빌카르트레의 카르푸 마켓까지는 가야 했다. 시속 40킬로미터 이하로 조심조심 달려 거의 반시간 만에 도착했다. 이따금 다른 차량의 존재를 알리는 노르스름하고 희미하고 둥근 불빛이 비쳤다. 카르트레는 평소 요트들이 늘어선 선착장과 요트 용품 상점들이며 바닷가재를 파는 고급식당들로 활기찬 해변가의 분위기를 풍겼는데, 오늘은 안개에 점령당한 유령 도시처럼 보였다. 마트로 가는 동안 다른 자동차는 한 대도 보이지 않았다. 심지어 지나다니는 사람 하나 없었다. 황량한 길가의 카르푸는 인류에게 남은 마지막 문명의 잔재처럼 보였다. 나는 그곳에서 본부를 사수하고 말리라는 완강하고 엉뚱한 기분을 느끼며 치즈며 돈육

가공식품이며 적포도주를 샀다.

그날의 나머지 시간은 완벽하고 포근한 침묵 속에서 해안을 따라 걸으며 보냈다. 저 아래쪽 바다를 한시도 드러내지 않는 안개층을 여기저기 누비고 다녔다. 내 삶도 풍경만큼이나 흐릿하고 불확실한 듯했다.

이튿날 오전, 성문 앞을 지나며 에메릭이 열 명가량의 사람들에게 무기를 나눠주고 있는 모습을 보았다. 그들은 파카에 사냥 조끼를 걸친 채였고, 이윽고 차에 오르더니 발로뉴 방향으로 달렸다.

다섯시 무렵 다시 마당에 주차된 에메릭의 픽업트럭이 보였다. 나는 곧장 식당으로 갔다. 그는 프랑크와 붉은색 머리의 건장한 낯선 남자와 함께 테이블에 앉아 있었다. 불안한 기색의 남자는 내게 바르나베라는 이름으로 소개되었다. 그들은 이제 막 도착한 듯했고, 지척에 무기를 둔 채 유리잔에 보드카를 따르고 있었는데, 겉옷은 아직 벗지 않은 채였다. 순간 나는 방안이 지독하게 춥다는 걸 깨달았다. 에메릭이 난방을 포기한 듯했다. 어쩌면 잠을 잘 때도 옷을 벗지 않을 수도 있다는 생각이 들었다. 에메릭은 적잖은 것들을 포기하는 중인 듯했다.

"오늘 아침에 르아브르 항구로 들어오려는 우유 탱크들을 막아 세웠어…… 아일랜드와 브라질에서 온 우유지. 아마 무장한 사람들과 대치하리라고는 상상도 못했을 거야. 순순히 물러나더라고. 보나마나 경찰서로 직행했을 거야. 그들이 내일 다시 경찰 기동대를 달고 온다면 그땐 어떻게 해야 할까? 우린 여전히 같은 지점에 있어. 경계에."

"버텨야지. 감히 우리한테 발포하진 못할 거야. 그런 짓을 하면 안 되지." 붉은색 머리 거구가 말했다.

"그래, 처음부터 쏘진 않겠지……" 프랑크가 끼어들었다. "하지만 결국 우리를 공격하고 무기를 빼앗으려고 할 거야. 대치 상황은 불가피해. 문제는 우리야. 우리가 발포하느냐 마느냐는 거야. 만일 저항하면 내일 밤은 생로의 경찰서에서 보내게 되겠지. 그런데 부상자나 사망자가 발생한다면, 그건 또다른 얘기가 될 거야."

나는 침묵한 채 양손으로 잔을 쥐고 빙빙 돌리고만 있는 에메릭에게 의문에 찬 시선을 던졌다. 그가 내 눈길을 피했다. 그는 완고하고 침울해 보였다. 순간 이제는 내가 정말로 개입해야 한다는, 아직 가능하다면 개입하도록 노력은 해봐야 한다는 생각이 들었다. "내 얘기 좀 들어봐!" 결국 나는 이어서 무슨 말을 하고 싶은 건지 스스로도 전혀 모르는 채로 힘주어 내뱉었다.

"응?" 이번엔 에메릭이 고개를 들어 내 눈을 똑바로 응시했다. 우리의 스무 살 시절의 그 시선, 즉각 그를 좋아하게 만들었던, 그때와 똑같이 정직하고 담백한 시선이었다. "얘기해, 플로랑……" 그가 무척 부드러운 어조로 대답했다. "네 생각을 얘기해봐. 너의 의견을 들어볼게. 우린 이제 정말로 끝장인 거니? 우리가 아직 뭔가를 해볼 수 있는 거야? 내가 뭔가 해야 할까? 아니면 그냥 나도 아버지처럼 해야 될까? 농장을 팔고서 자키 클럽 회원권이나 갱신하며 그냥 그렇게 조용히 살다가 죽어? 네 생각을 얘기해봐."

우리는 처음부터 이랬어야 했다. 그가 낙농업자가 되어 이곳에 정착하고 나는 평범하게 조직에서 경력을 쌓기 시작하던 그때, 약 이십 년도 더 전 내가 처음 이곳에 방문했을 때부터. 이제 때가 되었다. 나머지 두 사람은 우뚝 말을 멈췄다. 이제 에메릭과 나, 우리만이 존재했다.

에메릭이 곧고 해맑은 눈으로 내 눈을 빤히 바라보며 기다렸다. 나는 무슨 말을 할지도 정확히 모른 채 이야기를 시작했다. 기울어진 땅 위에 서 있는 기분이라고 할까. 어지럽고 속이 약간 메스꺼웠다, 진실과 대면할 때 번번이 그러하듯. 동시에 그런 일은 인생에서 자주 일어나지 않는다. 나는 말했다. "가끔씩 공장들이 문을 닫잖아. 생산제품 단위로 해외로 이전되기도 하고. 가령 그 때문에 노동자 칠십 명이 해고됐다고 치자, BFM*에 온종일 보도되고 피켓을 들고 파업도 하고 타이어도 불태우겠지. 그

지역 정치인 한두 명이 코빼기를 내밀기도 할 거야. 어쨌든 시각적으로도 강렬한데다, 주제도 시사적이고 흥미로우니까. 철강이든 속옷이든, 다 마찬가지지야. 눈길을 끌 화면을 뽑아낼 수 있어. 농업도 마찬가지지. 매년 농부들 수백 명이 농장 문을 닫잖아."

"아니면 스스로 총을 쏘든가……" 프랑크가 어두운 목소리로 입을 열었다가 이내 끼어들어 미안하다는 듯 손사래를 쳤다. 그의 얼굴이 다시 슬프고 완고해졌다.

"아니면 스스로 총을 쏘든가." 나는 수긍했다. "지난 오십 년 이래로 프랑스에서 농부들 수가 대폭 감소했지만, 아직도 충분히 줄어들지 않은 거야. 아마 유럽 표준, 덴마크나 네덜란드 표준에 이르려면 아직 반이나 삼분의 일로 줄어야 할걸. 덴마크나 네덜란드 얘기를 꺼낸 건 우리가 지금 유제품 얘기를 하고 있으니까 그렇게 예를 든 거고, 과일의 경우엔 모로코나 스페인이 되겠지. 어쨌든 프랑스 낙농업자 수는 현재 육만을 조금 웃도는데, 내 생각에 십오 년 뒤엔 이만 정도가 남을 것 같아. 말하자면 작금의 프랑스 농업 현장에서 벌어지고 있는 일은 대대적인 구조조정이라고 할 수 있어. 대대적인 구조조정이 벌어지고 있지만,

* 프랑스 이십사 시간 뉴스 채널. 몇 차례 오보로 인해 논란과 비판의 대상이 되기도 했다.

은밀하고 보이지는 않지. BFM에 뉴스거리 한번 되지 못하고 그저 자기네 동네에서 각자 조용히 사라지고 있으니까."

내 이야기를 듣던 에메릭이 만족한다는 듯 고개를 주억거렸고, 나는 가슴이 아팠다. 그 순간 그가 나에게서 끔찍한 현실을 객관적인 눈으로 확인하는 일 외에 다른 아무것도 기대하지 않았다는 걸 깨달았기 때문이다. 몰도바 여자에 대한 객쩍은 환상 외에 그에게 제안할 수 있는 게 나에겐 아무것도, 정말이지 아무것도 없었다. 최악은 내 얘기가 아직 끝나지 않았다는 것이었다.

"일단 농부 수가 삼분의 일로 줄어든다고 해도 말이지," 이번에는 정말이지 나의 직업적인 실패를 정면으로 마주하는 기분을 느끼며 말을 이었다. 말 한마디 한마디가 나 자신을 파괴하는 듯한 기분이었다. 동시에 내가 사생활 면에서 성공을 거두었더라면, 한 여자나 적어도 동물이라도 행복하게 해주는 데 성공했더라면, 하는 생각도 들었으나, 아무튼 그것조차 실패였다. "그러니까 일단 유럽 표준에 도달해도, 승리한 게 아니야. 완전한 실패를 목전에 둔 거나 마찬가지야. 그땐 정말 세계시장에 진출하는 것이 될 테고, 전 세계 농수산품 전쟁에서 우린 절대 이기지 못할 테니까."

"그러니까 선생은 보호무역정책이 전혀 마련되지 않을 거라고 생각하시는 거죠? 완전히 불가능할 거라고 보시나요?" 프랑크의 어조가 이상스러우리만치 초연하고 공허한 것이, 마치 심심풀이로 지역의 토속 미신에 대해 묻기라도 하는 투였다.

"전혀 불가능합니다." 나는 한 치의 망설임 없이 확언했다. "이데올로기적 장벽이 너무 높거든요." 나는 직장인으로서의 나의 과거, 나의 직업 인생을 돌아보며, 내가 그야말로 기묘한 특권계급의 미신과 대립했다는 것을 깨달았다. 그들은 그들 자신의 이익이나 그들이 보호해야 할 대상의 이익을 위해 싸운 것이 아니었다. 그렇게 믿는다면 오산이리라. 그들은 이념을 위해 싸웠다. 직장생활을 하던 그 여러 해 동안 나는 시장의 자유를 위해서라면 죽을 수도 있는 인간들과 대립했던 것이다.

"따라서 내 의견은," 나는 다시 에메릭을 돌아보며 말했다. "그래, 끝장이라는 거야. 완전히 끝장이야. 그러니까 이제 내가 너한테 해줄 수 있는 말은 너 하나만이라도 빠져나오라는 거야. 세실은 천하에 나쁜 년이니까 피아니스트랑 놀아나도록 내버려두고 딸들도 잊어. 그리고 이사해. 농장도 팔고 모든 걸 철저히 잊으라고. 당장 그렇게 하면 넌 아직 인생을 다시 시작할 기회가 있어."

이번에 내 입장은 확실했다. 그보다 더 확실하기는 어려웠다. 나는 그곳에 그저 몇 분 정도 머무르다 자리를 떴다. 자리에서 일어나는 나를 보면서 에메릭은 묘한 눈길을 던졌다. 얼핏 재밌다는 듯한 기색을 읽은 것도 같았지만, 어쩌면 일말의 광기를 보았다는 것이 사실에 더 가까울지도 모르겠다.

이튿날, BFM의 짧은 르포를 통해 갈등의 전개 양상을 알 수 있었다. 결국 그들은 별 저항 없이 봉쇄를 풀고서, 르아브르 항구를 통해 들어온 우유 탱크들이 메오티스와 발로뉴의 공장을 향해 가도록 통과시켰다. 프랑크는 약 일 분간의 인터뷰 특혜를 누렸다. 그는 인터뷰에서 매우 명확하고 종합적이며 설득력 있는 방식으로, 몇몇 수치와 함께 노르망디 지방 낙농업자들의 상황이 왜 열악해졌는지 설명했다. 그리고 마지막으로 투쟁은 이제 시작에 불과하다며, 전국의 농민연맹과 농촌연합에 돌아오는 일요일을 대규모 집회의 날로 만들자고 호소했다. 에메릭은 인터뷰 내내 프랑크의 곁을 지켰으나, 한마디도 하지 않고 그저 돌격소총의 공이치기를 만지작거리기만 했다. 르포를 보고 나서 나는 분명 일시적이고 역설적일 낙관에 사로잡혔다. 프랑크는 인터뷰에서 더할 나위 없이 명확했고 절제했으며 냉철했다. 단 일 분 동안 인터뷰하면서 그보다 더 잘할 수는 없을 듯했다. 그런 식의 문제 제기를 어떻게 거부할 수 있겠는가, 어떻게 대놓고 협상을 거부할 수 있겠는가. 나는 텔레비전을 끈 뒤 방갈로의 창문 밖을 내다보았다. 오후 여섯시가 조금 넘은 시각이었다. 안개의 소용돌이가 해거름의 어둠에 점차로 자리를 양보하고 있었다. 나 역시 근 십오 년 동안 지역 농민들의 입장을 대변하는 종합보고서를 작성하며 언제나 옳은 판단을 내렸고, 언제나 현실적인 수치들을 나열하며 합리적인 보호무역주의 정책과 경제적으로 지속 가능한 단순한 유통구조를 제안했다. 하지만 나는 농학자요, 농업전문가에 불과했고, 결국 내 의견은 언제나 틀린 것이 되었으며 상황은 마지막 순간에 언제나 자유교역의 승리로 기울었다. 그리하여 나는 포도주 병을 새로 열었다. 이제 풍경 속으로 밤이 스며들어 있었다. 나흐트 오네 엔데, 끝없는 밤, 자신이 세상의 변화에 무언가를 할 수 있다고 믿었던 나는 과연 누구였던가?

노르망디의 낙농업자들은 일요일 정오에 퐁레베크의 중심가로 소집되었다. BFM을 통해 이 소식을 접하며 나는 우선 시위에 언론을 효과적으로 활용하려는 상징적인 결정이려니 생각했다—덕분에 퐁레베크 치즈 이름이 프랑스 전역과 그 밖의 지역까지 알려졌다. 퐁레베크가 집회 장소로 선택된 것은, 이어진 사건들에서 알 수 있듯, 사실 그곳이 도빌로 이어지는 A132 고속도로와 캉-파리를 연결하는 A13 고속도로의 교차점이었기 때문이다.

새벽녘 잠에서 깨어 일어났을 때 서풍에 안개는 완전히 흩어지고 대양은 아득한 저 끝까지 미세하게 물결치며 반짝거리고 있었다. 완벽하게 청명하고 새파란 하늘은 층층이 엷어지며 맑은 빛을 드러냈다. 지평선 멀리 섬의 윤곽이 드러나기는 처음인 듯했다. 나는 방갈로에서 망원경을 갖고 다시 나왔다. 그렇다, 멀리 보이는 풍경은 놀라웠고, 분명 저지섬의 동쪽 연안일 법한 엷은 초록색 융기부까지 또렷이 보였다.

그런 날엔 어떤 끔찍한 일도 일어날 수 있을 것 같지 않았고, 정말이지 더는 농민들의 불안 상황과 마주하고 싶지 않았다. 나는 내 사륜구동차 운전석에 오르며 플라망빌의 해안 절벽을 산책하거나 어쩌면 조부르곶까지 가볼 심산이었다. 그런 날엔 분명 저멀리 올더니섬 연안도 보일 터였다. 나는 언뜻 조류학자를 떠올렸다. 어쩌면 그는 막장에 이른 모험심 때문에 보다 멀리, 훨씬 더 어두운 지대에 발을 들인 결과, 지금쯤 마닐라의 감옥에 처박혀 있을지도 몰랐다. 다른 죄수들이 이미 그를 손보았을 것이며, 온몸은 퉁퉁 부어오르고 피를 흘리며 바퀴벌레로 뒤덮이고, 치아가 부러져나간 입은 닫히질 않아 벌레들이 목구멍까지 기어들어갔을지도 몰랐다. 그 혐오스러운 이미지는 순조로웠던 그날 오전의 첫 오점이었다. 두번째 오점은 에메릭이 농기구를 비축해둔 창고 앞을 지날 때 나타났다. 에메릭은 창고를 오가며 자신의 픽업트럭 화물칸에 석유통을 싣고 있었다. 석유통들을 왜? 어떤 경우에도 좋은 조짐일 수가 없었다. 나는 시동을 끄고서 망설였다. 가서 말을 걸어야 할까? 하지만 무슨 말을? 지난밤의 대화 이후로 내가 무슨 말을 더 할 수 있단 말인가? 사람들은 절대 남의 충고를 듣지 않는다. 사람들이 충고를 구하는 것은, 무엇보다 그 충고를 따르지 않기 위해서이고, 또한 그들이 파멸과 죽음의 소용돌이에 들어섰다는 것을 외부의 목소리로 확인받기 위해서이다. 그들에게 남들의 충고는 정확히 주인공에게 나락과 혼돈의 길에 들어섰음을 확인시키는 비극의 코러스 역할을 할 뿐이다.

그럼에도 그날 오전은 너무나 아름다웠기에 나는 아직 무슨 일이 일어나리라고는 생각하지 않았고, 잠깐의 망설임 끝에 플라망빌을 향해 다시 차를 달렸다.

해안 절벽 산책은 불행히도 실패였다. 그럼에도 햇살이 그토록 찬란했던 적 없었고, 바람이 그토록 신선하고 청량했던 적 없었고, 초원의 초록이 그토록 강렬했던 적 없었으며, 거의 정지된 듯한 대양의 잔잔한 물비늘이 그토록 매혹적이었던 적은 없었다. 나 또한, 그토록 불행했던 적은 없었던 것 같다. 나는 조부르곶까지 차를 달렸고, 그것은 최악이었다. 불가피하게 케이트가 떠올랐으니까. 하늘의 푸른색은 더한층 깊었고, 햇살은 더한층 눈부셨고, 이제 그것은 북구의 햇살이었다. 슈베린성의 정원에서 나를 돌아보던 그녀의 눈빛이 이미 눈에 선했다. 나를 이미 용서

한 너그럽고 다정한 시선. 이어서 그보다 며칠 앞선, 우리가 쇠네르보르의 모래언덕을 함께 산책하던 때가 떠올랐다. 그랬다, 그녀의 부모가 쇠네르보르에 살았고, 그날 아침의 햇살이 정확히 그러했다. 나는 나의 벤츠 G350의 운전석에 앉은 채 몇 분간 두 눈을 감았다. 온몸에 이상하고 가벼운 떨림이 일었으나 눈물을 흘리지는 않았다. 아마 내겐 더는 눈물도 남지 않은 듯했다.

오전 열한시 무렵, 나는 퐁레베크로 향했다. 도시 진입 2킬로미터 전부터 지방도로는 도로 한복판에 세워진 트랙터들로 가로막혀 있었다. 트랙터는 시내까지 늘어설 정도로 많았는데, 수백 대는 되는 듯했다. 공권력의 부재가 다소 놀라웠다. 농부들이 소풍이라도 나와서 자기들의 트랙터 근처에서 맥주를 홀짝이는 것 같았다고 할까. 그들은 차분해 보였다. 나는 에메릭의 휴대전화로 전화를 걸었으나 받지 않았다. 이어서 나는 차에서 내려 몇 분 정도 걷다가 분명한 사실을 깨달았다. 바로 이 군중 속에서 내가 그를 찾을 가능성은 전혀 없다는 것. 나는 차로 돌아와 피에르피탕오주 방향으로 차를 돌린 후, 고속도로 분기점으로 향하는 오르막 옆길로 빠졌다. 내가 주차를 하고서 채 이 분도 되지 않아 사건이 급격히 가속화되었다. 픽업트럭 십여 대 무리 속에서 에메릭의 닛산 나바라가 보였다. 트럭들이 A13 고속도로 램프웨이를 느릿느릿 내려오고 있었다. 맨 마지막 자동차가 경적을 울려대며 트럭들 사이를 약간 지그재그로 빠져나가고 난 뒤, 그들이 파리로 향하는 길을 막아섰다. 최적의 장소 선정이었다. 직선 도로가 적어도 2킬로미터 이어진 직후라, 가시성이 완벽했다. 자동차들이 브레이크를 충분히 여유롭게 밟을 수 있었다. 이른 오후 시간엔 통행이 아직 원활했으나 이내 정체가 시작되었다. 경적소리가 계속 들려오다가 점차로 드물어졌고 이어서 완전히 조용해졌다.

스무 명 남짓한 농부들이 특공대를 결성했다. 그들 중 여덟 명이 각자의 픽업트럭 뒤에 자리를 잡고서 운전자들을 향해 총구를 겨누었다. 그들과 맨 앞줄 자동차들과의 간격은 약 50미터였다. 에메릭은 슈마이서 돌격소총을 손에 든 채 가운데에 자리해 있었다. 그는 매우 편안하고 느긋해 보였고, 대마초 같아 보이는 것에 무심하게 불을 붙였다. 사실 나는 그가 다른 걸 피우는 건 한 번도 보지 못했다. 프랑크는 에메릭의 오른쪽에 있었는데 훨씬 긴장한 듯 보였다. 그는 단순한 사냥총으로 보이는 것을 양손으로 틀어쥐고 있었다. 다른 농부들이 트럭의 화물칸에서 석유통들을 내리더니, 약 50미터 뒤로 가져가 주변 고속도로 전체에 골고루 뿌리기 시작했다.

그들이 석유통들을 거의 비웠을 무렵 저멀리 경찰기동대의 장갑차가 모습을 드러냈다. 경찰의 늑장 대응이 무수한 논란의 소지가 될 수 있었다. 나는 목격자로서 말할 수 있는데, 길을 트기가 정말이지 쉽지 않았다. 기동대가 아무리 사이렌을 미친듯이 울려봐야 소용없었다. 일반 차량 운전자들(대부분 황급히 브레이크를 밟았고, 둔덕을 들이받은 차들도 적잖았다)도 길을 터줄 방도가 없었다. 경찰기동대는 별 수 없이 장갑차에서 내려 걸어갈 수밖에 없었고, 그것만이 유일한 방법이었다. 따라서 내 생각에 우리가 비난할 수 있는 유일한 사람은 기동대의 지휘관뿐이었다.

그들이 대치 장소 인근에 다다른 바로 그 순간 농기계 두 대가 램프웨이를 내려오고 있었다. 어마어마하게 큰 기계들로 콤바인과 옥수수 수확기였다. 거의 도로 전체를 차지할 만큼 거대했고, 운전자들은 4미터 높이에서 굽어보고 있었다. 두 기계가 석유통들 한가운데 둔중하게 정차했고, 이어서 운전자들이 운전석에서 뛰어내려 동지들에게 가 합류했다. 그제야 나는 그들이 무슨 일을 벌이려는 것인지 이해했다. 믿겨지지 않았다. 그들은 농기계를 구하기 위해 아마 농기계대여은행, 칼바도스의 농기계대여은행까지 갔을 터였다. 나는 농업수림지역청에서 몇십 미터 떨어진 농기계대여은행 건물을 상기했다. 그곳 여자 직원의 모습도 언뜻 머릿속을 스쳤다(섹스를 완전히 포기하지 못했던 불행한 늙은 이혼녀였고, 그것은 필연적으로 유감스러운 몇몇 일화들의 원인이 되었다). 콤바인과 수확기를 대여하려면(그런데 그들은 무슨 이유를 댈 수 있었을까? 지금은 사일로 저장 시기도 아니고 수확철은 더더욱 아니었다) 적어도 신분증을 제출해야 했으리라. 가격이 수십만 유로에 달하는 기계들인지라 달리 방도가 없었을 것이고, 그들에게 형사상의 책임이 있으며 이제 더는 빠져나갈 길이 없을 터였다. 불가능했다. 그들은 탈출구 없는 길로, 동반자살로 향하는 빠른 길로 들어선 것이다.

이윽고 마치 오래 반복되는 완벽한 시퀀스처럼 모든 것이 놀라우리만치 빠르게 이어졌다. 농기계 운전자 두 사람이 동료들에게 합류하자마자 붉은색 머리의 거구(일전에 에메릭의 집에서 보았던 바르나베이지 싶다)가 자신의 픽업트럭 뒤에서 로켓포를 꺼내어 침착하게 무장했다.

로켓포 두 개가 농기구들의 연료탱크를 향해 날아갔다. 즉각적으로 불이 붙었고 커다란 화염 두 줄기가 하늘로 솟구치더니 하나로 합쳐지며 거대하고 시커먼, 그야말로 무시무시한 연기구름을 만들어냈다. 농업용 석유가 그토록 검은 연기를 만들어내리라고는 결단코 상상하지 못했다. 그 몇 초 동안 국내 언론으로 퍼진 사진들 대부분이 찍혔고 이어서 전 세계의 언론들로 재생산되었다. 특히 에메릭의 사진 한 장이 〈코리에르 델라 세라〉부터 〈뉴욕 타임스〉까지 꽤 여러 일간지의 일면을 장식했다. 그는 더

할 나위 없이 잘생긴데다 얼굴의 붓기도 신기하게 가라앉아 있었고, 무엇보다 거의 즐기는 듯한 느긋한 모습이었으며, 사진이 찍히는 순간 때마침 불어온 바람에 금발 머리칼을 흩날리고 있었다. 입가엔 여전히 대마초가 물려 있었고, 슈마이서 돌격소총을 골반 높이에 받친 채 반쯤 쳐들고 있었다. 멀리서 보는 전체적인 장면은 추상적이고 절대적인 폭력 그 자체였다. 검은 연기구름 속에서 불기둥이 회오리를 일으키며 치솟고 있었다. 그런데 그 순간에도 에메릭은 행복해 보였다. 그러니까 거의 그래 보였고, 적어도 자신이 있어야 할 자리에 있는 듯이 보였다. 그의 시선과 느긋한 자세는 무엇보다 놀라운 대담함의 반영이었고, 그것은 저항 정신의 영원한 이미지 중 하나였으며, 그리하여 전 세계의 무수한 일간지가 그의 사진을 선택한 것이다. 또한 그 순간 나는 분명 그를 제대로 이해한 유일한 사람이었다. 그는 내가 늘 알던 에메릭이었다. 다정한 남자, 기본적으로 다정하고 선량한 남자. 그는 단지 행복하고 싶었을 것이고, 합리적인 방식으로 양질의 유제품을 생산하며 살아가는 전원생활을 꿈꾸었으리라. 세실에 대해서도 마찬가지였을 것이나 세실은 속물적인 피아니스트와의 런던 생활에 정신이 나간 천하의 창녀라는 것이 드러났고, 유럽연합 또한 그 망할 우유 쿼터제나 내세우는 창녀이며, 그러니 그는 당연히 이런 식의 결과는 예상하지 못했으리라.

그 모든 일들에도 불구하고 나는 도무지 이해가 되지 않는다. 왜 그런 식의 결과를 맞을 수밖에 없었는지 여전히 이해가 되지 않는다. 수용할 수 있는 여러 양상의 삶이 아직 존재했고, 내가 몰도바 여자에 관해 했던 제안은 전혀 터무니없는 이야기가 아니었다. 그러면서 자키 클럽도 나갈 수 있었다. 몰도바에도 분명 귀족 여자는 있고, 귀족은 세계 어디에나 있으니 분명 다른 시나리오를 구상할 수 있었는데도, 에메릭은 어느 순간 불쑥 무기를 들어 명백히 발포 자세를 취하고 경찰기동대의 대치선을 향해 나아갔다.

그들은 용인될 법한 투쟁 조직을 재구상할 시간이 있었다. 그 사이 두번째 장갑차가 도착했고, 몇몇 기자들을 다소 거칠게 쫓아버렸다. 당연히 기자들은 반발했으나 총기를 꺼내들 필요도 없이 머리로 곤봉을 휘두르는 물리적이고 단순한 위협에 꼬리를 내렸다. 아무튼 겁쟁이들을 상대하기는 보다 수월했고, 결국 해당 기자들은 무력 앞에 일단 후퇴했다(그들은 벌써 트위터에 언론의 자유 침해를 규탄하는 글을 올렸다. 하지만 그것은 경찰기동대의 소관이 아니었고 홍보 담당자들은 따로 있었다).

아무튼 경찰기동대는 농부들의 대열에서 내 어림짐작에 30미터 남짓 떨어진 곳에 열을 지어 서 있었다. 군사적으로 용인되는 선에서, 플렉시글라스로 만든 방패로 방어벽을 둘러친, 둥그스

럼하고 빽빽한 대열이었다.

나는 내가 이제부터 벌어질 일들의 유일한 목격자이겠거니 얼마간 생각했으나, 실은 그렇지 않았다. BFM의 카메라맨이 경찰기동대의 단속에서 벗어나 고속도로 경사면의 풀숲에 몸을 숨길 수 있었고, 이후의 사건을 화면에 생생하게 담아 두 시간 동안 방송으로 내보냈다. 나중에 채널에서 공개적으로 사과하고서 영상을 삭제했지만 너무 늦었다. 몇몇 장면이 소셜 네트워크를 타고 퍼져 오후가 지나자 이미 조회수가 백만을 넘어섰다. 텔레비전 채널의 관음적 행태가 다시 한번 버젓이 오점을 남긴 것이었다. 사실 그 비디오는 수사 목적으로만, 오직 수사 목적으로만 쓰였어야 옳았다.

에메릭은 돌격소총을 허리께에 안정적으로 걸친 채 그들을 에워싼 경찰기동대 대원들을 한 사람 한 사람 돌아가며 겨누었다. 경찰들이 더욱 밀착하며 대열을 빽빽하게 만들었고, 그 바람에 방어선의 길이가 적어도 1미터는 줄어들었다. 그들의 플렉시글라스 방패가 부딪히며 제법 큰 소란이 일다가 이윽고 잠잠해졌다. 다른 농부들도 각자 무기를 집어들고 총구를 겨누며 에메릭을 앞질러 앞으로 나아갔다. 하지만 그들의 무기는 기껏해야 사냥총이었고, 당연히 경찰기동대는 오직 에메릭의 슈마이서 223구경만이 그들의 방패에 균열을 일으키고 그들의 방탄조끼를 뚫을 수 있다는 걸 알고 있었다. 돌이켜보건대 비극을 야기한 것은 바로 에메릭의 극도로 느린 동작과, 또한 그의 야릇한 얼굴 표정이었다. 그는 무엇이든 할 준비가 된 표정이었다. 무엇이든 할 준비가 된 사람은 다행히도 극히 드물지만, 상당한 타격을 끼칠 수 있다. 평소 캉에 주둔하는 저 평범한 경찰기동대도 그 사실을 알고 있었으나 그저 이론적으로만 알 뿐이어서, 그 위험에 맞설 준비가 돼 있지 않았다. 헌병특공대나 경찰특공대였더라면 아마 냉정을 유지했을 터였다. 때문에 내무부는 적잖은 비난의 대상이 되었다. 하지만 그런 사태를 어떻게 예견하겠는가? 그들이 진압할 대상은 국제적인 테러리스트 집단이 아니라, 처음엔 시위중인 단순한 농민들이었으니 말이다. 에메릭은 즐기는 듯 보였다. 진심으로 즐기는 듯하면서도 비웃는 듯한 표정이었으며, 동시에 아주 아득히, 완전히 딴 세상에 있는 듯한 얼굴이었다. 나는 이제껏 그토록 아득한 사람을 본 적이 없었다. 당시 그 표정을 똑똑히 기억한다. 내가 경사를 달려 내려가 에메릭에게 가야겠다는 생각을 하고 실행에 옮기려던 순간, 모두 부질없는 짓이라는 것을, 이미 우정이나 인간적인 그 어떤 제스처도 그에게 더는 가닿지 못하리라는 것을 깨달았기 때문이다.

그가 왼쪽에서 오른쪽으로 천천히 몸을 돌리며 방패 뒤의 경찰기동대 한 사람 한 사람을 겨누었다(경찰기동대는 어떤 경우에도 먼저 발포할 수 없었다. 나는 그건 확신했고, 사실 그것만이 내가 유일하게 확신한 사실이었다). 이어서 이번엔 반대로 오른쪽에서 왼쪽으로 같은 동작을 되풀이했다. 그리고 더한층 느릿한 동작으로 중앙으로 되돌아오더니 몇 초간, 아마 오 초가 안 되는 시간 동안 우뚝 멈춰 있었다. 순간 그의 얼굴에 무언가 다른 기운이 번졌다. 어떤 고통의 기운이라고 할까. 그가 총구를 돌려 자신의 턱에 갖다대더니 방아쇠를 당겼다.

그가 뒤쪽으로 쓰러지며 픽업트럭의 철제 화물칸에 부딪혀 둔탁한 소리가 났다. 피나 뇌척수액은 튀어오르지 않았다. 그런 종류는 전혀 아니었다. 모든 것이 기이하도록 간결하고 건조했다. 나와 BFM의 카메라맨을 제외하고 무슨 일이 있어났는지 제대로 본 사람은 아무도 없었다. 에메릭보다 2미터 앞에 있던 프랑크가 비명을 지르며 경찰기동대를 향하고 있던 총을 난사했다. 다른 농부들도 즉시 그를 따라 총을 쏘았다. 그 모든 것이 수사과정에서 비디오를 통해 명확히 밝혀졌다. 경찰기동대는 에메릭의 동지들의 생각과는 달리 에메릭을 쏘지 않았을 뿐만 아니라, 반격하기 전에 네다섯 발의 선제공격을 받았다. 그들의 반격만이 남았고—이것은 차후, 보다 심각한 또다른 논란의 대상이 되었다—그들에게 대충이란 없었다. 농부 아홉 명이 그 자리에서 사살되었다. 열번째 농부는 그날 밤 캉의 종합병원에서 사망했다. 거기에 경찰기동대 소속 경찰 한 명까지, 이 사태에서 총 열한 명의 희생자가 발생했다. 프랑스에선 아주 오래전부터 볼 수 없었던 일이었고, 농민 시위중에서는 결단코 없던 일이었다. 나는 이 모든 것을 나중에, 이후 며칠 동안 이어진 언론보도를 통해 알게 되었다. 그날 내가 어떻게 캉빌라로크까지 돌아올 수 있었는지 모르겠다. 운전엔 무의식적 자동성이란 게 있다. 아니, 인간의 거의 모든 행동엔 무의식적 자동성이 있을 것이다.

이튿날 아침, 나는 구역감과 몸부림이 쳐질 듯한 회의감 속에서 매우 늦게 잠에서 깨어났다. 그 모든 것이 전혀 사실적이지 않고 있을 수도 없는 일인 것만 같았다. 에메릭이 스스로 총을 쏘다니, 그렇게 끝날 수는 없었다. 전에도 한번 이 비슷한 일을 겪은 적이 있었는데, 아주 오래전 LSD를 하고서 깨어났을 때였고, 지금과 비슷했으나 그땐 지금보다 훨씬 덜 심각했다. 죽은 사람이 아무도 없었고, 자기가 항문성교를 수락했는지 아닌지도 기억하지 못하는 여자 문제, 다시 말해 젊은이들 문제일 뿐이었으니까. 나는 커피메이커를 작동시키고서 캅토릭스를 삼킨 뒤, 필립 모리스 새 담뱃갑의 포장을 뜯고 BFM을 켰다. 즉시 모든 게 현실로 되살아나 나를 덮쳐왔다. 나는 전날 꿈을 꾼 게 아니었고 모든 게 사실이었다. BFM에서는 내 기억과 정확히 똑같은 영상들이 흘러나왔고 정치가들의 적절한 논평이 곁들여졌으나, 그들이 무슨 소리를 지껄이든 전날의 사건은 엄연히 벌어진 현실이었다. 망슈와 칼바도스 낙농업자들 간의 목소리는 비극으로 종합되었고, 지역의 분쟁이 심각한 소요 현장 영상들로 구체화되었으며, 곧바로 '미니 드라마'를 동반한 역사적 사건으로 편입되었다. 이 편입은 지역적인 것이었으나, 여실히 전반적인 파장을 불러일으키고 있었다. 정치적 논평이 점차로 뉴스 채널을 점령했고, 그 내용은 놀라웠다. 모두가 관습적으로 폭력을 규탄하고 비극적 사건과 몇몇 선동가들의 극단주의를 개탄했다. 하지만 정치 지도자들은 난처해하고 당혹스러워했는데, 이는 매우 이례적인 태도였고, 그들 가운데 농민들, 특히 낙농업자들의 절망과 분노를 어느 정도는 이해해야 한다고 강조하지 않은 이는 단 한 명도 없었다. 우유 쿼터제 폐지를 둘러싼 논란이 그간 강박적으로 터부시되었던, 사건의 원흉으로서 다시 대두되었다. 입장이 명확했던 국민연합*을 제외하고는, 누구도 이 문제에서 자유롭지 못했다. 대형 유통업체들이 생산자들에게 부과했던 과도한 조건들 또한 부끄러운 주제였다. 아마 공산당원들을 제외

* 프랑스 극우당인 '국민전선'의 새 명칭. 2018년 6월에 변경되었다.

한—이번 사건을 통해 나는 공산당이 여전히 존재하고, 심지어 소속 국회의원까지 있다는 사실을 알게 되었다—모두가 피하고 싶어하는 주제였으리라. 나는 아마도 에메릭의 자살이 다른 방식으로는 절대 불가능했을 정치적 효과를 불러일으키리라는 걸 깨달으며 섬뜩함과 혐오감이 뒤얽힌 감정에 사로잡혔다. 나의 거취 문제에 대해 말하자면, 떠나야 한다는 것 한 가지는 확실했다. 새 숙소를 찾아야 했다. 축사의 컴퓨터로 인터넷에 접속해야겠다는 생각이 들었다. 인터넷이 가능할 터였고, 안 그럴 이유가 전혀 없었다.

성의 마당엔 헌병대 승합차가 주차돼 있었다. 나는 성 마당으로 들어섰다. 헌병대원 두 사람이 벽장 앞에서 에메릭의 무기들을 챙기며 유심히 살펴보고 있었다. 한 명은 쉰 살, 다른 한 명은 서른다섯 살쯤 돼 보였다. 무기고에 정신을 빼앗긴 것 같아 보이는 두 사람이 나지막하게 무슨 말인가를, 아마 합법 여부에 관한 것이지 싶은 말을 주고받았다. 어쨌든 어느 정도는 그들의 소관이었다. 그들의 주의를 끌기 위해 "안녕하세요!"라고 소리 내어 인사해야 했고, 둘 중에 나이 많은 대원이 나를 돌아보자 순간 당황스러웠다. 슈타이어 만리허에 생각이 미쳤으나 이내 합리적으로 판단했다. 그러니까 그들이 에메릭의 무기를 보는 건 이번이 처음일 테니 그것만으로는 그중 한 자루가—그리고 스미스 앤드 웨슨까지 두 자루가—빈다는 걸 의심할 근거가 전혀 없다고 생각했다. 당연히 그들은 무기 소지 허가권을 확인하며 무기들을 대조할 테고 그러면 문제의 소지가 될 수 있었으나, 전도서에도 비슷한 말이 있듯 내일 일은 내일 염려할 일이었다. 나는 헌병대원들에게 이곳 방갈로에 묵고 있노라고 설명했으나 에메릭과 아는 사이라는 건 굳이 밝히지 않았다. 의심을 살지도 모른다는 걱정은 전혀 들지 않았다. 그들에게 나는 무의미한 요소, 그저 스치는 관광객에 불과했다. 그들이 나를 붙들고 늘어지며 인생을 복잡하게 만들 이유가 전혀 없었다. 그들의 임무는 이미 그 자체로 버거웠고, 그곳은 범죄가 거의 전무했던 조용한 지역이었다. 주민들이 낮동안 집을 비워도 종종 문을 열어둔다고 에메릭에게 전에 들은 적이 있었고, 그런 경우는 아무리 농촌지역이라도 드물었다. 아무튼 그곳에 범죄와 유사한 상황은 한 번도 없었다.

"아, 네, 방갈로……" 둘 중 나이 많은 대원이 마치 오랜 꿈에서 깨어나듯 대답했다. 방갈로의 존재를 아예 잊고 있었던 듯했다.

"이제 떠나야겠습니다." 내가 말했다. "제가 해야 할 일이라곤 그것뿐이에요."

"네, 떠나셔야죠." 그가 동의했다. "선생이 하실 일은 그것뿐이네요."

"휴가중이셨던 모양인데, 이런 일이 생겨 유감입니다." 보다 젊은 대원이 끼어들었다.

우리 셋은 판단의 일치에 만족한 듯 고개를 주억거렸다. "곧 다시 들르겠습니다." 나는 다소 이상한 방식으로 말을 맺으며 대화를 종료했다. 문턱을 넘으며 뒤를 돌아보니, 그들은 이미 권총이며 소총들을 검사하는 데 빠져 있었다.

축사로 가니 구슬프고 애처로운 긴 소 울음소리가 나를 맞아주었다. 나는 생각했다. 아, 그렇지, 오늘 아침엔 먹이도 안 주고 젖도 짜주지 못했겠구나. 아마 엊저녁에도 먹이를 줘야 했을 터였다. 소들에게 규칙적으로 먹이를 주어야 하는지, 나로서는 알 길이 없었다.

나는 다시 성으로 발길을 돌려 무기 진열대 앞의 헌병대원들에게 갔다. 그들은 여전히 탄도학이나 다른 기술적인 문제에 관련된 듯한 깊은 생각에 잠겨 있었다. 또한 동네의 농부들이 모두 에메릭처럼 무기를 소지하고 있을 수도 있으며 그렇다면 심각한 폭동이 일어날 경우 상황이 복잡해지리라는 생각을 하고 있을 수도 있었다. 나는 그들에게 젖소의 상태를 알렸다. "아, 그렇죠, 젖소들……" 나이 많은 대원이 안타까운 어조로 대답했다. "우리가 젖소들한테 뭘 해줄 수 있죠?" 그야, 내가 뭘 알겠는가,

먹이를 주든 아니면 먹이를 줄 수 있는 누군가를 부르든, 아무튼 그건 내가 아닌 그들의 소관이었다. "전 바로 떠나야겠습니다." "네, 그러셔야죠, 어서 떠나십쇼." 보다 젊은 대원이 당연한 일이라는 듯, 마치 내가 떠나기를 바라는 듯, 힘주어 대답했다. 실제로 그럴 것이라는 생각이 들었다. 대원들은 정말이지 추가적인 문제를 원치 않는 듯했다. 사실상 사건의 규모가 그들이 감당할 수준을 넘어섰다고 말하고 싶어하는 눈치였고, 몇몇 언론에서 부르기 시작한 대로 이른바 '농촌의 현실문제로 인한 귀족 희생자'에 대한 보고서를 두고 경찰 상부에서 모든 가능성을 면밀히 고려하여 분석할 터였으니 그것만으로도 이미 벅찬 일이었다. 나는 그들과 더는 다른 말을 섞지 않고 내 차로 돌아왔다.

내 문제로 돌아오자면, 나는 결국 인터넷으로 숙소를 검색할 용기가 나지 않았다. 무엇보다 구슬프고 애처로운 소 울음소리를 들으며 이렇다 할 무언가를 할 용기가 나지 않았다. 나는 정신이 거의 멍한 상태로 무작정 몇 킬로미터를 달리며 숙소를 찾는 데 마지막 남은 인지력을 모두 쏟아부었다. '로스텔르리 드 라 베'라는 이름의 숙박업소가 눈에 들어왔다. 지역명은 미처 확인하지도 못했고, 그곳이 레네빌쉬르메르라는 마을이라는 걸 나중에 업소 주인에게 듣고야 알았다. 나는 낙담한 채로 이틀 동안 방에 처박혀 지냈다. 여전히 캅토릭스를 복용하고 있었으나, 몸을 일으키거나 씻는 일은, 심지어 가방을 푸는 일조차 할 수 없었다. 나는 미래를 생각할 여력이 없었다. 과거나 현재에 대해서도 마찬가지였지만, 무엇보다 당장 눈앞에 놓일 미래가 문제였다. 혹시 업소 주인이 내 상태를 보고 불안해할세라 나는 친구가 이번 시위중에 사망했고, 나 역시 사건 당시 현장에 있었다고 설명했다. 꽤 상냥한 편이었던 그의 얼굴이 대번에 어두워졌다. 그 지역 주민들 모두가 그렇듯 그도 분명 농부들에게 연대감을 느끼는 듯했다. "난 농부들이 아주 잘했다는 쪽이에요!" 그가 예상대로 힘주어 말했다. "그대로 계속될 수는 없었어요, 도저히 용납할 수 없는 것들이 있고, 행동해야 할 때가 있는 법이죠……" 나로서도 반박할 의사가 없었다. 실은 나도 거의 같은 생각이었으니까.

둘째 날 저녁에 나는 요기를 하기 위해 침대에서 몸을 일으켰다. 마을 초입에 '셰 마리본'이라는 작은 식당이 있었다. 내가 '다르쿠르 씨'의 친구라는 소문이 마을에 퍼진 게 분명했다. 식당 여주인은 나를 극진하고 살갑게 맞아주었고, 몇 차례나 더 필요한 것은 없는지, 식사중에 바람이 너무 세지는 않은지 물어봐주었다. 드문드문 보이는 다른 손님들은 마을의 농부들로, 바에서 백포도주를 마시고 있었고, 식사를 하는 사람은 나뿐이었다. 그들 사이에서 간간이 나지막한 소리로 이야기가 오갔고, 나는 분노에 찬 목소리로 발음되는 '경찰기동대'라는 단어만을 수차례 알아들었다. 마치 1789년의 피상적인 흔적만 남은 듯, 내 주위로 '앙시앵레짐'*에 가까운 묘한 분위기가 느껴졌다. 나는 농부 한 명이 에메릭을 '우리의 나으리'라고 부르며 이제나저제나 그의 얘기를 꺼내기를 기다렸다.

다음날, 나는 안개에 잠긴 쿠탕스로 향했다. 성당의 첨탑들만이 겨우 눈에 들어왔으나 그럼에도 무척 우아해 보였고, 도시는 전반적으로 평화롭고 녹지가 풍부하며 아름다웠다. 나는 담뱃가게와 신문가게를 겸하는 바에서 〈피가로〉지를 사서 성당 광장에 위치한 널찍한 맥줏집 '타베른 뒤 파르비'에서 읽기 시작했다. 맥줏집 또한 식당과 호텔을 겸하고 있었고, 인테리어는 가죽과 목재로 만든 소파들이며 아르누보 양식의 전등 등이 놓인 1900년대풍으로, 명실상부 쿠탕스의 더 플레이스 투 비였다. 나는 신문을 읽으며 심도 높은 분석이나, 적어도 공화당의 공식적인 입장을 기대했으나, 그런 글은 전혀 없었고 대신 전날 장례식이 치러진 에메릭에 관한 기사만 상당히 길게 나 있었다. 장례식은 바이

* 1789년 프랑스대혁명 이전의 구체제. 절대왕정시대 혹은 근대사회 성립 이전의 사회를 이르는 말.

외의 대성당에서 "빽빽하게 운집한 군중이 숙연하게" 지켜보는 가운데 거행되었다고 기사는 전했다. "한 프랑스 귀족 가문의 비극적인 종말"이라는 표현은 지나친 듯했다. 어쨌든 에메릭은 누이가 둘이나 있었으니 말이다. 귀족 칭호 승계의 관점에서는 어쩌면 문제가 될 수도 있겠으나 그건 내 능력 밖의 일이었다.

성당 광장에서 두 블럭을 지나면 사이버카페가 있었다. 아랍인 둘이서 카페를 지켰는데, 둘이 어찌나 닮았는지 쌍둥이 같기도 했다. 노골적인 이슬람근본주의자 행색이 오히려 무해해 보였다. 어쩐지 그들이 독신이고 함께 살고 있거나, 아니면 쌍둥이 자매와 결혼하여 옆집에 살거나 그 비슷한 관계를 맺고 있을 것만 같은 생각이 들었다.

관련 웹사이트가 제법 많았다. 이제는 무엇에든 웹사이트가 있는 시대다. aristocrates.org였는지 아니면 noblesse.net였는지 잘 기억나지 않지만 여하튼 필요한 정보를 찾았다. 에메릭이 지체 높은 가문 출신이란 것은 알았으나 어느 정도까지인지는 잘 몰랐는데, 아무튼 면면이 인상적이었다. 가문의 시조는 덴마크인 베르나르라는 인물로, 911년에 생클레르쉬르앱트 조약에 의해 노르망디 공국을 차지했던 바이킹 제후 롤로의 동지였다. 이어서 에랑, 로베르, 앙크틸 다르쿠르 삼형제가 정복자 기욤을 도와 영국 정복에 나섰다. 그 보상으로 망슈 지역 곳곳의 광활한 영지를 소유한 봉건군주의 지위를 얻었는데, 그 때문에 백년전쟁이 벌어졌을 때 입장을 취하는 데 어려움을 겪었다. 결국 그들은 영국의 플랜태저넷왕조보다 프랑스의 카페왕조를 선택했다. 다만 1340년대에 상당히 모호한 역할을 했던 일명 '절름발이' 조프루아 다르쿠르만은 예외였고, 그로 인해 훗날 그는 샤토브리앙에게 특유의 과장된 어조로 비난을 당하기도 했다. 이 예외를 제외하고는 그들은 프랑스 왕조의 충신이 되어 그들의 가문에서 배출된 대사며 고위성직자며 군사령관이 상당수였다. 아무튼 영국 일족이 남아 있었고, 그 가문의 문장紋章에 새겨진 좌우명 '좋은 때는 오리라'는 말은 더구나 계제에 맞지 않았다. 닛산 나바라 픽업트럭 화물칸에서 맞은 에메릭의 갑작스러운 죽음은 그의 가문의 소명과 일치하면서 동시에 상반되는 것 같았다. 그의 부친은 과연 어떤 생각이었을지 궁금하다. 에메릭은 프랑스 농민을 보호하고자 손에 무기를 든 채 죽었고, 이것은 시대를 막론하고 귀족의 임무였다. 한편으로 그는 자살을 선택했고, 이것은 명예로운 기독교인 기사의 최후와 거리가 멀었다. 어느 모로 보나 차라리 그가 경찰기동대 두셋을 처치하고 죽는 편이 나았으리라.

이걸 다 알아보는 데 시간이 꽤 걸렸다. 두 아랍인 형제 중 하나가 박하차를 가져다주었지만 거절했다. 박하차라면 질색이다. 대신 탄산음료는 사양하지 않았다. 나는 오렌지맛 스프라이트를 훌쩍이며 애초의 내 목적은 숙소를 찾는 일이었음을 상기했다. 되도록 이 지역에서—마음 둘 게 아무것도 없는 파리로 돌아갈 용기가 나지 않았다—당장 그날 밤부터 묵을 수 있는 곳으로. 나의 구체적 계획은 팔레즈의 한적한 곳에서 시골집을 빌리는 것이었다. 마침내 적당한 장소를 찾기까지, 대략 한 시간이 더 필요했다. 플레르와 팔레즈 사이에 위치한, 퓌탕주라는 야릇한 이름의 마을이었는데, 이 이름을 보니 불가피하게 파스칼의 말을 에두른 표현이 떠올랐다. "여자는 천사도 창녀도 아니다" 어쩌고저쩌고.* "천사가 되고자 하는 여자는 창녀가 된다." 말하고 보니 별 의미도 없지만, 파스칼의 원문** 도 내겐 무슨 의미인지 알 수 없기는 매한가지였다. 파스칼은 대체 무슨 말이 하고 싶었던 것일까? 성욕 결여의 측면에서는 나는 아마 천사에 가까울 것이다. 천사학에 대한 나의 얕은 지식에 의거하여 그런 생각이 스쳤지만, 대체 왜 그것이 나를 짐승이 되게 한단 말인가? 모를 일이었다.

아무튼 집주인과는 연락이 쉽게 닿았다. 집은 계약이 가능했고, 기한은 내가 정하기 나름이었으며, 원하면 당장 그날 저녁부

* 프랑스어로 'pute'(퓌트)는 창녀, 'ange'(앙주)는 천사를 의미한다.

** 파스칼의 『팡세』 속 원문은 다음과 같다. "인간은 천사도 짐승도 아니다. 불행히도 천사가 되고자 하는 자는 짐승이 된다."

터 입주가 가능했다. 집이 숲 한가운데 외져 있어 찾는 데 고생 좀 할 거라고 집주인이 미리 알려주었다. 우리는 오후 여섯시에 퀴탕주의 성당 바로 앞에서 만나기로 약속했다.

숲 한가운데 외져 있다니, 아무래도 미리 장을 봐야 할 듯했다. 나는 다양한 광고판들을 지나치며 쿠탕스에 대형마트 체인 르클레르가 있고, 그 안에 르클레르 드라이브 픽, 르클레르 주유소, 르클레르 문화상품 코너, 역시 르클레르 여행사가 있다는 걸 알 수 있었다. 르클레르 장례식장은 없었는데, 다만 그것이 르클레르에서 딱 한 가지 부족한 서비스인 듯했다.

이 나이에 르클레르에 발을 들여놓기는 난생처음이었다. 나는 넋을 빼앗겼다. 그토록 북적북적하고 번화한 마트가 존재하리라고는 상상조차 할 수 없었으리라. 파리에서는 어림도 없는 규모였다. 게다가 나는 유년 시절을 노후하고 어느 면으로는 시대에 뒤떨어졌다고도 볼 수 있는 부르주아 마을 상리스에서 보낸 터였다. 나의 부모는 눈 감는 날까지 자신들의 구매 행위를 통해 인근 상점 한 곳을 존립시키는 데 열성이었다. 메리벨에 대해선 아예 말을 말자. 그곳은 세계 무역의 물결에 멀찍이 거리를 둔, 인위적으로 재창조된 마을, 우스꽝스럽고 눈물겨운 단순한 관광지였다. 쿠탕스의 르클레르는 전혀 새로운 것이었다. 그곳은 정말로 거대한, 어마어마하게 거대한 유통단지였다. 전 대륙에서 상륙한 식품들이 끝도 없이 이어지는 진열대를 따라 놓여 있었다. 여기에 동원된 물자 유통 체계, 대양을 건너는 거대한 컨테이너선들을 떠올리자니 희미한 현기증이 일었다.

보라 저 운하 위에서
잠자는 배들을
배들의 기질은 떠도는 것
배들이 세상 끝에서 오는 것은
바로 그대의 지극히 사소한 욕망까지도
채워주기 위함이니*

나는 마트 안을 한 시간 가까이 이리저리 돌아다니며 핸드카트를 이미 절반 이상 채웠을 무렵, 에메릭이 행복하게 해줄 수 있었고 행복하게 해주어야 했으나, 이제는 이와 같은 천국의 존재는 상상조차 하지 못한 채 자신의 고향 몰도바의 어느 어두운 구석에서 죽게 될 몰도바 여자를 다시 떠올리지 않을 수 없었다. "질서와 아름다움", 그것은 우리가 약속할 수 있는 최소한의 것

* 샤를 보들레르의 『악의 꽃』에 수록된 「여행으로의 초대」 중에서.

이었다. 진정한 "호화로움과 고요, 그리고 쾌락"*. 가련한 몰도바 여자. 그리고 가련한 에메릭.

* 샤를 보들레르의 같은 시 인용.

집은 생토베르쉬르오른에 위치해 있었다. 퓌탕주에 속한 작은 촌락으로, 어느 네비게이션에도 등록되어 있지 않다고 집주인은 설명했다. 그는 나와 같은 사십대였고, 나처럼 잿빛 머리카락을 매우 짧게, 거의 빡빡 밀었고, 또한 나처럼 침울해 보였다. 두려웠다. 그는 메르세데스 G클래스를 타고 다녔다. 중년남자들 사이에서 종종 소통의 씨앗으로 기능할 수 있는 새로운 공통점이었다. 더 다행인 것은 그는 G500, 나는 G350으로, 우리 사이에 용인 가능한 수준의 작은 서열이 정해졌다는 것이었다. 그는 캉에서 왔다. 나는 그의 직업을 어림짐작해보았으나 그를 어디에 끼워 맞춰야 좋을지 생각이 떠오르지 않았다. 그는 자신을 건축가라고 소개하며 실패한 건축가라고, 하기야 건축가는 대부분다 그렇다고 덧붙이기도 했다. 카미유가 내 삶에 본격적으로 들어오기 전 일주일을 머물렀던 캉 북부의 구획정리 사업지구 내의 '아파트 시티'도 그가 맡은 사업 중 하나였다. 자랑거리는 못된다고 그가 자평했다. 사실이다, 아닌 게 아니라 자랑거리는 못되었다.

그는 당연히 내가 얼마나 머물지 알고 싶어했다. 그것이야말로 진짜 문제였다. 사흘이 될 수도 있고, 삼 년이 될 수도 있었으니까. 우리는 편의상 한 달 단위로 계약을 하고 암묵적으로 연장하며 매달 계약을 갱신하는 데 합의했다. 내가 매달 초에 월세를 지불하기로 했다. 회사 계좌로 처리해버리면 되니까 수표도 상관없다고 그가 말했다. 그리고 진저리를 내며, 그런다고 세금 절약이 되는 것도 아니라고, 그저 수입신고서 작성이 귀찮아서 그렇게 하는 거라고 덧붙였다. 이 수입을 부동산 수입 중에서도 BY나 BZ 중 어느 항목에 기입해야 할지도 모르겠으니 차라리 아무데도 안 적는 편이 제일 간단하다는 말이었다. 놀랍지 않았다. 자유직업자들에게서 익히 보아온 피로감이었다. 그동안 그도 이 집에 와본 적이 없었다. 이 년 전에 이혼한 뒤로 이 집에 두 번 다시 오게 되지 않을 것 같았다고 했다. 그는 부동산에 대한 의욕을 상당히 잃었고, 그건 다른 면에서도 마찬가지였다. 우리 둘의 삶은 매우 흡사했고, 그것은 거의 견디기 어려워졌다.

세입자는 드물었다. 특히 여름 전엔 아예 없다고 보아야 했다. 그는 바로 웹사이트에서 게시물을 내리겠다고 했다. 사실 여름에도 그리 잘되는 편은 아니었다. "여긴 인터넷이 안 돼요." 그가 문득 걱정스러운 표정으로 말했다. "알고 오신 거였으면 좋겠는데요. 제가 게시글에 확실하게 명시한 것 같긴 하지만요." 나는 알고 있고, 괜찮다고 대답했다. 이번엔 그의 시선에 언뜻 두려움의 빛이 스쳤다. "자신의 삶을 돌아보고 정리하"려고 홀로 외따로 떨어져 숲속에서 몇 달을 보내고 싶어하는 낙담한 사람은 있을 수 있었다. 하지만 무기한 인터넷을 끊긴 채 사는 걸 담담히 받아들이는 사람이라면, 증세가 심각했다. 나는 불안해하는 그의 눈빛을 읽었다. "전 자살 안 해요." 나는 이 말을 하며 미소를 지으면서 허심탄회해 보이기를 바랐으나 실상은 꺼림칙한 인상만 준 듯했다. "아무튼 당장은 안 해요." 나는 한발 물러서듯 덧붙였다. 그가 탄식을 밀어내며 집안의 기계 설비 설명에 집중했다. 하지만 설비는 집중하고 말 것도 없이 매우 간단했다. 라디에이터는 온도조절기로 작동했다. 원하는 온도로 버튼을 돌리면 그만이었다. 온수는 온수기에서 바로 데워 쓸 수 있었다. 내 할일은 아무것도 없었다. 원하면 장작불을 피울 수도 있었다. 그가 불쏘시개와 땔감 저장소를 보여주었다. 휴대전화는 그런대로 터졌다. SFR 통신사는 완전히 불통이고, 부이그 통신사는 거의 문제없었으며, 오랑주 통신사는 미처 떠올리지 못했다. 유사시엔 유선전화가 있었다. 통화측정기는 달아두지 않았는데, 그는 자신의 태도를 깎아내리는 듯한 팔짓을 해 보이며 그냥 사람들을 믿는 게 좋다고 말하고는, 내가 그저 밤새 일본에 전화를 걸지 않기만을 바란다고 덧붙였다. "일본에는 절대 전화 걸 일 없습니다." 나는 의도치 않은 단호한 목소리로 잘라 말했다. 그가 미간을 찌푸리는 것이 내게 질문을 던져 사연을 좀더 캐볼까 망설이는 듯했으나, 이내 포기하고서 몸을 돌려 자신의 사륜구동차로 향했다. 나는 우리가 또 보게 될 것이며 그것이 우리 관계의 시초이리라 생각했지만, 그는 시동을 걸기 전에 내게 명함을 건넸다. "제 주소예요. 수표를 보내시려면……"

그리하여 나는 이제 루소가 말했듯, "이 지상에서 형제도 이웃도 친구도 교분을 나눌 이도 없이 혼자가 되었다." 현재의 나에게 제법 들어맞는 말이었지만 딱 여기까지였다. 바로 다음 문장에서 루소가 이렇게 주장하기 때문이다. "세상에서 가장 사교적이고 다정한 인간인 내가."* 그건 내 경우가 아니었다. 이제껏 에메릭에 대해서도 이야기했고, 몇몇 여자들에 대해서도 이야기했지만, 최종적인 인간관계 목록은 단출하다. 루소와 달리 나는

* 『고독한 산책자의 몽상』의 일부.

"인간사회에서 만장일치로 추방되"지도 않았다. 결단코 인간들이 나를 배척하고자 똘똘 뭉친 게 아니었다. 단지 아무 일도 일어나지 않았을 뿐이고, 그저 애초에 한정적이었던 세상에 대한 나의 애착이 더는 아무것도 변화를 막을 수 없을 정도로 점차 소진되어버린 것이다.

나는 온도조절기의 설정 온도를 올린 뒤 잠을 자기로, 어쨌든 침대에 누워보기로 마음먹었다. 잠이 드는 것은 또다른 문제였다. 한겨울이었고 해가 길어지기 시작했으나, 밤은 아직 길고 숲 한가운데서의 밤은 절대적일 터였다.

결국 나는 고통스러운 잠에 빠져들었다. 쿠탕스의 르클레르에서 구입한 오래 숙성된 칼바도스의 지속적인 도움이 없었던 건 아니었다. 전조가 될 만한 꿈을 꾼 것도 아니었으나 누군가가 어깨를 스치거나 어루만지는 듯한 느낌이 들어 어둠이 가장 짙은 한밤중에 불쑥 잠에서 깨어났다. 몸을 벌떡 일으켜 마음을 가라앉히기 위해 방안을 성큼성큼 걸어서 창문 앞으로 갔다. 칠흑 같은 밤이었다. 달도 완전히 모습을 감추고 별 하나 보이지 않는, 구름이 너무 낮게 깔리는 밤이었다고 할까. 새벽 두시였다. 밤이 아직 절반쯤 지났을 때였다. 수도원에서는 철야 미사를 드릴 시간이었다. 나는 방안의 전등이란 전등은 모조리 켰으나 뭔가 안심이 되지 않았다. 카미유 꿈을 꾸었던 것이다. 확실하다. 몇 해

전, 아니 몇 해 정도가 아니라 아득한 오래전 매일 밤 그러했듯, 카미유가 꿈속에서 내 어깨를 어루만졌다. 이미 나에겐 행복에 대한 희망이 거의 남아 있지도 않았으나, 어쨌든 다시금 절대적인 광기에서 벗어나야겠다고 다짐했다.

나는 다시 침대에 누워 방안을 휘둘러보았다. 방은 완벽하게 대칭을 이룬 삼각형으로 두 벽이 대들보가 있는 중앙을 향해 기운 형태였다. 그제야 내가 함정에 빠졌다는 걸 자각하게 되었다. 이 방이 카미유와 동거를 시작하고 처음 석 달 동안 매일 밤 함께 잠들던 클레시의 그 방과 정확히 똑같았던 것이다. 이 우연의 일치는 그 자체로는 전혀 놀랍지 않았다. 노르망디의 주택은 거의 다 똑같은 형태로 건축되었고, 이곳은 클레시에서 불과 약 20킬로미터 떨어진 곳이었으니까. 하지만 두 집의 외관이 달라서 내가 이런 상황을 예상하지 못했던 것인데, 클레시의 집은 목재 골조가 겉으로 드러나는 주택이었고, 이 집은 아마 사암일 것으로 추측되는 커다란 돌을 쌓아 지은 돌집이었다. 나는 서둘러 옷을 걸친 뒤 식당으로 내려갔다. 식당엔 오싹한 냉기가 감돌았고, 장작엔 불이 붙지 않았다. 나는 불을 피우는 데는 도통 재주가 없었다. 장작과 잔가지들을 어떤 구조로 쌓아야 하는지 전혀 이해할 수 없었다. 그것은 가령 해리슨 포드 같은, 내가 되고 싶어하는 이상적인 남성상에서 나를 멀어지게 하는 여러 요인 중 하나였다. 하지만 지금 문제는 그것이 아니었다. 심장이 고통스러운 경련으로 옥죄어들었고, 추억들이 쉬지 않고 속속 되살아났다. 우리를 죽이는 것은 미래가 아니라 과거다. 자꾸만 되살아나서 우리의 가슴을 에고 우리를 좀먹고 결국 우리를 죽음으로 몰아간다. 식당 또한 카미유와 내가 석달 동안 매일 함께 저녁을 먹던 그 공간과 똑같았다. 클레시의 정육점 겸 가공육품점이라든가 빵집 겸 제과점 혹은 채소가게 이곳저곳에서 함께 장을 본 재료들로 카미유는 직접 불 앞에 서서 요리를 했고, 그때의 열성을 생각하면 가슴이 미어지는 것 같다. 돌벽에 나란히 걸린 채 은은한 빛을 반짝이던 구리 냄비들도 떠올랐다. 육중한 호두나무 식기장과, 색색의 소박한 그림이 그려진 루앙 도자기들을 돋보이게 만들어주던 투조 기법으로 제작된 그 선반들도 떠올랐다. 또한 과거의 어느 순간, 어느 시간에 영원히 멈춰 있던 참나무 괘종시계도. 어떤 이들에게는 아들이나 가까운 이가 죽었을 때, 다른 이들에게는 1914년 독일이 프랑스에 선전포고하던 순간에, 또 어떤 이들에게는 국회 투표에 의해 페탱 장군에게 전권이 부여되던 때 그 시간이 멈췄으리라.

그대로 가만히 있을 수만은 없었다. 나는 커다란 금속 열쇠를 집어들고서 별채로 통하는 문을 열었다. 지금 그곳은 기거하기 힘든 공간이라고 집주인이 미리 경고했었다. 난방이 불가능한 터에, 혹여 내가 여름까지 머문다면 그때나 누릴 수 있는 공간이었다. 예전엔 집안의 중심 공간이었을 법했지만, 지금은 안락의자와 정원용 의자 등의 잡동사니들로 가득한 굉장히 널찍한 방안에 들어섰다. 그래도 한쪽 벽면 전체가 책장이었고, 놀랍게도 거기에 사드 후작의 전집이 꽂혀 있었다. 19세기 판본인 듯했는데, 통가죽 장정으로 제본되었고 표지와 책배에 다양한 금박 장식이 박혀 있었다. 나는 이 쓰레기 같은 게 값이 만만치 않겠군, 하고 생각하며 수많은 삽화로 꾸며진 책을 죽 훑어 넘기다가 삽화들이 나오는 페이지에서 멈추었다. 신기한 점은 그 삽화 속 장면을 나는 전혀 이해할 수 없었다는 점이다. 갖가지 성행위 체위를 묘사해놓은 그림이었는데, 장면 속의 다양한 인물들 가운데 나를 대입해본다거나 내가 그중에 한 자리를 차지해볼 수 있다고는 상상도 할 수 없었고, 그 모든 게 내게 아무 소용 없었다. 나는 복층으로 향했다. 위층은 좀더 펑키하고 쿨할 것 같았다. 배가 갈라지고 천은 곰팡이가 슨 소파가 바닥에 반쯤 뒤집혀 있었다. 무엇보다 전축과 음반들이, 특히 이피판들이 있었다. 나는 조금 생각하다가 그것이 '트위스트'의 음반이라는 것을 알아냈다. 무엇보다 재킷 사진 속 무용수들의 자세로 알아볼 수 있었다. 완전히 잊힌 가수들과 그룹이었다.

내게 집을 안내하는 내내 어딘가 마뜩잖은 표정이었던 집주인의 얼굴이 떠올랐다. 그는 집안 설비의 작동법을 설명하는 데 필요한 시간 동안만 이 집에 머물렀다. 기껏해야 십 분이나 되었을까. 그리고 그동안 공증 관련 절차가 그토록 까다롭지만 않았어도, 무엇보다 적당한 작자만 나섰더라도, 이 집을 파는 것이 최선이었을 것이란 말을 몇 번씩이나 되뇌었다. 아닌 게 아니라 이 집엔 그의 과거가 서려 있는 듯했다. 사드 후작과 트위스트 사이에서 윤곽도 잘 잡히지 않는, 그로서는 청산해야 하고, 청산하지 못한다면 미래의 가능성도 열리지 않을 과거가. 그래도 이 방안의 물건들에서는 내가 클레시의 집에서 마주칠 수 있었을 법한 건 아무것도 떠오르지 않았다. 그것은 또다른 병리요, 또다른 이야기였다. 나는 거의 평온해진 기분으로 다시 잠자리에 들었다. 따라서 우리가 우리의 비극 속에서도, 우리를 비껴간 다른 비극이 있다는 것에 안도감을 느낀다는 것은 사실이다.

이튿날 오전, 나는 삼십 분가량을 산책하다가 오른 마을 경계에 이르렀다. 낙엽이 부식토로 변화되는 과정에 관심이 있는 사람이 아니고서는 산책 여정은 크게 흥미로울 것이 없었다. 과거의 나, 이십 년도 더 전인 과거의 내가 그 경우였다. 그때의 나는 심지어 숲속을 뒤덮은 낙엽의 밀도에 따라 생성되는 부식토의 양을 여러 번 계산하기도 했다. 극도로 희미한 학창시절의 기억 비슷한 것이 떠오른다. 그때의 나라면 이 숲의 관리 상태가 엉망이라고 지적했으리라. 덩굴과 기생식물의 밀도가 너무 높아서 수목들의 성장에 방해가 되었다. 천연 그대로 방치된 자연이 키 크고 멋진 나무들이 울창한 숲이나 대성당들에 비견되며 범신론적인 종교적 감동마저 자아내는 울창한 숲을 형성한다는 생각은 잘못된 것이다. 그와는 반대로 천연 그대로 방치된 자연은 대개 잡다한 식물들이 자란 비정형적이고 어지러운 뒤죽박죽 상태의 숲만을 형성할 뿐이어서, 전체적으로 볼품없었다. 그리고 그것이 오른 마을 경계까지 산책하는 동안 내 앞에 펼쳐진 대략적인 풍경이었다.

집주인이 숲길에서 혹여 암사슴을 마주치더라도 되도록 먹이를 주지 말라고 당부한 바 있었다. 야생동물의 존엄에 위배되는 듯한 행위여서가 아니라(그는 반론이 터무니없다는 걸 지레 강조하려는 듯 연신 어깨를 으쓱해 보였다), 암사슴은 여타 야생동물들이 대부분 그러하듯 기회주의적 잡식성 동물이어서 거의 아무거나 먹는데다, 소풍 온 사람들이 남긴 음식이라든가 찢어진 쓰레기봉투를 발견하는 게 놈들의 가장 큰 기쁨인 마당이니, 내가 먹이를 주기 시작하면 놈들이 매일 찾아올 것이고 그렇게 되면 더는 놈을 떼어낼 수 없을 터이기 때문이었다. 일단 한번 맛을 들이면 진정한 찰거머리가 되는 것이 바로 암사슴들이었다. 그럼에도 불구하고 행여 폴짝폴짝 뛰는 놈들의 우아한 움직임에 뭉클해진다면, 동물들이 자아내는 특유의 감동에 마음이 흔들린다면, 초콜릿빵을 주라고 집주인은 충고했다. 놈들의 초콜릿빵 사랑은 믿을 수 없으리만치 열렬했다. 이는 치즈를 더 좋아하는 늑대들과는 확연히 구분되는 차이점이었다. 어쨌든 숲에 늑대들은 없었으니 현재로서는 암사슴들에게 걱정거리가 없었다. 늑대들이 알프스나 혹은 제보당에서부터 거슬러올라오려면 아직 몇 년은 더 있어야 했다.

이러나저러나 나는 암사슴이라곤 한 마리도 마주치지 못했다. 암사슴뿐만 아니라 숲 한가운데 파묻힌 이 집에서 나의 존재를 증명해 보일 만한 어떤 것과도 마주치지 못했고, 바로 그 때문에 에메릭의 축사 한구석의 사무실 컴퓨터에서 카미유의 동물병원 주소와 전화번호를 검색하여 적어둔 쪽지에 불가피하게 손을 대게 되었다. 그러고 보니 에메릭의 축사에 있던 그때가 몹시 아득하게 느껴졌다. 실제로는 불과 두 달도 안 된 기간인데, 마치 전생 같았다고 할까.

카미유의 동물병원이 있는 팔레즈까지는 불과 20여 킬로미터 거리였지만, 그곳에 닿기까지는 거의 두 시간이 걸렸다. 나는 퓌탕주의 대표적인 광장에 있는 리옹 베르 호텔에 매료되어 그곳에 오래도록 정차해 있었다. 사실 호텔은 리옹 베르lion verd라는 기이한 명칭 외에는 다른 눈에 띄는 특징은 없었다. 하지만 리옹 베르lion vert였더라면 보다 그럴 만했을까?* 다음은 더더욱 별 까

* 'lion vert'는 '초록색 사자'라는 뜻으로, 'verd'는 'vert'의 옛 표기법이다.

닭 없이 바조슈오울름에서 차를 세우고 정차해 있었다. 이어서 더는 그렇게 돌발적인 일을 만들거나 옆길로 새지 않고 '노르망디의 스위스'를 떠났다. 팔레즈로 향하는 마지막 10킬로미터의 여정은 일직선으로 한번에 쭉 이어졌다. 마치 경사면 위로 미끄러지는 듯한 기분이었고, 무심결에 시속 160킬로미터로 속력을 높이고 있었다는 걸 깨달았다. 어리석은 실수였다. 분명 카메라가 설치돼 있을 법한 구간이었다. 무엇보다 이 거침없는 활주는 나를 허망으로 이끌 터였다. 카미유는 새 삶을 꾸렸으리라. 남자를 만났을 것이 틀림없었다. 이미 칠 년의 세월이 흘렀으니, 어떻게 다른 상황을 기대할 수 있단 말인가?

나는 팔레즈를 둘러싼 성곽 밑에 차를 세웠다. 성곽 중심에는 정복자 기욤이 태어난 성이 있었다. 팔레즈 지도는 단순했다. 카미유의 동물병원은 찾기 어렵지 않았다. 병원은 폴제르맹 박사 광장에, 마을의 중심가로 보이는 생제르베가 끝자락, 이 길과 같은 이름의 성당 인근에 있었다. 성당은 초기 고딕양식으로, 필리프 2세의 공격에 의해 상당 부분이 훼손되었다. 그쯤이면 나는 곧장 동물병원으로 들어가 접수처 직원한테 가서 그녀를 만나러 왔다고 말해야 하지 않았을까? 다른 사람들이었다면 그리했을 것이고, 어쩌면 나 자신도 당연히 별 소득 없는 갖가지 망설임 끝에 결국 그리했을 수도 있었다. 나는 전화를 걸어볼 생각은 단번에 배제했다. 대신 편지를 써볼 생각은 좀더 오래 붙들고 있었는데, 개인적으로 편지를 쓰는 일은 극히 드물어진 시대인지라 늘 강렬한 인상을 줄 수 있었으나, 다만 내가 편지를 잘 쓸 수 있을 것 같지 않은 느낌에 역시 포기했다.

병원 바로 맞은편엔 '오 뒤크 노르망'이라는 바가 있었다. 결국 내가 선택한 해결책은 나에게 살아갈 힘이나 의욕, 또는 그와 같은 게 생기기를 기다리는 것이었다. 나는 맥주 한 잔을 주문했고, 이건 수없이 이어질 주문을 여는 첫 잔일 뿐이라는 예감이 들었다. 이제 겨우 오전 열한시였다. 바는 매우 협소했고, 테이블은 고작 다섯 개에, 내가 유일한 손님이었다. 동물병원이 훤히 보이는 곳에 자리를 잡았다. 이따금 사람들이 반려동물—대개는 개였고, 더러는 바구니에 들어 있었다—을 데리고 병원에 들어가 접수처 직원과 필요한 대화를 나누었다. 또한 바에도 이따금 사람들이 들어와 나한테서 몇 미터 떨어진 곳에 자리를 잡고서 술이 들어간 커피를 주문했다. 대부분 늙은이들이었는데 그들은 자리에 앉지 않고 바에 서서 커피를 마셨다. 나는 그들의 선택을 이해했고, 동조했다. 그들은 자기들이 아직 정정하고 햄스트링도 멀쩡하다는 걸 보여주고 싶어하는 용감한 늙은이들인바, 그들을 열외로 취급한다면 오산일 터였다. 그 운좋은 손님들이 약식 힘자랑에 열중하는 동안, 바 주인은 거의 성직자처럼 느릿느릿 〈파리-노르망디〉지를 읽었다.

나는 맥주를 세 잔째 앞에 두고 있었다. 집중이 살짝 흐트러졌을 때, 카미유가 눈앞에 나타났다. 그녀는 진료를 보던 곳에서 나와 직원과 몇 마디 말을 주고받았다. 점심 휴식시간이었다. 그녀는 나와 불과 20미터 거리에 있었고, 변하지 않은 듯했는데, 특히 외모는 전혀 변한 것이 없었다. 기가 막혔다. 이제는 서른다섯 살이 넘은 여자가 여전히 열아홉 살짜리 여자애 같은 자태를 간직하고 있다니. 나는, 내 모습은 변했는데 말이다. 나는 내가 한 차례, 혹은 몇 차례의 갑작스러운 노화를 맞았다는 걸 인식했고, 그 사실을 이렇다 할 만족감도 불쾌감도 없이, 그러니까 복도에서 그리 거북하지 않은 이웃과 마주친 듯, 이따금 거울 속의 나와 마주하며 확인했다.

더 놀라웠던 것은 그녀가 옅은 회색 스웨트셔츠에 청바지를 입고 있었다는 것이다. 어느 11월의 월요일 아침에 어깨에서 허리까지 가방을 둘러메고서 파리에서 오는 열차에서 내리던 그날 입었던 것과 정확히 똑같은 옷차림이었다. 그 직후, 우리는 몇 초간, 혹은 몇 분간, 아니 헤아릴 수 없는 긴 시간 동안 서로에게서 시선을 떼지 못했다. 그리고 그녀가 내게 "카미유예요."라고 말을 건네며 새로운 상황들이 연속되고 새로운 존재의 외형이 갖춰질 조건이 형성된 것이다. 나는 그 조건에서 빠져나오지 못했고, 아마 절대로 빠져나오지 못할 것이며, 사실을 말하자면 빠져나올 생각이 조금도 없었다. 두 여자가 동물병원에서 나와 보도에서 대화를 나누는 모습에 나는 순간 움찔했다. 저 두 사람은 '오 뒤크 노르망'에서 점심을 먹을 것인가? 카미유와 우연히 마주치는 것은 최악의 방법, 확실한 실패일 터였다. 다행히, 그런 일은 일어나지 않았다. 두 여자는 생제르베가를 거슬러올라갔다. 실은 오 뒤크 노르망을 찬찬히 살펴본 결과, 내 걱정이 기우였음을 깨달았다. 이곳에선 식사가 될 만한 것을, 하다못해 샌드위치조차 팔지 않았다. 점심식사 시간의 대목은 이곳 주인장의 스타일이 아니었다. 반면 그는 계속해서 〈파리-노르망디〉를 읽는 일에 소모적으로 몰두했고, 그것은 내가 볼 때 도를 넘은 병적인 취미인 것 같았다.

나는 카미유가 돌아오기를 기다리지 않고 서둘러 맥줏값을 치른 뒤, 알딸딸한 상태로 생토베르쉬르오른의 집으로 돌아와, 세모꼴 침실 벽과 나란히 걸린 구리 냄비들과, 보다 총체적으로 나의 추억들과 대면했다. 그랑 마르니에 한 병이 남아 있었지만 그것으론 불충분했다. 불안이 시시각각, 점점 빠르게 커져갔다. 밤 열한시부터 잦은맥박이 나타나기 시작하더니 땀이 줄줄 흐르고 헛구역질이 났다. 새벽 두시 반 무렵, 나는 내가 이 밤 동안 완전히 회복하지 못하리라는 걸 깨달았다.

스스로 행동이 통제되지 않기 시작한 건 바로 그 순간부터였다. 행동 판단이 더뎌졌고, 그때까지 내가 타고났다고 믿었던 공동의 도덕, 다르게는 공동의 이성을 뚜렷이 벗어나기 시작했다. 앞서 충분히 설명했지만 나는 결코 이른바 강한 성격의 소유자가 아니었다. 역사 속에 잊히지 않는 흔적을 남기는 사람이 아니었고, 동시대인들의 기억 속에는 더더욱 아니었다. 나는 며칠 전부터 독서를 시작했다. 그것도 독서라고 할 수 있다면 말이다. 오직 니콜라이 고골의 『죽은 혼』만을 읽었는데, 많이 읽지는 않았다. 기껏해야 하루에 한두 페이지가 고작이었다. 종종 같은 곳을 반복해서 읽었고, 여러 날 동안 같은 곳만 읽을 때도 있었다. 책을 읽으며 나는 무한한 기쁨을 느꼈다. 이제껏 기억 저편의 이

러시아 작가만큼 친밀한 감정을 느껴본 사람이 없었던 것 같다. 그럼에도 고골과 달리, 신이 주신 내 본성이 복잡하다고 말할 수는 없었다. 나는 단순하게, 내 생각엔 이를 데 없이 단순하게 태어났고, 오히려 복잡해진 것은 나를 둘러싼 세상이었다. 단지 내가 너무 복잡한 세상에 이르렀고, 이 세상의 복잡함을 더는 감당할 수 없게 된 것뿐이었다. 따라서 내가 해명하려 하지 않는 나의 행동도 이해할 수 없고 혼란스러우며 불안정한 것이 되어버린 게 아닐까.

이튿날 오후 다섯시에 나는 오 뒤크 노르망에 갔다. 바 주인은 나의 등장에 이미 익숙해졌다. 전날엔 약간 놀란 듯했으나 이날은 전혀 그렇지 않았고, 내가 주문도 하기 전에 이미 맥주 펌프의 손잡이에 손을 올려놓고 있었다. 나는 전날과 정확히 똑같은 자리를 차지하고 앉았다. 오후 다섯시 십오분 무렵, 열다섯 살가량의 소녀가 동물병원의 문을 밀고 안으로 들어갔다. 소녀는 어린 남자아이의 손을 잡고 있었고, 아이는 서너 살쯤 된 것 같았다. 그때 카미유가 진료실에서 나와 아이를 품에 안고서 자리에서 빙글빙글 돌며 아이에게 뽀뽀를 퍼부었다.

아이라니, 그러니까 그녀에게 아이가 있었다. 이른바 새로 드러난 사실이라고 불리는 것이었다. 여자들은 때로 아이를 낳으니 미리 예상했을 수도 있었는데, 나는 모든 가능성을 고려하면서도 그 경우는 생각하지 못했다. 사실 처음 든 생각은 아이 자체에 관한 게 아니었다. 아이는 대개 둘이 만드는데, 일반적으로는 그렇지만 항상 그런 건 아니고 듣기로는 오늘날엔 여러 가지 의학적인 가능성이 있으니 아이가 인공수정의 결과물이었으면 하는 것이었다. 그편이 내겐 어느 정도는 덜 구체적일 것 같았다. 하지만 카미유는 그 경우가 아니었다. 오 년 전, 그녀는 비에유 샤뤼 뮤직 페스티벌 입장권과 기차표를 샀고, 생식력이 왕성한 시기였으며, 이름이 더는 기억나지 않는 밴드의 콘서트에서 만난 남자와 하룻밤을 보냈다. 아무나 고른 것은 아니었다. 남자는 그리 못생기지도 그리 바보도 아니었고, 상과대학 학생이었다. 다소 의심스러운 점이라면 그가 헤비메탈 팬이라는 것이었지만 누구도 완벽하지 않으며, 그는 헤비메탈 팬치고 예의바르고 깨끗했다. 일은 콘서트 무대에서 몇 킬로미터 떨어진 잔디밭에 쳐둔 남자의 텐트에서 벌어졌다. 좋지도 나쁘지도 않게, 말하자면 올바르게 진행되었다. 콘돔 문제는 남자들과 늘 그렇듯 어렵지 않게 면피했다. 그녀는 남자보다 먼저 눈을 떴고, 로디아 수첩의 종이 한 장을 찢어 가짜 휴대전화번호를 남겼다. 그가 그녀에게 전화할 가능성이 크지 않았기에, 실은 다소 불필요한 대비책이었다. 기차역까지는 걸어서 5킬로미터 거리였고, 그게 단

하나 불편한 점이었지만, 날이 화창했다. 맑고 쾌적한 여름날 아침이었다.

그녀의 부모는 임신 소식을 체념하고 받아들였다. 세상이 변했다는 걸 그들도 알고 있었지만 내심 기뻐할 일은 못 된다고 생각했다. 하지만 세상은 분명 변했고, 새로운 세대는 생식 기능을 수행하기 위해 색다른 우회적 방식을 감내해야 했다. 그들은 고개를 끄덕였지만 방식이 살짝 달랐다. 부친은 어쨌든 수치심과 자식 교육의 임무에 부분적으로 실패했다는 기분을 버리지 못했고, 이런 일은 일어나지 말았어야 했다고 생각했다. 모친은 내심 손자를 안을 기쁨에 이미 완전히 들떠 있었다. 그녀는 딸 뱃속의 아이가 아들이라는 걸 알았고, 그걸 즉각적으로 확신했으며 결과는 과연 사내아이였다.

저녁 일곱시 무렵, 카미유가 접수처 직원과 함께 동물병원에서 나왔다. 직원은 생제르베가 쪽으로 떠나고, 카미유는 병원 문을 잠근 뒤 닛산 미크라 운전석에 앉았다. 나는 그녀를 미행해볼까 했었다. 그런 생각이 낮에 언뜻 스쳤으나, 내 차는 성벽 근처에 주차돼 있었고, 너무 멀어서 찾으러 갈 시간이 되지 않는데다 그날 밤은 그럴 힘도 없었다. 아무튼 아이가 있었다. 모든 상황을 고려할 때 다시 생각해볼 필요가 있었다. 당시로서는 팔레즈의 카르푸 마켓에 가서 그랑 마르니에를 한 병, 아니 그보다는 두 병 사는 것이 보다 적절한 행동이었다.

다음날은 토요일이었다. 카미유의 동물병원은 영업을 할 거라고 생각했다. 심지어 업무가 가장 활발한 날일 터였다. 인간들은 키우는 개가 아프면 기다린다. 자기들이 시간이 날 때까지 기다리는 것이다. 인간의 삶은 대체로 그런 식이다. 반면에 카미유의 아들이 다니는 학교나 어린이집이나 탁아소는 문을 닫을 테니 이날 하루 동안 틀림없이 베이비시터를 부를 터였다. 그렇게 그녀는 자유의 몸이 될 테니 그 편이 내게는 유리한 상황인 듯했다.

나는 혹시라도 그녀가 토요일 오후에 영업을 하지 않을 경우에 대비하여 오전 열한시 반부터 대기했다. 바 주인은 〈파리-노르망디〉를 다 읽었으나 이번엔 마찬가지로 소모적인 〈프랑스 풋볼〉지를 읽기 시작했다. 그야말로 소모적인 독서였다. 간혹 그런 사람들이 있고, 나도 몇몇 알고 있다. 헤드라인만 읽는 데 만족하지 않고 에두아르 필리프 총리의 발표나 네이마르의 이적료 등 모든 것을 속속들이 파고들어야 직성이 풀리는 사람들 말이다. 그들은 상식적인 여론의 토대요, 대의 민주제의 기둥이다.

동물병원엔 손님들이 끊이지 않고 꾸준히 이어졌으나, 카미유는 전날보다 일찍 문을 닫았다. 오후 다섯시 무렵이었다. 나는 이번엔 차를 카미유의 차에서 몇 미터 정도 떨어진 인도에 주차했다. 그녀가 행여 내 차를 알아보는 것은 아닌지 순간 두려웠으나 그럴 가능성은 희박했다. 이십 년 전 내가 메르세데스 G클래스를 구입했을 때는 흔한 차가 아니었다. 아프리카나 적어도 사르데냐섬을 횡단하려는 사람들이나 구입을 고려하던 차였으니까. 그런데 지금은 유행이 되었다. 빈티지한 면모가 매력으로 작용하여 요컨대 대략 허세 부리는 사람들을 위한 차가 되었다.

카미유는 바조슈오울름 방향으로 차를 틀었고, 잠시 후, 그녀의 차가 라보당주 방향으로 접어들었을 때 나는 그녀가 아들과 단둘이 살고 있다는 걸 확신했다. 그것은 단지 희망사항의 발현이 아니라, 증명할 수는 없는 강력하고도 본능적인 확신이었다.

라보당주 도로엔 우리 둘뿐이었다. 나는 확연히 속도를 늦추어 그녀가 멀찍이 앞서나가게 했다. 안개가 스멀스멀 올라오고 있었고, 카미유 차의 후미등이 겨우 식별되었다.

라보당주 호숫가에 이르렀고, 그 위로 해가 저무는 풍경이 장관이었다. 노을이 이 다리에서 저 다리까지 수 킬로미터나 펼쳐지며, 두 다리 사이의 빽빽한 참나무와 느릅나무 숲마저 붉게 물들였다. 댐호수인 듯했다. 인간의 흔적이라곤 전혀 찾아볼 수 없고, 프랑스에서 볼 수 있던 풍경이 아니었다. 차라리 노르웨이나 캐나다에 와 있는 기분이었다.

나는 언덕 꼭대기에 위치한 바 겸 레스토랑 뒤편에 차를 주차했다. 비시즌이라 문을 닫은 식당의 테라스에선 '호수를 파노라마로 조망'할 수 있었고, 예약하면 연회도 가능했으며 여름엔 언제든 아이스크림을 주문할 수 있었다. 카미유의 차가 다리로 들어섰다. 나는 글러브박스에서 슈미트 앤드 벤더 망원경을 꺼냈고, 그녀가 어디로 향할지 짐작하고 있었기에 그녀를 시야에서 잃을 염려는 조금도 없었다. 다리 건너 몇백 미터 거리에 작은 나무 산장이 있었고, 집 앞으로 호수가 내다보이는 테라스가 있었다. 깊은 산중턱에 파묻힌 산장은 그야말로 식인귀들로 둘러싸인 인형 집처럼 보였다.

아니나 다를까, 다리를 빠져나간 카미유의 닛산 미크라가 언덕길로 접어들더니 테라스 바로 밑에서 정차했다. 열다섯 살가량의 소녀가 카미유를 맞았는데, 전날 본 그 소녀였다. 두 사람이 몇 마디를 주고받는가 싶더니 이윽고 소녀가 스쿠터를 타고서 떠났다.

결국 카미유는 저렇게, 수 킬로미터 반경에 이웃 하나 없는 숲속 한가운데 외딴 집에서 살고 있는 것이었다. 내가 좀 과장했는데, 실은 북쪽으로 1~2킬로미터 떨어진 곳에 조금 더 큰 다른 집이 한 채 더 있었다. 하지만 그 집은 딱 봐도 여름 휴가용 별장인 것 같았고 덧문들도 잠겨 있었다. 그러고 보니 내가 건물 뒤편에 차를 주차한 파노라마 레스토랑 '라 로통드'도 있었다. 좀 더 찬찬히 살펴보다가 식당은 부활절 휴가가 시작되는 4월에 다시 문을 열 예정이라는 걸 알게 됐다(바로 옆에는 거의 같은 시기에 영업을 재개할 예정인 수상스키 클럽도 있었다). 식당 입구엔 디지털 보안장치가 있었고, 제어장치 아래쪽에서 작은 빨간색 불이 깜빡거렸다. 하지만 더 아래쪽에 식자재 납품업자들이 드나드는 직원용 출입구가 있었다. 나는 힘들이지 않고서 자물쇠를 부숴뜨렸다. 실내는 따뜻한 편이었고, 바깥 날씨에 비하면 한결 쾌적했다. 분명 자동온도조절장치가 있는 듯했다. 무엇보다 포도주 저장고를 지키기 위한 것이리라. 포도주 수백 병이 저장돼 있는 매우 탁월한 저장고였다. 보존식품의 경우 그 정도는 아니었는데, 통조림 선반 몇 칸에 주로 채소 및 과일 통조림이 놓여 있을 뿐이었다. 또한 휴게실엔 작은 철제 침대와 그 위에 좁다란 매트리스도 있었는데, 시즌 때 직원들이 휴식하기 위한 용도인 듯했다. 나는 매트리스를 번쩍 들어 식당 홀로 옮겨놓고서 옆에는 망원경을 두고 자리를 잡았다. 매트리스는 전혀 편안하지 않았지만, 식당엔 이미 병을 열어둔 식전주들이 넘쳐났다. 요컨대 이 모든 상황을 전체적으로 설명할 길은 없지만 나는 지난 몇 달 이래—아니, 지난 몇 년 이래—처음으로 정확히 내가 있어야 할 곳에 와 있는 기분이었다. 단순하게 말하자면, 나는 행복했다.

카미유는 거실 소파에, 아들은 그녀 곁에 앉아 있었고 둘 다 DVD에 빠져 있었다. 멀리서 알아보기 어려웠지만 아마 〈라이언 킹〉인 듯했다. 이윽고 아이가 잠들자 그녀가 아이를 품에 안고서 계단으로 향했다. 잠시 후 집안 전체에 불이 꺼졌다. 나는 오직 손전등을 켜는 것 말고는 다른 방도가 없었다. 이 거리에서 그녀가 나를 보지 못하리라는 건 확실했지만, 식당 홀의 불을 켜면 그녀가 심상치 않다고 여길 터였다. 나는 주방 한구석에서 완두콩 통조림과 복숭아 통조림으로 급히 요기를 했고, 거기에 생테밀리옹 적포도주도 곁들였다. 이후 거의 즉시 잠이 들었다.

이튿날 오전 열한시 무렵, 카미유가 밖으로 나와 아이를 카시트에 앉혀 벨트를 채운 뒤, 차에 시동을 걸고 출발했다. 차가 전날과는 반대 방향으로 다리를 건너 식당 10여 미터 앞을 지나갔다. 그녀는 정오 전에 바놀드오른에 닿을 터였다.

모든 것이 존재하고, 존재하기를 요구하며, 그렇게 상황들이 중첩되면서 더러 강렬한 감정을 일으키는 인자가 되어 결국 하나의 운명이 완성된다. 내가 묘사했던 상황들이 대략 삼 주간 계속되었다. 나는 보통 오후 다섯시 무렵 식당에 도착해서 관찰을 위한 내 고정석에 자리잡았다. 이젠 체계가 잡혀 재떨이와 손전등은 상시 곁에 놓아두었다. 때로 채소 통조림과 곁들이기 위해 햄을 가져오기도 했다. 심지어 한번은 마늘 소시지를 챙겨 온 적도 있었다. 주류 저장고로 말하자면 몇 달 이상도 버틸 수 있을 만큼 풍족했다.

이제 카미유가 혼자 사는 것뿐만 아니라 애인이 없다는 것도 명백해졌다. 친구도 그리 많지 않았다. 지난 삼 주 동안 그녀의 집에 찾아온 사람은 아무도 없었다. 카미유는 어찌하여 저 지경에 이르게 된 것일까? 우리 둘은 어찌하여 이 지경에 이르게 된 것일까? 어느 공산주의자 시인의 언어로 말하자면, "인간은 이렇게 살아가는 것인가?"*

물론이다, 답은 '그렇다'이다. 나는 그 사실을 점차로 인식했다. 또한 상황이 나아지지 않으리란 것도 인식했다. 이제 카미유는 아들과 독점적이고 뿌리깊은 관계로 유착돼 있었고, 그런 관계는 적어도 십 년간, 보다 현실적으로는 십오 년간, 즉 아이가 학업을 위해 집을 떠나기 전까지 지속될 터였다. 아이는 학교에서 공부를 잘할 것이고, 거기엔 모친의 관심과 헌신이 뒷받침될 것이며, 나중엔 고등교육까지 받을 터이기 때문이다. 의심의 여지가 없었다. 점차로 상황이 덜 간단해질 터였다. 아들에게 여자친구들이 생길 것이고, 그러다 더 나쁘게는 단 한 명의 여자친구가 생길 것이며, 그 여자는 환영받지 못할 것이고 그렇게 되면 카미유는 거북한 존재, 방해물이 될 터였다(설사 여자가 아니라 남자더라도 상황은 아주 조금 더 나을 뿐이리라. 이제는 더이상 어머니들이 아들의 동성애를 안도하며 받아들이는 시대가 아니

* 루이 아라공의 시집 『미완성 소설』에 수록된 시 「비어슈투베 독일의 마법」의 일부.

었다. 오늘날 호모들은 짝을 이루고 살면서 엄마의 품안에서 벗어나버렸다). 따라서 카미유는 투쟁할 것이었다. 인생의 유일한 사랑을 지키기 위해 투쟁하고, 그렇게 얼마간 고통스러운 상황이 지속되다가 엄연한 현실을 깨닫고서 '자연의 법칙'에 무릎을 꿇을 터였다. 그리고 홀가분해지리라. 다시 한번 홀가분해지고 혼자가 될 터이나, 그때가 되면 그녀는 이미 쉰 살이고 너무 늦을 터였다. 나에 대해선 말을 말자. 나는 이미 겨우 살아가고 있는 사람이었다. 십오 년 뒤엔 죽고도 남았으리라.

슈타이어 만리허에서 손을 놓은 지 두 달이었다. 하지만 부속들은 어려움 없이 유연하고 정확하게 들어맞았다. 정말이지 탁월한 제품이었다. 나는 오후의 나머지 시간을 숲속에서 좀더 멀리 떨어진 곳에 위치한 폐가에서 사격 훈련을 하며 보냈다. 폐가엔 아직 깨뜨릴 유리창이 남아 있었다. 내 실력은 전혀 녹슬지 않았고, 나는 500미터 거리에서 목표물들을 정확하게 명중시켰다.

카미유가 나를 위해서, 아들과 맺고 있는 완벽하고 깊은 유착관계를 위험에 빠뜨린다는 게 과연 상상 가능한 일인가? 또한 그애, 그녀의 아들이 자기 엄마의 사랑을 다른 남자와 나누기로 받아들인다는 게 과연 상상 가능한 일인가? 이 질문들에 대한 답은 꽤나 명백하다. 불가피한 결론, 결론은 아들과 나, 둘 중 하나였다.

네 살짜리 아동 살해는 필연적으로 격앙된 언론보도를 유발한다. 사건에 대대적인 수사력이 집중될 수 있었다. 파노라마 레스토랑이 총탄 발사 지점이라는 것이 빠르게 드러나겠지만, 나는 이 건물 안에서 한시도 라텍스 장갑을 벗은 적이 없었고, 따라서 지문을 단 한 점도 남기지 않았다고 확신할 수 있었다. DNA의 경우는, 나는 어디서 DNA를 채취할 수 있는지 정확히 알지 못했다. 피, 정액, 머리카락, 침? 나는 비닐봉지를 미리 챙겨 와서 입에 물었던 꽁초들이 생길 때마다 봉지에 버렸다. 마지막엔 조금은 필요 이상으로 조심하는 듯한 기분을 느끼며 입에 넣었던 숟가락이며 포크 따위도 봉지에 버렸다. 사실 내 DNA는 단 한 번도 채취된 적이 없었다. 모든 범죄의 경우를 제외하고는 조직적인 DNA 채취가 시행된 적은 없었다. 우리는 어느 면으로는 자유국가에 살고 있었고, 요컨대 나는 실질적인 위험을 느끼지 못했다. 성공의 열쇠는 기민한 실행에 있다고 판단했다. 총을 쏘고 일 분 이내로 라 로통드를 완전히 벗어날 수 있을 것이다. 그리고 한 시간 이내로 파리로 향하는 고속도로를 달릴 수 있으리라.

살해 과정에서 발생할지도 모를 여러 변수를 머릿속으로 하나씩 떠올려보던 어느 저녁, 불현듯 모르진에서 보냈던 12월 31일 저녁 모임의 기억이 나를 관통했다. 처음으로 자정까지 깨어 있어도 좋다는 허락을 받았던 나의 첫 새해맞이 밤이었다. 부모가 자기 친구들을 몇몇 초대했고, 자리가 어땠는지는 전혀 기억에 없지만 아마 소규모 모임이었던 것 같다. 반면에 이제 새로운 한 해로, 아주 사소한 행동을 비롯해 처음으로 네스퀵 코코아를 마셔보는 일 등 행동 하나하나가 모두 처음일 완전히 새로운 한 해로 접어든다는 생각에 내가 완전히 도취되었던 기억은 난다. 당시 나는 카미유의 아들보다 조금 더 위인 다섯 살 정도 됐을 것이다. 내게 인생은 점점 더 확장되는 행복의 연속, 미래에 점점 더 다양하고 커지는 행복의 연속일 것 같았다. 그 기억이 머리를 스친 순간, 나는 내가 카미유의 아들을 이해하고 있으며 아이의 입장이 될 수 있다는 것을, 바로 그 일치감이 내게 아이를 죽일 당위성을 부여한다는 것을 알았다. 사실 내가 사슴이나 브라질 구세계원숭이였더라면, 고민조차 하지 않을 일이었다. 암컷을 정복한 수컷 포유동물이 맨 처음 하는 행동은 자기 유전자형의 우위를 확보하고자 이전의 새끼들을 모두 죽이는 것이다. 이런 태도는 초기 인류에게서도 오랫동안 유지되었다.

이제 내 머릿속엔 오직 그 몇 시간, 혹은 단지 몇 분 만에 끝나버릴 그 순간에 대한 생각뿐이었다. 그 생각을 되풀이하는 것 말고는 이제 나에게 별다른 인생 계획이 없었다. 살인 쪽으로 마음이 기우는 나를 저지하려는 힘, 나를 거스르는 힘은 도덕심과는 큰 상관이 없었다. 그것은 오히려 인류학의 문제, 내가 후기 발생 인류에 속하고 후기 발생 인류의 법칙을 따르고 있다는 문제, 달리 말해 순응주의의 문제였다.

마침내 내가 이 한계를 넘어서더라도 보상은 즉각적이지 않을 터였다. 카미유는 고통스러워하리라. 엄청나게 고통스러워할 것이므로 카미유에게 다가가기까지 적어도 육 개월은 기다려야 할 터였다. 그렇게 내가 그녀를 다시 찾아가면 그녀는 다시 나를 사랑하리라. 그녀는 한순간도 나를 사랑하지 않은 적 없었으니까. 그보다 간단할 수는 없었다. 그녀는 또다른 아이를 원할 터였다. 하루속히 아이를 갖고 싶어할 터였다. 그리고 그 바람은 실제가 될 터였다. 몇 년 전 엄청난 경로 이탈이 발생했고 우리는 우리의 정상적인 운명을 끔찍하게 비껴간 것이다. 내가 먼저 잘못을 저질렀고 거기에 카미유도 잘못을 보탰다. 이제 잘못을 되돌려 놓을 때였다. 지금이 바로 그때였고, 지금이 우리의 마지막 기회였다. 오직 나만이 그 일을 할 수 있었고, 오직 나만이 열쇠를 쥐고 있었다. 해결책은 나의 슈타이어 만리허 총구에 있었다.

기회는 바로 다음 토요일 아침나절에 찾아왔다. 때는 3월 초였고, 대기엔 이미 포근한 봄기운이 감돌았다. 총구를 겨누기 위해 호수 쪽 창문을 몇 센티미터가량 열었는데도 찬바람이 전혀 느껴지지 않았다. 안정적으로 조준하는 데 방해가 될 만한 요소가 전혀 없었다. 아이는 테라스의 테이블에 앉아 있었고, 테이블엔 디즈니 퍼즐이 든 커다란 종이상자가 놓여 있었다. 망원경으로 확인한 바로는, 정확히 '백설공주' 퍼즐이었는데, 아직까지는 백설공주의 얼굴과 상반신만 맞춰져 있었다. 나는 조준렌즈의 배율을 최대한 높이고서 총기의 위치를 바로잡았고, 이윽고 호흡이 점점 고르고, 느려졌다. 조준렌즈 가득 아이의 옆통수가 들어왔다. 아이 또한 미동도 하지 않았다. 퍼즐에 완전히 몰입해 있었다. 아닌 게 아니라 퍼즐은 고도의 집중력을 요하는 훈련이었다. 베이비시터는 몇 분 전에 위층 방으로 올라가 모습이 보이지 않았다. 그간 관찰한 바로는 아이가 독서나 놀이에 정신을 빼앗기면 베이비시터는 그 틈을 타 위층으로 올라가 헤드폰을 쓰고서 인터넷 검색에 빠져 몇 시간씩 보냈다. 이제 베이비시터는 점심시간이 될 때까지는 내려오지 않을 터였다.

아이는 퍼즐 조각이 가득한 상자를 헤집느라 손을 천천히 더듬거리는 것 외에는 십 분 동안 꼼짝도 하지 않았다. 백설공주의 드레스 몸통 부분이 점차 완성되어갔다. 나 역시 아이만큼이나 꼼짝도 하지 않았다. 이제껏 그토록 숨을 길고, 깊게 쉬어본 적이 없었다. 또한 그토록 손을 안 떨어본 적도, 그토록 이 총을 완벽하게 통제해본 적도 없었다. 나는 바야흐로 나를 해방시킬 완벽하고 다시없을 유일한 한 발을 발사할 순간이 왔음을 느꼈다. 내 생에서 가장 중요한 한 발, 지난 몇 달에 걸친 훈련의 유일한 목적인 한 발을.

그렇게 꼼짝도 하지 않은 채로 십 분이 흘렀다. 아니, 아마 십오 분 내지 이십 분이었으리라. 이내 손가락이 부들거리기 시작하더니 나는 바닥에 그대로 엎어졌다. 두 뺨이 카펫에 쓸렸고, 완전히 망했다는 직감이 들었다. 나는 총을 쏘지 못할 터였다.

나는 끝내 운명의 흐름을 바꿀 수 없을 터였다. 불행의 메커니즘은 너무나 강력했고, 나는 카미유를 되찾지 못할 것이며, 우리는 각자 불행하고 고독하게 살다가 외로이 죽음을 맞이할 터였다. 몸을 일으키자 전신이 덜덜거리며 눈물로 시야가 흐릿해졌다. 나는 무작정 방아쇠를 당겼고, 식당 유리창 하나가 와르르 부서지며 산산조각이 났다. 소리가 하도 요란해서 맞은편 집에도 들렸을 것 같았다. 나는 망원경을 들어 아이를 살폈다. 천만에, 아이는 여전히 미동도 없이 퍼즐에 몰두하고 있었다. 백설공주의 드레스 자락이 차츰차츰 완성돼가고 있었다.

나는 천천히, 아주 천천히, 장례식을 치르듯 천천히 슈타이어 만리허를 해체하여 부품을 스티로폼 홈 안에 맞춰 넣었다. 폴리카보네이트 케이스를 덮고서 문득 호수에 던져버릴까 하는 생각이 일었으나, 이윽고 그렇게 과시적으로 실패를 표출하는 행위가 불필요하게 느껴졌다. 이미 실패한 마당에 거기서 더 실패를 강조하는 것이, 그저 제구실을 하여 사용자가 정확하고 탁월하게 목표를 달성하기만을 바랐을 이 정직한 소총에게 부당한 처사가 될 터였다.

그다음에는 다리를 건너가 아이한테 내 소개를 하면 어떨까 하는 생각이 들었다. 나는 이삼 분간 머릿속에서 그 생각을 굴리며 기뇰레 키르슈* 한 병을 다 비웠다. 그러자 이성이, 정상적인 이성이 돌아왔다. 어쨌든 나는 아이의 아버지나 아버지의 대체 자박에 될 수 없었다. 그런데 아이에게 아버지가 생겨서 무얼 한단 말인가? 어떤 아버지가 됐든 무엇 때문에 아버지가 필요하겠는가? 전적으로 불필요했다. 이미 답이 나온 방정식의 변수를 다시 구하고 있는 기분이었다. 답은 나에게 유리하지 않았다. 앞서 말했듯 아이냐, 나냐의 문제였고, 답은 아이였다.

이후 나는 보다 이성적으로 나의 G350 트렁크에 무기를 싣고서 뒤도 돌아보지 않고 생토베르를 향해 차를 달렸다. 한 달이 조금 더 지나 식당 문을 다시 열고 난잡한 침입의 흔적을 발견한 사람들은 아마도 노숙자의 소행으로 간주하고서 식자재 납품업자들이 드나드는 아래쪽 문의 보안장치를 강화할 터였다. 헌병대가 수사에 착수하여 지문 채취에 나설지조차 의문이었다.

이제 내가 나락으로 향하는 길에 제동을 걸 수 있는 건 아무것도 없어 보였다. 생토베르쉬르오른의 집을 떠나진 않았다. 적어도 당장은 아니었는데, 왜 그랬는지는 돌이켜 생각해도 설명하기 어렵다. 나는 아무것도 바라지 않았다. 바랄 것이 아무것도

---

* 체리를 담가 만든 붉은 빛깔의 리큐어.

없다는 걸 충분히 인식하고 있었고, 이 상황 판단은 철저하고 정확해 보였다. 인간의 정신에는 여전히 잘 알려지지 않은 영역들이 있다. 탐사된 적이 드물기 때문이고, 다행히도 소수의 사람들만이 탐사할 상황에 놓였기 때문이며, 그것을 탐사한 사람들은 대체로 자기들의 경험을 적절한 표현으로 설명할 이유가 별로 없었기 때문이다. 이 영역들은 역설적이고 부조리한 말들에 의해서만 설명될 수 있고, 그중에서 지금 내게 유일하게 떠오르는 것이라면 '바랄 수 있는 모든 것 이상을 바라다'라는 표현 정도이다. 그것은 밤과 유사하지 않다. 밤보다도 못하다. 나도 직접 경험해보진 못했지만 심지어 진짜 밤에, 그러니까 여섯 달 연속으로 밤만 계속되는 극야에 빠진다 해도 태양에 대한 개념 내지 추억은 남아 있는 것과 같으리라. 나는 끝없는 밤 속으로 빠져들었고, 그럼에도 내 안 깊숙한 곳엔 무언가가, 희망보다는 훨씬 약하고, 불확실성이라고 할 수 있는 무언가가 남아 있었다. 우리가 게임에서 지고 마지막 카드까지 내보였을 때조차도, 어떤 이들—모두에게 해당되는 것은 아니다, 결단코 모두에게 해당되는 것은 아니다—은 이제 곧 천계의 무언가가 수습에 나서서, 그리하여 임의로 카드를 다시 배포하고 주사위를 다시 던지리라는 생각을 품는 것과도 같았다. 그것은 또한 우리가 생의 단 한순간도 어떤 신이 됐든 신의 개입이나 존재조차 느껴본 적이 없으면서도, 심지어 우리가 신의 호의적인 개입을 특별히 누릴 만하지 않다는 것을 알고, 우리의 삶에 누적된 허물과 과오들을 고려할 때 다른 이들보다도 더 자격이 없다는 것을 절감하면서도 바라는 어떤 것이다.

집의 월세 기간이 아직 삼 주나 남아 있었고, 그 사실은 적어도 나의 광기에 구체적인 경계를 짓는 데 유리했다. 내가 이 상황에서 며칠 더 견딜 수 있을는지 가능성은 희박했지만 말이다. 게다가 당장 파리를 다녀와야 할 필요가 있었다. 캅토릭스 복용 용량을 20밀리그램으로 늘려야 했고, 그것은 기본적인 생존을 위해 간과할 수 없는 사항이었다. 나는 아조트 박사와 다다음날 오전 열한시로 약속을 잡았다. 파리 생라자르역의 열차 도착 예정 시간에서 연착 시간을 감안한 시간이었다.

기차 여행이 뜻밖에도 생각을 환기시키는 데 나름대로 도움이 되었다. 물론 대신 떠올린 생각들도 부정적이긴 했으나 적어도 개인적이지 않은 것들이었다. 열차는 생라자르역에 예정보다 삼십오 분 연착했다. 거의 내가 예상한 대로였다. 철도원들의 유서 깊은 자부심, 그러니까 20세기 초만 해도 시간 엄수에 대한 유서 깊은 자부심은 워낙 강하고 굳건해서 시골 마을 사람들은 열차가 지나가는 시간에 집안의 시계를 맞출 정도였는데, 이제는 확연히 사라져버렸다. 프랑스 철도공사는 내가 살아생전에 파산과 완전한 쇠락을 목도하게 될 기업 중 하나였다. 열차 운행 시간표는 오늘날 완전히 무시해도 좋을 하찮은 존재가 되었을 뿐만 아니라, 도시간 급행열차의 장비관리 계획 같은 모든 종류의 개보

수 개념도 사라져버렸다. 좌석들은 갈가리 찢겨 뿌연 솜들이 비어져나왔고, 아마도 방치된 탓이겠으나 적어도 폐쇄되지 않은 화장실은 그나마 어찌나 불결한지 그곳에 들어가느니 차라리 두 차량 사이에서 볼일을 보는 편을 택할 지경이었다.

재앙적 환경은 늘 개인에게 닥친 재앙을 조금은 경감시킨다. 전쟁중에 자살하는 사람들이 그리 드문 이유도 아마 그 때문이리라. 나는 경쾌한 발걸음으로 아텐느가로 향했다. 하지만 나를 바라보는 아조트 박사의 눈빛을 보자 대번에 환상에서 깨어났다. 그는 걱정과 연민과 순전히 직업적인 관심이 뒤섞인 눈빛이었다. "상태가 심각해졌군요……" 그가 짧은 말로 내 상태를 진단했다. 그와 몇 달 만의 만남인 만큼, 반박의 여지가 별로 없었다. 나는 결코 느낄 수 없는 것이 그에겐 뚜렷이 비교되었을 테니까.

"물론 20밀리그램으로 복용량을 늘려드릴 겁니다." 그가 말을 이었다. "허나 15밀리든 20밀리든…… 항우울제가 모든 걸 해결하진 않아요, 그 점은 선생도 충분히 아시리라 생각됩니다만." 물론 알고 있었다. "그리고 어쨌든 20밀리짜리가 시판되는 약 중에 최대 용량이라는 걸 아셔야 해요. 물론 두 알을 복용해서 25, 30, 35밀리로 늘릴 수도 있겠지만 그렇게 되면 과연 어디서 멈출까요? 그 상황은 정말 권하고 싶지 않아요. 실제로 임상

시험은 20밀리까지 됐고 그 이상은 아닙니다. 그런 위험은 정말이지 감수하고 싶지 않군요. 성생활은 어떻습니까?"

말문이 막혔다. 그럼에도 나쁜 질문은 아니라는 걸 인정해야 했다. 멀고 불확실해 보이긴 했으나 어쨌든 내 상황과 관련이 있었으니까. 나는 아무 대답도 하지 않았으나, 입이 벙긋 벌어지고 두 손을 양쪽으로 벌려 보인 무심결의 표정과 동작으로 전무한 상태가 충분히 설명된 듯했다. "오케이, 오케이, 알겠어요……" 아조트 박사가 이렇게 말했기 때문이다.

"어쨌든 테스토스테론 수치를 조절해야 하니 혈액검사를 합시다. 정상적인 경우 아주 나쁠 거예요. 캅토릭스를 매개로 생성된 세로토닌은 자연적인 세로토닌과 달리 테스토스테론 합성을 억제하거든요. 왜 그런지는 묻지 마시고요, 밝혀진 게 없으니까요. 정상적인 경우라면, 난 분명히 정상적이라는 단서를 붙였습니다, 캅토릭스 복용을 중단하면 효과가 완전히 역전될 겁니다. 성기능이 다시 돌아오죠. 아무튼 연구 결과는 그렇지만 절대 100퍼센트 장담할 순 없어요. 과학적으로 완전히 확신할 수 있을 때까지 기다리려면 시판할 수 있는 의약품은 단 한 종도 없죠. 제 말이 무슨 뜻인지 다 이해하시겠죠?" 나는 수긍했다.

"아무튼, 아무튼……" 그가 말을 이었다. "테스토스테론에만 국한하진 않을 거고요, 호르몬 수치를 전체적으로 한번 봐드릴

게요. 다만 제가 내분비내과 전문의가 아니다보니, 조금 놓치는 게 있을 수 있어요. 혹시 내분비내과 전문의를 만나보겠어요? 꽤 괜찮은 의사를 알고 있는데."

"그러지 않는 게 좋겠어요."

"그러지 않는 게 좋겠다라…… 좋습니다, 그 말씀을 그냥 저에 대한 신뢰로 받아들여야겠군요. 그럽시다, 이대로 한번 가봅시다. 사실 호르몬은 그다지 복잡할 게 없어요. 한 십여 가지만 죽 살펴보면 되니까. 게다가 의대 재학 시절에 저는 내분비내과 공부를 꽤 재밌어했죠. 좋아하는 과목 중 하나였어요. 지금 다시 좀더 빠져보는 것도 재밌겠군요……" 일정한 나이에 이르면 피할 수 없듯, 그는 학창시절을 돌아보며 어렴풋한 노스탤지어에 취한 듯했다. 나 또한 생화학을 무척 흥미로워했던 만큼 그를 십분 이해할 수 있었다. 나도 복합분자의 속성을 공부하며 묘한 쾌감을 느꼈었고, 그와 다른 점이라면 나는 엽록소나 안토시아닌 같은 식물분자를 더 흥미로워했다는 것이었으나, 기본은 대략 같았다. 나는 그가 하고자 하는 말이 무엇인지 아주 잘 알 수 있었다.

따라서 나는 처방전 두 장을 들고 아조트 박사의 진료실을 나와, 생라자르역 근처 약국에서 20밀리그램짜리 캅토릭스를 타왔다. 호르몬 검사를 위해서는 파리로 다시 돌아와야 했다. 이제 파리로 돌아오는 것이 불가피해졌다. 어쨌든 완벽한 고독은 파리의 환경에서 훨씬 정상적이고 적합할 터였다.

그래도 마지막으로 라보당주 호숫가에 들렀다. 카미유가 바뇰드로른의 그녀의 부모 집에 점심을 먹으러 가느라 확실히 집을 비우리라 예상되는 시간인, 일요일 정오를 골랐다. 카미유가 거기 있어서 최종적인 작별인사를 고하게 되는 건 나로서는 도저히 못할 일 같았다. 최종적인 작별인사? 나는 그것을 진심으로 믿었던 것일까? 그렇다, 나는 진심으로 믿었다. 어쨌든 나는 사람들이 세상을 떠나는 걸 보아왔고, 나도 머지않아 세상을 떠날 것이며, 최종적인 작별인사는 우리가 살아가는 동안 끊임없이 일어나는 일이었다. 우리의 수명이 천만다행히도 아주 짧지 않다면, 거의 매일 마주하는 일이었다. 날이 부조리해 보일 만큼 화창했다. 따사롭고 눈부신 햇살에 호수는 환히 빛났고 숲은 반짝였다. 바람은 신음소리를 흘리지 않았고, 물도 소란스럽지 않게 고요히 흘렀다. 자연은 거의 모욕적일 만큼 공감 능력이 결여된 듯했다. 모든 것이 잔잔하고, 장엄하며, 평화로웠다. 나는 과연 숲 한가운데 고립된 이 집에서 카미유와 단둘이 살면서 행복할 수 있었을까? 답은 '그렇다'였다. 나는 그렇다는 걸 알고 있었다. 사회적 관계에 대한 내 욕구(연인 관계를 제외한 다른 관계들을 뜻하는 거라면)는 처음부터 매우 약했고, 해를 거듭하며 완전히 말라버렸다. 그건 과연 정상이었을까? 그리 매력적이지 않은 인류의 선조들은 몇십 명씩 부족을 이루어 살았고, 이런 형태는 오랫동안 유지되어왔다. 수렵채집사회에서든 최초의 농경사회에서든, 거의 촌락과 같은 규모였다. 하지만 시간이 흐르며 도시가 생겨났고 그에 따른 자연스러운 결과로 바로 고독이 생겨났다. 그리고 그 고독을 해소하기 위해서는 오직 짝을 이루는 것만이 진정한 대안이 될 수 있었다. 우리는 결코 부족의 단계로 되돌아갈 수 없을 것이다. 지성이 부족한 일부 사회학자들이 '재구성 가족' 안에서 새로운 형태의 부족의 모습을 발견할 수 있다고 주장했고, 실제로 그럴 수도 있었으나, 어쨌든 나는 재구성 가족을 한 번도 본 적이 없었다. 해체된 가족이라면 또 모를까. 사실 내가 봐온 건 거의 해체된 가족뿐이었다. 물론 아이를 낳기 이전 커플 단계에서 이미 해체 절차가 발생한 수많은 경우를 제외하고 말이다. 재구성 절차에 관한 한, 그 과정을 볼 기회가 없었다. "우리의 심장이 한번 수확을 맛보면/사는 것은 고통이 된다"라고 보들레르가 보다 적확하게 쓴 바 있다.* 이 재구성 가족에 관한 이야기는 내 생각엔 역겨운 허섭스레기일 뿐이었다. 어쨌든 파리 시문 밖에서는 들리지도 않는, 고소득 엘리트나 울트라 고소득 엘리트 직종을 가진 사람들에게만 헌정되고 적용된, 낙관적이고 포스트모던한 순전한 프로파간다가 아니라면 말이다. 따라서, 그렇다, 나는 숲 한가운데 고립된 이 집에서 카미유와 단둘이 살면서 매일 아침 호숫가의 일출을 보았을 것이며, 내게 주어진 행복을 만끽했으리라. 하지만 내 삶은 이른바 다른 선택을 했고, 여행가방은 꾸려졌으며, 오후가 시작될 무렵이면 나는 파리에 있을 터였다.

* 샤를 보들레르의 『악의 꽃』에 수록된 시 「셈페르 에아뎀(언제나 똑같이)」 중에서.

나는 메르퀴르호텔 프런트의 여직원을 바로 알아보았고, 그녀 또한 나를 알아보았다. "돌아오신 거예요?" 그녀가 물었다. 나는 마음이 살짝 뭉클해진 채로 그렇다고 대답했는데, 분명 그녀가 "우리 곁으로 돌아오신 거예요?" 하고 물으려던 것 같았기 때문이었다. 하지만 단골 고객이라 하더라도 고객에게 허용되는 친근함의 기준을 스스로 매우 명확하게 정해놓았기에 그녀는 조심하며 마지막 순간에 말을 삼킨 것이리라. "투숙 기간은 일주일이 맞나요?" 그녀의 다음 질문은 이러했고, 그것은 몇 달 전 내가 이곳에 처음 왔을 때 들었던 말과 정확히 똑같았다.

용케도 모든 기능을 갖춘 나의 손바닥만한 호텔방에 다시 들어서자 유치하고도 병적이기까지 한 만족감이 느껴졌다. 나는 다음날로 아벨오블라크가를 지나며 맥줏집 오쥘과 카르푸 시티까지 일상적인 순회에 나섰다. 고블랭대로에서 조금 올라가 세르로잘리대로 끝의 두 갈래 길이 나오는 곳까지였다. 거의 일 년새에 전반적인 분위기가 어딘지 변해 있었다. 5월 초순이었다. 초여름이 성큼 다가온 듯한 유난히 포근한 5월이었다. 맥줏집 오쥘의 내 자리에서 멀리 떨어지지 않은 곳에 짧은 치마나 몸에 딱 달라붙는 레깅스를 입은 젊은 여자들이 앉아 있었다. 그들은 각자 커피를 앞에 두고 서로의 생명보험을 비교한다기보다는 아마도 연애사를 털어놓는 듯했다. 정상적이었더라면 욕망이 시키는 어떤 것, 혹은 그저 단순한 욕구를 느꼈을 터였으나, 이론적으로는 우리가 같은 종이었는데도 나는 아무것도, 철저히 아무것도 느끼지 못했다. 호르몬 수치에 신경을 써야 했다. 아조트 박사는 호르몬 검사 결과 사본을 받아볼 수 있게 해달라고 내게 당부했었다.

사흘 뒤 나는 아조트 박사한테 전화를 걸었고, 그는 당황한 듯했다. "저, 그게 좀 이상한 점이 있어서요…… 괜찮으시다면 다른 동료와 상의해보고 싶어요. 일주일 뒤에 예약을 잡을까요?" 나는 별말 없이 수첩에 예약 날짜를 기입했다. 의사가 검사 결과를 보고서 무언가 이상한 점이 있다고 하면 대개는 걱정이 머릿속을 스치기 마련이다. 나는 그렇지 않았다. 전화를 끊은 직후 나는 이제 적어도 걱정하는 척이라도 할 수 있겠구나, 드디어 나한테 조금은 관심을 가질 수 있겠구나 생각했고, 그것이 아마 아조트 박사가 기대한 바일 터였다. 다음 순간, 그가 내 상태를 잘 이해했다면 말이지, 하는 생각이 들었고, 바로 그것이야말로 당혹스러운 것이었다.

예약 시간은 그다음주 월요일 저녁 일곱시 삼십분이었다. 마지막 진료거나 어쩌면 진료시간을 조금 연장한 건 아닐까 생각이 들었다. 그는 지쳐 보였다. 그가 카멜 담배에 불을 붙이더니 내게도 권했다. 약간 사형선고 같은 행동이었다. 내 검사 결과표 위에 그가 숫자들을 휘갈겨 적으며 계산한 흔적이 보였다. "자……" 그가 입을 열었다. "테스토스테론 수치는 정말 낮아요. 그건 캅토릭스 때문에 예상한 일입니다. 문제는 코르티솔 수치가 매우 높다는 거예요. 이렇게나 엄청난 코르티솔이 분비되다니 놀라울 지경이죠. 음…… 있는 그대로 말씀드려도 될까요?" 나는 그러라고 대답했다. 우리는 여태껏 그 있는 그대로의 솔직함으로 서로를 대해왔으니 말이다. 그는 그래도 조금은 머뭇거리며 입술을 살짝 떨더니 말했다. "선생은 현재 깊은 슬픔으로 죽어가고 있는 듯합니다."

"슬픔으로 죽기도 하나요? 말이 되는 건가요?" 이것이 내 머릿속을 스친 유일한 대답이었다.

"그래요, 학술적으로 용어가 정확하진 않지요. 하지만 사실을 사실대로 말하자면 그래요. 물론 슬픔 때문에 죽는 건 아니죠, 직접적으로는요. 체중은 이미 불기 시작한 것 같은데, 어떤가요?"

"네, 그런 것 같아요. 지금까지는 못 느꼈는데 그런 것 같군요."

"코르티솔 수치가 증가하면 피할 수 없는 현상이죠. 이제 점점 살이 찌고 비만이 될 거예요. 일단 비만이 되면 죽을병이 넘쳐나게 되죠. 선택이 곤란할 지경이 돼요. 그래서 이 코르티솔 때문에 치료법을 바꿀까 합니다. 워낙 코르티솔 수치가 높아질까봐 캅토릭스 복용을 중단시킬까 고려하기도 했고요. 그런데 이건, 정말이지 이보다 더 높을 수 있을까 싶을 정도의 수치거든요."

"그러니까 저더러 캅토릭스 복용을 중단하라는 말씀입니까?"

"음 그게…… 실은 옳은 선택인지도 확실치 않군요. 약을 중단하면 우울감이 다시 시작될 테니까요. 심지어 더 심해질 수도 있고 그렇게 되면 선생은 정말 산송장이 돼버릴 거예요. 그렇다고 약을 계속 복용하면 성생활과는 영영 작별을 고해야겠죠. 그러니 우리가 할 일은 세로토닌을 적정 수준으로 유지하면서—지금 이 부분은 괜찮아요. 나쁘지 않은 상태입니다—코르티솔 수치를 낮추는 겁니다. 거기에 도파민과 엔도르핀을 좀더 증가시킬 수 있다면 이상적이겠고요. 제 얘기가 그리 명확하게 들리지 않을 것 같은데, 어때요, 이해가 되세요?”

“솔직히, 다는 아니에요.”

“그래요……” 그가 다소 혼란스러운 눈빛으로 검사 결과표를 힐끗 보았다. 자신의 계산을 더는 크게 믿지 않는 눈치였다. 이윽고 그가 내게 시선을 돌리더니 말했다. “매춘부는 생각해보셨어요?” 입이 다물어지지 않는 말이었다. 그가 곧바로 이렇게 덧붙인 걸 보니 실제로 내가 입을 헤벌리며 그에게 당혹감을 드러냈던 것 같다.

“아, 지금은 에스코트걸이라고들 부르지만 그게 그거니까요. 재정 상태는 크게 곤란하지 않죠?”

나는 그 부분에 대해서만큼은 지금으로서는 문제없다고 대답했다.

“좋습니다……” 그는 내 대답에 의욕을 약간 되찾은 듯했다. “보면 꽤 괜찮은 여자들이 있어요. 아니, 솔직히 말해서 좀 예외적이에요. 사실 대부분은 초보적인 수준의 현금탈취기들이고, 거기에 욕망하고, 느끼고, 사랑하는 척하는 웃기는 연극을 꼭 해야 한다고 생각하잖아요. 아마 아주 어린 친구들이나 멍청이들한테는 먹힐지도 모르겠으나 우리 같은 사람들한테는 안 통하죠

(그는 아마 '선생 같은'이라고 말하고 싶었을 것이나, '우리 같은'이라고 말했고, 그 사실로도 그는 놀라운 의사였다). 말하자면 우리 같은 사람들한텐 절망감만 가중될 거란 얘깁니다. 뭐, 그래도 섹스를 하면 아무것도 아니진 않아요. 상대가 괜찮은 여자들이면 금상첨화고요. 선생도 모르진 않을 겁니다."

"그래서 제가 리스트를 하나 준비했어요……" 그가 책상 서랍에서 이름 세 개가 적힌 A4 용지 한 장을 꺼냈다. 사만다, 탱, 알리스. 각각의 이름 옆에는 휴대전화번호가 적혀 있었다. "저한테 소개받았다는 얘기는 굳이 할 필요 없어요. 아, 아니, 얘기하는 게 좋겠네요. 경계심이 많은 여자들이니까. 이해해야죠, 쉽지 않은 직업이잖아요."

놀란 마음을 가라앉히는 데 어느 정도 시간이 필요했다. 의사가 모든 것을 해줄 수는 없고, 살아가기 위해서는, 흔히 하는 말로 땅 위에 굳건히 발을 딛기 위해서는 최소한의 쾌락이 필요하다는 걸 한편으론 이해할 수 있었다. 그래도 에스코트걸이라니 놀라웠고, 거기에 말문이 막혔다. 그도 다시 말을 이어가기까지 몇 분이 걸렸다(아텐느가엔 이제 더는 차도 다니지 않아, 진료실 안은 그야말로 고요함 그 자체였다).

"난 죽음 예찬론자가 아닙니다. 원칙적으로 죽음을 좋아하지 않아요. 물론 어떤 경우엔…… (그가 흔히 되풀이되는 어리석은 반론을 쓸어버리려는 듯 황급히 손사래를 쳤다) 어떤 경우엔 그게 최선의 방법일 수 있겠죠. 허나 매우 드문 경우예요. 사람들이 얘기하는 것보다 훨씬 드문 경우이지요. 거의 모든 경우 모르핀으로 해결이 되고, 모르핀이 듣지 않는 극히 드문 경우엔 최면요법을 쓸 수 있어요. 하지만 선생은 그 단계는 아닙니다. 세상에, 아직 쉰도 안 되셨잖아요! 여기가 만약 벨기에나 네덜란드이고, 선생이 지긋지긋한 우울증 때문에 안락사를 요구한다면 문제없이 그렇게 해드렸을 거예요. 하지만 난 의사입니다. 만일 환자가 찾아와 '난 우울증이에요, 머리에 총을 쏘고 싶어요'라고 하면 '그래요, 쏘세요, 도와드리죠'라고 대답할까요? 아니죠, 미안하지만 난 그렇게 못합니다. 그러려고 의사가 된 게 아니니까요."

나는 그에게 지금으로서는 벨기에나 네덜란드에 갈 의도가 조금도 없노라고 단언했다. 그는 안심하는 눈치였고, 그러고 보니 내가 이런 유의 확언을 하길 기다렸던 것 같다. 내가 정말 그 정도였단 말인가? 겉보기에 그렇게 확연히 느껴질 만큼? 나는 그의 설명을 대략 이해했으나, 한 가지가 의문이었고 그에 대해 질문했다. 과연 성관계가 코르티솔의 과도한 분비를 억제하는 유일한 방법인가?

"아니요, 천만에요. 코르티솔은 흔히 스트레스 호르몬이라 불리는데, 틀린 말이 아니에요. 그런데 수도사들 같은 경우엔, 코르티솔 분비량이 극히 적을 거라고 확신합니다. 왜 그런지는 제가 판단할 영역은 아닌 것 같군요. 그래요, 온종일 거의 아무것도 하지 않는 선생이 스트레스 환자라니 이상하긴 해요. 하지만 수치가 엄연히 이렇게 나와 있는걸요!" 그가 단호하게 검사 결과표를 두드렸다. "선생은 스트레스 환자예요. 스트레스 수치가 기함할 지경이죠. 약간은 고착된 번아웃 상태라고 할까요. 내면을 계속 소진하는 상태. 명확히 설명하기가 쉽지 않군요, 어려운 문제예요. 게다가 시간도 늦었고……" 나는 손목시계를 보았다. 밤 아홉시가 넘어 있었다. 그의 시간을 너무 많이 뺏은 것 같았고, 게다가 배도 출출했다. 카미유와 함께하던 시절처럼 맥줏집 몰라르에서 저녁을 들 수도 있겠다는 생각이 잠깐 스쳤으나, 공포의 몸서리와 함께 이내 사라져버렸다. 의심의 여지가 없다. 나는 심각한 바보였다.

"자, 이렇게 하죠." 그가 결론지었다. "선생이 캅토릭스를 끊으실 생각이라면 일단 캅토릭스 10밀리그램을 처방해드리겠습니다. 다시 한번 말씀드리지만 갑작스럽게 복용을 중단하면 안 되거든요. 과정이 그리 복잡하진 않아요. 이 주 동안만 10밀리그램씩 계속 복용하시고 그다음 완전히 끊으면 됩니다. 있는 그대로 말씀드리죠, 꽤 힘드실 겁니다. 항우울제를 이미 오랫동안 복용해오셨으니까요. 그래도 제 생각엔 이렇게 하셔야 할 것 같군요……"

그가 문가로 걸음을 옮기며 내 손을 오래도록 붙들고 놓지 않았다. 그에게 뭔가 말하고 싶었다. 감사와 존경을 표현할 문장을 찾고 싶었다. 나는 외투를 걸치고서 문까지 걸어가는 삼십여 초 동안 필사적으로 적당한 표현을 찾았으나, 이번에도, 말이 떠오르지 않았다.

두 달, 어쩌면 세 달이 흘렀다. 종국엔 끊어야 할 캅토릭스 10밀리그램짜리 처방전이 수시로 눈에 들어왔지만 나는 늘 멀뚱히 보기만 했다. 에스코트걸 세 명의 전화번호가 적힌 A4 용지 또한 마찬가지였다. 나는 아무것도 하지 않고 텔레비전만 보며 지냈다. 산책을 마치고 돌아와 정오가 조금 지난 시각부터 텔레비전을 켜놓고 종일 끄지 않았다. 텔레비전엔 절전 타이머가 있어서 한 시간에 한 번씩 OK 버튼을 눌러야 했는데, 따라서 나는 매시간 한 번씩 OK 버튼을 눌러댔고, 잠이 들어서야 일시적으로 그 일에서 해방되었다. 그러다가 오전 여덟시가 조금 지난 시각에 눈을 뜨면 다시 텔레비전을 켰다. 〈아침 정치〉의 토론들이 몸을 일으켜 씻는 데 명백히 큰 도움이 되었다. 사실 내가 그 방송 내용을 완벽하게 이해한다고 말할 수는 없었다. 나는 '전진하는 공화국' 당과 '굴복하지 않는 프랑스'* 당이 계속 헛갈렸다. 아닌 게 아니라 두 당이 약간 비슷하기도 했고, 두 당의 명칭에서 공통적으로 참기 힘든 에너지가 느껴졌기 때문이다. 하지만 내게 도움이 된 게 바로 그런 점이었다. 눈을 뜨자마자 그랑 마르니에 술병에 달려드는 대신 나는 비누칠을 한 목욕장갑으로 몸을 문질렀고, 그렇게 어느새 짧은 산책을 위한 단장이 끝나 있었다.

나머지 프로그램들은 더 분간되지 않았다. 채널을 하나씩 돌려보며 나는 천천히 취해갔다. 계속해서 요리 프로그램들만 이것저것 나오는 느낌이었다. 그동안 요리 프로그램들이 굉장한 비중으로 증가했고, 그러는 동안 에로물은 대부분의 채널에서 점차 자취를 감추었다. 그 우스꽝스러운 오스트리아인의 용어를 빌리자면 프랑스와 어쩌면 서구 전역은 분명 구강기로 후퇴하는 중이었다. 나도 같은 길을 걷고 있었고, 의심의 여지가 없었다. 나는 조금씩 체중이 불어났고, 성적인 해결책도 눈에 띄게 드러나는 것이 더는 없었다. 그것은 비단 나만의 문제는 아니었다. 물론 난봉꾼과 색광녀는 여전히 남아 있겠지만, 그런 것은 엘리트

* 전자는 에마뉘엘 마크롱이 프랑스 대통령 당선 전 창당한 중도 성향 정당, 후자는 급진좌파 성향의 정당.

집단(어느 날 아침, 맥줏집 오줼에서 내가 언뜻 떠올린 그 엘리트는 유주였고, 그것이 내가 그녀를 마지막으로 떠올린 것이었다)만이 누리는 취미, 특별한 소수의 취미가 되었다. 어느 면으로 우리는 자유연애가 부와 훌륭한 외모를 모두 타고난, 다 갖춘 귀족의 전유물이었던 18세기로 되돌아온 것이었다.

어쩌면 젊은이들, 그러니까 젊음에 의해 훌륭한 귀족적 외모는 갖춘 몇몇 젊은이들도 요컨대 대략 이 년에서 오 년 정도는, 절대 십 년은 넘지 않을 그 몇 년 동안은 그렇게 생각할지도 몰랐다. 6월 초였고, 나는 매일 아침 카페에 들르며 자명한 사실을 깨달았다. 바로 젊은 여자들은 전혀 문제가 없다는 것이었다. 젊은 여자들은 늘 그대로였다. 반면에 삼사십대 여자들은 거의 전멸이었다. '시크하고 섹시한' 파리 여자란 이제는 흔적조차 없는 전설에 불과했다. 젊은 여자들은 서구의 리비도 상실 속에서도 추측컨대 억누를 길 없는 호르몬의 충동에 이끌린 채 남자들에게 종족보존의 필요성을 상기시키는바 객관적으로 그들을 나무랄 수는 없었다. 그들은 오줼의 테이블에 앉아 기회만 되면 다리를 꼬아 올렸고, 피스타치오 바닐라 아이스크림콘이라도 먹을라치면 손가락을 핥으며 나에게서 불과 몇 미터 거리에서 관능적인 교태를 부렸다. 그러니까 그들은 더할 나위 없이 정직하게 삶에 에로티시즘을 부여하는 작업을 수행중이었다. 젊은 여자들은 거기 존재했으나, 나는 더는 그러지 못했고, 그건 그 여자들과도 다른 누구와도 마찬가지였으며, 나는 더는 존재하기를 고려하지 않았다.

초저녁, 〈한 사람의 챔피언을 위한 퀴즈〉를 방영할 무렵에, 자기 연민의 고통스러운 순간이 밀려들었다. 아조트 박사가 떠올랐다. 이 남자는 다른 환자들도 모두 나와 똑같은 방식으로 대하는 걸까? 나로서는 알 수 없었지만 만일 그렇다면 그는 성자였다. 에메릭 생각도 났으나, 상황이 달라졌고, 지금 나는 완전히 늙어버렸다. 내가 아조트 박사를 집으로 초대하여 함께 음반을 듣는 일은 없을 것이며, 우리 사이엔 조금도 우정이 싹트지 않을 터였다. 인간관계를 맺는 시기는 이제 만기가 되었다. 적어도 내게는.

그리하여 호텔 프런트 여직원한테서 나쁜 소식을 들었을 때 나는 비록 우울했을지언정 안정적인 상태였다. 월요일 아침이었다. 여느 날과 다름없이 오줠로 향하려던 참이었고, 새로운 한 주가 시작된다는 생각에 만족감마저 느끼며 들뜬 기분이었다. 그런데 여직원이 "손님……" 하며 조심스러운 목소리로 나를 불러 세웠다. 그녀는 내게 전하고 싶은 말이, 전해야 할 말이 있다며 슬프게도 호텔이 이제 100퍼센트 금연 호텔로 운영될 거라고 말했다. 새로운 규정이며 그룹 차원의 결정이어서 그들도 따르지 않을 방도가 없다고 그녀는 설명했다. 나는 난처하게 되었다고, 그렇다면 아파트 매매를 알아봐야 할 텐데 아무리 첫번째 본 매물을 바로 결정한다 해도 입주 절차에 시간이 걸릴 거라고,

요새는 온실가스 진단이며 에너지 성능 진단이며 나도 모르는 별의별 확인이 다 필요해서, 실제로 이사하기까지는 몇 달, 최소한 두세 달은 걸릴 거라고 말했다.

여자가 마치 내 말을 이해하지 못한 듯 당황한 표정으로 나를 바라보다가 자기가 이해한 게 맞는지 되물었다. 그러니까 이제 호텔에서 지낼 수 없게 되었으니 아파트를 구입할 거란 말인가? 정말 그 지경인가?

그랬다, 그 지경이었다. 그녀에게 달리 뭐라고 말할 수 있었겠는가? 수치심을 내려놓는 순간들이 있다. 단지 그것을 더는 붙들 방도가 없기 때문이다. 나는 그런 지경이었다. 여자가 나를 똑바로 응시했다. 나는 여자의 얼굴에 번지는 연민을 읽었다. 연민으로 여자의 표정이 서서히 일그러졌고, 이제는 그녀가 울지 않기만을 바랄 뿐이었다. 착한 여자임이 틀림없었다. 분명 그녀와 만나는 남자는 행복할 것이다. 하지만 그녀가 무얼 어쩔 수 있겠는가? 무엇이 됐든 우리가 이 상태에서 무얼 할 수 있겠는가?

그녀가 상사에게 얘기해보겠다고, 당장 아침에 가서 보고할 것이고 틀림없이 해결책을 찾을 수 있으리라 내게 말해주었다. 나는 발길을 돌리며 환한 미소를 지어 보였다. 호의를 표하는, 진심어린 미소였고, 또한 동시에 "괜찮아요, 극복할 수 있을 거예요" 같은 영웅적인 낙천주의를 드러내려는 실상 정직하지 못한 미소였다. 괜찮지 않았고, 극복할 수 있을 턱이 없었다. 나는 그 사실을 잘 알았다.

그 여직원의 상사라는 사람이 만나자는 전화를 걸어왔을 때, 나는 텔레비전에서 이탈리아 풀리아에 간 제라르 디파르디외가 수제 소시지 제조 과정을 보며 놀라워하는 장면을 보고 있었다. 호텔 지배인의 외모는 의외였다. 베르나르 쿠슈네르*를 닮았다고 할까, 아니 보다 보편적으로 메르퀴르호텔의 지배인이라기보다는 인도주의 구호활동을 하는 의사 같았다. 어떻게 그의 일상적인 직무만으로 저 주름들과 그을린 피부가 만들어질 수 있었는지 이해가 되지 않았다. 아무래도 주말마다 거친 자연환경 속에서 트레킹을 하는 것 같았다. 그렇게밖에 설명이 되지 않았다. 그는 지탄 담배에 불을 붙이며 나를 맞았고, 내게도 한 대 권했다. "오드레한테서 사정 설명을 들었습니다……" 프런트 여자의 이름이 오드레라는 걸 마침내 알게 됐다. 그는 나를 대하기가 불편한 듯, 나와 좀처럼 눈을 마주치지 못했다. 어느 면으로는 당연하다. 우리는 불치병 환자를 어떻게 대해야 할지 결코 방법을 알지 못한다. 아무튼 남자들은 절대 알지 못한다. 대신 여자

* '국경없는의사회'의 공동 설립자. 프랑스 외무부장관 및 보건부장관을 역임했다.

들은 이따금 드물게, 알 때도 있다.

“이렇게 하죠.” 그가 말을 이었다. “전체 감사도 있을 테지만 당장은 아니거든요. 최소 육 개월은 걸릴 것이고, 아마도 일 년 정도 후일 겁니다. 그동안 해결책을 찾으시면 어떨지요……”

나는 동의했고, 길게 잡아 서너 달 안에는 호텔을 떠나겠다고 대답했다. 그게 끝이었다. 우리는 서로 더이상 나눌 얘기가 없었다. 그가 내게 도움을 준 것이다. 나는 그의 사무실을 나서며 감사를 표했고, 그는 아무것도 아니라며 할 수 있는 최소한의 일을 한 것뿐이라고 말했다. 이어서 우리의 삶을 엉망으로 만드는 저 개자식들에 대한 비난을 쏟아내고 싶은 기색이 느껴졌으나, 결국 말을 삼켰다. 그런 비난이라면 이미 충분히 쏟아내고도 남았을 터, 그는 그래봤자 아무 소용 없고 개자식들이 더 막강하다는 걸 알고 있었다. 나는 사무실 문턱을 넘기 전에 폐를 끼치게 되어 미안하다고 말했고 이 흔한 말을 내뱉은 순간, 깨달았다. 이제부터 내 삶은 바로 그렇게 요약될 터였다. 폐를 끼친 일에 대해 사과하는 것으로.

그리하여 나는 늙어 죽어가던 짐승이 최후의 순간이 임박했음을 느끼고 생을 마감할 동굴을 찾아다니는 단계였다. 그러니 필요한 가구는 한정적이었다. 침대 하나면 충분했다. 침대 밖으로 거의 나오지 않으리란 걸 알고 있었다. 테이블도 소파도 안락의자도 필요치 않았다. 그런 것들은 불필요한 소품일 뿐이었고, 더 이상 일어나지 않을 사회적 삶을 고통스레 다시 떠올리는 잉여의 물건이었다. 텔레비전은 필수적이었다. 텔레비전은 오락거리를 제공했다. 그 모든 것을 종합할 때 원룸으로—가능하면 몸을 좀 움직이긴 해야 했으니, 넓은 원룸 쪽으로 마음이 기울었다.

지역 선택은 보다 어려웠다. 나는 세월을 거듭해오며 신체기관별로 담당 의사에게 검진을 받을 수 있도록 나만의 작은 종합

치료망을 구축해두었다. 진짜 죽음의 순간이 오기 전에 필요 이상으로 고통받는 일은 피하고 싶었기 때문이다. 병원 대부분이 파리 5구에 있었다. 나의 마지막 삶, 병원을 들락거리는 삶, 나의 진짜 삶을 보낼 곳으로 나는 내가 학창시절과 청춘을 보낸 동네, 꿈꾸던 시절의 동네를 한결같이 고수했다. 이제 나의 주요 대화 상대가 될 내 담당 의사들과 물리적으로 가까워지려는 건 합리적인 생각이었다. 그간 병원들을 오가던 길은 진료 목적에 가려져, 내게 오염되지 않은 일종의 멸균상태였고, 무해했다. 하지만 처음 집을 알아보러 다니기 시작한 때부터 바로 깨달은 사실이지만, 아예 그 동네에 사는 건 끔찍한 실수였다.

맨 처음 보러 간 라로미기에르가의 원룸아파트는 매우 쾌적했다. 천장이 높았고, 채광이 좋았으며, 나무들이 늘어선 넓은 마당으로 창이 나 있었다. 가격은 물론 높았지만 감당할 수 있을 듯했다. 아주 확실하진 않았지만 아무튼 나는 사실상 마음을 정한 상태로 로몽가로 접어들었다. 바로 그때 숨이 멎을 정도로 가혹하고 끔찍한 슬픔의 물결에 휩쓸렸다. 호흡이 가빠지며 몸을 가누기도 힘겨워, 제일 먼저 눈에 들어오는 카페로 피신해야 했고, 그건 오히려 상황을 악화시켰다. 농업대학 재학 시절에 자주 드나들던 카페 중 하나라는 걸 나는 바로 알아차렸다. 심지어 케이트와도 함께 왔던 곳으로, 이 카페는 거의 변한 것이 없었다.

나는 감자 오믈렛과 레프 맥주 세 병을 주문했고, 주문한 것들을 먹고 마시며 점차로 안정을 되찾았다. 아, 그렇다, 서구는 구강기로 후퇴했고 나는 실제로 그러하다는 걸 깨달았다. 카페를 나서며 거의 회복되었다고 생각했으나, 무프타르그가로 들어서자 모든 것이 다시 시작되었다. 이 경로는 십자가의 길이 되었다. 이번에는 카미유의 모습이 떠올랐다. 일요일 아침에 장을 보며 어린애처럼 좋아하던 모습, 아스파라거스며 치즈며 외래종 채소며 살아서 꼼지락거리는 바닷가재들을 보며 환호하던 모습. 코앞의 지하철 몽주역까지 걸어 올라가는 데 이십 분 이상이 걸렸다. 나는 늙은이처럼 휘우뚱거렸고, 늙은이들에게 때로 찾아드는 그 이해할 수 없는 고통, 다름 아닌 바로 삶의 무게인 그 고통으로 숨을 헐떡거렸다. 그렇다, 5구는 배제해야 할, 반드시 배제해야 할 동네였다.

따라서 나는 지하철 7호선 라인을 따라 점차 아랫동네로 내려갔고 그에 비례하여 집값도 내려갔으며, 그렇게 7월 초순에 놀랍게도 셰르로잘리대로에 있는, 메르퀴르호텔 거의 맞은편의 원룸 아파트를 둘러보게 되었다. 나는 내가 마음속 어느 구석에선가 오드레와 만나려는 불분명한 계획을 키우고 있었음을 깨달았고, 그 순간 이 아파트를 포기했다. 맙소사, 희망이란 얼마나 끈질기고 간교하기에 이리도 꺾기가 어렵단 말인가. 인간은 모두 이런 것일까?

계속해서 남쪽으로 내려가고 또 내려가야 했다. 괜찮은 삶에 대한 희망을 모두 멀리 던져버려야 했다. 달리 방법이 없었다. 나는 그런 생각으로 슈아지 시문과 이브리 시문 사이에 늘어선 고층아파트들을 보러 다니기 시작했다. 허허롭고 창백한, 아무런 장식 없는 곳을 찾아야 했다. 이 동네의 환경은 나의 그런 바람에 거의 이상적으로 부합했다. 이 아파트 단지에 산다는 건, 어디에도 살지 않는 것이었다. 물론 완전히 아무데도 살지 않는다는 말은 아니었다. 이웃과 아무 상관 없는 곳이라고 해두자. 월급쟁이들이 넘쳐나는 이 지역의 단위면적당 집값은 만만한 수준이었다. 내 예산으로는 두 칸, 아니 세 칸짜리도 얻을 수 있었다. 하지만 거기에 누구를 들인단 말인가?

고층아파트들은 모두 엇비슷했고, 원룸들도 마찬가지였다. 나는 그중에서도 가장 눈에 띄지 않는 아파트 건물에서 가장 허허롭고 가장 조용하며 가장 장식 없는 곳을 골랐다. 적어도 내가 이사온다는 사실을 아무도 모를 법하고 아무런 말이 나오지 않을 법한 곳이었다. 심지어 내가 죽어 나가도 아무도 모를 만한 곳이었다. 대부분 중국인인 이웃들은 건조하고 예의바른 태도로 나를 대했다. 창밖의 전망이 파리 근교 남쪽까지 쓸데없이 드넓게 펼쳐져 있었다. 멀리 마시와 코르베유에손 지역까지 보일 정도였다. 하지만 크게 상관없었다. 전동 롤러셔터가 있어서, 입주한 바로 다음날로 셔터를 내려버리고 다시는 열지 않았으니까. 무엇보다 쓰레기 배출구가 있었는데, 아마 그것이 결정적으로 내 마음을 끌지 않았나 싶다. 한편으로는 쓰레기 배출구를 사용하고, 다른 한편으로는 아마존에 새로 개설된 음식 배달 서비스를 이용함으로써 나는 완벽에 가까운 자율성을 확보할 수 있었다.

메르퀴르호텔을 떠나는 순간은 이상하게도 힘이 들었다. 무엇보다 귀여운 오드레 때문이었는데, 그녀는 눈가에 눈물이 그렁그렁했다. 하지만 내가 무얼 어쩔 수 있었겠는가. 그녀 또한 그런 것도 못 견딘다면 인생에서 아무것도 견딜 수 없을 터였다. 그녀는 기껏해야 스물다섯 살이었으나 어쨌든 강해져야 했다. 따라서 나는 그녀에게 볼인사를 한 번 했다. 이어서 두 번, 네 번. 그녀는 이 볼인사를 스스럼없이 받아들였고, 내 팔을 살짝 붙들기까지 했다. 해야 할 인사말을 전했고, 택시가 호텔 문 앞에 도착했다.

이사는 간단했다. 가구들도 금세 구했고, SFR 통신사 셋톱박스도 다시 설치했다. 나는 이 통신사만 믿고 쓰기로, 죽는 날까지 믿고 쓰기로 결정했고, 그것은 삶의 교훈 중 하나였다. 하지만 SFR에서 제공하는 스포츠채널 서비스에 내가 별반 관심이 없다는 것은 몇 주가 지난 뒤에야 깨달았다. 나는 늙었고 그런 만큼 운동을 덜 좋아하게 된 건 당연했다. 그럼에도 여전히 몇 가지 보석 같은 채널들이 있었고, 특히 요리 채널들이 그러했다. 나는 이제 투실한 늙다리 호인이 되어 있었다. 에피쿠로스학파 철학자라고나 할까. 따지고 보면 에피쿠로스의 생각이 내 생각과 크게 다른 점이 무엇이란 말인가? 그나저나 올리브오일에 눅눅해진 커다란 빵덩어리만 찍어 먹는 것은 다소 한계가 있었다. 채소를 곁들인 바닷가재 요리나 관자 구이가 필요했다. 나는 데카당이었지, 그리스 촌구석의 호모가 아니란 말이었다.

10월 중순이 되자 요리 프로그램들도 질리기 시작했다. 하지만 프로그램 자체는 나무랄 데 없었다. 그것은 나의 본격적인 추락의 시작이었다. 나는 사회 토론에 흥미를 가지려고 노력했으나 이 기간엔 실망스럽고 깊이가 없었다. 발언자들은 극도의 순응주의자들이었고, 그들이 분개하거나 열광하는 사안은 개탄스러우리만치 획일적이어서 내가 그들의 발언을 주요 골자뿐만 아니라 구체적으로, 심지어 단어 하나하나까지 예상할 수 있는 수준이었다. 논평가들과 방청객들이 쓸모없는 유럽 꼭두각시들처럼 연이어 등장했고, 머저리들 다음에는 또 머저리들이 뒤이으며 서로의 식견의 통찰력과 윤리성을 상찬했다. 내가 그들의 입장에서 대화를 그대로 쓸 수도 있을 정도였다. 나는 결국 텔레비전을 꺼버리고 말았다. 그 모든 걸 계속 쳐다보고 있을 힘이 있었더라도, 결과적으로 더 음울해질 뿐이었으리라.

나에겐 오래전부터 토마스 만의 『마의 산』을 읽으려던 계획이 있었다. 직감적으로 그 책이 침울한 내용이라는 건 알고 있었으나, 어찌됐든 내 상황과 맞아떨어졌다. 바야흐로 때가 된 듯싶었다. 따라서 나는 책에 빠져들었고, 처음엔 탄복했으나 점점 유보적인 마음이 커져갔다. 책의 방대함과 야심은 말할 것도 없이 굉장했으나 작품의 최종적인 의미는 결국 그의 또다른 책 『베네치아에서의 죽음』과 정확히 일치했다. 괴테(지중해인과 비슷한 경향을 보이는 독일인 휴머니스트이자 세계 문학계에서 음울하고 지루하기로는 둘째가라면 서러울 일인자)의 그 늙은 멍청이보다 더하지 않고, 『베네치아에서의 죽음』의 주인공 아셴바흐보다 더하지 않지만, 토마스 만, 바로 토마스 만 그 자신도 젊음과 아름다움의 매혹에서 벗어날 수 없는 존재였다. 토마스 만은 결국 젊음과 아름다움을 모든 것 위에, 모든 지성과 도덕의 미덕 위에 두었고, 자신도 그 앞에서 끝내 일말의 거리낌도 없이 추하게 굴복했다. 그렇게 세상의 모든 문화는 아무짝에도 소용이 없었다. 세상의 모든 문화는 아무런 도덕적 이득도, 다른 이점도 가져오지 못했다. 같은 시기에, 정확히 같은 시기에 마르셀 프루스트도 『되찾은 시간』의 말미에서 놀라운 솔직함으로, 세속적인 관계뿐만 아니라 우정조차 정신적인 풍요로움을 제공하지 않으며 그 관계들은 그저 시간 낭비이고, 세상 사람들의 생각과 달리 작가들에게 필요한 것은 결단코 지적인 대화가 아니라 "활짝 피어난 소녀들과의 가벼운 사랑"이라고 결론지은바 있다. 나는 이 단계에서 "활짝 피어난 소녀들"을 '젊은 여자의 촉촉한 성기'로 강력하게 대체하고 싶다. 그렇게 하면 작품의 시적인 면을 해치지 않은 채로 토론이 명확해질 수 있을 듯하다(세상에 촉촉해지기 시작하는 성기보다 더 아름답고 시적인 것이 무엇이란 말인가? 이 물음에 진지하게 숙고해보고 나서 대답하기를 권한다. 수직 상승하기 시작하는 페니스는 또 어떤가? 이 의견 또한 옹호될 수 있을 것이다. 세상의 많은 일이 그러하듯, 모든 것은 각자의 성적 취향에 달려 있다).

다시 주제로 돌아오자면 마르셀 프루스트와 토마스 만이 아무리 세상의 모든 문화를 소유했고, 세상의 모든 지식과 지성의 선두였으며(한 세기만으로 여덟 세기에 걸친 유럽 문화, 나아가 유럽 문화 이상을 전부 포괄하는 저 인상적인 20세기 초에), 각각 프랑스와 독일 문명, 요컨대 당대의 가장 뛰어나고 심오하고 세련된 문명의 정점을 대표했더라도, 누구의 것이든 상관없이 젊은 여자의 촉촉한 성기, 또는 젊은 남자의 불끈 일어선 페니스—성적 기호에 따라 나뉠 터이고, 토마스 만은 이 부분에서 사실관계가 파악되지 않았고 마르셀 프루스트도 실은 그다지 명확하지 않다—에 휘둘리고 언제든 굴복할 준비가 되었던 것에는 변함이 없었다. 『마의 산』의 결말은 처음에 읽었을 때보다 훨씬 슬펐다. 그 결말은 당대의 가장 뛰어난 두 문명 사이에서 일어났던 참혹한 만큼 부조리한 1914년 전쟁을 통해 굽어보는, 유럽의 모든 문화적 사상의 실패만을 의미하지 않았다. 동물적 힘의 최종적인 승리를 통해 모든 문명, 모든 문화의 철저한 종말을 의미하기도 했다. 토마스 만이 귀엽고 어린 여자한테 '좋아 미쳐버릴' 수도 있었고, 마르셀 프루스트가 리한나한테 '꽂힐' 수도 있었다. 달리 말해 각자의 문학세계에서 정점에 오른 이 두 작가는 존경스러운 인물들이 아니었고, 보다 건전하고 순수한 공기를 호흡하려면 더 위로, 아마 낭만주의가 태동할 무렵인 19세기 초반으로 거슬러올라가야 하리라.

하지만 이 순수성에도 이론의 여지가 있을 수 있었다. 따지고 보면 라마르틴도 일종의 엘비스 프레슬리에 지나지 않았다. 그는 자신의 서정시로 '여자들을 정신 못 차리게' 할 능력이 있었다. 여자들의 마음을 사로잡은 건 순수한 서정시를 통해서였을지라도 아마 라마르틴도 엘비스 프레슬리만큼은 허리를 흔들어댔으리라. 물론 내 추측이고, 당시엔 존재하지도 않았던 비디오 자료라도 확인해봐야 하겠지만 크게 중요하지 않았다. 어쨌든 이 세상은 이미 죽었다. 나에겐 죽은 세상이었고, 비단 나에게만 그런 것은 아니었다. 세상은 그냥 죽었다. 결국 나는 보다 이해하기 쉬운 아서 코넌 도일 경의 책을 읽으며 위안을 얻었다. '셜록 홈스' 시리즈 외에도 코넌 도일은 꾸준히 독서의 즐거움을 알려주고 종종 손에 땀을 쥐게 하는 수많은 인상적인 단편들을 쓴 작가였다. 그는 평생토록 독보적인 '페이지 터너'였고, 세계 문학사를 통틀어도 그 방면으로는 아마 최고이리라. 하지만 그에겐 이런 것은 중요치 않을 터이고, 그가 전하려던 메시지도 그게 아니었다. 코넌 도일의 본심은 책장을 넘길 때마다 고귀한 영혼과 신실하고 선량한 마음의 맹세로 우리의 가슴이 울리는 것이었다. 가장 감동적인 것은 죽음에 대한 그의 개인적인 태도였다. 절망적인 물질주의에 의해 의학을 공부하면서 기독교 신앙과 멀어진 그는 영국의 군사계획으로 인해 아들을 잃은 것을 비롯해 평생토록 잔인하게 반복되는 불의의 상실들을 겪으며 최후의 방편으로 심령술에 빠지게 되었다. 심령술은 가족들의 죽음을 받아들일 수도 없고 기독교에 매달릴 수도 없는 모든 이들의 마지막 희망이요, 궁극적 위안이었다.

가까운 이가 없는 나는 죽음에 대한 생각을 점차로 쉽게 받아들이게 되지 않았나 싶다. 물론 나도 행복하고 싶었고 행복한 공동체에 속하고 싶었다. 그것은 모든 인간들이 원하는 바지만, 내가 처한 단계에선 정말이지 이미 주제를 벗어난 문제였다. 12월 초순에 나는 사진 프린터와 10×15센티미터 규격의 엡손 무광 사진 인화지 백여 상자를 구입했다. 내 원룸의 네 벽면 중 한 면은 위쪽 절반이 창문이었다. 창문엔 여전히 셔터를 내려두었고 창문 밑엔 대형 난방기가 놓여 있었다. 두번째 벽면은 침대와 나이트 테이블과 작은 책장 두 개로 꽉 찼다. 세번째 벽면은 거의 비었으나 현관문과 오른쪽으로는 욕실, 그리고 왼쪽으로는 부엌으로 통하는 뚫린 부분이 있었다. 침대 맞은편의 네번째 벽면만이 오직 온전히 사용 가능했다. 나는 편의상 세번째와 네번째 벽면에만 16제곱미터의 전시 공간을 확보했다. 10×15센티미터인 사진 인화지의 규격을 고려하면 천 장이 조금 넘는 사진들을 붙일 수 있었고, 내 노트북엔 내 삶을 총괄하는 사진 삼천 장이 조금 넘게 저장돼 있었다. 세 장 중 한 장을 고르는 것은 꽤 괜찮아 보였다. 심지어 매우 괜찮은 듯했고, 나는 그만하면 잘 살았다는 기분마저 느꼈다.

(곰곰이 생각하면 내 삶은 아무튼 이상하게 흘러갔다. 실은 나는 카미유와 헤어진 뒤에도 몇 년 동안은, 우리가 여전히 서로 사랑하고, 흔히 말하듯 상처가 아물 시간이 필요한 법이며 우리는 아직 젊고 우리 앞엔 많은 생이 남아 있으니 언젠가 다시 만나게 되리라, 우리의 재회는 불가피한 것이리라 생각했다. 그런데 이제 와 문득 돌아보니 삶은 끝나 있었다. 삶이 우리에게 제대로 신호도 보내지 않은 채 스쳐지나갔고, 조용하고 우아하고 부드럽게 카드를 거두고선 우리에게서 그대로 등을 돌려버렸다. 이제야 가까이 들여다보니 우리의 생은 정말이지 길지 않았다.)

나는 일종의 '페이스북' 벽을 만들고 싶었다. 오직 나만을 위한, 오직 나만 볼 수 있는 페이스북 벽을. 나 이외에는 아마 내가 죽고 나서 아파트 상태를 살피러 올 부동산업자 정도만이 아주 잠깐 볼 수 있으리라. 그는 우선 약간 놀랐다가 이윽고 전부 쓰레기통에 버리면서 벽에 난 사진 자국들을 제거하기 위해 세제로 닦아야겠다는 생각을 하리라.

사진 분류 작업은 카메라의 현대적 기능들 덕분에 수월했다. 사진마다 촬영 일시가 저장돼 있어서 그 기준대로 분류하니 더없이 간단했다. 마찬가지로 사진을 찍은 정확한 장소들을 찾기 위해 GPS 기능을 작동시킬 수도 있었겠으나, 사실 불필요했다. 나는 내 인생의 장소들을 기억했으니까. 심지어 외과수술을 하듯 정밀하게, 쓸데없이 완벽하게 기억했다. 그에 비해 날짜들에 대한 기억은 흐릿했는데, 날짜들은 중요치 않았다. 지난날 일어난 모든 일들은 영원히 일어난 것이고, 이제야 나는 그것을 알았으나, 그것은 닫힌 영원, 닿을 수 없는 영원이었다.

이 이야기를 해오며 몇 장의 사진들을 언급한 바 있다. 카미유 사진 두 장과 케이트 사진 한 장. 삼천 장이 조금 넘는 사진들 중에는 다른 사진들도 있었으나 별로 흥미롭지 않았다. 내가 찍은 그 사진들이 얼마나 시시한지 놀라울 정도였다. 베네치아나 피렌체의 관광지에서 찍은, 다른 여행 사진들 수십만 장과 판에 박은 듯이 똑같은 사진들. 왜 나는 그 사진들을 찍는 게 좋겠다고 생각했을까? 무엇이 이 흔해빠진 사진들을 현상하게 만들었을까? 그럼에도 나는 어떤 미적 효과나 의미를 기대하지 않은 채, 그 사진들을 벽에 제자리를 찾아 붙일 것이었다. 어쨌든 끝까지 계속할 것이었다. 내가 할 수 있는 일이었기 때문이다. 그것은 내게 실질적으로 가능한 일, 육체적으로 가능한 작업이었다.

따라서 나는 그 일을 했다.

결국 나 또한 관리비 내역에 관심을 갖게 되었다. 13구의 고층 아파트들 관리비가 상상을 초월할 만큼 올랐고 그것은 내가 예상하지 못한 것이어서 인생 계획에 걸림돌이 되었다. 불과 몇 달 전까지만 해도(단지 몇 달이었을까? 만으로 일 년, 어쩌면 이 년이 아니었을까? 나는 이제 더는 내 삶을 시간순으로 꿰맞추지 못했고, 다만 몇몇 이미지만이 혼란스러운 공허 속에서 불쑥불쑥 떠오를 뿐이었다. 주의깊은 독자들이라면 시간순으로 짜맞출 수 있으리라), 요컨대 내가 유주를 떠난 것처럼 농산부를 멀리 떠나 완전히 사라지기로 결심했을 때만 해도, 나는 아직 부자인 것 같았고 부모의 유산으로 물질적인 제약 없는 삶을 보낼 수 있을 줄 알았다.

이제 내 계좌엔 이십만 유로가 조금 넘는 돈이 남았다. 당연히 휴가 여행은 엄두도 낼 수 없었다(게다가 뭐하러 여행을 간단 말인가? 펀보드 윈드서핑을 하거나 알파인스키를 타러? 대체 누구와 함께? 언젠가 카미유와 함께 갔던 푸에르테벤투라섬의 어느 리조트에서 혼자 온 남자를 본 적이 있었다. 그는 혼자서 저녁을 들었고, 일정 마지막 날까지 분명 혼자 저녁을 먹을 터였다. 삼십대인 듯했고 스페인 사람인 듯 보였는데, 외모가 나쁘지 않았고 사회적 위치도 적당한 것 같았다. 왠지 은행 창구 직원일 것 같기도 했다. 그가 매일, 특히 식사 시간에 발휘하는 용기는 경악스러웠고 나를 거의 공포에 빠뜨렸다). 주말 여행도 떠나지 않을 터였다. 부티크호텔은 이제 내게는 먼 얘기였다. 부티크호텔에 혼자 가느니 차라리 스스로 총을 쏘리라. 아파트와 함께 얻은 음산한 지하 3층 주차장에 나의 G350을 넣어둘 때는 진정으로 슬픈 순간이었다. 주차장은 불결하고 끈끈했다. 역겨운 공기가 감돌았고 채소 껍질들이 여기저기 나뒹굴었다. 이런 더럽고 을씨년스러운 주차장에 은둔하다니, 그간 험준한 산길을 내달리고 늪지를 가로지르고 도랑을 통과하며 38만 킬로미터가 넘는 거리를 주행했고, 단 한 순간도 나를 실망시킨 적이 없었던 나의 오랜 친구 G350에겐 명백히 슬픈 최후였다.

특별히 에스코트걸들에게 연락할 마음도 들지 않았다. 게다가 아조트 박사가 건네준 메모마저 잃어버렸다. 아마 메르퀴르호텔의 내가 묵던 방 어딘가에 흘렸을 거란 생각이 들었고 그러다 오드레가 그걸 우연히 발견하고서 이제 나에 대한 인상이 안 좋아질 수도 있으리라는 불안감이 스쳤다(하지만 그게 대체 나와 무슨 상관이란 말인가? 실로 어처구니없는 정신 상태가 아닐 수 없었다). 물론 아조트 박사에게 다시 물어보거나, 아니면 내가 직접 검색해볼 수도 있었다. 에스코트걸을 소개해주는 인터넷 사이트는 널렸을 테니까. 하지만 그 모든 게 허망하게 느껴졌다. 지금으로서는 발기 비슷한 것을 생각해볼 수도 없었고, 산발적으로 자위를 시도해봤지만 이 문제에 관해선 전혀 의심의 여지가 없었다. 따라서 세상은 어떤 돌발 상황이나 매력도 없는 무미건조한 평면으로 변했고, 그 결과 생활비도 상당량 줄어들었다. 하지만 관리비가 무지막지하게 올라서 음식과 포도주를 먹고 마시는 즐거움을 절제하더라도, 은행 잔고가 바닥이 나기 전에 절차를 끝낼 수 있는 기간은 최대 십 년이었다.

나는 밤에 실행할 작정이었다. 아스팔트 바닥을 내려다보며 멈칫하지 않기 위해서였다. 내 용기에 대한 믿음이 거의 없었다고 할까. 내가 머릿속으로 그려본 장면에선 일은 신속하고 완벽하게 진행됐다. 우선 거실에 들어서서 스위치를 눌러 몇 초 만에 전동 롤러셔터를 올린다. 일체의 생각을 물리치려 노력하며 창문으로 향한 후, 유리창을 옆으로 밀고, 몸을 숙인다. 그렇게 완성이었다.

나는 낙하 시간에 대한 생각에 오래도록 사로잡혔다. 몇 분 동안 공중에 뜬 채로, 충격의 순간에 내 신체기관이 필연적으로 박살나버리리라는 사실과 나를 관통할 엄청난 고통을 점차로 깨닫게 되는 장면을 상상했다. 그 끔찍하고 절대적인 공포는 추락하는 매초 나를 엄습해오고, 정신을 잃는 축복과 은총 속에서도 누그러지지 않을 터였다.

기나긴 이과 공부가 보람이 있었다. 자유낙하하는 몸의 경로를 높이 h로 놓고 시간 t로 계산하면 $h=1/2gt^2$의 공식이 성립했고, g는 중력상수이며 따라서 높이 h에 대한 추락 시간은 $\sqrt{2h/g}$였다. 내 아파트의 높이(거의 정확히 100미터이다)를 감안하면, 공기의 저항은 이 정도 높이의 추락에서는 무시한다 치고, 사 초 반의 추락 시간이 나왔다. 공기의 저항을 굳이 계산에 넣어야 한다면 최대한 오 초였다. 별것 아니었다. 보다시피 호들갑을 떨 필요가 없었다. 거기에 칼바도스 몇 잔으로 얼근해지면 생각이란 걸 할 겨를이 있을지조차도 확실치 않았다. 사 초 반. 만일 사람들이 이 간단한 수치를 알게 된다면 분명 자살이 더 증가하지 않겠는가. 나는 시속 159킬로미터의 속도로 땅바닥에 닿을 것이고, 이 점은 다소 덜 유쾌했지만, 상관없었다. 내가 두려운 건 무엇보다 추락의 충격이 아니라 허공에 머무는 시간이었고, 나의 경우 물리학적으로 낙하 시간이 짧으리라는 건 증명되었다.

십 년은 너무 길었다. 그전에 나의 정신적 고통이 견딜 수 없는 수준에 이르러 곧바로 치사 상태에 이를 터였다. 하지만 유산을 남기고 싶은 마음은 없었다(게다가 누구에게 남긴단 말인가? 국가에? 그럴 생각을 하니 불쾌감이 최고조에 이르렀다). 따라서 소비의 리듬을 증가시켜야 했다. 천박하기 이를 데 없고 정말이지 너무 쩨쩨했지만, 은행 계좌에 돈을 남겨두고서 죽는다고 생각하니 참을 수 없었다. 기부를 할 수도, 그리하여 인심 좋은 사람으로 비칠 수도 있겠지만, 대체 누구에게 기부를 한단 말인가? 전신마비 환자들한테? 아니면 노숙자들, 이민자들, 시각장애인들에게? 어쨌든 루마니아인들한테 내 돈을 넘기지는 않을 터였다. 나는 수혜를 입어본 적이 거의 없었고, 역으로 내가 베풀 생각도 거의 없었다. 선의는 내 안에서 자라나지 않았고, 심리학적 발달 과정을 겪지 못했다. 나는 전적으로 적대적인 사람들의 경우는 말할 것도 없고, 인간 전체에 대해 오히려 점점 더 무심해졌다. 몇몇 인간들과는(특히 몇몇 여자들이었는데, 처음엔 그들이 더 적극적으로 날 유혹했기 때문이었고, 이 부분에 대해선 이미 이야기했다) 가까워지려는 노력도 해보았으나, 그러니까 정상적이고 통상적인 보통의 방식으로(이 부분에 대해서도 이미 언급한 대로) 몇 차례 시도해보았으나 어느 것도 실현되지 않았고, 어느 것도 내게 내가 살아갈 장소나 근간이나 이유가 있다는 생각이 들게 하지 않았다.

통장 잔고를 줄여나가는 유일한 해결책은 계속해서 먹어대고 값비싸고 진귀한 음식물(알바산 송로버섯? 메인주산 바닷가재?)에 관심을 기울이는 것이었다. 나는 이제 80킬로그램을 넘겼으나, 갈릴레이가 이미 피사의 사탑 꼭대기에서, 어쩌면 파도바에 있는 높은 탑일 가능성이 크지만, 전설적인 낙하 실험을 통해 탁월하게 입증한 바와 같이, 추락 시간에는 아무 영향이 없었다.

내 아파트의 건물 이름 또한 이탈리아 도시명이었다(라벤나였던가? 안코나? 리미니?). 이 우연의 일치는 조금도 웃기지 않았으나, 유머감각을 발휘하여 창문으로 몸을 던져 중력에 몸을 맡기는 순간에 이런 농담을 떠올리는 것도 어처구니없는 일만은 아닐 듯했다. 무엇보다 죽음에 관한 유머감각은 발휘하기 어렵지 않았다. 매분 매초 수많은 이들이 죽어가고, 말썽 없이 한번에 완벽하게 성공했다. 그들 중 몇몇은 심지어 그 기회를 틈타 명언을 내놓기도 했다.

나도 해낼 수 있었다. 나는 때가 왔음을 직감했고, 그것은 마지막 직진이었다. 받아둔 처방전으로 두 달 치 캅토릭스를 얻을 수 있었다. 아무래도 마지막으로 아조트 박사를 만나러 가야 할 성싶었다. 이번엔 거짓말을 하리라. 상태가 호전된 척할 것이고, 그의 구원의 노력이나 응급입원, 또는 미처 예상치 못한 그 밖의 상황을 만들지 않을 터였다. 그러려면 낙천적이고 밝은 모습을 보여야 했다. 그렇다고 과장하지는 말아야 했다. 나의 연기력엔 한계가 있었으니 말이다. 쉽지 않으리라. 그는 절대 바보가 아니었다. 하지만 단 하루라도 캅토릭스를 복용하지 않는 건 상상할 수조차 없었다. 고통이 일정 수준을 넘지 않게 해야 했다. 그렇지 않으면 아무 짓이나 저지를 수 있었다. 가령 '데스톱 터보'*를 삼켜 막힌 개수대 배수관 속 물질과 똑같은 물질들로 구성된 나의 내부장기들이 끔찍한 고통 속에서 녹아버릴 수 있었고, 아니면 지하철로 뛰어들어 다리 하나를 잃든지 고환이 산산이 조각나버리지만 여전히 죽지는 않을지도 몰랐다.

* 막힌 배수관을 뚫는 용해제 상표명.

그것은 반으로 쪼개지는 작고 하얀 타원형 알약이다.

그것은 무언가를 창조해내지도 변화시키지도 않는다. 다만 해석을 가할 뿐이다. 결정적이었던 것을 한시적인 것으로 만들고, 필연적이었던 것을 우연한 것으로 만든다. 그것은 생을 새롭게 해석할 수 있게 해준다. 덜 다채롭고, 보다 인위적이며, 어떤 경직성으로 점철된 방식으로. 어떤 형태의 행복감도 주지 않고, 실질적인 안도감조차 보장하지 않는다. 그것의 기능은 다른 차원의 문제다. 바로 삶을 의례적으로 행해야 하는 일들의 연속으로 변형시켜 변화를 유도해내는 것. 그것은 처음엔 인간이 살아갈 수 있도록, 적어도 죽지 않도록 해준다. 일정 기간 동안은 말이다.

그럼에도 죽음은 끝내 대두되고야 만다. 분자 결합에 균열이 생기며 다시 해리 과정이 일어난다. 해리 과정은 아마 세상에 한 번도 속한 적이 없던 이들, 살고 사랑하고 사랑받는 일을 한 번도 염두에 두어본 적 없는 이들, 요컨대 삶은 닿을 수 없는 곳에 있다는 걸 늘 느껴온 이들에게 더 빠를 것이다. 그런 이들은 다수이고, 흔히 말하듯, 후회할 것이 아무것도 없다. 하지만 내 경우는 그렇지 않다.

나는 한 여자를 행복하게 해줄 수 있었다. 아니, 두 여자를. 어떤 여자들인지는 이미 밝혔다. 처음부터 모든 것이 극도로 자명했다. 하지만 우리는 깨닫지 못했다. 개인의 자유라든가 열린 삶이라든가 무한한 가능성이라는 환상에 굴복한 것이 아닐까? 그럴 수 있다. 그런 생각들이 시대정신이었으니까. 우리는 그런 생각들에 반기를 들지 않았고 열렬히 환영하지도 않았다. 다만 거기 순응하며 우리가 무너지게 내버려두었다. 그리고 매우 오래도록 그로 인해 고통받고 있다.

사실 신은 우리를 굽어살피고 있다. 신은 매 순간 우리를 생각하고, 더러 우리에게 매우 구체적인 방향을 제시한다. 우리의 생물학적 특성과 한낱 영장류인 처지를 고려해본다면 설명이 되지 않는 저 계시, 저 황홀경, 우리의 가슴속에 숨이 막히도록 흘러드는 저 사랑의 격정 들이 바로 극도로 자명한 신호들이다.

이제 나는 그리스도의 입장을, 딱딱하게 굳은 심장들 앞에서 표출하던 그 반복된 노여움을 이해한다. 저들은 모든 신호를 받고도 깨닫지 못하고 있다. 나는 정말로 저 미욱한 자들을 위해 다시 한번 내 목숨을 내주어야 하는 것일까? 정말 그렇게까지 구체적이어야 하는가?

답은 그렇다,일 것이다.

옮긴이의 말

미셸 우엘벡의 일곱번째 장편소설 『세로토닌』은 모두가 기다리던 소설답게 초판 32만 부가 프랑스에서 일주일 만에 소진되어 증쇄를 거듭했고, 출간 이후 7개월 사이 47만 부가 판매되었다. 2018년 11월에 프랑스 사회를 강타하여 두 달 남짓 이어진 일명 '노란 조끼 운동'과 맞물리며 다른 후광이 필요 없는 신간에 날개가 달렸다. 『세로토닌』에서 생존 위기에 내몰린 목축업자들이 정부의 유제품 쿼터 정책에 반대하기 위해 도로에서 총기를 들고 시위를 벌이는 장면이 마크롱 정부의 유류세 인상 정책에 반대하는 노동자들의 '노란 조끼 운동'을, 끝내 폭력적 사태로 번진 이 사건을 연상시켰기 때문이다. 전편인 『복종』 출간일에 이슬람 근본주의자들의 '샤를리 에브도' 테러가 발생한 사례까지 거론되며, 『세로토닌』은 우엘벡이 '시대의 예언자'인지 아닌지의 논쟁까지 불러일으켰다.

우엘벡이 예언자이든 아니든, 그는 현대사회의 진지한 관찰자이며 자신이 관찰한 바를 번뜩이는 통찰과 거칠 것 없는 언어로 분석한다는 점만은 분명하다. 그의 소설 속 사건들은 사회를 면밀히 관찰하면 포착되는 간헐적이고 산발적인 조짐과 현상들이 쌓이고 쌓이다가 분출되는 필연적인 결과물인 것이다.

『세로토닌』은 어떤 이야기인가. 주인공 플로랑클로드는 마흔여섯 살의 프랑스 백인 남성이고 농업대학을 나와 농산부에서 농업 기술자로 근무하다가 사직했다(정확히는 위촉직이었기에 재계약을 포기했다). 세계화와 유럽연합의 관료정치에 추락을 거듭하는 프랑스 농촌의 현실과 그 현실에 아무 영향도 미치지 못하는 자신의 탁상 업무에 염증을 느꼈기 때문이고, 무엇보다 사회 전반에 절망하여 무기력해진 우울증 환자이기 때문이다. 그는 일명 행복 호르몬인 세로토닌이 인위적으로 주입되어야, 요컨대 캅토릭스라는 이름의 "반으로 쪼개지는 작고 하얀 타원형 알약"을 정기적으로 복용해야 일상이 가능하다.

애정 관계 면에서는 자신보다 스무 살 어린 일본인 여자친구 유주와 동거를 하다 이별하기로 마음먹었다. 섹스 중독자로 묘사되는 유주와 여러모로 접점이 없는데다, 그녀가 늘 그의 죽음 이후의 삶을 염두에 두고 있다는 사실을 우연히 알고 나서 두 사람 사이에 사랑이 없다는 심증을 굳혔기 때문이다.

> 그녀의 미래의 삶에는 이미 내 죽음이 계획돼 있었고, 그녀는 그걸 늘 염두에 두고 있었다. (…) 나보다 스무 살이나 어렸으니 어느 모로 보나 그녀가 나보다 오래, 그것도 훨씬 오래 사는 것이 순리였다. 하지만 무조건적 사랑이란 바로 그런 현실을 모른 척하려는 것, 심지어 진심으로 부인하려는 것이 아니겠는가. (…) 유주의 현실감각은 사랑의 부재의 다른 이름이었고, 그 결함, 그 부재의 성격은 명확했다. 그것은 순식간에 무조건적이고 낭만적인 사랑의 범주를 벗어나 타산의 범주에 진입했다. (본문 87~88쪽)

플로랑클로드는 유주를 떠나는 방법으로 자발적 실종을 선택한다. 살던 아파트의 월세 계약을 해지하고 흡연이 가능한 파리 13구의 호텔에 머물다가, 농업대학 동기이자 유일한 친구인 에메릭을 찾아가고, 다시 옛 연인이었던 카미유가 사는 곳에서 멀지 않은 곳에 세를 얻는다. 첫눈에 서로 반하고 연인이 되어, 업무상 파리와 노르망디를 오가며 오 년 동안 함께했던 그가 실수로 놓친 인생의 여인이다. (그녀는 나를 향해, 플랫폼을 따라 전속력으로 달려왔다. 그녀의 숨은 턱끝까지 닿았고 이윽고 우리는 만났고, 헤어진다는 생각은 있을 수 없는 것이 되었다. 더는 있을 수 없었고, 그런 말을 나눈다는 것 자체가 아무 의미 없는 것이었다. 나는 행복을 맛보았다. 행복이 무엇인지 알고, 설득력 있게 설명할 수 있다.—본문 186쪽) 카미유에 대한 기억은 강박처럼, 잃어버린 낙원처럼 줄곧 그의 삶을 지배해왔고, 다시 누릴 수 없기에 고통이다. 그는 카미유 주변에서 그녀의 삶을 엿보며 다시 행복을 꿈꾸기도 하지만 결국 좌절한 채, 다시 파리로 돌아가 점점 짙어지는 고독 속에서 죽음을 기다린다.

사랑과 섹스에 실패하고 절망한 중년의 백인 남성, 고독과 기억 속에 갇힌 그의 내면의 추락, 삶을 스쳐지나간 여자들, 젊고 아름다운 여자에 대한 판타지, 성기능 감퇴와 서글픈 자위, 포르노, 오럴섹스, 나체촌, 아름다운 자연과 추한 도시, 자본주의가 점령한 소비사회의 브랜드들, 불필요하게 쏟아지는 신상품들, 메르세데스 사륜구동차, 질 좋은 지역특산물. 우엘벡의 전작들에서 보아온 익숙한 요소들이 전부 있다. 따라서 우엘벡에게 비판적인 프랑스의 평자들은 전작의 동어반복이라고 질타하지만, 눈에 띄게 달라진 점이 있다. 부쩍 구체적으로 표현되는 반복적인 '사랑 타령'과 소설에서 상당한 비중으로 소개되는 '긍정적인 인물들'이다. 우엘벡도 늙는 것일까. 그건 아닌 듯하다. 진정한 사랑의 갈구는 전통사회를 향한 그리움과 함께 이전에도 그가 암시적으로, 그러나 끈질기게 강조한 주제이기 때문이다.

> 서구사회에서는 누구도 더는 행복해질 수 없으리라고 여겼다. 오늘날 사람들은 행복을 옛날의 꿈쯤으로 치부하는 듯하고, 그건 바로 역사적인 행복의 조건들이 더는 규합되지 않기 때문이라고. (본문 118쪽)

플로랑클로드는 섹스에 집착하고 환멸에 젖은 냉소주의자의 모습 뒤로 '젊은 베르테르' 못지않은 화려한 낭만주의자의 면모를 드러낸다. 사랑에 울고, 죽이거나 죽을 수도 있는 사랑, 그것이 거의 가능한 낭만주의자 말이다. 『복종』의 프랑수아가 인생에서 가장 중요한 여자였던 미리암이 떠났을 때 "마음 한구석이 조금 따끔거렸"던 것과 달리, 그는 이별 후에도 카미유를 줄곧 떠올리고 그녀와 함께했던 시절을 되새김질하며 회한에 잠기고 심지어 그녀와 다시 함께할 미래를 위해 살인 계획까지 세운다. 그에게 "사랑은 어쨌든 우리가 지상에 존재하는 시간들을 견딜 만한 것으로" 변화시키는 것이며 심지어 그럴 수 있는 "유일무이

한 방법"이기도 하다. 그렇게 사랑에 실패하고 하다못해 단순하고 지속적인 섹스도 여의치 않아서 그를 비롯한 "인류 문명은 요란하지 않게, 위험도 비극도 없이, 극히 적은 학살로 거꾸러진다. 문명은 무기력과 스스로를 향한 혐오감으로 거꾸러진다. 사회민주주의가 제안할 수 있는 것은 당연히 아무것도 없고, 혹여 있다면 오직 영원한 그리움과 망각에의 호소일 뿐이다."

또한 플로랑클로드가 유일하게 우정을 느끼는 진짜 친구도 등장한다. 농업대학 동기인 에메릭은 고통스러운 여건 속에서도 품질을 위해 전통적인 목축 방식(손으로 소젖을 짜고, GMO 옥수수 대신 되도록 풀을 먹임)을 고수하다가, 결국 죽음을 맞는다. 친구를 통해 프랑스 농업의 절망적 현실과 농민들의 항거를 눈앞에서 목격하고 증인이 된 플로랑클로드의 공감은 그래서 더 절절하고 참담하다.

우엘벡에 대해 종종 문체가 평범하다는 평가도 있지만 "좋은 문체의 첫째(그리고 사실상 유일한) 조건은 할말이 있는 것이다"라는 쇼펜하우어의 말에 따른다면, 우엘벡은 누구보다 화려하고 고유한 문체를 가졌다. 그는 늘 그래왔듯 이번에도 현대를 구성하는 모든 레퍼런스(시, 소설, 이론서, 역사, 영화, 텔레비전 프로그램, 작가, 실존 유명인사)를 동원하여 현시대에 대한 자신의 생각을 전달한다(성향에 따라 동의할 수 없거나 불쾌감이 들 수 있는 의견들과 묘사가 있을 수 있다). 그리고 그것은 또다시, 늘 그래왔듯 절망적이다. 행복의 조건은 사랑과 소박한 삶에 있고, 그리도 간단한 것이 현대인들에겐 불가능하니 말이다. 우엘벡은 스스로 밝히듯 "진지한 작가"이고, 세상이 '디즈니랜드'가 아니라는 것을 아는 사람들이 자신의 책을 읽고 (무려!) 변하기를 바라며, 이제는 그것을 당당히, 숟가락으로 밥을 떠넣듯, 가르쳐주고 있다. 그는 세상의 평가보다 더 야심만만하고 위대한 작가일지도 모른다.

장소미

지은이 **미셸 우엘벡**
1958년 프랑스 해외 영토 라레위니옹에서 태어났다. 스무 살 무렵부터 시를 쓰기 시작했으며, 러브크래프트 전기로 세상에 알려졌다. 이후 여덟 권의 시집과 일곱 편의 장편소설 외에도 평론집 등을 냈다. 『소립자』로 노방브르상을, 『어느 섬의 가능성』으로 앵테랄리에상을 수상했다. 그 밖의 작품으로 『투쟁 영역의 확장』 『플랫폼』 『복종』 등이 있다. 2010년 『지도와 영토』로 공쿠르상을 받았다.

옮긴이 **장소미**
숙명여자대학교 불어불문학과와 동대학원을 졸업했고, 파리3대학에서 영화문학 박사과정을 마쳤다. 미셸 우엘벡의 『지도와 영토』 『복종』, 필립 베송의 『이런 사랑』 『10월의 아이』 『포기의 순간』, 마르그리트 뒤라스의 『부영사』, 로맹 가리의 『죽은 자들의 포도주』를 비롯하여 『인생의 맛』 『루거 총을 든 할머니』 『줄과 짐』 『엘르』 『거울이 된 남자』 등을 우리말로 옮겼다.

문학동네 세계문학
세로토닌

1판 1쇄 2020년 7월 13일 | 1판 3쇄 2021년 1월 11일

지은이 미셸 우엘벡 | 옮긴이 장소미 | 펴낸이 염현숙
책임편집 김미혜 | 편집 이현정 | 디자인 김현우 이원경
저작권 한문숙 김지영 이영은 | 마케팅 정민호 정진아 김혜연 정유선
홍보 김희숙 김상만 함유지 김현지 이소정 이미희 박지원
제작 강신은 김동욱 임현식 | 제작처 상지사

펴낸곳 (주)문학동네
출판등록 1993년 10월 22일 제406-2003-000045호
주소 10881 경기도 파주시 회동길 210
전자우편 editor@munhak.com | 대표전화 031) 955-8888 | 팩스 031) 955-8855
문의전화 031) 955-8896(마케팅) 031) 955-8860(편집)
문학동네카페 http://cafe.naver.com/mhdn | 트위터 @munhakdongne
북클럽문학동네 http://bookclubmunhak.com

ISBN 978-89-546-7308-2 03860

잘못된 책은 구입하신 서점에서 교환해드립니다.
기타 교환 문의 031) 955-2661, 3580

www.munhak.com